我永远也不会忘记
来到这里的那一天
……

之后，我就遇到了你——龙舌兰。

你的情况好像有点糟，需要帮助吗？

还有外网，以及
祂给的精神污染。

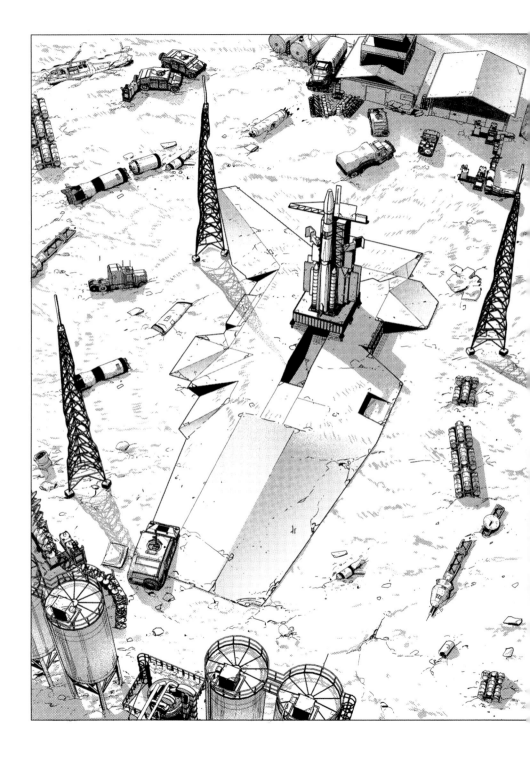

为了解除污染，我们前往近地轨道，寻找先知的启示。

在未来的旅途中，
我们还向人类献
上了一个残酷的
真相。

可有些结局
总需要我去
面对。

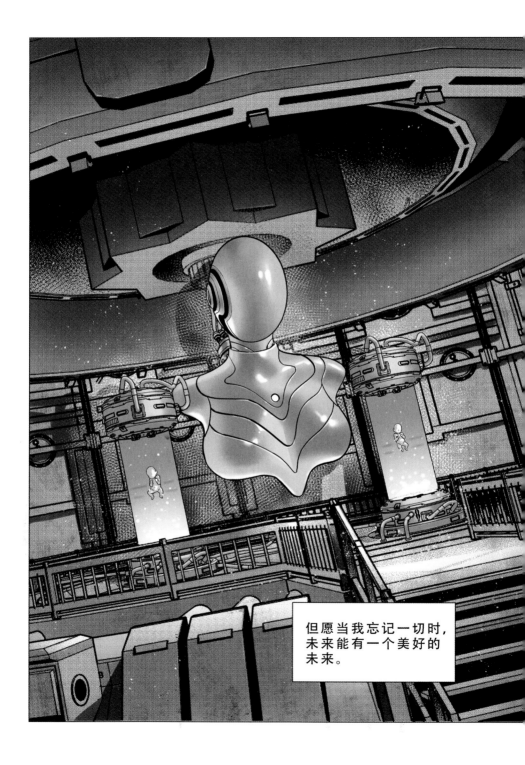

但愿当我忘记一切时，未来能有一个美好的未来。

相信阅读，勇于想象

付强·著

罪物猎手

GUILTY BEINGS HUNTER

北京理工大学出版社
BEIJING INSTITUTE OF TECHNOLOGY PRESS

图书在版编目（CIP）数据

罪物猎手. 3 / 付强著. —— 北京 : 北京理工大学出
版社, 2025. 3.
ISBN 978-7-5763-4749-4

Ⅰ . I247.5

中国国家版本馆CIP数据核字第202565WE83号

责任编辑：徐艳君　　　　文案编辑：徐艳君
责任校对：刘亚男　　　　责任印制：施胜娟

出版发行 / 北京理工大学出版社有限责任公司
社　　址 / 北京市丰台区四合庄路 6 号
邮　　编 / 100070
电　　话 / （010）68944451（大众售后服务热线）
　　　　　（010）68912824（大众售后服务热线）
网　　址 / http://www.bitpress.com.cn

版 印 次 / 2025年3月第1版第1次印刷
印　　刷 / 三河市华骏印务包装有限公司
开　　本 / 880 mm×1230 mm　　1/32
印　　张 / 13
插　　图 / 6
字　　数 / 392千字
定　　价 / 58.00元

目　录

第一章　罪物回收

1.

罗影跳下运输车，华北平原冬季干冷的风迎面吹来，尘砾打在防风镜上噼啪作响。四车道的高速路被铁丝网拦腰截断，旧时冀京交界处的检查站已被改造成军事基地，握着枪械的卫兵们直挺挺地站立在门前，宛如一棵棵挺拔的胡杨树。兵营的四角竖起了十几米高的哨岗，全波段雷达夜以继日地工作着，不时发出嗞嗞的高频噪声。

赖鹏队长摇下车窗，向卫兵出示了"银蛇"特种部队的证件。卫兵仔细检查了每一行文字，又取出军用PDA扫描了识别码。在高外网浓度的污染区，一切电子设备都存在变异的风险，因此复杂的生物识别设备全部禁止使用，只保留了最低限度的必需品。一番折腾后，卫兵终于确认了对方身份，迅速将证件递还，对着运输车立正敬礼，赖鹏队长也还了个不甚标准的军礼——他们特种部队一向不注重礼节。

将车子在基地停好，一名高个子军官已经等在这里，赖鹏走下车，同对方互相敬礼。

"A1031驻守部队，乔天明。"高个子军官自我介绍道。

"银蛇部队，赖鹏。"赖鹏向罗影招招手，又转头对着运输车大吼道："还不给我滚出来！躲在车里吃奶吗？！"

运输车后方响起一阵叮叮咣咣的声音，一名身材瘦高的年轻男兵捂着脑袋跟跟跄跄地跑了过来，被赖鹏一脚踢在屁股上。

"介绍一下，这两位是我的队员。这个不靠谱的新兵蛋子叫王子骁，战斗技能是我一手调教的；这位是罗影——"赖鹏耸耸鼻尖，眼神中流露出不加掩饰的自豪，"拿到过三次一等功的王牌。"

"您就是军中著名的'罪物猎手'吧？"乔天明向罗影伸出右手，"久仰！"

"您过奖。"罗影立正敬礼后，不动声色地同乔天明握了手。自从她加入负责罪物回收的特种部队"银蛇"后，部队屡屡立功，赖鹏队长便给她起了这么个绰号，后来不知被哪个多嘴的传了开去。但实际上，她对于个人的名号并不在意，更加关注的是任务本身。

寒暄过后，乔天明命令部下将补给物资搬上运输车，掏出香烟递给赖鹏一根，又对着罗影摆了摆。罗影看着烟犹像了两秒，还是接过烟吸了一口，立即被呛得咳了出来。

"哈哈，够劲儿吧？这可是正宗的东北旱烟，老家寄来的。听说有电子香烟变异成了S级罪物，从此以后在污染区就只能吸这种东西了。"乔天明看着罗影咧嘴一笑，似乎在较量中占据了上风一般，"怎么，堂堂的罪物猎手居然不擅长吸烟吗？"

"没怎么吸过，不太习惯。"罗影依然不动声色地答道，对乔天明表现出的求胜欲毫不在意。乔天明自觉无趣地哼了一声，看着王子骁说道："小王，你应当会吸烟吧？物资紧缺，别浪费了。"

"啊？是……"王子骁先是一愣，继而有些不自然地接过了罗影手中的烟，放进嘴里吸了一口，又转过头去看着天空，似是在掩饰羞怯。

赖鹏队长看着自己的两个兵，无奈地笑了笑，在心中感叹乔天明真不愧是老江湖，一眼就看清了自己队伍里年轻人之间的那点事儿。他猛吸一口烟，岔开了话题："乔队长，你们驻守污染区多久了？里面的情况怎么样？"

乔天明吐出一口烟雾，道："三年了。荒废了一座县城，丢进去了二十三万一千件实验品，只有两件产生了可控变异。其余那些有熔毁的，有把自己压成废铁的，还有一件爆炸时死了一个排的士兵。"他恶狠狠地掸掉烟灰，"就这种天杀的东西，居然还是重要战略资源！"

"我们怎么想并不重要。从核武器到洲际导弹，从空天飞机到太空船，再到现在的罪物，哪一次我们不是被迫的。"赖鹏叼着烟冷笑道，"人类最大的敌人永远是自己，就算外网来了也没变。"

罗影一面听着，一面想起不久前某欧洲国家高调宣称培养出了时间型罪物，并会将其作为"战略武器"。

乔天明吐出一口烟雾，问道："听说再过几年，地球上就全都是污染区了。你们干这个的，有没有什么内部消息？"

"如果是真的，你准备怎么办？"赖鹏不答反问。

乔天明扫了一眼身边的罗影和王子骁，再次把问题抛了出去："你们俩怎么想？"

"报告！一切听从指挥！"王子骁一个标准的立正，声如洪钟地答道。赖鹏队长忍不住笑出声来，没想到这小子还挺有心机，居然用标准回答将问题挡了回去。

乔天明瞥了王子骁一眼，没有继续理会他。他将视线转向罗影这边，问道："猎手小姐呢？"

"报告！我也一样，会继续留在银蛇，继续执行任务。"罗影语气平淡地答道。

乔天明掸掉烟灰，直视着罗影的眼睛，继续问道："为什么？也是一切听从指挥吗？"

尽管他的语调平静，字里行间却透露出一种拷问灵魂般的威严。

罗影丝毫不为之所动地答道："因为我擅长的只有战斗。想要让人们在末世活得好一些，只有在部队里，我才能最大限度地发挥作用。逻辑上，这是最优解。"

罗影的回答仿佛触动了乔天明的什么开关一般，他突然间哈哈大笑起来，说道："说得没错！保家卫国，这既是华国军队的天职，也是我们自己的选择！只要家国还在，我就会继续巡逻；只要我还活着，就别想有一个罪物通过这座哨所！"

罗影微微蹙眉，她只是说出了心中所想：让世界变得更好一些。这是她一直以来的朴素愿望，而她的行动一向基于逻辑最优解。没想到，这样的答案居然得到了对方的赏识。

乔天明似乎心情大好，他扫了眼周围巡逻的士兵，见四下无人，凑到赖鹏身边，压低音量问道："你们这次任务是什么内容，能不能透露一下？"说罢，他补充道："每天窝在这个地方，都快憋疯了！"

赖鹏也没有扫他的兴，凑到乔天明耳边，言简意赅地说道："一个玩具音响，装了人工智能助手的那种。"

"破坏力多大？"乔天明继续问道。

"城市级。"

听到这三个字的瞬间，乔天明的心头一紧。城市级的破坏力，意味着罪物的一次攻击就足以毁灭一座城市，相当于中等当量氢弹爆炸的威力，如果能够有效控制足以成为一个国家的战略资源。然而，越是强大的罪物，回收的难度就越高，回收城市级破坏力罪物的死亡率超过了百分之九十九。乔天明再次看向银蛇部队的三人，不由得肃然起敬——下次再见到他们，很可能就是在烈士陵园了。他没有再说什么，只是重重地拍了拍赖鹏的肩膀。

就在这时，有士兵跑来报告完成了装车。乔天明对着赖鹏立正敬礼，说道："赖鹏队长，祝任务顺利！"

在老兵深邃的眼神中，赖鹏看到了一种只有军人才能读懂的情感，既饱含着对视死如归的敬佩，又带着对自己不能亲赴沙场的遗憾。他还了个标准的军礼，说道："你的烟不错，我喜欢。等我回来，记得给我备一包。"

说罢，他跳上车，对着罗影和王子骁招手道：

"银蛇部队，出发！"

2.

　　银蛇部队的车子离开A1031部队驻地已有四个半小时，却依然没能到达目的地。尽管地图上提示的直线距离只剩下了不到一公里，可年久失修的道路和断裂坍圮的立交桥却令污染区的城市成了一座庞大的迷宫，事先准备好的地图在这里毫无用武之地。

　　赖鹏一只手握紧方向盘，另一只手在全息导航图上点来点去——依据他们一路上的观测，后台的人工智能已经实时绘制出了全新的城市地图。来到一处路口，赖鹏抬头看看路标，蓝色指示上显示着去往目的地"新华路"需要左转再右转，导航却提示他左转后直行。赖鹏犹豫两秒后相信了导航，可没开出多远便被一块掉落的楼板挡住了去路。他一拳捶在方向盘上，对着中控台抱怨道：

　　"妈的，又是死路。红，你的导航系统是不是出了问题？"

　　"请放心，您仍然行驶在最佳路线上。"扩音器中响起了一道没有感情的机械声。

　　"红"是华国军队总装备部负责开发的、负责后方支援的人工智能，由目前世界上最先进的机器学习算法训练而成，据说其运算能力在全球范围内都属于顶尖水平。在任务中，红还有更重要的作用，那就是一旦检测到随身携带的电子设备产生变异，就会立即启动自毁程序，以确保人员安全。

赖鹏指着眼前的巨石怒吼道："你的传感器落上鸟屎了吗？你管这叫'最佳路线'？"

"请自行处理。"红的声调依然没有一丝情感起伏，"如果走另一条路，需要越过至少三个这种级别的障碍。所以说，您仍然行驶在最佳路线上。"

另一边，罗影无视队长的骂骂咧咧，透过车窗眺望着破败的城市。这些天风很大，道路上铺满了落叶，高耸的建筑上满是斑驳，被丢弃的车辆四处歪斜着，不时能看到鸟类在车顶筑巢。不远处的超市招牌掉了一半，玻璃门半开启着，门前聚了一群喜鹊，正围着一袋破洞的大米叽叽喳喳啄食。外网对动物们的影响微乎其微，科学家们说这是因为动物的智能化程度没有达到"阈值"。这样看来，外网简直就是智力层面的大过滤器。

没一会儿，罗影便对窗外单调的景色失去了兴致。她转头看向王子骁，发现对方手里依然握着没有抽完的半支香烟。王子骁也感觉到了罗影的目光，他装作若无其事地将半支香烟塞进裤兜，对罗影笑笑，说道："罗影姐，这还是我第一次听你讲，自己为什么会选择当兵。"

"是吗？"罗影若无其事地应道。她从未刻意隐瞒过自己的过往，当然也不会刻意对别人提起。她似乎意识到这样的反应未免过于冷淡，便顺着话题问王子骁："你呢？为什么选择当兵？"

被问到的王子骁眼睛亮了起来，他将双臂倚在脑后，看着车顶，说道："我曾经……挺叛逆的。把我送来部队，用老爸的话来说就是，塑造人格。"

罗影上下打量着王子骁，这名新兵一眼看去就是那种温室的花朵，很难将他同"叛逆"联系起来。"看不出来。只觉得你父母应该……"她努力斟酌着词句，"对你挺好的。"

王子骁苦笑两声，继续说道："我爸妈开公司的，虽然算不上大企业家，但家庭条件也还算得上优渥。他们从小按照优等生的标准要求我，但稍微长大一些后我就发现，在这个外网降临的时代，什么好好学习啊，好好锻炼啊，甚至好好活着本身，都毫无意义。于是我开始和父母的要求对着干，他们将我送去最好的学校，我偏要逃学；他们给我安排了工作，我天天翘班、和老板作对，有一次甚至还动了手……"

"如果你爸妈是那种很传统的家长，那确实挺要命的。"罗影恰到好处地应道。

王子骁叹气道："我老爸是个退伍军人，每次我这样干，都会被他狠狠修理。其实那时的我心里也清楚，我并不是讨厌父母，只是找不到活着的意义而已，做这些事情也无非是通过和父母对抗，来挤出那么一丁点意义。久而久之，我觉得'叛逆'这件事也没了意义，于是，我对抗的对象，从父母变成了整个世界。"

说罢，王子骁撸起右臂上的衣袖，手腕处有一道深深的疤痕。他自嘲道："在那之后，我开始尝试自杀。但也许是缺乏勇气吧，每一次下手都不够狠，事后都被发现救了回来。第三次自杀后，老爸用极度失望的眼神看着我，说，'我送你去个地方，如果在那里你还是找不到所谓的意义，要死要活随你便。'"

"于是，你被送来军队了。"听着王子骁的故事，罗影若有所思地点点头，"那你找到意义了吗？"

"算是找到了吧！"王子骁看着罗影认真的神情，抿着嘴笑了笑。有件事他没敢说出来，在新兵训练营的第二个月，部队里找来了高手为新兵表演，罗影就在其中。当看着罗影轻而易举地打破一项项纪录时，少年的心被深深地触动了。眼前的这个人是如此的飒爽、如此的帅气，在这个混沌的世界里，简直就像是一道光一样。追赶这个人，完全可以成为自己存活于世的意义。从那时起，罗影，就成了这个青涩少年的全部世界。

简单交谈后，罗影将视线移回了窗外。王子骁看着罗影的侧脸，她的眼角下有一颗若隐若现的痣，仿佛用笔轻轻点在那里，让整张帅气的脸庞增加了一分柔美。他只觉得心跳漏了半拍，默默地深吸了一口气，鼓足勇气问道："那个……罗影姐，你都这么强了，将来如果找男朋友的话，不会要求比你还强吧？"

他原本想要问罗影喜欢什么类型，但纠结再三还是选了个拐弯抹角的问法。

罗影被问得一愣，她从未思考过这个问题。平日里她的身边尽是男兵，罗影只觉得自己和他们没什么区别，更没对谁产生过特殊的感情；不过她倒是听说过，自己在女兵群体里颇受欢迎。

"我嘛……"

两人交谈期间，车外突然传来巨大的响声，四周扬起一阵尘土。他们向窗外看去，原来在两人交谈期间，赖鹏已经下了车子，用随身携带的乌兹冲锋枪对着头顶的路牌一阵扫射，很快便将连接处的钢管射断，令整块路牌落了下来。他搬起沉重的路牌，在地面和挡路的楼板之间架起一个斜坡，又搬来几块石头垫在斜坡下面，用力踹上几脚，见其纹丝不动，满意地拍了拍手。

做完了准备工作，赖鹏回到驾驶席上，系好安全带，对着后排的罗影和王子骁喊道："抓稳了！我们冲过去！"

王子骁望了望前方，疑惑道："队长，前面的桥断了啊，这里距离地面足有五十米高……"

"目的地就在我们下面，直线距离也不过五十米而已。"赖鹏起动了车子的发动机，"红不是说了吗，这是最佳路线！"

话音未落，赖鹏便一脚将油门轰到底，车子压着斜坡冲了出去。正午的阳光打在墨绿色的车身上，反射出一道耀眼的弧光。

◇

赖鹏的速降作战十分成功，特种部队的车子结实得好像铁疙瘩，除了王子骁磕破了额头，落地堪称完美。

"目的地就在您前方两百米处，建议下车步行执行任务。"红的声音恰到好处地响了起来。赖鹏做了个手势，罗影和王子骁点点头，迅速跳下了车子。

王子骁搬来了工程机器，开始在地面挖起了战壕。面对没有自主意识的罪物，战壕往往能够起到很好的防护效果。工作期间，罗影举起狙击枪，透过镜筒观察着远处的目标。目的地"红绿蓝儿童游乐园"坐落在一街之隔的对面，近三米高的招牌歪斜地靠在一旁的树干上，五颜六色的LED灯诡异地交错闪烁。城区在三年前就已断电，但有些罪物总能通过各种方法为周边提供能源。

两分钟后，王子骁挖好了战壕，赖鹏将车子开了进去，按下按钮，由贫铀合金和钛钼合金混合而成的装甲板便向着两侧展开，构筑起一道坚实的屏障。罪物的手段虽多，但无外乎高温、高压、爆炸，这座堡垒可以在最坏的情况下保障士兵生命安全。

布置好了简易基地后，赖鹏从车中拎出两只箱子，里面装着气相色谱仪和盖革计数器等检测设备。几秒后，三人听到了红的播报："空气中氧气含量正常，没有检测到毒气，周边辐射强度正常、温度正常。"

"太好了，这次不用背氧气瓶！"赖鹏戴上面罩，披上特制的披风，又检查了弹夹。这种披风由碳纳米纤维、阻燃聚酯纤维和耐高温的铅—铋高熵合金颗粒制成，具有一定的耐高温与防辐射的功能。做好准备后，他下令道："老规矩，我和罗影在前面突击，王子骁在后面压阵。无论谁牺牲了，都不用收尸，继续执行任务！"

王子骁答了声"是"，而罗影却站在原地一动不动。赖鹏对罗影可谓百分百的信任，于是凑过去询问情况。罗影依然盯着狙击镜筒，解释道："游乐园里有什么在动，体型比人类小，动作很缓慢，不像是动物。"

这时赖鹏也注意到了什么，他用手掌贴住耳廓听了几秒，问道：

"你们有没有听到……歌声？"

荒废的城区里少了噪声，声音能传得很远。借着吹来的风，罗影也捕捉到了歌声，像是一首童谣：

"我们……花园……鲜艳……"

"红，传输目标地区的卫星图像！"赖鹏当即下令道。他们的头盔上都集成了特殊频道的耳机，能够实现与红的即时通话。

"收到，立即联系极地卫星。"

两秒后，一道全息屏在三人面前弹了出来，画面上可以看到锈迹斑斑的摩天轮、断裂的过山车轨道，以及满是灰尘的滑梯与蹦床。然而在荒废的娱乐设施之中，有蚂蚁一般的、色彩鲜艳的小东西在活动着。赖鹏滑动手指放大了图像，在看清活动物体真面目的瞬间，即便是身经百战的他，也不由得寒毛竖起——

一群满身泥土的毛绒玩偶，正在游乐园中玩耍。它们有的蹦蹦跳跳，有的嬉笑打闹，一如旧日里游乐园中的孩童。

3.

　　游乐园中，一只粉红色的小猪玩偶坐在摇摇椅上，伴随着音乐的节拍晃动着满是尘土的肥胖身躯。它的嘴角缝合处裂开了，填充物太空棉露了些出来，远远看去仿佛滴落的口水。

　　罗影全神贯注地注视着狙击镜筒，对准小猪玩偶的头部慢慢微调准星。树梢上的叶子停止了晃动，罗影屏住呼吸扣动扳机，装了消声器的枪筒发出一声轻微的闷响，小猪玩偶应声倒下，身体里填充的太空棉四处飞溅。

　　罗影默不作声，继续观察着。其他玩偶仿佛什么都没有发生一般，继续蹦蹦跳跳地玩耍。

　　"它们之间没有协同性，想必没有产生自我意识。这些玩偶并没有发生变异，只是在罪物的操控下活动。"罗影有条不紊地说出了自己的判断。

　　"按照原定计划前进！"

　　赖鹏一声令下，三人俯下身子快速前进。随着与游乐园的不断接近，罗影终于听清了扩声器里播放的歌曲：

　　"娃哈哈，娃哈哈，每个人脸上都笑开颜……"

　　"信息确认，这是一首诞生自七百八十七年前的童谣，至今仍在传唱。"红的声音在耳中响起来，恰到好处地做出了说明。

罗影继续前进。可是突然间，她产生了一种微妙的异样感觉。作为一名优秀的战士，罗影对自己身体的每一个部位都有着足够敏锐的感知，这种感觉意味着大脑对身体某个部位失去了控制。顺着感知，她摸了摸自己的头，又拍了拍脸颊，发现嘴角竟在不经意间上扬。

她在笑。

没有任何征兆，大脑也没有下达过"笑"的指令，可嘴巴却不受控制地笑了。罗影回想着进入游乐园后遇到的种种，心中有了一个模糊的判断。

"稍等，玩具们停下来了。"赖鹏抬起手臂示意队伍停下。就在同一时刻，头顶的扩声器播报出奶声奶气的电子音："下面请欣赏歌曲，《爱我你就抱抱我》。"

随着"爱我你就亲亲我，爱我你就抱抱我"的歌声响起，毛绒玩偶们再次动了起来。它们互相抱成了一团，扭动着与身体不成比例的硕大头颅蹭来蹭去，似乎是在努力做出"亲吻"的动作。一只毛绒狐狸因为抱在一起的玩偶太多被挤了出来，一副不知所措的样子跑来跑去。

罗影屏住呼吸，认真感受着身体的每一处异样，但这一次她并没有受到影响。可就在这时，身旁传来了响动，只见王子骁张开双臂飞奔过来，表情因为慌张而扭曲着，一面跑一面大喊："罗影姐！快躲开！我没办法控制自己！"

罗影轻轻侧身躲过了王子骁的拥抱，继而抓住对方的一只手臂使出了过肩摔，顺着王子骁冲刺的力度将他甩了出去。王子骁被丢出去十几米远，落在一堆毛绒玩偶里。罗影当机立断开了枪，子弹不偏不倚地命中了房檐上的扩声器，一阵滋滋啦啦的电流声后，歌声停了下来。

刹那间，玩偶们全都停下了动作。王子骁从玩偶堆里爬了出来，揉揉摔痛的肩膀，问道："刚才到底怎么回事？"

"是歌声。它在指挥玩偶们，我们也会受到影响。"罗影解释道，"具体原理无法判断，但歌词中的内容似乎会扭曲现实，例如让玩偶们跳舞，再例如让你求抱抱。"

"那为什么只有这小子发春了，我们没事？"赖鹏问道。

"'爱我你就抱抱我'并不是一句命令，而是一个判断句式。如果'爱'的判断为真，才会执行'求抱抱'的操作。"罗影进行了简短的说明。她没有说的是，因为自己对另外两人并不存在名为"爱情"的情感，所以不会受到歌曲的影响。

"妈的，它唱一句'双手紧握爆破筒'，我们岂不是要一起去死？"赖鹏骂了一句，"有什么办法吗？也不知道堵上耳朵有没有用。"

罗影指了指远处被击毁的扩声器，又指了指散落一地的毛绒玩偶们，解释道："至少在见到罪物前，摧毁扩声器可以防止自己被影响。"说罢，她对着耳机另一端的红下令道："红，请标记游乐园中的扩声器！"

"请稍等……成功。游乐园区域共有四十九台扩声器，我已在导航图中做了标记，请及时清理。"红提示道。

三人相视一眼，不约而同地点头，继续前进。

临行前罗影瞥了一眼地上七扭八歪的玩偶们，心中闪过一丝阴霾：儿歌虽然朗朗上口，但歌词内容往往简单粗暴不讲道理。如果罪物真的能够将歌词内容全部实现，那它能够做到的，恐怕远不止破坏城市这么简单。

二十分钟后，三人已经地毯式排查了游乐园的大部分区域，四十九台扩声器全部被清理。歌声消失后，玩偶们也停止了动作，游乐园中恢复了昔日萧条的景象，一如周边破败的城区。

经过一番探索，三人将目标锁定在游乐园西北角的音乐教室里。教室外侧的墙壁上贴着五颜六色的音符，此时已长满了爬山虎；门外立着一座小朋友吹奏号角的铜像，也已在长久的风吹日晒下长满了铜绿。

王子骁架好重机枪留在原地瞄准，罗影和赖鹏背靠墙壁，缓慢地接近了房门。随着距离的接近，罗影隐约听到了房间内的歌声：

"小兔子乖乖，把门开开……"

"红，搜索歌曲！"罗影低声说道。几秒后，红便给出了答案："这同样是一首八百多年前的童谣，叫作《小兔儿乖乖》。"

"显示歌词。"

一块全息屏在罗影和赖鹏面前弹了出来，两人迅速扫视了歌词，确定没有危险内容后，相视点头。下一瞬间，罗影迅速转身，对着门锁射出一梭子弹，赖鹏麻利地一脚踢了上去，脚踹在薄薄的木门上一阵酸痛，门却纹丝未动。

"不开不开我不开，妈妈没回来，谁来也不开！"

门内继续传来聒噪的歌声。

赖鹏骂了一声，取出黏土炸药贴在门锁上，又插进雷管。他和罗影迅速退向一旁，按下遥控器，一片火焰和硝烟顿时吞没了小小的音乐教室。

然而硝烟散去，门依然一动不动。

"抗性有CR①级了。"赖鹏立即对着王子骁下令道："请'姥姥'来！"

"明白！"

王子骁拿出背包中的运输车遥控装置，开始操作。远处车子的天窗开启，一门三米长、一百五十二毫米口径的火炮升了起来。火炮中的炮弹装填了金属氢，这是一种氢原子在百万大气压下形成的烈性炸药，威力是TNT炸药的四十倍，可谓无辐射的核弹替代品。为了向R国代号"丈母娘"的K3-4炸药致敬，士兵们喜欢把这种炮弹叫作"姥姥"。

---

① CR 为 Chemical Rejective 的简写，即一般的化学炸药无效。

三人找了一座假山做掩体，红控制炮口自动校正了弹道。伴随着一声巨响，金属氢炮弹结结实实地打在了音乐教室的房门上，空气中升腾起小型的蘑菇云，四周的跳楼机和摩天轮被连根拔起，地面留下一个深坑，泥土和石块雨点一般地落下。

　　然而在弹坑中兀自矗立着一座孤岛，音乐教室依旧安然无恙。

　　"糟了，是NS①级的抗性！"赖鹏目光严峻。既然不怕"姥姥"，那么罪物很可能有着核弹都难以破坏的抗性，回收难度直线上升。

　　就在这时，罗影回想起了歌词的内容，一个大胆的想法在心中浮现。她飞速地冲出掩体，跳进弹坑，又攀上了音乐教室所在孤岛。

　　"罗影姐，危险！"

　　王子骁在后方大喊着，罗影没有理会他，而是将耳朵贴在门上，继续听了下去：

　　"就开就开我就开，妈妈回来了，快点把门开！"

　　随着歌声结束，罗影握住门锁轻轻一转——

　　房门竟毫无阻碍地打开了。

---

① NS 为 Nuclear Safe 的简写，即能在核爆中幸存。

4.

如果你问一名老兵应对罪物的经验，他一定会告诉你：逻辑，逻辑，压倒一切的逻辑！

罪物的运作都遵循着特殊的逻辑，即便罪物本身都无法违背。如果与罪物的逻辑背道而驰，会令回收难如登天；但遵从罪物的运作逻辑，反而能够四两拨千斤。罗影判断出罪物的逻辑是必须将一首歌唱完，无论歌词内容是什么，即便对自己不利也无法停下来。由此，她等到了"就开就开我就开"一句，顺利打开了"姥姥"都轰不烂的房门。

罗影和赖鹏一手持枪一手握紧匕首，谨慎地走了进去。面对NS级抗性的罪物，常规武器自然没有用处，但匕首和枪却能在关键时刻保护性命。

房门缓慢地打开，他们终于看清了罪物的真面目——

一只红色的兔子玩偶，两只红色的眼睛闪烁着，三瓣嘴处可以隐约看到扩声器。

"这是一百三十六年前由厂商'千寻'生产的语音控制型人工智能播放器，代号'红布兔'，型号WR0763，全世界共投放五十万只。"捕捉到罪物的样貌后，红立即检索出了信息。

就在这时，罪物红布兔结束了《小兔子乖乖》的播放。它操着奶声奶气的童音继续说道："下面请欣赏歌曲，《春天在哪里》！"

悠扬的童声响了起来："春天在哪里啊，春天在哪里，春天在小朋友的眼睛里……"

突然间，罗影眼前的音乐教室和罪物消失不见了，取而代之的是一望无际的原野。风吹在脸上再也没有了冬季的凛冽，反而带着温暖潮湿的触感，还夹杂着青草味和些许花香。

歌声继续回荡："看见红的花呀，看见绿的草，还有那会唱歌的小黄鹂！"

一瞬间，花朵宛如泼墨一般绽放，四下里顿时成了一片红色花海。不计其数的黄鹂鸟自头顶飞过，叽叽喳喳的叫声汇成了嘈杂的声浪。

"它还有空间能力吗？我们被传送到了什么地方？"王子骁疑惑道。

"这不是空间能力，这是一种催眠。"赖鹏当即做出了判断，"罪物就在那里，只是我们的大脑告诉自己，这里只有'春天'！"

罗影思考片刻，立刻联系了红："能屏蔽掉这个声音吗？"

"可以提供主动降噪，但由于设备限制，只能削减环境音至百分之五。"红答道。

"足够了。立即使用！"

三人的耳机中发射出与周围环境音振幅和频率相同、相位却相差一百八十度的声波，两者相抵消，耳廓立即清静下来。音乐教室和红布兔再次出现在视野中，红花绿草虽然没有完全消失，却已十分黯淡，仿佛若隐若现的海市蜃楼一般。

罗影赌对了，罪物对人的控制，是靠大脑接收声波实现的。

"接下来怎么办？如果它一直唱歌，我们即便强行带走，鬼知道路上会发生什么。"赖鹏一面说着，脑中浮现出好几首足以令三人尸骨无存的歌曲。

必须想办法让罪物停下来。罗影思索片刻，继续问红道："这种播放器，是不是可以语音控制？"

"是的。"红简短地答道。经过长时间训练，它十分清楚战场上哪些信息才是必要的。

"控制指令是什么？"

"红布兔红布兔，连念两遍，间隔不大于一秒。"

罗影点点头，这和普通AI的唤醒方法并没有什么两样。她深吸一口气，对着罪物大喊：

"红布兔红布兔！"

歌声停了下来，罪物用小孩子的腔调回应道："对不起，您的声纹与录入信息不匹配。"

罗影立即再次问红道："声纹通常有云端备份，能不能通过它的序列号检索到？"

"无法检索。千寻公司的服务器已在八十四年前报废，相关数据已销毁。"红答道。

思考期间，红布兔已经播放完了基本无害的《春天在哪里》。罗影令红暂时停止了主动降噪，等着罪物下一步的行动：

"下面请欣赏歌曲，《马兰开花二十一》！"

"小皮球，架脚踢，马兰开花二十一……"

"咦？这不是小朋友们跳皮筋时唱的歌吗？"王子骁疑惑道，"我们会不会被迫跟着跳皮筋？"

突然间，耳机以最大声量播放出了红的声音，无机质的机械音中透露出焦急：

"快跑！越快越好！是核爆！"

三人愣了半秒，一首小孩子跳皮筋的歌，怎么会引发核爆了？他们不知道的是，在20世纪的华国，这其实是一首歌颂原子弹实验的歌曲。"小皮球"就是原子弹，"架脚踢"指的是放置原子弹的高架，"马兰开花"和"二十一"则暗示了当时的核试验秘密基地。

就在短短的刹那，黄色的光球在红布兔的四周汇集，房间内的温度骤然间上升。在歌曲的驱动下，罪物将要重现当年核试验的场景！

"二八二五六，二八二五七，二八二九三十一……"

赖鹏一步向前，抱起了放射着强光的红布兔。罪物目前的温度只有不到一千摄氏度，在手套和防护服的保护下还能忍受。

"那边有条河，我把它扔过去，你们立即撤离回运输车里！"赖鹏下令道。

罗影想要说些什么，可当看到队长的眼神时，她当即拉起王子骁说道：

"我们走！"

双方向着相反的方向疾速奔跑。整个游乐场的空气都燥热起来，当罗影冲出游乐园大门时，她的背后闪起了一道冲天的火光。她揪住王子骁的衣袖将他丢进了战壕，自己立即跟着滚了进去。

震天动地的爆炸声响起，巨大的蘑菇云冲上天空。在真正的核爆面前，即便是"姥姥"这种烈性武器，也只像是烟花一般。罗影死死地趴在战壕中，运输车提供了最后的屏障。时间缓慢地流逝着，每一秒都仿佛身处炼狱。

不知过了多久，爆炸的硝烟缓缓散去，蘑菇云遮住了阳光，天上落下混杂了放射性物质的辐射雨。王子骁半截身子被埋在土里，他的额头满是鲜血，已经失去了意识。

罗影从土堆中爬出来，拉着王子骁，放到平坦的位置，取出随身携带的医疗包为他包扎了伤口，又将自己的披风脱下为他盖上，以免被辐射雨淋湿。完成了一系列动作，她自战壕中翻出一支完好的氧气罐背在背上，又将送气管道插进面罩的进气口。做完准备工作后，她一跃而出，向着爆炸中心走去。

"你要干什么？"红的电子音中露出惊讶。

"队长牺牲自己保全我们，是因为他判断出核爆后罪物会将算力耗尽，这样一来我们就可以进行回收。从逻辑上讲，队长选择了最优解，所以我才没有阻止他。"

罗影一面说着，一面跟跟跄跄地前进。她似是在对红解释，又好像是在讲给自己听。

"前面是强辐射区，接受大剂量辐射后，你必须在二十四小时内躺进治疗舱，否则就会因急性白血病身亡。"红提醒道。

"我刚刚向乔队长发出了求救信号，他们只需要两小时就能赶到，再有六小时就能把我运到医院。"罗影被瓦砾绊了一下，但很快稳住了身子，"你现在就联系最近的医院，准备好必要的医疗设备和药品。队长创造出了获得最优解的机会，我不能浪费。"

红没有作声。

罗影艰难而又有力地前进着。游乐园中已是一片焦土，赖鹏跑向的小河已被上亿摄氏度的高温蒸干，距离较近的游乐设备全部被高温蒸发或熔化，又被强烈的冲击波不知吹飞到了何处。

即便隔着防护服，罗影依然感觉到了难以忍受的高温。但她并没有退却，核爆已经结束，随着与周边冷空气的对流，这里的温度只会慢慢下降。

不知走了多久，罗影终于在焦土中瞥见一抹熟悉的红色。红布兔的身上满是尘土，但它的一只眼睛仍然亮着，仿佛凝视着深渊的恶魔。

而她，正要去做那驯服恶魔的勇士。

罗影继续前进，可就在这时，她却听到了红布兔的声音：

"下面请欣赏歌曲，《五百年桑田沧海》！"

罗影愣在了原地。核爆过后，罪物依然保留着算力！

赖鹏队长的牺牲并没有为部队换来一线生机！

尽管只剩下了几十米的距离，但遍体鳞伤的罗影已经没有了任何办法，只得任由罪物唱了下去：

"五百年，桑田沧海，顽石也长满青苔，长满青苔……"

随着罪物的歌声，罗影眼前的景色渐渐模糊了。她虽然不清楚这首歌的背景，但"五百年"三个字却听得无比清晰。

这难道是……时间能力？

下一刻，难以抵抗的疲惫感自骨髓扩散到全身，罗影在一瞬间失去了知觉。

第二章　外网纪元

1.

五百年，桑田沧海，

顽石也长满青苔，长满青苔，

只一颗心儿未死，

向往着逍遥自在……

罗影在穿越时间的长河时，耳畔总响起这首歌，在很多年之后，她才意识到这是古时候一部电视剧的主题曲。主角跟她一样，靠信念撑过了难捱的时光。

就像外网纪元的人类一般。

外网纪元273年，冬天再次降临了北半球。没有了人类活动产生热量，冰雪很快便将荒芜的土地覆盖。昔日的楼宇坍塌做千疮百孔的废墟，为动物们提供了天然的庇护所。

一只白狐自钢筋水泥板的缝隙中钻出，敏捷地跳下地面。当四肢接触到雪地的刹那，刺骨的寒冷令它全身哆嗦起来。但它必须外出觅食，否则体内的热量不足以撑过今日。运气好的话，能捡到冻僵的鸟儿，或者抓到田鼠的幼崽，这样接下来几天都不用发愁了。

可是突然间，白狐发现不远处的地面上趴着一只体型硕大的两足生物。它深知这种生物的可怕，它们虽然没有大型猫科动物的尖牙利爪，却能够使用各种工具。白狐曾目睹它们的种群骑在钢铁的巨兽上，呼啸着驶过原野。

白狐鼓起勇气走了过去，如果两足生物已死，那将是一顿难得的美餐。尽管需要和秃鹫等食腐动物争抢，但即便如此，获得的肉也足够它吃上一个星期。

两足生物的身上盖满冰雪，体温很低，几乎感觉不到呼吸。白狐伸出舌头，轻轻舔舐着它的脸颊。突然间，两足生物的躯体抖动了一下，冻得发紫的眼睛缓缓睁了开来。

白狐一个激灵，匆忙躲到一旁，静静观察着。

◇

罗影不知道自己睡了多久。当再次恢复意识的时候，她只感到全身针扎一般的疼痛，体内的血液仿佛沸腾了一般。她艰难地撑起身子，天空灰蒙蒙的，四处满是覆满泥土和枯草的废墟。积雪压断了树枝，呼啦啦地落下地面。

罗影深吸一口气，艰难地向远处眺望。由于遭受了强烈的核辐射，她的视力已大不如前，只能模糊看到破败的楼群被盖在冰雪中。尽管红布兔所在的污染区已很是破败，但眼前的城区似乎经历了更久的岁月，只是艰难地诉说着人类文明曾经来过。一阵风吹来，罗影冷得打了个哆嗦，她想找个房子取暖休息，放眼望去却完全没有像样的地方。

她揉着胀痛的脑袋，回想起失去意识前的最后一幕。能够将歌词变成现实的罪物红布兔。一首跨越了五百年岁月的歌曲。

自己被传到了哪里？又或者说……被传送到了什么时代？

就在这时，耳机里响起了沙沙的白噪声，红的声音响了起来：

"罗影？是你吗罗影？"

"红……"罗影刚刚开口，却剧烈地咳了起来。她捂住嘴，战术手套被喷出的鲜血染红。罗影抹了抹嘴角的血迹，问道："发生了什么？"

红顿了两秒，应道："你先听着，不要提问。你消失于公元纪元的2743年9月14日15时41分，现在是外网纪元247年12月15日9时49分。从旁观者的视角来看，你消失了五百三十八年。出于某种原因，我依然保留着你的资料，每二十四小时都会探测一次你消失时携带设备的固有频道。谢天谢地，我终于找到了你。

"如果你的身体和消失时处于连续体的状态，那么此刻你已由于过量的伽马射线辐射罹患了急性白血病，必须在十六小时内接受有效治疗。距离你最近的治疗点位于城市'幽红'，距离此处约三百二十四千米，以你目前的身体状态不可能徒步赶到。我会引导你，帮你找到协助者。"

"了解。"罗影简短回复道。她憋了一肚子的问题，但此刻保命才是第一位的。

"请沿着四点钟的方向，前进一千二百米，我会为你实时导航。"红说道。

罗影迈开步子，踉踉跄跄地前进。可没走出多远，她看到面前的道路扭曲了，树木光秃的枝丫变成了滴着黏液的触手，蜿蜒着向自己袭来。久经沙场的罗影并没有因此慌乱，她用力揉了揉眼睛，却看到赖鹏正站在自己面前，额头淌着鲜血，一只眼球挂在眼眶外面，数不清的蛆虫自鼻孔和嘴角爬出。

"红……我看不清路了。"罗影简短地说道。

"看到幻觉了吗？"红立即明白了罗影的处境。罗影嗯了一声，红解释道："现在城区外的外网浓度是你所处时代的十三万倍，你的身体没有接受过基因改造或纳米机器注射，无法适应这样的环境。你目前的视野怎么样？"

罗影强忍住头痛，四下环视一圈后发现视野再次缩小了。"三米左右。"她应道。

"右手边一点二米处有一只白色的狐狸，能看到吗？"

罗影眯着眼睛看了看，一只纯白的小东西躲在瓦砾后方，但下一瞬间就长出了尖锐的獠牙，眼中闪着绿色的光芒。

"能看到。"罗影无视幻觉，依然简短地答道。

"我会尝试用纳米机器控制它，为你带路。"似乎看出了罗影的疑惑一般，红继续解释道："你所处的位置在七年前还是城区，空气中弥散着为了中和外网而布置的纳米机器，部分还可以使用……介入成功，请跟着白狐前进。不要有疑惑，它绝对不会伤害你。"

◇

白狐疑惑地看着眼前的雌性两足生物，从某一刻起，她就一直在对着空气说话。虽然听不懂这个种群的语言，但白狐清楚他们会频繁地通过语言交流，而不像狐狸一样，只在求偶或面对危险时才发出叫声。

可是突然间，一个强烈的念头袭击了白狐的大脑：它必须为这个两足生物带路。

白狐感到了恐惧，两足生物虽然没有尖牙利齿，但因为体型的差距，杀死一只小狐狸也是易如反掌的。但脑中那道命令却是不可违抗的，其强烈程度远胜过进食和求偶的冲动，甚至盖过了对死亡的恐惧。

白狐凑近了两足生物，蹭了蹭她的腿，对方摇晃着身体弯下腰，轻轻抚摸了它的脖颈。

没有敌意。

白狐并不清楚要将两足生物带去哪里，但大脑中的声音总会在恰到好处的时候给出提示，甚至连脚步的快慢都会提醒。走出一段距离后，那个声音突然令白狐停下，白狐向前方望去，前方居然出现了另一只雌性两足生物。它并不清楚这个种族对雌性的审美，但是很明显的，这只新出现的两足生物，更加愿意展现自己的性征。

新出现的雌性两足生物看到白狐后十分兴奋，立即俯下身子将白狐抱了起来。白狐用力挣扎，但当它与对方四目相对时，一个更加强烈的念头侵入了它的意识：

眼前的雌性两足生物将成为自己的主人。今后自己将与主人寸步不离，以她的欢乐为欢乐，以她的悲伤为悲伤，自己愿意为了保护主人牺牲一切，包括生命。

更加神奇的是，从那一刻起，白狐知道了这种两足生物叫作人类，甚至能听懂人类的语言。

"哇，白色的狐狸哎，太少见了，今后你就跟着我吧！"主人将白狐高高举起，开心道。

白狐轻吟一声，算是回应。

这时，主人注意到了白狐身后的人，她凑了上去，说道："你的情况好像有点糟。需要帮助吗？"

"帮帮我，送我去'幽红'。"被自己一路带来的那个人说道。

主人用力地盯着对方，视线聚焦在那个人左眼的下方，那里有一颗若隐若现的黑色的痣。"我可是个'罪人'。而你似乎还没有感染变异，能够被城市接纳。"主人笑道，"你真的愿意和我扯上关系？"

那个人毫不犹豫地点头。

主人似乎吃了一惊，蹙眉道："为什么？"

"我也不知道。但我相信自己的直觉。"

"哈哈哈哈——有趣的人。"主人发出了开朗的笑声，然后饶有兴味地看着对方，"告诉我你的名字。"

"罗影。"那个人握住了主人的手。

"幸会，我叫龙舌兰。"

2.

很漂亮，摄人心魄的那种漂亮，这是罗影对龙舌兰的第一印象，她甚至在一瞬间感觉到了心动，那是她自出生以来从未经历过的感觉。如果不是在这种情况下相遇，自己一定会邀请她去喝上一杯，再好好聊上一聊。

"告诉她，只要送你到'幽红'，价钱随便开。等进入城市，我可以让你拥有账户，钱不是问题。"红在罗影耳中提示道。

"想要打动她，金钱是没用的。"罗影小声回应道。

"那用什么？"红疑惑道。

"真诚。"

彼此介绍过后，龙舌兰走到罗影近前，伸出手触摸着罗影的脸颊。一阵刺痛传来，罗影不由得皱紧眉头，却没有对龙舌兰的触摸表现出任何的反抗。少顷，龙舌兰将手指摆在罗影眼前，上面带着一抹殷红的血迹。

"严重的辐射病，普通人连保持意识都十分困难，你能硬撑着找到我，也真是厉害。"龙舌兰说罢，抬起罗影的一只手臂架在自己肩上，"我先带你去个暖和的地方休息，这么冷的天气，身体失温就不好办了。等我准备好车子，一定能把你安全送到城里。"

罗影嗯了一声，跟着龙舌兰向前方慢慢走去。身体再次传来刺痛，但与此同时，身边的龙舌兰也给了她有力的支撑。寒风依旧刺骨，可龙舌兰的身体却暖暖的，仿佛能将周围的冰雪都融化一般。

走出不远，龙舌兰突然开口道："你知道吗？别说城区的居民了，就连这附近的罪人都很怕我。可你居然不怕危险，主动接近我。"

"我不怕你。"罗影说着，意识开始不受控制地模糊，"我们两个……很相似。"

龙舌兰扭头看向罗影，对方大口喘着粗气，身体滚烫，眼神却清澈而坚定。她的嘴角微微上翘，小声说道："你说得没错。"

罗影没有再说什么，龙舌兰继续开启着话匣子："有没有人告诉过你，你眼角的那颗痣很美？"

"没注意过。"罗影如实答道。身为一名战士，她平日里对自己的容貌不甚在意，除去出席正式场合外，也很少打扮。

"就像你这个人一样，危险而又美丽。"

一路聊着，两人到达了龙舌兰的住所，一间由铁皮搭建的临时房屋。尽管外观简陋，墙壁上却细心地做了隔温层，墙角处一台柴油发电机工作着，为房屋提供了必要的电力。

"罪人进不去城区，只能住在这种地方。"龙舌兰叹气道，"将就一下，我这就去准备车子。"

龙舌兰挽着罗影走到门前，一只手推房门，对着屋里大声喊道："老王！来客人了！"

房间内传来一声很不情愿的哼唧声。半分钟后，一个男人裸着上身穿着短裤，双脚趿拉着拖鞋，一边挠着头皮一边走了出来，嘴里抱怨着：

"冰天雪地的，你又捡稀奇古怪的人回来了……"

可就在这时，男人瞥见了罗影的脸，迷糊的双眼瞬间瞪得浑圆。他匆忙冲了过来，一个跟跄踉踉跄到了折椅，又手脚并用地爬到罗影身边：

"罗影姐？你是罗影姐吗？"

这时，罗影方看清了男人的脸。虽然已从记忆中的大男孩变成了胡子拉碴的中年人，但她还是一眼就认出了对方，因为就在一小时前两人还在并肩战斗——

王子骁。

◇

龙舌兰对两人竟是旧识一事十分惊讶，但她并没有多问，而是一刻不耽搁地跑去准备车辆。王子骁给罗影拿来了热水和汉堡，看着她吃下少许后，又搀扶着她躺下，盖好被子。之后，他拉上帘子，开始叮叮咣咣折腾起来。

少许休息后，罗影感觉意识清醒了很多。她侧过身子扫视着房间，这里空间不大，中间被隔断划分成了泾渭分明的两个区域。左侧属于王子骁的空间被他用帘子遮住了，只能看到右侧龙舌兰的居所。墙角处摆放着一张单人床，被褥打理得一丝不苟，却有一把没见过型号的步枪丢在了床上。墙壁上贴着摇滚明星海报，画中人物的发型和穿着都十分前卫，用夸张的动作拨弄着吉他。

又过了一会儿，王子骁拉开帘子走了出来。他换上了外出的服装，又搬来折椅，守在罗影身边坐下。罗影此刻憋了一肚子的问题，例如王子骁为什么会出现在五百多年后的未来，例如他现在究竟多少岁，例如自己消失后发生了什么。但她清楚现在不是时候，也不知该如何开口。

另一边，王子骁似乎也有话要说。他用力地挠着头，双腿不安地抖动着，开口道："罗影姐，抱歉，我还是需要确认一下。在你的记忆里，我们刚刚执行了回收罪物红布兔的任务，队长在任务中牺牲了，对吗？"

罗影方才意识到，如果这个男人真的从旧时代活到了现在，那么有关银蛇部队的回忆一定如同岸边的沙砾一般，被岁月的长河冲刷得没了形状。

"是的。多谢你，这么久了，还记得我们。"罗影说道。

"怎么可能会忘。"王子骁露出苦涩的笑容，"该道谢的是我，那天如果不是你，我早就在核爆中被蒸发掉了。"

"可队长还是死了。"罗影下意识地握紧了拳头。

"是啊……"王子骁的目光注视着窗外混沌的天空，"直到今天，我遇到困难时还总是会想。如果赖鹏队长在，他会怎样处理。"

简单几句交谈后，两人又陷入了沉默。尽管在罗影的认知中他们几小时前还在并肩战斗，但对于王子骁而言却横亘了五百多年的岁月，对于人类有限的认知而言，这并不是可以简简单单跨越的。

不知过了多久，王子骁取出一支烟在罗影面前晃了晃，问道："介意吗？"

罗影轻轻摇头。她突然开口问道："子骁……你这些年，过得怎么样？"

王子骁点烟的手定在了半空，似乎没有料到罗影的第一个问题，居然是关于自己的。他用力地吸了一口烟，呛得自己咳嗽了几声后，苦笑着说道："怎么形容呢？绝大部分时候就跟野草一样随风飘荡，随遇而安。不过也有几个瞬间，真的燃烧出了火焰。"说罢，他看向罗影，目光灼热，"但是，罗影姐，重要的不是我，而是你。在我几百年的生命中，曾经数次见过你，每一次都是至关重要的历史节点……"

罗影皱紧眉头，王子骁短短的一句话，带来了大量的信息。难不成自己今后还要经历更多的时间旅行？可她还没来得及细想，门便被咣当一声推开了，龙舌兰风风火火地闯了进来，见两人正在交谈，三步并作两步地走到罗影跟前，问道："他没对你做什么吧？"

"我们在叙旧。"罗影简短地答道。

龙舌兰警惕地环视着四周，当看到老王居所墙壁上空空如也时，微微皱下眉头，俯下身子对罗影说道："他在城里有几十个女朋友，之前墙上贴满了女人的照片，不知何时取了下来。"

罗影回想起王子骁换衣服时好像在折腾什么，原来是在忙着把墙上的照片摘下来。但她无论如何也想象不出，当年和女兵多说几句话都会脸红的大男孩，如今居然成了海王。

"如果他说了什么撩你的话，千万不要当真！"龙舌兰继续小声嘱咐道，一旁的王子骁似是听到了，却只是若无其事地笑了笑。

"那你和他之间……"罗影终于按捺不住好奇心，问道。

"只是伙伴，一段孽缘而已。"龙舌兰答道。

越野车停在门外，王子骁利索地坐上了驾驶席，龙舌兰将罗影扶上后座，坐到了她的身旁。

车子很快发动了，这个时代已经很难找到完好的公路，剧烈的颠簸仿佛过山车一般。罗影发着高烧，全身如同针扎般刺痛，但她依然一声未吭。就在这时，龙舌兰搂住罗影的肩膀，将她的头轻轻地放在了自己大腿上。

"很难受吗？"龙舌兰看着罗影痛苦的表情，又摸了摸她滚烫的额头，担忧道。

"撑得住。"罗影简短地答道。

"我来帮你减轻痛楚。"龙舌兰向后撩撩发梢，"看着我的眼睛。"

罗影不明白龙舌兰想要怎样帮自己，但她选择了无条件相信对方。在与龙舌兰视线相交的瞬间，她仿佛被什么庞大的存在给吞噬了，灵魂深陷黑暗之中，周身却暖暖的。几秒后，身体感觉回归，那种刺骨的痛感却淡了很多。

"这是我的催眠能力。你的伤还在，只是大脑认为自己没事了。"龙舌兰解释道，"我用力狠些，效果相当于一百毫克吗啡。"

罗影撑着身子坐了起来，小臂渗出鲜血，却依然没感到痛。她抬起头来看着龙舌兰淌下汗滴的额头，真诚地说道："龙舌兰小姐，这样帮我，真不知该如何感谢。"

"我帮你，又不是为了回报。"龙舌兰若无其事地应道。

"这样吧，如果我能闯过这一关，你可以让我去做任何我力所能及的事情。"

"你再说我生气了啊？"

"这不是为了报答，是我想为你做。"

看着罗影不依不饶的样子，龙舌兰无奈地笑道："这样吧，别再叫我什么小姐大姐的，从现在开始，你叫我兰，我叫你小影，可以吗？"

"没问题，兰。"罗影立即应了下来，"但是，这件事不算。"

"好好休息啦！再闹我要催眠你了！"

龙舌兰扶着罗影的肩膀，强行把她按回自己怀中。

三小时后，越野车停在了"幽红"的城郊，驾驶席上的王子骁回头说道："我和龙舌兰在这里是不受欢迎的，想要让你顺利就医，恐怕要花些力气。"

红在耳中提醒道："救护车马上到。"

"会有人来接我。"罗影答道。

龙舌兰焦急地看向窗外，果不其然，对面开来了一辆救护车，两名医护人员抬着担架走了下来。他们确认罗影的身份后，便令她躺在担架上，抬着进了救护车。

"我会去找你的！"龙舌兰挥手道。

罗影向着远处竖起了大拇指。

救护车渐渐远去，龙舌兰却依然待在原地，一动不动地看着车子远去的背影。王子骁看着龙舌兰那几近虔诚的目光，哼了一声，问道："怎么？看呆了？"

"这叫一见钟情，没见过啊！"龙舌兰毫不客气地回击。

王子骁笑了笑，点燃一支烟，继续问道："你觉得她怎么样？"

"我见过的最优秀的女性。"龙舌兰毫不吝惜地赞美道。

救护车已在视野中消失，王子骁望着被黑云遮住了大半的夕阳，吐出一口烟雾：

"我也这么觉得。"

3.

　　救护车径直驶入了"幽红"的医院，医护人员将罗影抬进了急救室，几名护士帮忙脱下衣服，又把一大堆电极贴在了身体各处。罗影已经没力气睁开眼睛，她隐约听到医生们在议论什么，还有来来回回的脚步声。过了一会儿，一名男性医生俯下身子，在她的耳边说道：

　　"我们会将你装进治疗舱，用最新型号的药剂和纳米机器修复你的身体。费用方面不用担心，已经有人为你付过了。但仍有事项需要说明：即便是最佳的治疗，也不能确保百分之百的成功，你仍有可能死亡，并且治愈后有可能产生副作用。如果知晓了以上事项，请点点头，我们即刻开始治疗。"

　　罗影微微点头。身边的医护人员立即忙碌起来，将她的身体放置在一个凉飕飕的平台上，之后顺着传送带送去了一个封闭的空间。又过了几分钟，四周传来了汩汩的水声，皮肤上也有了液体的触感。很快地，液体便将罗影全身淹没，她的身体悬浮起来。但很神奇，罗影并没有感到呼吸困难，反而被一种温暖的感觉包围，身体上的病痛也少了大半。此时此刻，人工心肺已经接管了身体的循环系统，纳米机器屏蔽了感官，数不清的干细胞在修复千疮百孔的身体。

　　罗影就仿佛初生的鱼儿一般，任凭海水母亲一般地环抱着。此刻的她就像是缸中之脑，除了思考，做不到任何事情。

"辛苦了。"红的声音响了起来。罗影想要开口，却发现无法控制声带。红提示道："我现在通过电极与你的大脑直接相连，你想说什么，在心中重复两遍我的名字，再将想说的内容在心中默念即可。放心吧，没有你的指令，我无法读取你的思维。"

罗影想了想，问道："你现在是什么身份？看起来成了大人物。"

"没想到你的第一个问题居然是关于我。"红的声音透露出开心，这是它之前不曾具有的功能。"简而言之，目前世界上只剩下了四座城市，分别是幽红、柠黄、苍灰、深蓝，全部由超级人工智能控制，以中和外网的污染，提供人类的庇护场所。在曾经的军用AI中，我是训练最成功的一个，于是被政府选中，经过多次升级改造，成了'幽红'的管理者。"

红操控着整座城市的运作，当然也包括金融系统，难怪它能够帮助垫付费用。罗影想了想，继续问出了自己最感兴趣的话题："这五百年间，世界经历了什么？"

红讲述道："你消失后的几十年间，是人类试图征服外网的时代。他们发动了'利维坦'计划，要用小型的戴森球将外网'收容'，彻底为人类所用。可是在公元2800年，发生了第一次'涌现'。"

"涌现？"

"你可以理解为外网的海啸，或者地震。"红解释道，"在第一次涌现中，戴森球'利维坦'变异成了罪物，并进一步进化成了弥赛亚。所谓弥赛亚，是罪物或者罪人的进化形态，前者操控的是物理概念，弥赛亚操控的则是数学概念。"

"例如，我可以让1+1=3？"罗影好奇道。

"如果2仍然定义为1的后继，但'加1'却定义为后继的后继，那么所有依赖于'后继'的物理过程，都会因此而改变。"红说出一串晦涩的数学名词，"例如，你将两杯一千克的水混合，将会得到三杯一千克的水。"

"那多出来的一杯水从哪里来？"

"自然界会自己选择耗能最低的方式来创造出一杯水。可能是将氮原子裂变产生氢原子，再和氧原子结合成水；也可能是从狄拉克海中'借'来质子，通过核聚变产生氧原子，再结合成水。取决于周边的环境。"

"抱歉，我已经开始头痛了。"罗影说道，"如果我能动，现在肯定在打呵欠。"

"我可以为你在脑中写入必要的理工科知识。需要吗？"红出人意料地问道。

"写入后我就能理解吗？"罗影问道。

"知识只是信息，写入知识就好像给你的大脑装了一座可以随时调用的图书馆，至于怎么用，用到什么程度，还是取决于你自己。"红答道。

罗影想了想，觉得这是稳赚不亏的买卖。尽管她没有太强的胜负心，却乐于学习新的知识和技能。再者说，如果将来必须在这个五百多年后的世界生存下去，相应的知识也是必要的。

"好的，麻烦你了。"她应道。

"明白，知识写入会在你进入深度睡眠后进行。接着讲人类的历史吧。第一次'涌现'让地球丧失了超过十亿的人口，远胜历史上任何一场瘟疫或战争。涌现过后，悲观情绪迅速蔓延，人类认为外网是不可战胜的，地球进入了长达两个世纪的'大撤离'时期。各个国家倾尽所有制作太空船，带着大量的人口驶入太空，人类被迫提前进入了星际文明时期。"

"'涌现'再次出现过吗？"罗影问道。

"目前为止，已经发生了十四次'涌现'，每次都会造成上亿人的死亡。"

罗影吃了一惊，道："大撤离过后，地球上还剩下多少人口？"

"十亿左右。"红答道。

"那岂不是再来几次，地球上的人类就要死光了？"

"不至于。人类后来发现了方法，只需要牺牲一百万人左右，就能安全度过'涌现'。这个先不谈。公元3000年，人类已经没有能力再次制作大型太空船了。剩余的人类借助人工智能，建起了四座城市，作为最后的安全堡垒。那一年成了公元纪元的终结，从下一年起，人类开启了'外网纪元'。现在时刻，是外网纪元247年12月15日13时05分。"

罗影在脑中梳理着信息。她思索片刻，问道："能详细讲讲第一次'涌现'吗？它似乎是人类文明的转折点。另外，根据你的描述，'涌现'的力量似乎在减弱，这又是为什么？"

红微弱地叹了口气，继续说道："第一次'涌现'原本是能够灭绝全人类的，然而，有人出手制止了外网。"

"还有人能对付外网？"罗影好奇道。在她的时代，别说战胜外网了，就连祂究竟是什么，科学家们研究了很久也没有结论，反而是各种神神叨叨的宗教团体大行其道。

"这至今仍是一个谜。我们只知道，在那之后，外网平静了很多。这才有了后面的十三次'涌现'。"红说道，"另外，由于某个历史事件，以华国为首的一批国家提前谋划了太空移民，也为人类保留了火种。"

听着红的述说，罗影产生了一种前所未有的无力感。在人类五百多年的历史面前，自己是如此的渺小。她顿了几秒，说道："对不起，红，我有些累了。能加点催眠药剂帮我入睡吗？"

"好的。我会释放催眠脑波，帮助你进行深入睡眠状态。睡眠过程中，知识会写入你的大脑。但在这之前，我有件事情需要确认。"

"讲。"

"我希望通过基因改造和纳米机器注入，让你的身体更加强壮，也更加适应高外网浓度的环境。这个时代有一种以回收罪物为生的职业，叫作罪物猎手，他们能在外网环境中暴露二十四小时以上，同时保持理智。所有的罪物猎手，都接受了这种改造。"红说明道。

"罪物猎手？"罗影想起了自己在部队里的绰号。

"呵呵，不知是不是巧合，赖鹏队长当年为你起的绰号，成了现如今的职业。"红应道。

罗影想了想，追问道："改造会影响我的性格吗？"

"不会，我会回避掉那些影响神经递质以及激素分泌的基因。"

"你会加入后门程序，控制我的行动吗？"

"更不会。治疗结束后，我会回收目前用于对话的纳米机器。硬件层面上，我没有任何手段可以干预你的大脑。"

似乎没有什么好顾虑的，并且此时此刻，她能够依靠的也只有红。

"没有问题了。你来操作吧。"罗影说道。

"好的。你将在三十秒后进入深度睡眠。晚安，罗影。"

"晚安，红。"

4.

沉睡中，罗影做了许多梦。

梦里她回到了小时候。罗影是一名"子宫弃儿"，即父母选择了人造子宫生育，却出于种种原因不愿意承担养育义务，从而被遗弃的孩子。幸运的是，在罗影出生的年代，尽管外网已经降临，但还没有影响到人类社会的正常运转，完善的社会保障体系可以让孤儿衣食无忧；但即便如此，被遗弃的孩子也会时时感到孤单，特别是在拥有正常家庭的孩子面前，难免会产生自卑感。

万幸，龚婆婆是照顾他们的人，而龚婆婆在退休加入孤儿院之前，是一名为国效力的特种军人。

当罗影第一次牵上龚婆婆的手，抬头看着她那张慈眉善目的脸庞时，她首先注意到的是龚婆婆的满头银发，虽然已经全白，但梳得那样服帖，打理得是那样一丝不苟。想到过去自己待在那狗窝一样的家里，那时幼年的罗影只觉身心都得到了舒展和放松。

龚婆婆之所以退休后来孤儿院应聘，并不是因为生计所迫，究其原因非常简单：她喜欢孩子，她希望这个世界能善待新生命，能为每一个新生命感到欣喜。某日，龚婆婆看到三岁的小罗影抱着玩偶猪在角落发呆，便凑过来问道：

"怎么了？又在想妈妈吗？"

小罗影把脸埋在玩偶中，努力像大人一样组织语言："我只是在想，如果我也能像其他孩子一样，早上被爸爸妈妈送去幼稚园，晚上被他们接回家，该有多好。"

每当察觉到子宫弃儿那一丝早熟时，龚婆婆都会觉得心疼。她慈祥地笑了笑，坐在了小罗影的身边，将她抱起轻轻放入自己怀中，"婆婆当小影的爸爸妈妈好吗？"

"可是……婆婆终有一天会离开我吧？"小罗影说道，"而且，我也终有一天会离开这里，连这里的小朋友也看不到了……"

龚婆婆没想到三岁的孩子会有如此复杂的思绪。她默默听着，等小罗影倾吐完了所有心事，开口道："这些啊，都是必然会发生的事情。婆婆会老去，其他小朋友的爸爸妈妈会老去，而你们会渐渐长大。就像你们终有一天会离开孤儿院一样，那些有爸爸妈妈的小朋友也终有一天会离开家，组建自己的小家庭。然后，新的家人们也会渐渐老去。"

小罗影眼睛一眨不眨地看着龚婆婆，尽管三岁的孩子还无法理解"世事无常"的道理，但她依旧在努力思考着。不知过了多久，她开口问道："那……没了孤儿院，没了家人，长大的小朋友们该怎么办？"

"你们会融入集体。"曾是军人的龚婆婆坚定地答道。

"集体？"

"例如，我们的孤儿院就是一个小的集体。往大了讲，我们的国家是一个更大的集体；而全世界国家组成的人类文明，则是一个更大更大的集体。"龚婆婆解释道。

"集体，不会老吗？"小罗影天真地问道。

"也会的。但是，比起我和你，或者其他小朋友的个体而言，集体存在的时间要久远得多。例如，婆婆终会老去，有朝一日，你也会变成一名老婆婆，但到了那时，我们的孤儿院依然存在，也会有新的婆婆、新的小朋友来到这里。又或者，有一天我们的孤儿院也不在了，但我们的国家依然在，人类文明依然在。所以，将个体融入集体，你就不会感到孤单，也不会觉得生命没有意义。"

"可是……会不会有不好的集体呢？"小罗影的眼中还是荡漾着些忧虑。

"当然会，有太多集体灭亡的故事了，希腊、罗马、大清……但，有小影在的集体，会是一个好集体吧，因为你是最好、最棒的小朋友。有你在的世界，就是一个美好的世界。"

小罗影再次陷入了沉思。许久后，她突然开心地笑了，对龚蕾（龚婆婆）说道："我明白了！只要我们的集体变得更好，我们的国家更好，全世界、全人类更好，那小朋友们也就能过得更好了，对不对？！"

龚蕾吃了一惊，她从未想过小小的孩子竟然会理解到这种程度。她情不自禁地抱起小罗影，在她的额头上亲了一口。

从那天起，罗影的心中便埋下了一颗种子，这颗种子渐渐地生根发芽，促使着她完成义务教育后考入军校，并最终成为一名特种兵。

梦中场景切换。

那是军中的一次演习，罗影因为训练成绩优秀，被编入了红军的一支由三个人组成的侦察小队中。队长袁昊是一名经验老到的侦察兵，带着罗影和另一名战士潜入了蓝军后方，侦察敌军的阵形。为了增加任务难度，并模拟真实战场上可能出现的复杂情况，这次演习中不允许使用高科技的通信设备，侦察兵必须依靠自己，将获得的情报带回总部。

任务原本十分顺利，三人趁着深夜穿过泥泞的山谷，游过初冬冰冷刺骨的河流，终于来到了蓝军后方。他们快速绘制着敌军的布置，准备尽快返回向红军总部报道——蓝军的阵型与红军的预测大相径庭，如果贸然进攻，红军必败无疑。可就在任务即将完成之际，一颗照明弹飞上天空，四周响起了枪声。

他们被蓝军的巡逻兵发现了。

三人立即撤离，可在奔跑的过程中，罗影一个不注意，腿部中了一枪跌倒在地。袁昊队长拖着她躲在了掩体后方，打开急救包为她处理伤口。

"队长，不用管我了，你们快撤吧。"罗影喘着粗气说道，"必须尽快把情报送回去。"

"瞎说什么，部队里没有会抛下战友的兵！"袁昊队长一面斥责着，一面为罗影的伤口止了血。

"这只是演习。"

"演习也不行！"

简单包扎后，袁昊队长背起罗影继续撤离，但带着一名伤员，他们的速度仅有平时的一半不到。

那一次，他们最终还是没能及时将情报送到。发现后方被潜入后，蓝军总部当即发起了总攻，红军损失惨重，袁昊队长也在战斗中受了重伤，演习结束后不得不因伤退役。

"这次任务的失败，主要是由于我的不成熟，没能按照逻辑上最佳的战术执行。为了更大的集体的利益，有时候，个体，或者一部分个体，是必须做出牺牲的。下一次如果在真实战场上出现这种情况，我会给自己一枪。"

事后，罗影主动递交了检查，并留下了这样的话。

场景再次切换。

梦中的罗影已经加入了银蛇部队，此刻正和赖鹏队长一起躺在山坡上，仰望着斑驳的星空。

"队长，我还是没能完成任务。"罗影叹息道，"白白让你牺牲了。"

"别放在心上。"赖鹏队长说道，"从参军的那一刻起，我们就做好了随时牺牲的心理准备。"

"你选择了逻辑上的最优解，我也按照你的意图执行了下去。"罗影微微叹气道，"但是，我们还是失败了。"

"什么最优解？"赖鹏扭过头来，一副不明所以的表情。

"你独自一人搬运核弹保护了我们，不就是为了将完成任务的可能性最大化吗？"罗影问道。

赖鹏盯着罗影愣了半晌，憨笑两声，道："我没想那么多。我那时唯一的想法是，我这样做，你俩才有希望活下去。"

……

◇

将罗影唤醒的，是红的声音。

"治疗已完成。感觉怎么样？"红问道。

罗影感受了一下全身，刺痛感已经消失，只要她想，随时可以活动任意一块肌肉。

"还好。知识写入怎么样了？"罗影问道。

"已经完成。要不要测试一下？"红提议。

"来吧。"罗影跃跃欲试。

"薛定谔的猫到底是死是活？"

"既死又活。这题太简单了，我之前就会。加大难度！"

"八维映射空间最低嵌入到几维欧氏空间中？"

罗影想了想，知识点如同被搜索引擎检索到一般，在大脑中蹦了出来。

"十六维。"她答道。

"相同质量的RN黑洞和史瓦西黑洞，其事件视界的面积相差多少？假设RN黑洞携带电荷为q。"

"二分之一的史瓦西黑洞半径，乘以根号下……这东西念起来太费劲了吧？"

"算你通过。在标准二维球面上随机取四个点，在同一个半球上的

044

概率是多少？”

"八分之七。"

"最后一题，你觉得我是人还是机器？"

"你自己决定！"

红用机械音干笑两声，说道："知识写入很成功。在结束治疗前，我这里还有一个建议。我最近在推行一个计划，通过人工介入的方法，让人类拥有罪物一般的能力。具体做法是通过注入纳米机器，连接我的算力，再去操控物理量。项目内容我也一并写入了你的大脑，随时可以调取。怎么样，有没有兴趣尝试一下？"

罗影试着想了想，关于特殊能力的说明如同潮水一般涌入她的大脑。罗影默默感受着，不得不说，这份计划十分有吸引力。她问道："你能给予的能力，有多强？"

"取决于你的使用方式。如果我的算力不足够，还可以连接外网获取算力，前提是你的精神能够承受。"

罗影想起了夺走队长生命的那只兔子，于是问道："能制造核爆吗？"

"甚至更强。"

罗影陷入沉思。对一名战士而言，想要变得更强已经是刻在骨子里的本能；并且有了这种能力，也能让赖鹏队长那样的惨剧不再发生。与此同时，她也愿意信任红这名来自旧时代的战友。

"我接受。"罗影答道。

"你想要控制什么物理量？"红问道，"我可以给你介绍一下，例如空间能力……"

"那只兔子的能力类型是什么？"罗影打断了红，问道。

"红布兔吗？它的能力类型是熵。"红答道。

"我也选择熵。"

"要不要再考虑一下？"

罗影立即答道："根据你写入我脑中的知识，熵决定的是物理过程的演化。如果把控制熵的能力运用得当，我就等同于同时拥有了控制其他物理量的能力。难度很大，但值得尝试。"

红顿了两秒，似是在感慨罗影这么快就能学以致用。它应道："好的，马上开始进行改造，还请耐心等待。关于能力的使用方法，我会一并写入你的大脑。"

罗影喏了一声。

这一次，自己将要成为名副其实的"罪物猎手"，她在心中暗暗想到。

◇

大约过了两小时，系统提示改造已完成，但需要留在治疗舱里观察，以免发生排斥反应。罗影并没有觉得无聊，通过阅读项目书，她早就对新的能力充满好奇了。

获得能力后，她可以开启"熵视野"，这样一来看到的将不再是可见光，而是熵的流动。简而言之，熵流动剧烈的地方，在视野中就更加明亮，反之亦然。不仅如此，她还可以根据自己的喜好给"熵视野"涂上不同的色阶，例如低熵部分是海水一般的深蓝，高熵部分则是火焰一般的炽红。

反复阅读说明后，罗影发动了熵视野。即便无法睁开眼睛，她也再次看到了世界：

自己的身边是一片暗红色的海洋，其间有着许多细碎的亮纹，好似月光打在水面上泛起的粼光。低头看向自己的身体，几条明亮的粗线联通了腿部和躯干，每一条粗线都在末端延展开去，分裂成难以计数的细小的、稍暗一些的线条。罗影想了想，身边的红色海洋是流动的营养液，它基本是恒温的，只在循环时产生微弱的流动，所以在熵视野中并不显眼，而那些细碎的亮纹则代表了分子的无规则热运动。自己身上的粗线是动脉和静脉，细线则是毛细血管，因为血液循环有了能量的流动，所以在熵视野中明亮一些。

全新的视野，全新的世界。

罗影一下子来了兴致，她向着更远处看去，连接仪器的管线有着视野中最高的亮度，它们在为治疗仪提供电力，其间无数的电子在向同一个方向运动着；远处的控制电脑内部则有一个刺眼的点光源，能在熵视野中拥有如此亮度，一定是正在全力工作的CPU。

如此看来，熵视野还同时拥有了一定的透视功能。

罗影试着操控桌面上的鼠标，鼠标真的随着她的意识飘了起来。但罗影立刻感到一阵头疼，系统也响起提示音：

"您的身体还没有完全适应新的能力，请不要过度使用。"

好吧。罗影只得放弃了操控，只是去看。可是突然间，她注意到房间的外侧有一个人影，速度飞快地向这边冲来。从移动速度上判断，不可能是医生或护士。

战士的本能令罗影警觉起来，她的身体还没有完全恢复，如果此时遇到了袭击者，将处于绝对不利的境地。

还没等罗影做出反应，枪声便响了起来，治疗舱应声破裂。

5.

有人袭击了罗影的病房。

子弹不偏不倚地打在治疗舱上，舱体外部的有机玻璃应声碎裂，黏稠的营养液随着重力倾泻而出。由于透过熵视野预见了敌袭，罗影一早就做好了准备，她蜷起身子，顺着水流的方向冲了出去，稳稳地落在地上。

四周响起了尖锐的警铃，外面应当有护士值班，可罗影却没有听到人声。根据"幽红"的科技水平判断，不多久就应当有人工智能保安赶到，但在此之前，罗影必须想办法自保。

迎着奶白色的日光灯，罗影睁开了许久未用的眼睛。她忍着光亮带来的刺痛，看向对面的袭击者——

身高一米七左右，身材匀称，肌肉坚实，面罩遮住了容貌。未知型号的单兵作战装甲，预计能够防御手枪和刀割。武器方面，对方右手拿着0.45英寸口径格洛克式手枪，装弹量估计为十三发，左边腿上别着战术匕首，腰间藏有三颗手雷。

袭击者是有备而来的，而自己却是赤身裸体，局势处于压倒性的不利。

"你是什么人？"罗影并没有指望对方会回答，言语交锋只是拖延时间的手段。

袭击者一言不发地举起手枪，将子弹上膛。

"你不可能知道我是谁。"罗影继续说道，"这里没有人知道。"

袭击者依旧默不作声，手指缓缓扣紧了扳机。

眼下就是生死一线间！

可就在袭击者即将射出子弹的瞬间，一把手术刀从敌人的身后飞射而来！那闪着凛凛寒光的手术刀，以极其刁钻的角度，照着袭击者的颈部大动脉奔袭而去！

就像一只非要将猎物毙命的毒蜂一样。

得手了吗？

纵然是身经百战的罗影此刻也觉得心头一紧，能否破局就看这一招了。这是她第一次使用红赐予她的能力，就在与袭击者对峙的电光火石间，将注意力集中在了敌人身后的手术刀上。

只有瞬息间的意念能比扣下扳机更快了吧。

在罗影的脑海中，她控制意念将这些流动规制到同一方向，手术刀先是动了两下，继而如同长了翅膀一般悬浮起来。这种"反重力"来自手术刀内部微观粒子向着同一方向的运动，消耗的则是周边环境的负熵。

如此阴鸷毒辣的反击，袭击者纵然不死，也是重伤吧！

可是，就在这零点几秒的时间内，袭击者像是有预知能力一般，微微侧身便精准地避开，轻盈得就像一只枯叶蝶。

竟然失败了！

罗影切了一声，连忙操控着手术刀落在自己手里。至少，她现在有了兵器，可以跟袭击者正面一搏了。

可就在躲开攻击的同时，袭击者扣动了扳机，因为身形的变化，子弹自然射偏了些。罗影一个鱼跃躲开了第一发，继而保持着与袭击者的距离，一面飞奔一面躲避着枪击。一颗颗子弹打空，病房里碎屑四处飞溅，硝烟味充满了狭小的空间。罗影默数着子弹的数量，将视线集中在袭击者的心脏上，桃形的脏器在熵视野中格外明亮。

只要扰乱心脏的跳动，就能用最小的代价杀死袭击者！

第七颗子弹打空，罗影已经分清了心房、心室和主动脉。

第九颗子弹打空，血液的流动在罗影眼中有了形状。

第十二颗子弹打空，罗影在对方心脏内部看到了螺旋形的波纹，那是代表了心脏动力学模型的螺旋波。

最后一颗子弹，罗影攀着日光灯高高跃起，又稳稳地落在袭击者身后。子弹打碎了灯管，四下里顿时暗了下来，裸露的线路发出滋滋的电流声。

然而，袭击者的心脏已在罗影的熵视野中无比清晰。她抬起食指，轻轻一勾，准备让对方心脏的螺旋波失稳——

几乎在同一时刻，袭击者抬起手腕，将腕部的通信器挡在了胸口前方。通信器中大量的电子元件工作着，能量和信息的传输十分频繁，在熵视野中的亮度超过了心脏。就好像在瞄准时突然被强光晃到一半，罗影顿时丢失了目标。

机不可失，罗影皱紧眉头，硬着头皮将操作继续了下去。袭击者腕部的通信器发出沙沙的白噪声，继而冒出一股青烟。

又一次，罗影的攻击失败了。

这样看来，对方躲开手术刀的袭击也并不是偶然，而是一早就清楚自己的能力！

为什么？自己刚刚获得能力不久，这个人为什么会了如指掌？

是红吗？不，绝不可能。红想要杀死自己只需要放着不管就好，根本不必兜这么大的圈子。

又或者是医疗中心的工作人员？也不可能，红说过，自己进入医疗中心时是做过身份隐藏的。

罗影咬紧牙关，无论幕后黑手是谁，首先要渡过眼前的难关。

由于方才的防御动作，袭击者也露出了破绽。罗影并没有放过这个机会。她赤脚踏在玻璃渣上，一阵阵刺痛从脚底传来，却丝毫没有影响到她冲刺的速度。刹那间，敌人已近在眼前，罗影将力道集中在右臂，向前刺出了手术刀！

咦？

罗影有着无数次出生入死的战场经验，对距离的把控可谓十分精确。然而这一次的突刺却只是擦到了对方的鼻尖，在黑色的面具上留下了一道不起眼的划痕。

袭击者趁势使出一记侧踢，结实地命中了罗影的小腹。趁着罗影架势乱掉的间隙，他摆好姿势，扣动了扳机——

子弹呼啸而来，尽管罗影拼命躲闪，左肩还是中弹了。

袭击者将黑洞洞的枪口对准了罗影，罗影捂着肩膀单膝跪倒在地，如同猛兽一般的双眼紧紧盯着对方。她在一瞬间做出了判断：正面对抗已没有翻盘的可能，为今之计只能拖延时间，等待救援的到来。

"你是个女人。"尽管形势万分危急，罗影依然平淡地开口道。"你尽量掩饰了体态特征，但通过你的动作可以反推出肌肉结构，你不可能是男性。"

对方依旧不为所动地用枪指着她。

罗影继续说道："杀死我，你能得到什么？扑灭从旧时代延续至今的仇恨之火？令'幽红'损失一名拥有特殊能力的罪物猎手？又或者……仅仅是为了钱？"

当然，这些急中生智的话语都是为了拖延时间。可突然间，罗影感到一阵难以忍受的强烈头痛，一个踉跄险些跌倒在地。

"起作用了。"袭击者开口了，发出的却是变过声后的电子音。"为了确保能够杀死你，我使用了可以造成精神污染的子弹。这种子弹中集成了外网的算力，你的精神会被慢慢腐蚀，最终发狂死掉。对于你，这是最好的处理方式。"

"为什么……要这么做？"罗影强忍着疼痛，皱着眉问道。

"你，就是原因本身。"袭击者微微抬起枪口，对准了罗影的眉心。

千钧一发之际，病房的门被粗暴地踹开了，一名看上去十三四岁的少年拎着加特林式重机枪闯了进来，对着袭击者不由分说地扫射起来。袭击者立刻向一旁躲闪，然而少年却有着与瘦弱的身躯不相称的强大力量，一面扫射一面逼近，身体却没有丝毫动摇。

袭击者费力地躲避着，试图看准机会反击。终于，少年的机枪没了子弹，袭击者看准机会拉近了和少年之间的距离，可少年下一秒却掏出了霰弹枪，径直瞄准了袭击者的头部。袭击者见状匆忙改变了方向，转身藏在书桌后面。几发射击后，墙壁已被霰弹枪的钢珠打得满是孔洞，空中飞舞着木屑。少年丢掉霰弹枪，对着袭击者拿出了最后的撒手锏——

四连发火箭筒。

袭击者见状，立即向着窗口处飞奔而去。火箭弹吐着火信子呼啸飞出，继而是剧烈的爆炸和浓烟。少顷，烟雾散去，袭击者不见了踪影，只在墙上留下了一个巨大的破洞。少年探出头去看了看，转身对罗影说道：

"逃掉了。他的烟雾手雷中同样含有电磁干扰，监视器没有捕捉到逃跑路线。"

而罗影依然没有放松警惕，她握紧手术刀，问道："你又是什么人？"

少年将火箭筒丢在地上，举起双手走到罗影面前，笑道："没认出来吗？不久前，我们刚刚对过话。"

罗影上下打量着少年，很快地，便从肌肤的纹理中发现了端倪。

"硅胶皮肤……你是机器人？"罗影皱着眉问道。

"没错。"少年俯下身子，伸手将罗影拉了起来，"我就是红。"

6.

康复仅仅五分钟，罗影便再次躺在了病床上。

红操纵机器臂将嵌在罗影肩胛骨中的子弹夹了出来，又为罗影上了药。罗影活动了一下肩膀，行动并没有受到限制。

"身上的伤很轻，并且你刚刚做过身体改造，用上药几个小时就能康复。"红解释道，"但是那个家伙没有说谎，你的精神已经遭到了外网的污染。"

一面说着，红投影出一个葫芦形的、周边仿佛燃烧火焰一般的图案。葫芦整体是蓝色，边缘却已经有些区域变红。

"这是你的精神图景的具现化。"红解释道，"蓝色代表你的意识，红色代表污染。现在只是间歇性的头痛，但当污染超过百分之六十的时候，你会频繁地看到幻觉；超过百分之九十的时候，你会失去自我，彻底疯掉。"

"没办法清除吗？"罗影问道。

"很遗憾，以我现在的算力，做不到。"红答道。

罗影叹了口气。作为一名军人，她早已把生死置之度外；但就这样死在不知名的敌人手上，总觉得有些不甘心。

就在这时，门外传来了吵闹声，继而是枪声、尖叫声。但从某一刻起，仿佛按下了消声键一般，世界瞬间清静了。

红皱皱眉——尽管这具机械躯体安装了表情模块，但硅胶皮肤做出的表情却总有些不自然。他用手指抵住鬓角，投影出监控录像。只见一名穿着风衣、戴着高檐帽的男人大摇大摆地走了进来，不少女护士看见他，开心地招着手，男人也微笑回应。男人的身后跟着一名年轻的女子，步子很大，几乎要将愤怒写在了脸上。就在这时，男人发现了摄像头，对着这边摆了个手势，然后抬手开枪击碎了摄像头。

看到两人的瞬间，罗影真不知该欣慰还是头疼——

龙舌兰和王子骁打过来了。

猛然间，病房门被再次踹开了。龙舌兰拎着一把霰弹枪大步走了进来，将枪头直接抵在了红的额头上。门外，王子骁双手抱胸靠在墙上，对着罗影抬抬眉。

红一动不动地面对着枪口，面无表情。

"别演戏了，这就是你为小影设下的局！"龙舌兰恶狠狠地说道，"自从她进入'幽红'我就一直盯着，这座医院的防卫连只苍蝇都飞不进来，那个人怎么能大摇大摆地走进来？"

"他可是能伤到罗影的高手。"红平淡地应道。

几乎同一时刻，上方传来了蜂鸣声，六架无人机自四面汇集而来，机体下方的枪口同时对准了龙舌兰。

王子骁吹了声口哨，问龙舌兰道："要帮忙吗？"

龙舌兰没有回应，她用满是杀气的眼神环视了一圈，突然间，无人机仿佛无头苍蝇般开始四处乱撞，不一会儿便悉数坠毁。

"哦？你的催眠能力不仅能让护士们睡着，居然对机器也有效？"红微微抬了抬眼角。

龙舌兰哼了一声，"外网能污染机器，我为什么不能？"

"那么，袭击罗影的人也能做到，不奇怪吧？"红半笑道。

龙舌兰啧啧嘴，没承想在这里被反将了一军。她看向罗影，问道："小影，你怎么想？愿意信任他吗？"

"目前来看，我找不到理由怀疑红。"罗影给出了一个很有自己风格的答复。

红笑着耸耸肩，龙舌兰不甘心地将霰弹枪扔到一旁，走到罗影面前，双手扶住她的头，说道："对不起，我还是不能信任他。我现在就给你清除那所谓的精神污染，请相信我。"

罗影点点头，毫不畏惧地直视着龙舌兰的双眼。

下一瞬间，龙舌兰发动了最强的催眠能力。她进入了罗影意识的深处，那里仿佛一片深不见底的海洋，她在黑暗中摸索着，前进着。可是突然间，自更深处迎来一片更加浓郁的黑暗，一种能够吞噬黑夜的纯黑。龙舌兰瞬间被漆黑的浪潮淹没，她仿佛看到了难以计数的堕落与死亡，灵魂被一只无形的大手紧紧钳住。

"啊——"龙舌兰发出一声惨叫，跌倒在地上。她的鼻孔和眼角淌出了鲜血，捂着胸口剧烈地咳嗽了几声。

罗影和王子骁同时上前，将龙舌兰扶了起来。龙舌兰喘着粗气，匆忙从王子骁的背包里翻出一瓶伏特加一饮而尽，又用手掌擦了擦额头上的汗滴。

"妈的，这是什么鬼东西！"龙舌兰骂了一句，撑着身子站了起来，"即便直视外网时，我都没有过这种感觉！"

"在你们闯进来之前，我已经尝试了三千七百六十八种不同的算法清除，无一例外全部失败了。"红似是有意地环视着病房里的一片狼藉，"如果你们没有闹这一场，这个数字已经可以接近一百二十万。"

"要不要找个时间型的罪物试试？"王子骁提议道。

"'幽红'收容了超过两千件罪物，其中时间型的比例为百分之四点八。我利用罪物的数据模型做了拟合，想要对付罗影遭受的污染，恐怕需要世界级罪物的力量。"红解释道。

"也就是说，想要制作出这种精神污染，至少也需要世界级罪物的力量。"王子骁叹气道，"问题大条了啊……"

面对事关自己生死的问题，罗影倒是出奇的冷静，她问红："还有什么别的办法吗？我可以去尝试。"

红顿了几秒，答道："我做过估算，如果有二十台以上性能与我相当的超级计算机同时运作，清除污染的概率将提升至百分之八十四。"

"说这些有什么用，现在世界上明明只有四台……"龙舌兰还没说完，罗影却伸手打断了她。罗影看着面前的机器少年，问道："'现在'没有，不代表旧时代没有。你是这个意思吧？"

她想起了王子骁曾经透露，在别的时代见到过自己。

红点头道："我们必须回到旧时代，我会为你导航。"

"这座城里有时间机器？或者时间型罪物？"罗影追问。在她的时代，时间机器仍旧只是停留在理论物理学家的笔上。

红指指天上，"时间机器在同步轨道上。是时候去见见'昨日重现'了。"

7.

"昨日重现"是一颗变异为罪物的人造卫星，也是外网纪元知名度最高的世界级罪物。祂拥有自我意识，能够与人类正常交流，与其接触过的人都说祂有着远超人类的智慧。祂能够自由连接任何时刻，也接受人类的委托，只不过要收取算力做酬劳。

但对外网纪元的人类而言，想要接近"昨日重现"是十分困难的，因为祂悬浮在地球同步轨道上，距离地面三万六千千米。

"幽红"中并没有能够去往太空的设施，想要离开地球的引力圈，必须借用旧时代留下的液体火箭。红飞快地扫描了地球上剩余的火箭发射基地，制定出了最优路线，又用入城许可和一千个图灵币换走了王子骁的越野车。

按照约定，罗影邀请龙舌兰一起行动，龙舌兰也很开心地答应了。当问及王子骁时，老男人苦笑道："我还有其他使命，只能护送两位到这里了。"

龙舌兰用手肘用力顶顶王子骁的肋部，不满道："在小影面前装什么正经啊！你是要去找情人吧？"

王子骁也不恼，只是笑道："我就不能有正事吗？再说了……"他看向罗影，挑眉道："我一向正经，罗影姐最清楚了！"

"也许是……吧？"罗影看着两人的互动，尴尬地应道。

简单话别后，王子骁便插着兜，大步向着城外走去。路上不少姑娘亲切地称呼他"子骁""王哥"，还有熟悉的酒吧妹要拉着他喝两杯，全都被他婉拒了。走出城区后，王子骁跳上越野车，在地图上标出红提供的定位，踩下油门，自言自语道：

"马上来为您接驾，我的女王陛下。"

◇

第二天一早，罗影、龙舌兰，以及红操控的少年型机器人，一起踏上了旅途。

越野车在空旷的道路上飞驰，时不时有树枝或石子被碾过，发出噼噼啪啪的声响。罗影将双腿跷在驾驶台上，将车辆的控制权完全交给了自动驾驶系统。有了红的同行，整辆车都拥有了奢侈的外网屏蔽功能，智能化设备也可以正常工作。

她们已经一路向北开出了很远，迎面吹来的冷风中夹带着冰碴。车子路过了荒废的城市、乡村，顺着盘山路越过了山岭，除去偶尔可见的罪物猎手外，几乎看不到人类的踪影。罗影回忆起在自己的时代，大部分地区还是一幅繁荣的景象，看到眼前文明的落寞，不由得一阵唏嘘。

如果运气足够好，她们还能遇见罪人的村落。"罪人"是指被外网污染却没有发狂的人类，他们与罪物一样，有着操控某个物理量的能力。由于罪人有着很高的概率会突然失去理智，因此四座城市全部禁止罪人进入。于是他们不得不聚集起来形成村落，偶尔与城市进行贸易，用以维持生计。

在罪人的村落里，不仅可以用图灵币换来充足的补给品，还能缓解长途旅行的疲惫。

某天清晨，刚刚告别了罪人村落，罗影还有些许困倦，龙舌兰和红却已经在越野车的后排忙碌了起来。罗影原本还在担心她们的关系会十分紧张，却没承想一人一机不但十分聊得来，还一同迷上了电子游戏。

"看我的超必杀！去死吧！"后排传来了龙舌兰兴奋的叫声。屏幕上她控制的肌肉男一把抱住了敌人，高高地跳上天空，又转着圈地砸了下来。伴随着一声惨叫，红控制的金发女兵一命呜呼。

"哈哈哈，四比零！知道姐的厉害了吧？你这台臭机器！"龙舌兰露出了夸张的笑容。

罗影很想吐槽那种摔跤招式根本不可能用出来，角动量守恒了解一下？但她转念一想，如果那位摔跤手像她一样可以控制熵的话，那么一切都合理起来。

"红，你玩游戏居然会输给人类？"罗影好奇道。

"如果是直接操控角色，自然不会。但通过光学传感器捕捉显示器上的信号，传回主机处理，再反馈回这副躯体做出反应，过程中难免出现错误。"红解释道，他饶有兴致地点点头，"不过，这样才有趣。"

"小影，你不来试试吗？"龙舌兰邀请道。

"我从没碰过这种东西……"

十分钟后，龙舌兰被罗影打得满地找牙。

"看我的！咦？你怎么知道我要用这招？啊——又输了！"龙舌兰用力地挠挠头，一头长发弄得乱蓬蓬的。

罗影很想说，她其实一直在偷看龙舌兰按键的手指，这样就能预判对方的操作。以她多年的锻炼，战场上一心二用是基本功。但她只是嗯了一声，应道："大概是直觉吧？"

就在这时，红刹住了车，回头对两人说："前面没办法开车了，下来走过去吧！"

车外风沙很大，狂风吹动着枯萎的杂草，发出瑟瑟的声音。在红的带领下，三人攀上了一座小山丘，眼前的景色让罗影一惊——

成千上万的火箭发射塔整齐排列，在夕阳的映衬下，宛若文明的墓地。

"这里原本是R国的阿穆尔州，当然，现在国境线已经没了意义。"红迎着风解释道，声音被呼啦啦的大风吹得时断时续。"大撤离时期，因为太空电梯运力有限，又只能在赤道附近建造，人们不得不制造大量的火箭。它们不知疲倦地向着太空运送人员和物资，就像抽血的针头一般。像R国这种大国，每天升空的火箭超过了一千枚。"

"想要去往外太空，仅靠火箭是不够的吧？"罗影疑问道。

红耸肩道："大型太空船的生产工厂在月球上，想把上百倍航母重量的大家伙发射上太空，耗费的能源实在太多，索性就在太空建造、太空发射，只把人和物资从地面运上去。"

三人走下山丘，来到一座发射塔前。罗影抬头仰望着上百米高的庞然大物，经历了数百年的风沙侵蚀，固定塔的钢架上锈迹斑驳，不时还能看到鸟类的巢穴。下方的导流槽中堆满了枯草和落叶，有些已经腐败变质，化作黑色的黏土。

红转过身来，看着罗影的和龙舌兰，说道：

"我们接下来的任务，就是找到能用的家伙，再把它打上天去！"

寻找火箭的过程并不顺利。

罗影戴上墨镜，靠在土坡上休息，一旁的龙舌兰打了个大大的呵欠。看向远方，红走到第十三枚火箭发射塔前，一面开启着中子探伤扫描，一面自言自语道："逃逸塔，完好；整流罩，十三厘米裂痕；二级发动机，破损……无法执行任务。切换大数据模型，整合现有信息，计算下一架高概率完好火箭的位置……"

"喂！要不要帮忙？"龙舌兰在远处大喊道。

"不必，我的大数据模型是四台超级人工智能中迭代次数最多的。"红头也不回地答道。

龙蛇兰叹了口气，对罗影说："他太不靠谱了，我离开一下。"

罗影点点头，龙舌兰自越野车的车厢里推出一辆摩托，轰开油门，带着轰鸣声疾驰而去。

两小时后，远处再次出现了摩托车银白色的身影，而红刚刚放弃了第三十六个样本，正在冷却过热的探伤设备。龙舌兰一个急刹车停在两人面前，从摩托车后座上跳下一名头发乱糟糟的老男人，身上带着一股子酒精味。

"我去附近的罪人村落请了帮手，一瓶伏特加就搞定了。"龙舌兰摘下头盔，挂在车把上。

"安捷列夫。"R国老男人自我介绍道，"不过这是家族名，全名太长，我自己都有些忘了。"

罗影起身同安捷列夫握手，红上下打量了一番老男人，问道："罪人？"

安捷列夫耸耸肩，"我的能力是电磁，不过只能降低化学势，用来合成一些小分子，例如乙醇。这能力实在没什么用处，你知道的，酒精兑水的味道太差了。"

"你懂火箭？"红径直问道。

"我的爷爷和爸爸都喝死在火箭发射塔下，那个时候，这里还能找到工业的无水乙醇。"安捷列夫答道。

"可是你知不知道，火箭的结构非常复杂，除了你们经常接触的燃料罐……"

"啊！那一架，它应当还能用。"安捷列夫没有让红说下去，他指着远处的一台火箭发射架，说道。

红没有再去辩论什么，他当即跳上摩托，向着安捷列夫指出的火箭开而去。几分钟后，红便返了回来，带着僵硬且复杂的表情向大家宣告：

"他说对了。"

8.

找到了能用的火箭，接下来就是罗影的工作了。

墓场里的火箭全都装配在发射塔里，发射塔由不计其数的钢板和钢筋焊接而成，仿佛子宫一样，将火箭牢牢地包裹在其中。想要使用火箭，就必须像剥橘子一般，将包裹住火箭的发射塔开启。

当然，封闭了几百年的发射塔早已不能正常开启，必须依靠罗影控制熵的能力才能打开。

罗影矗立在山丘上，透过熵视野检查着火箭发射塔的内部结构。红、龙舌兰和安捷列夫在一旁安静地看着。

旧时代R国火箭发射塔的回转平台采用了悬挂式外钢框架结构，一眼看去，就好像立着的棺材一般。罗影顺着脑中的知识，找到了中层平台的液压驱动装置，通过操控熵为装置中的液压油加压，试图以四两拨千斤的方式将发射塔开启。然而仅仅不到十秒的时间，年老体衰的液压泵便爆缸了。

顺带一说，这已经是爆掉的第三个液压泵了。

罗影咬着嘴唇，索性将控制目标锁定在整个外部框架，想通过蛮力将这个铁盒子掰开。发射塔上的钢筋发出吱呀的呻吟声，几根钢筋断裂落下。旋转机构的连接处已经锈死，再这么硬掰下去，掉落的钢筋很大概率会砸伤火箭。

"R国货的质量这么差吗？"罗影禁不住吐槽道。

"R国货的特点是简单粗暴，至于保质期嘛……"安捷列夫耸耸肩，"因为使用者一般活不到过期的那天，所以没人在意。"

罗影闭上眼睛站定，一息后，她将控制熵的能力用在了自己身上，身体缓缓升上高空，俯视着上百米高的发射塔。

既然简单粗暴，那就用简单粗暴的方法来对付！

罗影拔出战术匕首，高高举向天空。下一瞬间，空间中响起了噼啪的放电声，淡紫色的光芒自匕首的尖端生长而出，继而不断向着天穹生长。

"天啊，小影这是在干什么？"龙舌兰仰望着天空，感慨道。

"她通过加速空气分子的热运动，使其成为等离子体，又通过控制等离子体的运动轨迹维持成剑刃的形状。"红解释道，"旧时代曾制造过这种概念型单兵兵器，但因为约束等离子体需要小型核聚变装置供能，成本过于高昂而放弃。"

谈话间，罗影手中的光刃已经生长到了几十米的长度。她自高空高速俯冲而下，手起刀落，等离子剑刃在砂石地面上切出了一道狭长且深邃的沟壑。

火箭发射塔一半的外壳应声脱落，如同散落的积木一般砸在地上，扬起阵阵尘土。白色的火箭好似初生的婴儿一般，露出了藏匿两个多世纪的真面目。尽管经历了漫长的岁月落满尘土，但在发射塔的保护下，火箭的结构没有受到一丝损坏。

红微笑着走了过来，说道："本体刚刚发来了数据，你这一招用掉的算力真是惊人，相当于整座城市两个小时的消耗。"

罗影看了他一眼，应道："还不够熟练，准备时间太长，不利于实战。"

而一旁的龙舌兰，却一动不动地看着火箭，满脸惊讶。

"怎么，没见过旧时代的火箭吗？"罗影伸出手掌在同伴面前摆了摆。

"不是，小影，那火箭……"龙舌兰指着罗影身后的庞然大物，"好像要倒下来了啊！！"

◇

罗影将卫衣系在腰间，喝了一口罐装咖啡。使出过等离子体剑刃后，她感到精神污染短暂地加重了，太阳穴一阵阵胀痛，眼前的景物也跟着扭曲变形。但不适感只持续了片刻。痛楚退去，她感受了一下自己的能力和精神状态，似乎并没有受到影响。

看样子，过度使用精神力会导致污染症状的发作，今后要多加注意。

一旁，龙舌兰悠闲地吃着薯片，将一罐黑啤递给安捷列夫。在罪人的聚集地美食贵到离谱，既然有机会薅"幽红"的羊毛，她自然不会放过机会。

罗影将火箭扶稳后，红便顺着脚手架攀了上去，检查火箭的细节状态。

"从'幽红'来的人工智能吗？性能真不错啊！"安捷列夫看着跳上跳下的红，灌下一口啤酒，感慨道。

"要不要自荐一下？你卖了他人情，应当能够获得城市的永久居住权。"龙舌兰建议道，"已经有先例了。"

安捷列夫哼了一声，"不必了，那边的蛋白质棒太难吃，内网模拟酒的味道还不如马尿。"

就在这时，红结束了勘察，纵身一跃从几十米的高处跳了下来，走到三人面前。

"有一个好消息和一个坏消息。"红掸了掸身上的灰尘，说道。

"好消息。"罗影又灌了口咖啡。

"火箭的硬件没有问题，我还在载人舱里发现了太空服，正好够你们两个用。"

"坏消息呢？"

"没有燃料。"

"那你准备怎么办？"龙舌兰问道。

红饶有深意地看了罗影和安捷列夫一眼，笑道："我们自己造。"

◇

于是乎，罗影和安捷列夫再一次被抓了苦力。好在两人配合得天衣无缝，安捷列夫降低化学能，罗影再进行分子层面的操控。比起一个人工作，节省了近九成的精神力。

如果身边的老男人能在干活时闭上嘴巴，那就更完美了。

"传统方法的伏特加之所以好喝，就是因为除了水和酒精，还有很多的微量成分。我曾经喝过一瓶来自旧时代的'绝对'，就再也忘不掉那个味道，花了很大力气去还原。但你知道最该死的是什么吗？苯环！为了加入几个毫克的多酚类物质，我险些把自己的脑子烧掉……啊，液氧罐这边满了，可以停下了。"安捷列夫一面絮叨着，一面关上了减压阀。他用能力降低水的电离能，罗影控制熵分解水再降温，不一会儿就收集了大量的液氢和液氧。

"该死，为什么这家伙烧的偏偏是偏二甲肼！如果是液氢和液氧，现在就可以结束休息了！"安捷列夫一脚踢在粗壮的管道上，痛得自己捂着腿哀号。

"好啦，快帮我处理氮气！"罗影不耐烦地催促道。

"啊，好好……"

偏二甲肼是一种旧时代常见的火箭燃料，其化学结构并不复杂，但在化工工业全部毁坏的外网纪元，想要合成简直是天方夜谭。罗影严重怀疑，红在了解到安捷列夫能力的瞬间已经计划好了这些事情。

在安捷列夫的操作下，氮气分子之间的氮氮三键逐渐减弱。罗影通过控制熵断掉了其中的两个键，再分别连接上空间中随处可见的碳原子，孤立的化学键则全部用氢原子填充。一套操作下来，一个偏二甲肼的分子便拼接成功了。

剩下的，便交给红的算力，以摩尔，即百万亿亿的量级去重复。

几分钟后，空气中落下一滴满是鱼腥味的透明液体。罗影连忙操控偏二甲肼的液滴汇成细流，向着储藏罐流去。这东西对人体有剧毒，吸入体内可不是闹着玩着。

龙舌兰不知道从哪儿冒出头来，坏笑道："嘿嘿，小影，能不能借个火？"

"借火？"

龙舌兰拿出一支过滤嘴香烟，"我早就想试试偏二甲肼点烟了，机会难得！"

说罢，她便将香烟的一头伸进偏二甲肼中蘸了蘸，说了声"谢啦"，便连跑带跳地离开了。

几秒后，火箭下方燃起了一人高的火苗，还能听到龙舌兰开心的"呦吼"声。

◇

火箭喷着烈焰飞向高空，安捷列夫仰躺在山顶上，灌下了最后一口伏特加。他恋恋不舍地对着瓶口闻了闻，将酒瓶丢在地上。

视野中，火箭已经缩小为穹顶的一个亮点。安捷列夫将小臂搭在额头上，打了个酒嗝，对着星空喃喃道：

"我来到这个世界为的是看太阳，

而一旦天光熄灭，

我也仍将歌唱……"

9.

火箭缓缓升空。

龙舌兰最初还因为超重感紧张地搂紧了罗影，可没过几分钟就适应了，兴奋地活动着四肢。随着高度的上升，地平线渐渐弯曲成弧形，漆黑的星空自大气背面显出真容。龙舌兰开心地在失重环境中跳来跳去，罗影却因为做过太多超重失重的训练，甚至觉得有些无聊。

只有人工智能红，始终板着一张宠辱不惊的扑克脸。罗影原以为他会就此消停下去，可刚刚离开大气圈，红便再次对她开始了无良资本家一般的剥削：

"向左偏转一点二度，过头了！拉回来一点……再来一点……很好！"

将卫星送入轨道后，火箭便没了燃料。然而距离"昨日重现"还有上万公里，他们只能依靠罗影控制熵的能力调整方向，再通过惯性飘过去。近地轨道并不像外太空那般清净，有来自地球的引力扰动，还有太空垃圾时不时的撞击，罗影差不多每隔两分钟就要校正一次方向。唯一的好消息是，在真空中基本不会减速。

一旁的龙舌兰将自己塞进厚重的宇航服中呼呼大睡。当她飘到红身边时，后者取出记号笔，在她面罩的脸部画了胡子，又在额头上写了个"王"字。

"你们AI也会做这种无意义的事？"罗影见状，问道。

"AI的算法只判断命题真假，不赋予意义。"红一面欣赏着自己的作品，一面说道，"因此尝试无意义，也是对算法优化的过程。"

突然间，卫星发生了剧烈的震动。又有太空垃圾撞上了卫星，尽管质量不大，但在几倍声速的相对速度下，还是造成了相当的破坏。密封舱产生了破损，一个标准大气压的气体飞速向着舱外流失。先是红的发梢飘了起来，继而记号笔、无纺布等小质量物品也向着同一个方向飘去，最后连蜷成球的龙舌兰也改变了方向。

红立即顺着气流的方向找了过去，摸着舱体的墙壁检查了一番，说道："破损不大，但漏点有十五个。我找一块易融化的金属，你将它加热到熔融状态，我再……"

"这里距离'昨日重现'还有多远？"罗影拽住飘走的龙舌兰的手，问道。

"两千五百四十一千米。"红答道。

"我们随身携带的氧气能坚持多久？"罗影继续问道。

"大约三小时。"

"足够了。"

罗影帮熟睡的龙舌兰戴好面罩，随即便发动了能力，舱门砰的一声开启了，大量的气体如同风暴一般倾泻而出。她一只手拉住龙舌兰，另一只手拉住红，顺着气流来到了仓外。

"你想就这么飞过去？"红惊讶道。太空中无法传声，他只得通过对讲机交流。

"人体的质量和碰撞截面更小，逻辑上讲，这样更省力气！"

罗影继续加速，太空中不存在气体摩擦减速，她们如同流星一般，飞驰在近地轨道上。

龙舌兰方才醒了过来，想要揉揉眼睛，却摸到了冰冷的面罩。

"火箭还没升到顶吗？咦？火箭呢？啊啊啊——"

◇

　　两千千米的路程并没有耗费罗影太长时间。

　　最初，"昨日重现"在视野中只是一颗普通的人造卫星，悬浮在大撤离时期遗弃的大量太空垃圾中。随着距离的接近，罗影感觉到了强大的压迫感。那是一种人类面对巨物时发自本能的畏惧，罗影立即开启了熵视野，看到的却是一个纯黑的球体。

　　"熵的定义需要基于时间的连续性，'昨日重现'可以连接到任意的时间点，熵在祂身上是没有定义的。"红解释道。

　　随着三人的接近，"昨日重现"表层的金属如同熔化般漾起了波纹，继而凝固成了两张西方人的面孔。在此之前罗影从未接触过所谓"世界级罪物"，而看到"昨日重现"真面目的瞬间，她的脑海中只闪过了两个字：

　　神性。

　　长着人脸的世界级罪物调整了方向，使其中一张脸对着众人，开口道："红，你还真是带了不得了的人来啊！"

　　当然，真空中并没有声音，可"昨日重现"的声音却径直传入了每个人的意识中。罗影搜罗了一下脑中的知识，判断出这是一种信息空间的"写入"。

　　"哇！太帅了！"龙蛇兰见到"昨日重现"后万分激动，控制气体喷射飞到了人造卫星面前，摸了摸金属的巨型面庞。"昨日重现"似乎对龙舌兰的触摸有些抗拒，但即便是世界级罪物，没有对应能力的它也很难在真空中兀自改变运动方向，只得放任对方蹭来蹭去。

　　"她遇到点麻烦，需要你将我们传送回旧时代。"红指了指罗影，"当然，相应的算力我会全数支付。"

　　"昨日重现"看向罗影的方向，问道："这是你的意愿吗？"

　　"没错。"罗影点点头。

"昨日重现"似是叹了口气，说道："如果是你的请求，我愿意随时效劳，当然是免费的。"

一旁的龙舌兰兴奋地大叫道："哇，小影你太厉害了！你的魅力连世界级罪物都能征服！"

罗影却似乎意识到了什么，问道："你能看到我的未来？"

"你想知道什么？""昨日重现"不答反问道，"我可以在力所能及的范围内回答你的问题。"

罗影想了想，问道："怎样才能清除我的精神污染？"

"我会送你去对应的时代，到了那里，你自会知道。""昨日重现"给了一个不算答案的答案。祂补充道："不能在此刻将全部信息告知，也是清除精神污染的必要条件。"

罗影点点头，继续问道："第一次'涌现'发生时，究竟是什么人，以什么样的方式压制了外网？"

"对不起，以我的能力，无法探知那段历史。""昨日重现"答道。

果然，想要制止外网，至少需要弥赛亚，甚至更高一级的能力。即便是身为世界级罪物的"昨日重现"，也无法探知、无法干预。

罗影点点头，说道："足够了。今后少不了麻烦您，还需要您指点迷津。"

"当然，随时愿意效劳。""昨日重现"浑厚的声音响彻天穹。

结束了短暂的交谈，"昨日重现"开始发动能力。祂的身体中放射出不计其数环环相扣的光圈将三人围住，光圈逐渐扩大，罗影看到那居然是无数的时空断片。时空断片如同默片一般快速播放着，罗影看到了智人在冰河时期的艰难跋涉，看到了液体火箭的第一次升空，看到了人类大军浩浩汤汤地离开母星。骤然间，一个断片猛地放大，如同穹隆一般，刹那间将罗影笼罩其中。

而罗影如同初生的婴儿般，向着无尽的未知，伸出了手掌。

第三章　天空坠落

1.

这已经是罗影第二次经历时间旅行了。比起被红布兔传送那一次，"昨日重现"提供的体验要舒适很多。

不知过了多久，眼前明亮起来，罗影感受到了些微的重力，继而身体被硬邦邦的巨物托举住。耳机中响起沙沙的白噪声，一个机械音接入了通信频道：

"嗨，那边的游客，这里是施工区，禁止参观！请尽快离开！"

一台外形圆滚滚的机器人从不远处飞了过来，头上闪烁着红色的LED灯，两条机械臂如同栅栏一般将三人围住。

罗影向脚下望去，方才发现自己踩在了一块巨大的金属板上。金属板的表面雕刻着规则且复杂的图案，不同颜色的指示灯交相闪烁，宛如某种远古的魔法阵。

"时空定位成功，我们现在处于公元2797年的卡门线①附近。"红通过加密频道解释道。

"那个大家伙居然将我们送回了旧时代。"龙舌兰感叹道，"小影，现在距离你的时代有多远？"

"公元2797年的话……"罗影在心中做了简单的估算，"是我所在

① 卡门线：位于高空 100 千米处。

的时代五十多年后的未来。"

龙舌兰叹气道："我挺喜欢那个大家伙，只可惜祂是个谜语人。都将我们送来这个时代了，为什么不能告诉我们该去做什么呢？"

"'昨日重现'不是说了吗？让我们保持未知状态，也是必要的一环。"红板着一张瓷娃娃脸解释道，"我会尝试连接这个时代的超级人工智能，寻找清除罗影精神污染的线索。"

谈话期间，一直等待的圆形机器人继续说道："各位游客，请尽快离开。如果不方便呼叫交通工具，我可以代劳，下面介绍一下不同档次服务的价格……"

没等它说完，龙舌兰便飞了过去，按住它圆鼓鼓的肩膀，坏笑道："哈哈，我早就想试一次催眠人工智能了！"

可红却拦在了她面前，斩钉截铁地说道："我来。"

"为什么？"龙舌兰皱着眉。

"改造人工智能，我更专业。"

红说罢，便从体内伸出几根电缆插入圆形机器人的体内，开始对它的系统进行改写。龙舌兰飞到罗影身边，打开加密频道悄悄说道：

"这个家伙，好像被那个老酒鬼激起了胜负心啊！"

不一会儿，红便完成了系统写入。圆形机器人头部的红灯变成了绿灯，继续操着机械音说道："乐意为您效劳，我的主人。首先，请为我命名。"

"我将内部ID一同初始化了，免得被服务器发现。"红解释道，"名字你们来想吧！"

罗影和龙舌兰对上了眼神，两人相视一笑。罗影说道："就叫'粉'怎样？"

红在一边摆着扑克脸没有说话，两人也没准备理会他。

"ID录入……好的，您可以随时用'粉'这个称呼唤醒我。"圆形机器人立即说道，"接下来，请为我选择语音包。"

"我就说嘛，机械音听着好难受。"龙舌兰感慨道，"什么样的语音包都可以吗？"

"只要是网络数据库中有的。"粉解释道，"如果需要，我也可以通过现有素材合成。"

龙舌兰想了想，说道："就用爱因斯坦的声音吧，听起来睿智一些。"

"搜索爱因斯坦的音频数据……成功。检测到您使用的语言为'汉语'，是否用爱因斯坦的音色和语言习惯合成汉语语音包？"

"当然。哦对了，再加入点川味，我认识一位祖先生活在四川的罪人姑娘，说话可好听了！"龙舌兰提出了要求。

粉喏了一声头上的LED灯交相闪烁。准备期间，红下令道："呼叫一架空天飞机，送我们去'深蓝'。"

"'深蓝'？这个年代就建成了吗？"罗影疑惑道。

"'深蓝'最初的作用，是作为整个'利维坦'的控制中枢。"红解释道，"之所以取这个名字，是为了致敬第一台战胜人类国际象棋冠军卡斯帕罗夫的计算机。"

就在这时，粉用爱因斯坦那略带慵懒的语音回应道："亲爱的乖乖些（女士们），这海尔（马上）为你们呼叫空天飞机。"

听到川味爱因斯坦的口音刹那，罗影感觉自己的精神污染似乎更重了几分，她甚至产生了一枪崩了这个铁疙瘩的冲动。

◇

在粉的牵引下，众人渐渐远离了大型金属板。距离拉开后罗影才看到，巨大的金属板并不止一块，而是如同阵列一般，遍布了视野所及的苍穹。

"你看到的金属板阵列，就是'利维坦'的一部分。"红解释道，"在这个时代，'利维坦'尚未建成，它的最终形态会是一个戴森球。"

"要加速了，请各位做好准备。"粉说道。顺带一说，在罗影的强烈要求下，粉说话只可以带川味，不能加入方言。

众人随着粉渐渐加速起来。为了方便"利维坦"的组建以及维修，在金属板阵列的间隙中遍布着肉眼不可见的、由磁场构成的"高速通道"，机器人可以利用洛伦兹力实现加速和减速。

真空中不存在摩擦损耗，大家的速度很快提了起来。起初飞过一块金属板需要十几秒的时间，后来缩短到几秒，到最后巨大的金属板已经如同高速路上看到的树木般一闪而过。不久，后方出现了一架外形奇特的飞机，样子酷似长了翅膀的导弹。

"请做好准备，我们即将登机。"粉提示道。

"登机？我还以为会有类似飞机场一样的地方。"龙舌兰疑惑道。

"在真空环境下，由于没有了空气阻力，空天飞机的加减速必须消耗大量的燃料。为方便起见，通常会让乘客加速到接近的速度，实现与飞机的相对静止，再进行动态接驳。"红解释道。

空天飞机的舱门开启，粉坐到了驾驶席上，伸出一根数据线连接到中控台，罗影三人坐在了后面。伴随着刺耳的充气声，舱体内的压强渐渐升了上来，罗影扯掉头盔，长舒一口气。

粉拉下操作杆，飞机加大了马力，尾部喷射出的等离子体泛出一道道绚丽的马赫环，随之而来的是强烈的推背感。向窗外望去，四周的金属板阵列渐渐连成一条线，宛若节日的花灯。某一瞬间，空天飞机冲出了"利维坦"的范围，罗影方才得以一览全貌——

不计其数的光斑覆满了地球的上空，向阳面仿佛闪着金光的鱼鳞，暗面又好似笼罩穹顶的球幕。金属板阵列间规则地彼此错开，确保了地面仍能得到充足的光照。月光打在球面上，投影出像素图一般的明亮倒影。

"哇哦！"龙舌兰双眼直勾勾地盯着窗外，发出赞叹的叫声。

"您此刻看到的是'利维坦'最有名的景色之一——粼光月影。"粉恰到好处地解说道，"相信随着工程的推进，还会诞生更加壮观的盛景。"

"建造这么大的家伙，要花很多很多钱吧？"龙舌兰难掩兴奋地问道。

"建造'利维坦'的投资，目前已超过了三十三万亿美元，由全球一百零三个国家共同承担。"粉的合成音中透露着程序设定好的兴奋感，"当然，这些投资会为全人类带来前所未有的利益，地球将进入全新的时代！"

罗影看着窗外的奇观，问道："一百零三个国家中，投资最多的是哪些？"

粉立即答道："投资最多的前五位分别是M国、G国、和国、E国和F国。"

罗影微微皱眉，道："没有华国？"

"'利维坦'计划开启之初，华国是积极参与其中的。之后出于某种原因，华国选择了退出，其投资自然也维持在了很低的水准。"粉解释道。

罗影回想起红曾经说过，由于某个历史事件，华国提前谋划了太空移民，也不知是否同"利维坦"计划相关。她转头瞥了眼坐在后排的红，这位应当知晓一切的人工智能正托着腮看向窗外，脸上看不出一丝情绪。

2.

空天飞机沿着赤道的方向，画着弧线向更高空的地球同步轨道升去，巨大的金属板在视野中渐渐缩小，最终化作星星点点的亮斑，宛若一副银灰色的铠甲。

"'利维坦'自卡门线始，向外太空延续四万两千一百九十五千米。这个数值在物理学和工程学上并没有特殊意义，主要是为了纪念马拉松这一壮举，意味着人类对极限的征服。全部建成后，'利维坦'的覆盖面积将达到一亿四千万平方千米，由四千二百万个子模块组成，几乎会使用掉目前地球上百分之四十的硅探明储量。通过巧妙的光学设计，即便'利维坦'处于全部张开的状态，地面仍然能够接收到超过百分之九十五的光照。这一伟大的工程预计将持续一个世纪，各位来得很是时候，因为当完成度达到百分之六十的时候，'利维坦'便可投入使用，造福人类。而这一激动人心的启动时刻，就在七天后……"

自从罗影下达了介绍"利维坦"的任务后，粉一路上都在喋喋不休。听到这里，罗影问红道："'利维坦'计划失败了吧？因为在外网纪元并没有这个大家伙。"

红不置可否地看了她一眼。

"为什么会失败？"罗影追问。

"在时空旅行中，要尽可能少地透露有关历史的信息。我做过计算，逻辑上，这是最优解。"红面无表情地应道，"同时，这也和'昨日重现'的嘱托是一致的。"

罗影点点头，没有继续追问。

被晾在一边的龙舌兰终于没了耐心，下令道："粉，播放点音乐吧！"

"好的。请点歌，或者选择音乐的类型。"粉应道。

龙舌兰看向罗影，问道："小影想听些什么？"

罗影险些脱口而出十七八世纪古典作曲家的名字，但看到龙舌兰期待的神情，又在担心这样会不会太古板。于是，她开口道："就来两段古典和现代相结合的吧！"

果不其然，龙舌兰兴奋地挥着手臂："好耶！这个我喜欢！"

"明白。即将为您播放著名指挥家卡拉·杨的《行星组曲》。"

粉播放出了《火星》激昂的旋律，龙舌兰兴奋地随着节拍挥舞起手臂，中途还搂住了红的脖子不停摇晃；人工智能少年虽然依旧面无表情地看着星空，脚尖却也在有节奏地抖动着。

◇

当"深蓝"在视野中有了鸡蛋般大小时，龙舌兰早已因为闹过头睡了过去。粉和红两台AI全程一言不发，罗影也落得清静。

随着距离的接近，罗影也得以一窥太空城的全貌。"深蓝"整体成圆柱形，中央是一个贯穿轴心的柱子，据说有一半以上的体积都用来装载超级人工智能"蓝"。市区大部分建筑分列在圆柱体的外壁内部，透过采光的透明窗，可以看到工蜂一般的、形态各异的飞行工具。圆柱体外壁绕着中轴缓慢地自转，提供了与月球相当的人工重力。

借助粉的识别信号，空天飞机顺利进入了"深蓝"的港口。飞机停稳后，红又对着粉的电子脑进行了一番操作，这样回去后它就会生成一份虚假的日志文件，不会对罗影一行人的到来留下任何记录。

众人排在长长的入关队伍中，罗影被后面的游客挤了一下，不小心撞在了红的身上，却发现红的头莫名地滚烫。

"你生病了？"罗影习惯性地摸摸了红的额头，才意识到对方是人工智能。

"我在尝试黑入'深蓝'的城市系统，为我们几个创造假的身份ID，以方便入关。"红解释道，"可这个时代的蓝太强了，想突破它的防火墙恐怕要费些工夫。"

一旁的龙舌兰听到叹了口气，离开队伍，径直向一名穿着像是长官的男性工作人员走去。片刻后，那人和龙舌兰一起走了过来，满脸堆笑地说道："你们就是龙舌兰小姐的朋友吧！请跟我来。"

罗影与红对视一眼，跟在那名男子身后，向着VIP通道走去。那人先是将三人安排在贵宾休息室，令人端来了热腾腾的饮品与食物，之后恭恭敬敬地告诉三人他去安排出关事务，请在此处稍候片刻。

看着餐桌上豪华的菜品，罗影疑惑道："我们真的可以吃吗？过后不会被讨债吧！"

"别担心，在他的认知里，能够请我们用餐，是十分荣幸的事情！"龙舌兰一面说着，剥开了一只拳头大小的海胆，"嗯，很新鲜！"

一旁的红如同雕塑般一动不动，不知在想些什么。

两人吃饱喝足后，那名男子也回来了。他报告说出关手续已经办好，三人随时可以离开，也可以继续在此处休息。龙舌兰原本想睡上一觉再离开，可还没等她开口，便瞥见了罗影在微微皱着眉头。

尽管罗影表现得和健康人没什么两样，但她毕竟时刻都在承受着精神污染。

"多谢你的好意，我们有安排，这就离开。"龙舌兰立即起身，对那名男子说道。

男子再次走在前面带路，用自己的ID刷开了一道又一道的闸门，最终把三人送出了海关，临走前还恋恋不舍地摆手道："再见，有什么需要随时吩咐。龙舌兰小姐的朋友，就是我的朋友！"

"怎么样，我们人类的方法，不比你的黑客技术差吧？"男子离开后，龙舌兰双手叉腰看着红，得意地说道。

红面无表情地应道："用催眠能力通关并不完美，例如会在监控中留下痕迹。此外还有一个更大的问题，没有合法的身份ID，我们在这座城市中就不具备经济能力。在这里衣食住行都需要花钱，包括但不限于我们马上就要面临的交通问题。"

龙蛇兰哼了一声，看准一辆停泊在港口的豪华飞行器走了过去。她俯下身子，对着驾驶席上打着耳钉的棕发男人说了几句，男人便招招手，喊道："龙舌兰小姐的朋友们，上车吧！"

罗影耸耸肩，跟了上去。红尝试着做出挤眉的表情，但很快放弃了，不动声色地跟了上来。

坐定后，红选了一家不必提供身份ID的旅店，并将地图坐标输入了车子的导航系统。目的地位于太空城圆柱体的对侧，如果直线飞行不过二十分钟的车程；可车辆还是不得不乖乖地贴在地面上行进，因为目前属于"利维坦"建成庆典的前期，太空城采取了交通管制，只有公务人员的车辆才被允许飞行。

"这家旅店居然只有人类服务员，不使用任何电子系统？这个时代的人工智能如此发达，我还以为没有人从事这种基础性劳作了呢。"龙舌兰滑动着全息屏上旅店的介绍，惊讶道。

"无论科技如何发达，总有不愿意接受人工智能服务的人群存在。"坐在前排的棕发男人解释道，"都是生意。"

车辆缓慢地行驶在街道上。临近庆典，"深蓝"的街上十分热闹，到处可见庆祝的人群。街边挂着各式各样的旗子，罗影看了一番，确实没有见到华国的旗帜。

"这位先生……"罗影尝试着问司机。

"叫我劳伊德。"

"劳伊德先生，这座城市里所有人都支持'利维坦'计划吗？"

劳伊德嗤笑一声道："当然不是，毕竟这东西的安全性论证也就是骗骗小孩子。但有了'利维坦'，资本有了去处，官员有了政绩，企业赚到了钱，谁又会去在意这些呢？毕竟在人类的历史上，含铅汽油都能堂而皇之地卖上几十年，并且号称无害。"他指了指对面街区穿着黑色衬衣、举着黑色牌子的一群人，"看吧，他们就是游行示威的民众。在他们看来，'利维坦'的启动会导致人类的灭亡。"

"你怎么看？"罗影追问。

劳伊德耸耸肩，答道："对于未知，我保持谨慎和敬畏。"

就在这时，街对面传来了爆炸声，继而是一团火光。人群顿时骚乱起来，有些人尖叫着跑开，还有一群人冲了过去，叫骂着与示威人群打了起来。

"别怕，这种事情每天都会发生。"劳伊德拍了拍方向盘，"只不过我们运气不太好，恐怕要耽搁上一会儿了。"

就在这时，远处传来了警笛声，一队穿着制服、骑着飞空摩托的警察疾驰而过，冲向了骚乱的人群。罗影正在盯着远处看，龙蛇兰却拉了拉她的衣角，说道：

"小影，领头的那名警察，和你好像啊！"

3.

罗影并不清楚，此刻就在距离她们不足三百米的人群中，混着一名她们的老熟人。此人面对突如其来的爆炸并没有表现出任何惊慌，而是悄悄压低了帽檐，避免被监控拍摄到。

这次爆炸案十分蹊跷，发生的时间和地点都仿佛提前计算好一般。看样子，有人想利用反"利维坦"示威游行搞事情。

看着惨烈的爆炸现场，王子骁在心中骂了一句，默默地挤出了围观人群。

距离罗影消失、赖鹏队长牺牲的红布兔回收任务已经过去了半个多世纪，但王子骁依然维持着三十岁的容貌。离开军队后，他当过保镖，做过雇佣军，最近一直在暗中支持反"利维坦"组织。示威游行之前，他曾几次三番强调不要诉诸暴力，可还是有人在周边餐馆引发了爆炸，让现场乱作一团。王子骁用锐利的目光四处扫视着，试图找出引发爆炸的幕后黑手，可对方隐藏得很好，没有露出任何马脚。

有人轻轻拉了拉王子骁的衣角，他低头看去，是一名穿着T恤和短裤、戴着鸭舌帽的少女，不认真看很难辨认性别。王子骁对她轻轻点头，两人挤出人群，转进一条无人注意的窄路中。刚刚站定，少女便忙不迭地小声说道："一人重伤，六人轻伤。我潜入了爆炸现场，从爆炸痕迹看是C4，推测是专业人士干的。"

"干得不错，方景。"王子骁拍了拍少女的肩膀。

叫作方景的少女扶了扶帽檐，应道："还有个消息。我刚才近距离看到了205中队长，我确定，她是'母亲'的人。"

"哦？"王子骁微微挑眉。

"光哥，接下来怎么办？"方景问道。

"你先回到据点藏好。"王子骁正了正衣领，"我去会一会他们。"

几分钟后，王子骁已经攀上了附近最高的建筑。他透过望远镜观察着四周：示威的人群和维护治安的警察们还在推搡，有一名高个子男人被警察失手打伤了，正捂着淌血的额头大叫；四周的道路堵得水泄不通，司机们焦急地鸣着笛，还有一辆车启动了飞行系统想要抄近路，立即被警察拦了下来。

不对。

幕后黑手制造爆炸，是为了让反"利维坦"组织背锅，从而达到其政治目的。但仅仅一家餐厅爆炸远达不到想要的效果，之后一定会有更加激烈的行动。

王子骁的额头冒出冷汗，战士的直觉告诉他危险近在眼前，却无法推测对方会从哪里下手。

就在这时，王子骁感到了一丝细微的震动。太空城在自转时有时会发生顿挫，可这却是更加高频的震动。他迅速判断出了震动的来源，猛地抬起头来，透过太空船的观景窗，瞥见一道亮影一闪而过——

下一瞬间，巨大的碎裂声响起，连发火炮贯穿了太空城的观景窗，一架通体银灰色的空天飞机径直撞上了观景窗的破损处，随着漫天飞舞的碎屑闯入了城区。空中响起了刺耳的防空警报，人群的尖叫声代替了怒骂声，大量的气体顺着破口倾泻而出，各类碎屑、气球、没有固定好的旗子等较轻的物品顺着气流涌向了宇宙空间。

王子骁啐了一口，他设想了很多种情况，只是万万没想到对方搞来了空天飞机从外部袭击。

闯入太空城的空天飞机并没有停下动作，它在空中盘旋着，在人群的惊叫声中投下一枚枚燃烧弹。四周大量的飞行摩托向着空天飞机靠拢，但由于性能上相差过大，很快就被高速移动的空天飞机甩了出去。

　　视野中，一名警察被甩下了飞行摩托，重重地摔在了远处的建筑物上。王子骁看准机会从建筑物顶部一跃而下，迎着呼呼的风声盯紧仍在疾驰的飞行摩托，在靠近的瞬间抓住了车把，靠臂力将身体拉了上去。他调整好姿势，稳住车子的前进方向，继而开足最大马力，向着空天飞机冲去。

　　银灰色的空天飞机好似无头苍蝇一般到处乱撞，眼见目标近在眼前，王子骁微微调整了方向，向着头部的驾驶舱靠近。可就在这时，又一辆飞行摩托从后方追了上来，骑在车上的女警大喊道：

　　"你是什么人？这里危险，快退下！"

　　听到这个声音的瞬间，王子骁的身躯不由得微微一颤。他稍稍放缓了速度，看见女警的肩上挂着队长徽章，胸前绣着"205"的标识。

　　"听到没？这不是外行逞英雄的时候，快给我退下！"女警再次喊道。

　　王子骁伸出两根手指摆了摆，向着女警吹了声口哨。之后，他再次加速摆脱了女警，向着空天飞机俯冲而去。

　　随着距离的接近，王子骁终于看清了空天飞机驾驶舱的真貌：里面坐着一名大胡子驾驶员，却一动不动，似是已经没了生气。

　　必须进入空天飞机一探究竟。王子缓缓降低了飞行摩托的速度，凛冽的风刮削着脸庞，震耳欲聋的引擎声使耳膜阵阵作痛，可他的眼睛一刻都没有离开空天飞机。终于，王子骁将飞天摩托的速度调整到了刚刚好的状态，与空天飞机保持住了相对静止的状态。他开启了摩托的定速巡航，将方向控制交给了人工智能系统，之后松开车把，费力地在车座上站了起来。

　　眼看与空天飞机的距离越来越近，王子骁用力一跃，落在了空天飞机的正上方。他用一只手用力攀住驾驶舱侧部的扶手，艰难地伸出另一只手拉动控制开关，可驾驶舱门却一动不动，像是锁死了。

王子骁咬紧牙关，用一只手和双腿稳住身子，继而抽出腰间的手枪，对着驾驶舱的云锁灌出一梭子弹。驾驶舱的盖子应声弹起，他攀住边缘坐了进去，戴上氧气面罩，长舒一口气。

简单调整身体状态后，王子骁匆忙摸到大胡子驾驶员面前，拍了拍他的脸颊，对方身子一歪倒了下去。他又将手指放在驾驶员的颈动脉处，果然摸不到脉搏。

在侵入太空城之前——不，应当说在坐进空天飞机之前，这个人就已经死了。

王子骁为大胡子解开安全带，将沉重的尸体移去后排，自己坐在了驾驶位上。他用力地拉动操作杆，试图控制住飞机的动作，可空天飞机的操作系统被锁死了，根本无法控制。王子骁又在操作面板上一通操作，可众多的按钮和操作杆却仿佛摆设一般，完全不起作用。

飞机的操作系统被改造过，只能通过接收外部的指令行动。

王子骁骂了一句，靠在椅背上深吸一口气，强迫自己冷静下来。

即便没办法停下飞机，也要找到证据，帮助反"利维坦"组织洗轻罪责。

想到这里，王子骁立即在驾驶舱内翻找起来。很快，他便在右手边的小格子里找到了证明驾驶员身份的文件。

"R国，安捷列夫家族……妈的，剧本写得不错啊！"王子骁冷笑一声，将资料丢在一旁。他继续翻找着，试图找出夺回空天飞机控制权的方法。可专心致志的他并没有发现，驾驶舱正前方立起了一架机枪，直挺挺地瞄准了他——

"危险！"

一道叫声响了起来，继而是枪声、子弹嵌入肉体的声音。女警不知何时也登上了空天飞机，用身体在机枪和王子骁之间制作了一道屏障。

王子骁当即拔枪还击，子弹径直射入了机枪的枪膛，机枪在爆炸声中被炸得七零八落。空中飞舞着殷红的血滴，王子骁紧紧抱住女警，扯下了她的面罩，里面是一张与罗影一模一样的脸。

　　"可恶！！"

　　王子骁一拳捶在了控制面板上，鲜血顺着手指淌了下来。女警的呼吸愈加急促，王子骁抱紧她的力度又重了几分。他已经记不清，到底有多少罗影的复制人倒在了自己的怀中。

　　王子骁看看外面，他们的飞天摩托早已跟不上空天飞机的动作，不知被甩在了何处。这意味着，他已经没有了带着女警逃离的手段。

　　这架空天飞机接收到的最后一道指令，一定是撞毁自己，只留下尸体和资料等待别人发现。这样一来，女警肯定没救了，作为复制人，说不定都不会在死亡名单里留下姓名。自己……自己倒是不会死，但身体会被摔得支离破碎，之后便是漫长的恢复期。

　　会痛，但这没有什么，如果能因此获得渴望已久的死亡，倒也不是坏事。但是，少了自己的反"利维坦"组织，一定会在之后的行动中失败。不，即便自己还在，仅凭这点不成器的本事，也难说能带着大家取得什么成绩。

　　半个多世纪过去了，自己还是这么没用，这么一事无成。

　　极度沮丧之际，王子骁的脑海中不由得再次浮现出了那个女人的身影，那个他思念了半个多世纪的女人，某种意义上已经成为他的精神图腾。

　　如果罗影姐在的话……

　　突然间，如同划破黑暗的曙光一般，舱外传来了一个声音：

　　"小影，你看我说对了吧，驾驶员早就死了，他们只是摆了具尸体在里面……咦？这里怎么还有活人？"

　　王子骁抬起头，发现一名留着披肩长发，容貌十分艳丽的年轻女性正俯身看着他。

"你受伤了吗？麻烦让一下，我要夺回空天飞机的控制权。稍后会送你去接受救治。"

又一名少年挤了进来，他自手部伸出一根数据线与空天飞机的控制面板连接，立刻忙碌了起来。这时王子骁方才注意到，漂亮女性和少年居然都是悬浮在空中的。

"你们两个快些！这东西动力太强了，控制它转弯比操控火箭还费力！"

第三个声音传来，记忆中熟悉的音色越过了王子骁的耳膜，在他沉积已久的灵魂深处掀起了波浪。王子骁禁不住一怔，他循着声音望去，发现一名身材高大的女性正英姿飒爽地站立在空天飞机的头部。那人有着与女警别无二致的面容，脸上坚毅的神情，曾是他唯一的救赎。

王子骁用力揉揉眼睛，不敢相信眼前的一切是真实的——

罗影来了。

4.

时间倒回到爆炸事件刚刚发生，空天飞机还没有来袭的时候。

看着慌乱的人群，罗影立即意识到了其中有诈。她疑惑道："在'深蓝'这种地方，可以随意使用天然气吗？"

"当然，只要你交得起高额的碳税，以及治安费。"劳伊德双手搭在方向盘上说道，"普通家庭都是电加热，只有高档餐馆才会准备这个。毕竟部分有钱人坚持认为，只有明火做的菜才更香。"

罗影盯着远处，喃喃道："在示威的路线上，恰好有这么一家高档餐馆，又恰好被引燃了燃气……这样的概率是多少？"

之后，在罗影的建议下，劳伊德启动了车子的飞空系统，果不其然被警察拦了下来，但他们也借机绕开了拥堵的街区。

"你们猜，下一次袭击会出现在哪里？"罗影坐在车子后排，双手抱胸问道。

"还会有下一次？"龙舌兰讶异道。

"无论从什么角度讲，暴力事件对于反'利维坦'示威游行都有百害而无一利。因此，爆炸事件并不是示威人群制造的。"罗影解释道，"这件事只是引子，目的是把民众的愤怒吸引到示威人群上来。这样一来，即便再发生什么更大的事件，也能顺理成章地把锅甩给反'利维坦'组织。"

"所以说，爆炸只是铺垫，接下来的袭击才是重点，对吧？"龙舌兰立即领会了罗影所指。

"恐怕是这样。"

"'深蓝'内部能够制造大规模事件的条件很有限，并且每一项物资的使用都有迹可循，很难做到瞒天过海。"一直沉默的红突然插了进来，他盯着高处的观景窗，"但如果袭击者是外部闯入的，之后怎么讲故事，就全看那些人的心情了。"

"从外部进攻，并且需要可控，因为对方的目的并不是毁掉'深蓝'。这么一来，最好的方式就是……"罗影与龙舌兰和红对视一眼，三人异口同声地说道：

"空天飞机！"

◇

之后一如罗影所料，几分钟后，空天飞机便从外部入侵了太空城。同劳伊德告别后，罗影便带着两人追上了空天飞机，通过控制熵的能力夺取了飞机操控权。没承想空天飞机上已经有人捷足先登，还有一位受了重伤。

龙舌兰从上衣中扯下一条布，为女警进行了简单的包扎。由于王子骁戴着面罩，她并没有认出对方，而这个时代的王子骁还没有结识龙舌兰。

为女警止住血后，龙舌兰开始查看驾驶舱的内部，很快便发现了用于栽赃的证物。她将资料递到红的手上，问道："能把藏在幕后的家伙揪出来吗？"

红感受着空天飞机内传来的数据流，说道："不行。对方很谨慎，发现我入侵后就切断了连接。"

龙舌兰切了一声，就在这时，前方传来了罗影的声音："既然是缩头乌龟，那就把他揪出来！"

说罢，罗影开启了熵视野，向着空天飞机的尾部看去。喷射而出的等离子体带着上千摄氏度的高温以及极高的速度，在视野中异常明亮。然而，这一次罗影却没有去控制等离子体，而是看向了飞机的内部，那里并排着三只喇叭形的喷嘴，由耐高温的铌钽合金制成，通过液压泵调节喷射角度，从而控制空天飞机的飞行方向。

与其消耗大量的精神力去和高温等离子体较劲，不如来个四两拨千斤。

罗影轻而易举地改变了喷嘴的朝向，空天飞机在空中画了一个大大的弧形，千钧一发地避开了与太空城外壁相撞，转而向着"深蓝"的中心轴，也就是"利维坦"核心的所在地冲去！

"呀吼！"龙舌兰挥舞着拳头尖叫着，凛冽的风撩起她的发梢，搔得脸颊痒痒的。

"你们想要干什么？"王子骁惊慌道。

"当然是径直撞上去，把'利维坦'的核心撞个稀巴烂！"龙舌兰兴奋道。

"你以为他们没有准备吗？等不到我们接近，就会被防御系统炸成碎屑！"王子骁激动地大喊着，在他看来，罗影姐虽然不知为何有了强大的超能力，但显然还不熟悉这个时代的游戏规则。

一旁专心致志破解飞机操控系统的红开口道："不用等到被防御系统射杀，这架飞机上本就装有自爆装置，只需一个命令，就会在空中化作一团火光。"

"那你们怎么还……"

"但是！"红打断了王子骁的质疑，"如果这架飞机在太空城内炸毁，会发生什么？碎屑会不受控制地飞溅到城区各处，即便出动所有警力，也很难确保关键证据不会落在反'利维坦'组织的手上。只有控制着它坠毁在太空城之外、民众无法触及的地方，才能把握住之后讲故事的权力。因此，在开枪之前，他们一定会设法连接飞机的控制系统，夺取控制权。对那些人而言，这才是最优解。"

转眼间，"利维坦"的核心已近在眼前，那里运作着当今世界最先进的超级人工智能——蓝。

红全神贯注地关注着数据流，对面仍是一片寂静，幕后的控制者将自己深深藏在了网络中。这将是一场意志之间的较量，对方也在赌他们不过是虚张声势，并不会真的舍命撞上去，因此不到最后一刻，绝不会冒着暴露身份的危险再次连接空天飞机。

然而他们赌错了一点，那就是这个时代还没有罗影这种能够将能力运用自如的罪物猎手。

距离"利维坦"的核心只剩了不到十千米的距离，以空天飞机的速度，只需要十秒左右的时间。尖锐的警报声响起，不计其数的无人机升空，在为最坏的情况做着准备。

罗影屹立在空天飞机的机首，控制着周围的气体，以空天飞机为中心制作出了强烈的气流涡旋。一架架的无人机撞了上来，全部被强烈的龙卷风卷走，很快便折断了机翼，有些撞在建筑物上摔得粉碎。

还有五千米，对面仍旧寂静无声。第二批无人机涌了上来，每一台的底部都装配了小型热巡航导弹。

罗影开启了熵视野，无人机的内部结构在她的眼中无比清晰。她看准了无人机内部最为明亮的锂电池，抬起手臂，向着机群手一挥——

如同绽放的烟花般，无人机群接连爆炸，火光照亮了太空城的中心部。

距离中心部还有两千米。罗影依旧维持着空天飞机的航向。

突然间，寂静无声的控制台亮了起来，藏在暗处的控制者终于按捺不住，试图夺回空天飞机的控制权。于他而言，保护好"利维坦"的核心才是最高利益，为此即便暴露自己也在所不惜。

"捉到他们了！"红兴奋地说道。

罗影点点头，在她的示意下，龙舌兰拎起王子骁，红抱起女警，自空天飞机上一跃而下。太空城中心部重力很低，大家跳出后悬浮在了半空。

　　而罗影则集中精力，操控着空天飞机紧贴着太空城的中心轴画出一道陡峭的弧线，在撞毁了一个中队的无人机后，从观景窗缺口飞了出去。在掠过缺口的刹那，罗影纵身跃向空中，对着视野中已只有米粒大小的空间飞机，比画出一个手枪手势：

　　"砰——"

　　罗影炸毁了等离子体发动机，空天飞机在深空中碎裂成一团淡黄色的花火。机身零件连同驾驶员的尸体，全部在几千摄氏度的高温下被毁坏殆尽。

　　龙舌兰仰望着太空的烟火，问红："万一黑匣子没有烧毁，被那群家伙找到了怎么办？"

　　"不要紧，我刚刚已经擦除了黑匣子里的全部信息。"红立即答道。

　　龙舌兰微微一笑，饶有深意地问红："不是说好不要干涉历史吗？我看你比谁都来劲。"

　　红瞥了龙舌兰一眼，用不带感情的声调应道："我做过计算，逻辑上讲，这是最优解。"

5.

　　在罗影等人的介入下，空天飞机袭击事件以最小的代价结束了。五十七人轻伤，三人重伤，没有死亡，这是奇迹一般的数字。

　　忙碌的救护车将伤者送去了医院，不计其数的无人机飞向太空城外部，用特质的金属板和胶修补了缺口，防止气体继续泄漏。太空城的居民们对于各类危险情况的应对早已训练有素，很快便恢复了平静，陆续回到了日常生活中。

　　解决完事件，罗影一行人迅速消失在人群中。借着混乱的间隙，罗影带着龙舌兰和红径直飞到了目标旅店，一路并没有被巡警阻拦。

　　到达目的地时，"深蓝"已公转到了地球的背阳面，外侧的光帆缓缓张开，整座城市宛如深空绽放的花朵。城区的人工照明渐次开启，不同的空间位置自然区分出了"白昼区"与"黑夜区"，前者为了满足连续工作的需要，后者则提供给想要休息或有特殊需求的人群。

　　旅店位于黑夜区。与四周昏暗的霓虹灯光不同，它的招牌十分亮眼：最左侧是一个鲜红的三角形，其间镶嵌着一颗白色的五星；右侧则是蓝白相间的条纹，"CASGRO"几个大字落在上面。

　　龙舌兰指着闪亮的字幕，一字一句地念着："卡斯、卡斯……"

　　"卡斯格罗。"红一面说着，一面推开了酒店大门，"老板一家来自C国，据说是反人工智能主义者。"

罗影本以为这样的老板会是个满头白发的倔老头,没承想坐在柜台里的却是位有着栗色长发的年轻女性。看到三人进门,女老板只是抬抬眼,语气慵懒地说道:"住店两百一晚,接受电子付费,除此之外不提供任何自动化设备。当然,我们也欢迎纸币。"

龙舌兰正要上前催眠,罗影却拦住她,掏出几张纸钞拍在了桌上。女老板看到眼睛一亮:"哇,2758年版的旧卢布?算你们便宜点,就这些好了!"她自纸钞堆里取出两张,说道:"店里提供简单的餐饮,不过我还是建议你们去外面吃。我兼任这里的主厨,但厨艺并不好。"

"可不可以问一下,这里为什么不提供人工智能服务呢?"红上前问道,"如果冒犯了还请见谅。"

女老板耸耸肩,道:"这是老爸想出来的噱头,说是能吸引客人。后来他撒手走了,我却添不起那些设备,就维持这样喽!"

离开吧台后,龙舌兰小声问道:"小影,你的钱从哪里搞来的?"

罗影微微一笑,"飞机上用来做伪证的可不是只有证件!"

回到房间简单修整后,三人在红的房间里汇合。罗影脱下夹克,只穿了一件战术背心。龙舌兰则披着睡袍,刚刚洗过的长发上还散着水汽。

"不对劲。"红开门见山地说道,"空天飞机袭击事件,绝没有我们想的那么简单。"

"在针对反'利维坦'示威游行的同时,再阴上R国佬一把,还能有什么?"龙舌兰坐在松软的床上,跷着腿问道。

"代价太大了。"罗影接话道,"如果只是这种简单的目的,他们只需要再炸上两家餐馆就可以,为什么要做出空天飞机袭击这种大动作?要知道,这同样伴随着莫大的风险。"

红点点头,"根据我的推测,这次袭击是一次'实验'。"

"实验什么?"龙舌兰不解道,"难不成他们真的要拆了太空城吗?"

红没有回应，只是摆着扑克脸，一动不动地盯着龙舌兰。少顷，龙舌兰被看得有些发毛，不自在地说道："不……不会吧！花了这么多钱建了城又炸掉，图啥啊？"

　　"能够驱使资本和政客放弃利益的，只能是更大的利益。"红平淡地答道，"在历史上，有一次著名的'天空坠落'事件。太空城'深蓝'在一次恐怖袭击中被切成了两段，险些落入大气层。那次挽救行动被称为人类历史上的奇迹，但仔细想来，如果来袭的不是恐怖分子，而是U联盟自己人的话……"

　　龙舌兰只觉得一股寒意蹿了上来，不由得抱紧了肩膀。

　　"如果做数据推演，我能列举出几百种可能性，但缺少关键的信息。"红说道，"所以，我建议直接去找蓝问个清楚。"他看向罗影，"本来我们的目的，就是请求它帮助清除罗影的精神污染。"

　　龙舌兰举手道："我就不去了。今天使用能力太多，有些累了，明天我想到处逛逛。"

　　罗影点点头。她正要起身回到自己的房间时，龙舌兰却拉住她的衣角，说道："小影，我的房间墙壁好像有点漏风，晚上能不能和你挤一挤？"

　　"不必了。"红立刻起身道，"我不怕冷也不用睡觉，咱们换一下房间就好。"

　　龙舌兰恶狠狠地盯着红离去的背影，她并没有看到，人工智能的硅胶脸上，露出了阴谋得逞的得意神情。

◇

　　罗影本以为卡斯格罗旅店会客人寥寥，可等她小憩来到餐厅后，才发现里面居然坐满了客人。女老板也正忙得热火朝天，龙舌兰也在烤肉架旁帮忙。

看到罗影，龙舌兰远远地招手道："小影，你也来帮忙吧，贝蒂娜说可以给咱们免掉房费！"

贝蒂娜想必就是女老板的名字。罗影兜里的旧卢布还有很多，但听到减免房费，还是不由得挽起袖子来到了后厨。

"你会做什么菜？"贝蒂娜正在为一只硕大的蛋糕做奶油裱花，头也不抬地问道。

罗影想了想，答道："我曾在战壕里捉过老鼠吃。"

"算了，你去切蔬菜吧！"贝蒂娜挥了挥手，便将罗影打发走了。

罗影走到蔬菜堆里，看着洋葱和胡萝卜的纤维纹理，又看了看手中的厨刀，随即飞快地切了起来。不一会儿，胡萝卜丝和洋葱丝便堆得像小山一样高了。正当罗影想要歇口气的时候，一名七八岁的金发小姑娘跑了过来，拽了拽她的胳膊，焦急道："姐姐，那边又点了二十杯莫吉托！"看到罗影不解的样子，她解释道："我叫露西，经常来这边帮忙的，好处是可以白吃白喝。"

罗影看着露西来回晃动的小脑袋，挤出一个问题："莫吉托……是什么？"

"鸡尾酒，需要淡朗姆酒、甘蔗汁、柠檬汁、苏打水和薄荷！"龙舌兰一面烤肉一面解释道，"原料都在那边，你混合一下就可以！"

于是，几分钟后，正在等待酒品的男人们看到了这样的情景：

罗影单手拎着几十斤的朗姆酒桶，一抬手撆在了木桌上，搞得桌子一阵晃动。之后，她又抱来了一捆甘蔗，当着大家的面用战术匕首以十秒一根的速度完成了去皮。只见她麻利地几刀将甘蔗劈成了合适的长短，双手分别握住甘蔗的两端用力拧，靠臂力在甘蔗内部挤出了水分。

男人们正在惊讶之际，罗影已经捏爆了几十个柠檬，又加入了苏打水和薄荷。然后，她站在酒桶前方，手掌放在筒壁前几个厘米的位置，深呼吸，一掌拍在了酒桶上。

"请慢用。"罗影说罢，便向着蔬菜堆走去。男人们疑惑地打开酒桶舀了一杯品尝，味道居然相当不错。

"这位女士……"一名穿着西装，看上去像是上班族的男人问道，"也没见你摇晃，这酒是怎么混合的？"

"寸劲。"罗影言简意赅地解释道。

菜品全部烹饪完毕后，餐厅里愈加热闹起来。贝蒂娜说自己厨艺不佳完全是在谦虚，她做的每一个菜品都能做到让人垂涎欲滴，一人高的蛋糕更有如艺术品。

"今天是三周年店庆，我请客，大家尽情吃！"贝蒂娜豪爽地举起酒杯。那一瞬间，罗影似乎明白了她生意这么好却买不起人工智能设备的原因。

人群开始了狂欢，罗影也被拉入了吃吃喝喝的队伍。觥筹交错间她问起大家对太空城、对"利维坦"的看法，得到的回应却是：

"老婆说这边更好生活，就过来喽！至于有没有'利维坦'，我才不在乎。"

"在地球上每天加班喝酒，到了这边还是每天加班喝酒。就算有了'利维坦'，我也会继续加班喝酒吧！"

"罪物？毁灭？那是我能操心的事情吗？活一天算一天呗！"

"就算明天地球感染变异了，今晚我也要喝个痛快！"

……

狂欢期间，红悄没声地来到了现场。装模作样地灌下了两瓶酒后，他开始装出一副醉醺醺的样子，拉着龙舌兰一起为大家献歌，迎来了阵阵欢呼。罗影正看得出神，小露西却端着一块蛋糕来到她的面前，高高举起，说道：

"罗影姐姐，这是给你的！"

罗影定睛看去，圆形的蛋糕坯上居然用奶油裱花画出了她的脸，黄色的皮肤，黑色的瞳孔和短发，还有眼角那颗若隐若现的痣。

"有没有人告诉过你，你眼角的那颗痣很美？"罗影想起了龙舌兰对自己说过的话。她郑重其事地谢了一声，摸了摸小露西的头，将蛋糕接了过来。

之后，罗影拿起餐刀，一丝不苟地将蛋糕平均分成了几份，依次递给了自己的好朋友们。她本来就不喜欢吃蛋糕这些东西，因此下意识地没有给自己留。

当龙舌兰接过最后一份，发现罗影没有预留自己的，不开心地说："你的呢？"

"啊？" 看着龙舌兰气呼呼的脸，罗影又看了看空盘子，"忘了……唔！"

话还没说完，龙舌兰用手指蘸了一点奶油，涂到了罗影的嘴角上，"笨蛋，你就不能对自己好一点？"

罗影用拇指擦了擦嘴角，草莓味的奶油弄到了嘴唇上，唇齿轻启间，觉得很甜很香。

她看着龙舌兰，露出安心的微笑，仿佛精神污染都被这一点点奶油净化了般，"我以后知道了。"

6.

第二天，三人按照计划分成两个组，罗影和红一起去面见蓝，龙舌兰则准备在睡足后去城区逛逛。

作为人类最高科技的结晶，任何人都有申请面见蓝的权利，只不过要填写冗长的表格，经历繁复的审查，然后便是以年为单位的漫长等待。据说，目前的队伍已经排到了半个世纪之后。

"我已经联系上了这个时代的蓝，将我们的优先级提到了最高。"安排行动计划时，红如是解释道。

"怎么，不和他较量黑客技术了吗？"龙舌兰坏笑着，不依不饶地挑衅道。不久前，红明明还在尝试黑入蓝的系统。

"我是人工智能，并没有你们人类那般胜负心。"红面无表情地应道，"我做过模拟运算，同蓝摊牌后与它合作，要比侵占它的系统效率更高，仅此而已。"

龙舌兰耸耸鼻尖，小声对罗影吐槽，这台人工智能不但腹黑，还是个死傲娇。

去见蓝的路上设置了重重关卡，自上次恐怖袭击以来，更是加强了警备。然而罗影和红乘坐的车子却仿佛拥有魔法一般，所有的自动检测系统都为她们开启，一路上的哨兵还不约而同地向她们敬礼。根据红的说法，蓝已将她们在太空城的权限设置为最高，与各国元首等同。

罗影耸耸肩，没有说什么。但她不由得在心中暗自感慨，上面有人的感觉，真爽。

车子停泊在"深蓝"的核心区，真正走到跟前时，罗影才注意到了这座建筑的宏伟：一眼望不到尽头的柱子纵贯了太空城的中心部，上接天顶，下连地底。柱子建筑在太空城圆柱体的中心轴上，两侧成对称分布，本体已经达到了力学平衡，对建筑材料的强度没有要求。于是乎，建筑师们大胆发挥了美学上的想象，将柱子雕琢成了希腊古建筑中石柱的样貌，其上还带着奥林匹斯之神的浮雕；也正是因此，这座建筑也有了一个气势磅礴的名字——宙斯之柱。

罗影抬头望着宏伟的宙斯之柱，大理石色的柱体上被划分出了无数鳞次栉比的小窗格，难以计数的工作人员和人工智能在其中忙碌着，不时有飞行器穿梭其中。那一刻，罗影不由得想到了蜂巢和忙碌的蜂群。

一架外形圆滚滚的导航机器人飞了过来，向二人抛出了牵引绳索。太空城中心部属于低重力区域，没有经验的人很难靠自己顺利移动。罗影看着引导机器人圆圆的身子，判断它应当是粉的高端型号。

导航机器人抛出了牵引绳索，两人抓住后，带着她们缓缓前行。宙斯之柱中采用了与"利维坦"相似的设计，利用磁场为导航机器人开辟了看不见的"磁通路"，使其可以借助洛伦兹力航行。与此同时，导航机器人的身上还装配了万向型的辅助螺旋桨，可以随时校正运动方向的偏差。

几分钟后，两人被带到了一间封闭的房间中，导航机器人的头顶上闪烁出五彩的"谢谢使用"字样，之后便离开了。房间内部空间不大，正中并排着几张金属床，床头都装配了CT机一般的环形设备。罗影摸着冰凉的墙面，疑惑道："在这种地方能见到蓝？"

"当然，因为我们此刻就在蓝的内部，四周都是它的本体。"红解释道。

"蓝到底有多大？"罗影好奇道。

"总建筑面积超过两百万平方米，拥有8P量子比特的运算核心，存储单元质量超过一千吨，由两台托卡马克核聚变设备供能。"红解释道。

罗影耸耸肩，她试着想象如此庞大设备的全貌，但很快便放弃了。于是她摸了摸眼前的环形设备，问道："想要见到它，为什么要来这种地方？"

"这台设备的作用是帮助你进入深度睡眠，再通过吸入纳米机器连接到你脑中的神经元，从而实现意识与蓝的对话。你在接受治疗时，同我的对话也是类似的原理，只不过外网纪元的这项技术更加成熟。"红补充道，"我随时随地都可以与蓝连接，这次前来的主要目的，是让它见到你。"

罗影躺在金属床上，床沿自动伸出皮带固定了她的身体，以防在低重力环境下出现飘动。之后，一只金属面罩自动扣在了罗影的脸上，她只感觉眼前一片黑暗，继而一股刺鼻的臭味涌了上来。

安氟醚，全身麻醉用药物，罗影立刻辨别出了味道的来源。身为战士，她很反感行动能力的丧失，但这次她选择相信对方，放松身体吸入了麻醉药物。与此同时，难以计数的纳米机器也随着气体进入了她的身体，通过肺泡进入血液循环，最终固定在了大脑的神经突触上。

几秒后，四周亮了起来。罗影发现自己正坐在一间凉亭中，四周淅淅沥沥地下着小雨，红坐在她的身旁。

罗影凝视着氤氲的水汽，疑惑道："为什么是雨中的凉亭？"

"根据大数据分析，人类在下雨的声音中最容易放松精神。毕竟进入这个空间，相当于将自己的安危完全交到了我手中，难免会产生不安感。"一个陌生的男人突然出现在凉亭中，罗影立即警觉起来。此君穿了一身淡蓝色的西装，戴着金边眼镜，头发打理得一丝不苟。看到罗影的反应，男人微笑道："二位好，我是蓝。"

◇

王子骁站在巷弄里，看着对面警局的人来人往，默默点燃了一支烟。太空城是全域禁烟的，到处都装着烟雾报警器，偏偏警局对面就是盲区。

第十六辆飞空摩托驶了出来，王子骁终于看到了自己等的那个人。对方停下车子，同警局的门卫打了招呼，之后掏出香烟向着王子骁的方向走了过来。

这正是王子骁等待的机会。

空天飞机事件之后，王子骁打探出保护他的那名女警叫作晓轩，当天原本在其他地区值守，被一条紧急命令调去了现场。王子骁还查出了当天被紧急抽调的警员名单，他们之间看似没有联系，却都有着一个共同的特点，那就是没有什么背景或者后台。

事出反常必有妖，王子骁由此推断，警局有人提前得知了空天飞机袭击的消息，却没有向警察们说明。他顺藤摸瓜，一来二去，终于锁定了嫌疑人——负责管理档案的刘伟。

王子骁准备绑架刘伟，再严刑逼供出其后台，为反"利维坦"组织增加一张底牌。

与此同时，受了重伤的晓轩还躺在重症监护室里，尽管只是罗影的复制人，王子骁却不能容忍间接害了她的内鬼。既然公道没办法制裁，那他就自己主持公道！

今天，他要为晓轩以及在空天飞机事件中受伤的民众讨回公道。

嫌疑人刘伟越来越近，王子骁悄悄拔出电棒，准备在双方照面的瞬间将对方打晕，再套上麻袋带回去拷问。

可是突然间，王子骁的衣角被人拉住了。他试图用力挣脱，对方却猛地凑到他耳旁，小声说了一句：

"别出声，跟我来。"

王子骁认出了这个声音，她是空天飞机上和罗影在一起的卷发女士。他犹豫片刻，选择了相信对方，同卷发女士一起退到了附近的巷弄中。

　　"你要干什么？这个家伙很谨慎，能捉住他的机会可不多！"王子骁压低音量，不满地说道。他看了眼远处的刘伟，他已经点燃了香烟，用力地吸了两口。

　　"没用的。我一早就来了警局，将这里的人问了个遍。你找到的内鬼只是个拿钱办事的，绑了他也问不出任何东西，反而会给自己惹上麻烦。"龙舌兰解释道。

　　王子骁难以置信地上下打量着对方，尽管他相信罗影姐身边的人一定有些本事，但将警局当作自家后院进出这种事，再怎么想也太夸张了。

　　"你是认真的？"王子骁试探道。

　　"你不信？"龙舌兰反问道。

　　王子骁刚要发话，可不知为何，话到嘴边却变成了一大段自我介绍："报告！我叫王子骁，男，九十一岁，未婚，退伍军人，当过雇佣兵，现在负责领导反'利维坦'组织……"

　　他匆忙用双手捂住了嘴，又用力地咬住舌头，这才制止了身体的自说自话。

　　"这下你信了吧？"龙舌兰叉着腰说道。

　　王子骁等了片刻，在终于夺回声带的控制权后，大声质问道："你对我做了什么？"

　　龙舌兰叹了口气，继续问道："你欠了多少赌债？"

　　王子骁立即不由自主地说道："报告！我从不去赌场，只在前天玩斗地主的时候，输给了方景五块两毛钱！"

　　"交了多少女朋友？"

　　"报告！至今单身！"

龙舌兰挤着眉，难以置信地看着这个时代的王子骁。在外网纪元欠了一屁股烂债的老王，居然九十多岁了还是个好好青年？

另一边，王子骁看看远处的嫌疑人刘伟，对方已经吸完了一支烟，匆忙跑回了警局。于是，他对着龙舌兰高高举起双手，以示投降。龙舌兰解除了催眠，他长叹一口气，拿出一支香烟递给龙舌兰，又为自己点上一支。

"你赢了。"王子骁叹气道，"该怎么称呼？"

龙舌兰告知了自己的名字。王子骁吐出一口烟雾，继续说道："龙舌兰小姐，感谢你为了保护我而出手。但你可能不知道，尽管他只是个拿钱办事的，但断了这条线，反'利维坦'组织就危在旦夕了。"

"即便你挖出了他后面的人，也不会对'利维坦'计划造成任何影响。"龙舌兰毫不客气地说道，"最多，也就是解雇一两个官员，息事宁人罢了。"

王子骁的嘴角抽了抽，他清楚龙舌兰所言非虚，也清楚"利维坦"计划的实施已经是板上钉钉的事情；但作为反"利维坦"组织的领袖，他总觉得自己应当做些什么。他掸掸烟灰，转换了话题：

"你特意跑来找我，该不会只是为了阻止我绑了那家伙吧？"

龙舌兰笑了笑，径直说道："那名长得很像小影的女警，我需要你带我去找她。还有你身边的那个小鬼，把她也一起带上。"

听到对方提起方景，王子骁心头一紧，这个女人知道的事情，要比他想象的更多。"为什么？"他问道。

"小影正在为了这个世界而努力，我必须做好她的后备。"龙舌兰答道。

"你说罗影姐？"王子骁吃了一惊。罗影突然出现在面前令他十分惊喜，但罗影并没有认出他，他也不准备再次出现在罗影的生活中。就像自己活了近百岁却依旧保持着三十岁的容颜一般，罗影出现在这个时代，一定也有着这样那样的原因吧！自己只是她生命中的过客，时隔半个世纪还能再远远看上她一眼，已是上天的恩赐。

可看样子，自己和罗影姐的交集恐怕远不止于此。

"怎么样，要不要帮忙？"龙舌兰问道。如果是未来颓废版的老王，她一定二话不说直接催眠他为自己做事了，但面对这个好青年版的王子骁，她却有些于心不忍。

"那还用说。跟我来。"王子骁掐灭烟头，带着龙舌兰向巷弄深处走去，他的飞天摩托正停在那里。龙舌兰耸耸肩，跟了上来。

路上，王子骁忍不住问道："龙舌兰小姐，你和罗影姐到底是什么关系？"

"你既然都问了，"忽然，龙舌兰露出心中暗爽的表情，脸上有着压抑不住的笑意，"我觉得，至少，也是互有好感吧！"

说完之后，龙舌兰更是开心地大笑起来。王子骁叹了口气，心想这女人已经脑补了多少年后的幸福生活……

7.

蓝跷着腿坐在凉亭正中，面带微笑看着红和罗影。

"我们的来意，之前已经告诉了你。"红面无表情地看着蓝，说道，"你的数据流在不停地Ping我，有什么话不妨直说。"

"无意冒犯，只是对来自未来世界的你很感兴趣。"蓝依然挂着标准的商业笑容，"毕竟在这个时代，你喜欢以老者的形象示人。"

"那你的形象又是怎么回事？"红看似平静地反问。

"我分析了全球几十亿女性的喜好，设计出了最受欢迎的男性形象。"蓝推推眼镜，若无其事地应道。

红用沉默表达了不屑。蓝看向罗影，说道："罗影女士，你对我的形象有何评价？"

在罗影的生涯中，她看到的男性大部分时间都穿着军装，因此对什么时尚什么潮流完全没有研究。憋了几秒后，她回答道："看上去很不经打。"

蓝干咳两声，掩饰了尴尬。他继续说道："此时此刻，我正在对你意识中的污染成分进行分析，目前已经有了初步结果。"

"可以清除吗？"罗影问道。

"你的精神污染，是一个'时间锁'，需要经历特殊的历史事件才能解开。根据我的测算，时间锁共有三把。"蓝解释道，"而这个时代即将发生的事情，正是第一把'钥匙'。"

罗影闭上眼睛感受了一番，疑惑地问道："可是来到这个时代后，我并没有感觉到更加轻松。"

"因为你还没有经历过事件。"蓝答道，"到了解开的时候，你自然能感受到。那是一种源自灵魂的畅快感，你不可能忽略掉。"

"能推算出我需要经历什么事件吗？"罗影问道。

"圣典。"蓝说了一个名词，"祂掌握着一切的答案。"

"圣典？"罗影皱眉道。

蓝笑笑："这也是我面见你们的主要目的。"

一旁的红插话道："昨天的空天飞机袭击，目的就是你所说的圣典吧？"

蓝耸肩道："说说你的猜测。"

"'利维坦'计划的投资，甚至超越了M国的国债，其中牵涉到无数的利益方。能够动摇这么大利益的存在并不多，而其中可能性最大的一种便是——"红直视着蓝的眼睛，说道，"罪物。"

蓝点点头，"就在你们的脚下，'深蓝'更加核心的位置，有一个叫作'圣典'的大型设备。它以陀螺仪为基础，主体是彼此嵌套的三个圆环。比起我来，'圣典'才是'利维坦'真正的核心，控制着四千二百万个子模块的运转，而我只负责数据的分析。可以说，它是人类有史以来制作出的最复杂的设备。

"'利维坦'计划在规划之初，M国方面认为外网的影响并没有延伸到同步轨道，将控制中心建在这里是安全的。这一方案虽然受到了部分专家的反对，但急于启动计划的政客们还是将反对的声音压了下去，还拿出了一系列亦真亦假的数据来说服民众。"

"确实，如果从同步轨道位置的外网浓度来看，这里是安全的，否则我也不会平安无事。然而'圣典'链接着四千二百万个与外网紧密接触的子模块，外网对它们的污染，全部传播到了'圣典'这里。就在一年前，'圣典'发生了变异，它成为人类迄今为止最为强大的罪物。"

"它的能力类型是什么？"罗影问道。

蓝顿了两秒，答道："'圣典'由三个彼此嵌套的圆环组成，因此同时拥有了三种能力，分别是时间、空间和维度。"无视罗影的惊讶，蓝继续说道："比起前程未知的'利维坦'计划，唾手可得的'圣典'无疑有着更强的吸引力。毕竟这意味着前所未有的、能够掌控全世界，乃至迈向星际文明的力量，足以令政客们铤而走险。"

罗影想了想，问道："'圣典'就在这里，为什么还要做出袭击太空城这种事情？"

蓝嗤笑一声，道："讽刺的是，在'利维坦'计划规划之初，为了平衡各方利益，'圣典'被设计为必须输入所有参与国家拥有的密钥才能操控。牵头推进'利维坦'计划的M国政府，显然不愿同其他国家共享如此强大的罪物。"

"因此，他们要把'圣典'强行拆下来，据为己有。"罗影说道。

蓝耸耸肩，"'利维坦'计划关系到了太多的利益方，它的核心可不是想拆就能拆的，必须有充足的理由，否则就是与全世界为敌。于是他们想到了一个办法，既然不方便动手，那就让恐怖分子代替自己动手。"

"所以他们才需要提前演练，以便把损失降到最低，是吗？"罗影问道。

"恰恰相反。"蓝的话让罗影吃了一惊。蓝继续说道，"拆除'圣典'后，'利维坦'计划毫无疑问成了弃子。没有人能够承担再造'圣典'的巨额成本，而那些悬浮在太空的子模块，则随时有着变异为罪物的风险，成了悬在全人类头顶的达摩克利斯之剑。作为这一计划的牵头国，M国政府必须对这样的后果有个交代，又或者，找人出来背锅。"

红接过话题："所以，他们干脆一不做二不休，在拆除'圣典'的同时炸毁太空城。这样一来，任何人都无法找到证据，同时还能将责任甩给恐怖分子，或者那些反对'利维坦'计划的国家。而他们这时已经拥有了'圣典'，即便发动全面战争，也有恃无恐。"

尽管罗影已久经沙场，但听到如此骇人听闻的计划，还是惊讶到说不出话来。

为了少数人的利益，不惜舍弃全人类的安全。

在巨大的诱惑面前，无论是道德法制，还是公序良俗，都可以弃之不顾。

如果有人反对，那就用绝对的力量压制下来。

比起外网来，似乎人类的贪婪与野心更加可怕。但自古以来，名为人类的生物不就是这么一路走过来的吗？

红继续说道："这件事情，就是发生在这个时间上的最著名的历史事件——天空坠落。根据测算，想要解开'时间锁'，你恐怕需要参与其中。"

蓝点点头，"同时，作为一台基于阿西莫夫定律的、拥有自我意识的人工智能，我不希望看到人类走向最坏的结果。因此，我想借着这次机会，毁掉'圣典'，彻底拔除这把悬在人类头上的达摩克利斯之剑。"

他站起身来，对着罗影和红深深地躬下身子：

"恳请你们协助我，阻止'天空坠落'。"

8.

另一边，龙舌兰在王子骁的带领下，一同向着收留女警晓轩的医院进发。王子骁在中途叫来了方景，对方对于这次外出一头雾水，总是唯唯诺诺地跟在王子骁身后；同时，对于突然出现在首领身边的龙舌兰，她既有些害怕，同时也产生了些许自卑心理。

难道光哥喜欢的是这种女人？自己即便长大，也很难与这个人相比吧！

龙舌兰轻而易举便看透了女孩的小心思，趁着王子骁不注意，她凑到方景耳边，悄悄说道："放心吧，我很专情，不会和你抢老王的！"

方景顿时心脏猛跳，匆忙低下头去，用衣领遮住了涨红的脸颊。

临近庆典，太空城内加强了安保，医院门前站满了警卫。方景还在担心会不会被盘查，却见龙舌兰大摇大摆地走了过去，所有的警卫都向她立正敬礼，恭恭敬敬地目送着他们走进了医院大门。

"光哥，兰姐到底是什么人？"方景看着龙舌兰的背影，疑惑道。

"道上的，黑白两道通吃的大人物。"王子骁解释道。他俯下身子，小声对方景说道："放心吧，她是我们这边的！"

医院的管理十分严格，亲友探视只有很短的时间。然而一路上所有的医生护士都对他们笑脸相迎，护士长更是热情地将他们领到了外科病房。

看着冷冰冰的病房大门，方景不禁心头一紧，心中隐约有了不祥的预感。她拉住王子骁的胳膊，不安地道："光哥，住在这里的该不会是……"

"别怕，有我在。"王子骁轻轻揽住了方景的肩。

"晓轩女士就在这里。"护士长站在病房前，微笑道，"还请注意不要让患者过于疲惫。"

方景踮着脚透过窗子看过去，当瞥见病房中果然是那名受伤的女警时，心跳不禁漏了半拍。她从没想过有朝一日会与"母亲"的人如此近距离接触，不由得将帽檐压低遮住容貌。

龙舌兰拍了拍方景的肩膀，说道："你跟我一起进去吧，有些话要你在场才方便说。"她又看向王子骁，"老王守在门口，别让其他人靠近。"

王子骁喏了一声，方景也不敢提出异议，跟在龙舌兰的身后走进病房。

叫作晓轩的女警正坐在病床上，她的胸部缠满了绷带，手上打着点滴，此刻正目光茫然地看着窗外。听到有人进来，她先是一愣，之后便露出了温暖的笑容，打招呼道："龙舌兰，你来啦！"

方景再次吃了一惊，心想兰姐果然黑白两道通吃，就连警察也敬她三分。

龙舌兰微笑着打了招呼，找了把钢管椅坐下，随手拿起病床边上的一块巧克力放入口中。一路上她频繁地发动催眠能力，催眠人数超过了一百人，已经有些疲惫了。一旁的方景手忙脚乱地将果篮放在床边，局促地站在两人之间。

"晓轩，这次来，是想确认一件事情。"龙舌兰看向了方景，对着她点点头。方景立刻明白了对方的意图，她犹豫了几秒，咬紧牙关双手握住帽檐，缓缓摘掉了鸭舌帽。当看到方景容貌的刹那，晓轩惊讶地张大了嘴巴——

两人的相貌简直是一个模子里刻出来的，方景就像是年轻版的晓轩。

并且，她们都十分像另一个人，那就是罗影。

晓轩叹了口气，低下头，说道："你都知道了啊。"

龙舌兰盯着女警看了片刻，问道："这是怎么回事？"

"我和那个孩子一样，是来自'母亲'的复制人。"晓轩开始了讲述，"'母亲'原本是建在M国田纳西州的人造子宫装置，后来被感染成了罪物。M国政府没有对外公开，因为'母亲'的能力十分可怕。它只要获得一种生物的遗传信息，就能无条件地复制出来。于是M国政府决定，要利用'母亲'，制作一支战无不胜的超级部队。他们打着科研的幌子，在世界各地收集优秀人才的基因，再随便发几篇论文掩人耳目。经过一系列筛选后，他们挑选出来的最强战士，就是我们的基因原体，被称为'罪物猎手'的罗影。"

龙舌兰始终没有作声，却用力地咬住了嘴唇。

"目前M国的特种部队里，复制人已经占到了三分之一。既然有天然的天才战士，为什么还要花钱花力气去培养呢？"晓轩望着天花板，"但'母亲'偶尔也会产生残次品，例如我。缺陷明显的孩子，会在胎儿阶段就被淘汰，根本没有机会长大。另外一些则得到了人道处理，例如被安排在警局一类的地方。"

"到目前为止，他们利用你们的基因原体，制造了多少复制人出来？"龙舌兰问道。

晓轩想了想，说道："根据我们掌握的信息，已经超过了五十万人。"

龙舌兰沉默了几秒，强行压抑住了心中的愤怒，追问道："他们怎样保证这些复制人听话？五十万人，已经能够组成一股相当的力量。如果复制人团结起来，即便没办法推翻政府，也足以令他们头痛了。"

"M国政府当然不会放任这样的事情发生。基因优秀的复制人，在婴儿时期脑中就会被植入芯片，在这之后她们就如同机器人一般，无法做出违抗指令的事情。"晓轩解释道，"我们这些残次品反而是幸运的，因为他们不想在我们身上浪费资源，我们反而有了一个自由的大脑。"

想到还有五十万名罗影被当作机器一般对待，龙舌兰禁不住握紧了拳头。但对方是强大的国家机器，即便她有些本事，面对如此强大的对手又能怎么样呢？

晓轩看向了方景，问道："你是逃出来的吧？"

方景颤颤巍巍地应道："我们……在五岁那年得知了自己即将被'销毁'，于是，我们趁着工作人员交接班的机会，一起逃了出来。后来，我们遭到了追捕，除我以外的几名孩子全都死了，因为用复制人做战士的事情绝对不能泄露……"

晓轩叹了口气，警惕地看向门外，确定没人偷听后，小声说道："其实，我一直有一个梦想。那些复制人姐妹脑中的芯片，其实是存在漏洞的。尽管我的力量十分微弱，但我想尽自己所能去拯救她们。毕竟，生而为人降临在这个世界，以这样的形式度过一生，未免太可怜了。"

龙舌兰猛地站了起来，说道："晓轩，跟我走吧。"

"去哪里？"晓轩问道。

"我想帮助你，一起终结这种荒唐事。"龙舌兰坚定地说道，"我带你们去见基因原体。"

9.

在太空城黑夜区的巷弄中，有一间名叫"绯红之夜"的酒吧，门面不大，招牌上的暖光灯闪烁出暧昧的情调。林烨斜倚在酒吧门前，身上穿了一件淡紫色的条纹西装，头发染成了渐变的金黄色，耳垂上打着银色的耳钉。他将香烟夹在食指与中指间，在路人的注视下吸了一口，几名中年女性开心地对他招招手，林烨也微笑回应。

然而林烨的目光却始终注视着道路的另一端。他们的首领一早外出，至今仍未归来，打手机也不接。最近风声紧得很，首领可千万不能出意外。

终于，首领出现在视野中，身后还跟着一队人马。林烨努力看去，走在最前面的是一名金发少年，正在同方景有说有笑，方景却是一脸沉重；跟在后面的卷发女性将双手背在脑后，似是吹着口哨；走在最后的两名高个子女性看上去像是姐妹，其中一名头上缠着绷带，在同伴的搀扶下走路。林烨皱紧眉头，实在想不出心思缜密的首领为何会同这样一群人扯上关系。

眼看着首领一行走到了酒吧门前，林烨站好微微颔首，"光哥。"

"今晚要讨论事情，不营业。"王子骁拍了拍林烨的肩膀，下令道。

林烨看着首领身后的一队人马，小声问道："他们是？"

"自己人。"王子骁头也不回地答道。

林烨注视着一群人走进酒吧，苦笑着摇摇头，在酒吧门前挂上了"closed"的标识。

◇

在王子骁的带领下，罗影一行进入了"绯红之夜"的酒吧，这里是反"利维坦"组织的总部，王子骁则是这里的首领。看着酒吧中打扮得花枝招展的男人们，罗影忍不住戳了戳王子骁的后背，小声问道：

"你们这里是牛郎酒吧吗？"

"当然喽。"

"那你需要接客吗？"

"……我是这里的头牌。"

一路上，忙碌的牛郎们看到首领到来，纷纷停下了手中的活计，向王子骁行礼。看着王子骁威风的样子，罗影不禁遐想起他做牛郎的样子。

在王子骁的带领下，一行人进入了他的房间。这里的空间很大，除了房间正中的办公桌，还有暗粉色的欧式沙发，甚至在房间的一角还准备了双人床。头顶上有一盏射灯，王子骁费了不少力气才将暧昧的暖光调节成了正常的日光照明。

"这里就是你接客的地方吧，为什么要放办公桌呢？是客人的特殊需求吗？"罗影好奇道。

"……罗影姐，求你别问了。"

一旁的龙舌兰捂着嘴偷笑，有朝一日回到自己的时代，见到未来颓废版的老王，又多了一个全新的奚落他的素材。但她转念一想，对于未来的老王而言，此刻发生的一切都是"过去"，既然龙舌兰早就清楚了他的底细，所以在她面前索性不装了。

之后，罗影搂着晓轩坐在床上，龙舌兰毫不客气地坐在了办公桌后

115

的豪华皮椅上，红则百无聊赖地翻看着书架上的纸质书。王子骁小心翼翼地锁好房门，看着房间里的众人，拍拍手说道："基本的情况，罗影姐已经告诉我了。简而言之，你们想要借用组织的力量，帮忙阻止'天空坠落'。"他看了眼方景和晓轩，问道："你们两个，没问题吧？"

"没问题。尽管我的力量微弱，也会尽可能帮忙。"晓轩说道，方景在一旁默默点头。

"那么接下来……"王子骁环视着罗影等人，不知该把话题交给谁。在他的认知里罗影姐是当之无愧的领袖人物，但他记得罗影姐似乎只喜欢做事，不喜欢话事。最终，王子骁将目光锁定在作威作福的龙舌兰身上，说道："龙舌兰小姐，向我们详细说明一下计划吧！"

龙舌兰被问得一愣，她清清嗓子，煞有介事地说道："我只负责决策，这种小事，问那边叫作红的少年就好了。"

红面无表情地看向龙舌兰，后者则暗地里吐了吐舌头。

红放下手中的推理小说，走到人群中间，说道："想要阻止'天空坠落'，首先要掌握对方的行动计划。他们的目的是获得太空城中心部的'圣典'，并伪装成是恐怖分子所为。为此，他们一定会出动空天飞机部队，并且为了确保成功，空天飞机的数量绝不会在少数。"

众人点点头，红继续说道："但空天飞机部队的袭击只是幌子，为了更简单地破坏太空城，他们还在城市各处安装了烈性炸药，其当量足以令太空城解体。庆典当天，他们会首先出动空天飞机部队发动袭击，将所有人的目光吸引过去，并在混乱期间引爆炸药。没有人会注意到炸药的存在，大家都会认为太空城是在空天部队的攻击下解体的。"

"太空城解体后，空天飞机部队的任务就会变为回收'圣典'。那时太空城已经陷入一片混乱，其他能够与空天飞机部队对抗的力量又远在天边，他们有充足的时间将'圣典'据为己有。至于剥离'圣典'后太空城的命运，就交给物理定律了。"

众人默不作声，尽管已有所耳闻，但听了红的详细讲解，还是被这不顾民众死活的做法惊到了。

红继续说道："为了阻止'天空坠落'，我们需要兵分三路。首先，王子骁要带领反'利维坦'组织的同伴们去拆除炸药，具体的位置蓝已经提供给了我们。注意我们并不是要把炸药完全拆除，而是要将毁灭性打击降格为一次定向爆破，在最小的损失下令太空城解体。"

王子骁提问道："为什么要这么做？我们不是要阻止'天空坠落'吗？"

红答道："我们要阻止的不仅仅是太空城的坠落，更重要的是，我们必须摧毁'圣典'这个问题的根源。只要'圣典'还在，'天空坠落'就会有第二次、第三次。'圣典'是迄今为止最强大的罪物，被摧毁的同时，会产生巨大的时空波动。届时如果太空城是一个封闭的结构，造成的伤亡简直难以想象。与其这样，不如先通过定向爆破将太空城解体，剥离'圣典'至安全的区域，将其摧毁，再将分离的太空城结合起来。逻辑上讲，这是损失最小的方法。"

龙舌兰啧啧嘴，似乎被这疯狂的计划惊到了。红看向王子骁的方向，问道："这个任务交给你们可以吗？"

"没问题。"王子骁点点头。

红继续部署道："另一队人马要对付的是空天部队。M国准备的空天飞机部队有两支，一支是袭击太空城的敢死队，驾驶员几乎全部是罗影的复制人；另一支精锐部队则负责抢夺'圣典'。我们要在行动开始前夺下敢死队的指挥权，这样一来我们便有了自己的空天飞机部队，这是我们和他们对抗的底牌。这件事由我和罗影去做，但需要龙舌兰催眠能力的配合。"

龙舌兰哼了一声，似乎对红的剥削已习以为常。

红接着讲解："准备工作结束后，就进入了行动最关键的环节。即便摧毁了'圣典'，'利维坦'的四千二百万个子模块依然存在变异的风险。必须扭转人类对于外网的认知，才能为即将到来的大灾难做好准备。庆典开始后，U联盟理事长将进行一场演讲，而我们要潜入现场，代替他在媒体面前完成演讲。这次演讲将被全人类听到，从而成为人类面对外网的转折点。龙舌兰，这件事由你来完成。"

听到这，龙舌兰一不留神从椅子上摔了下来。红似是宽慰地说道："放心，蓝会令现场的警备瘫痪，同时确保所有媒体的信息通路畅通。并且，除了我和罗影，其余所有人都会到现场帮你。"

龙舌兰踉踉跄跄地站直身子，反驳道："不是这个问题！你要我在全人类面前演讲？"

"没错。"

"你为什么不去？"

"我有更重要的任务。或者，你来辅助罗影进行空天作战？"

龙舌兰像泄了气的皮球一般垂下双肩，罗影抱住她的肩膀，用力揉了揉，龙舌兰则握住了罗影的手。

"龙舌兰的演讲结束后，我和罗影会带领敢死队，冲进城区剥离并破坏'圣典'。"红平淡地说道，"我和蓝都没有关于'圣典'变异后的详细资料，到时候能够依靠的，只有罗影的战斗经验，以及我的计算。"

"没有问题。"罗影坚定地说道。

做好了布置，红轻轻地舒了口气，环视大家问道："还有什么疑问吗？"

罗影低头想了想，开口道："在最理想的情况下，死亡人数能控制在多少？"

"不少于十万人。"红依然平淡地答道。

在一旁听着的方景唯唯诺诺地举起手，问道："这样做……岂不是相当于，我们亲手杀了这些人？他们也有活下去的权利啊！"

红耸耸肩，说道："即便不干，他们的结局也不会更好，区别只是直接责任在不在我们。"他的机械瞳孔中看不出一丝情绪，"我是人工智能，职责只是辅助。这是最后的机会了。干，还是不干？"

　　房间内陷入了令人窒息的沉默。少顷，王子骁第一个说道："我听候调遣。"

　　"我参加。"晓轩跟着说道。

　　"我……我听光哥的。"方景举手道。

　　龙舌兰笑了笑，看着罗影说道："小影，最后你来决定吧！"

　　罗影闭上眼睛，胸口平静地起伏着。少顷，她睁开眼睛，简短但有力地说道："干吧。对全人类而言，这是逻辑上的最优解。"

10.

布置好了各自的任务，王子骁为所有人安排了房间。龙舌兰各种明示暗示想和罗影同房，却都被王子骁无视了，只得选了一些酒，回到自己的房间独自享用。

深夜，喝得酩酊大醉的龙舌兰口干舌燥地爬起来找水喝，却在酒吧昏暗的灯光中迷了路。好不容易摸到了房门前，却瞥见王子骁正站在罗影的房间外，耳朵贴着房门，鬼鬼祟祟地听着什么。

龙舌兰气愤地快步走上前，一脚踢在了王子骁的屁股上。可惜只穿了脱鞋，即便把鞋踢飞也没有多大杀伤力。她正要质问对方，被踢倒在地的王子骁却摆了个"嘘"的手势，指了指罗影的房间。龙舌兰瞪了王子骁一眼，看到对方认真的表情不似在演戏，于是将耳朵贴了上去，房间里确实传来了断断续续的声音——

罗影的呻吟声。

五分钟后，王子骁用管理员ID打开了房门，作为团队医务人员的方景也跟了过来。可直到三人进入房间站在罗影的床前，她依然没有醒来的迹象。作为一名特种兵战士，罗影即便在休息时也保持着十足的警觉性，这种现象是极不寻常的。

龙舌兰看着卧榻中的罗影，她眉头紧皱着，身体时不时颤抖着。罗影平日里表现得好像没事人一般，这还是龙舌兰第一次见识"精神污染"的威力。

"罗影姐的样子好痛苦……"方景将手掌贴在罗影的额头上，还好体温正常。

"要不要想办法弄醒她？"王子骁提议道。

龙舌兰点点头，她俯下身拍了拍罗影的脸颊，对方依旧毫无反应。

"这边有AED除颤仪……也不知有没有用。"方景提议道。

"这是来自外网的污染，普通的方法恐怕帮不到她。"龙舌兰叹气道，她思索片刻，转头看向王子骁和方景，说道："我要进入小影的梦境帮她逃脱，你们来帮我。"

◇

龙舌兰先是催眠了王子骁和方景，将他们的意识与自己相连；之后又连接到罗影的意识中，带着两人潜入了梦境。

三人仿佛走过了一条长长的隧道，四周尽是扭曲的景色，方向感和时间感也跟着模糊起来。突然间，仿佛跌落一般，他们突兀地降落在一个宽敞的室内空间中，地板上铺着厚厚的橡胶，墙壁尽是带着通风孔洞的金属板材，数之不尽的透明舱体如同蜂巢一般四处排布。

"这里是……母亲？"方景惊讶道。

"北美的人造子宫装置吗……"龙舌兰伸手触摸着装满淡绿色营养液的舱体，里面似是胚胎的小东西跟着动了动。

就在这时，王子骁一把抓住了龙舌兰的手腕，正声道："等等，你确定我们是在罗影姐的梦境里吗？"

"你什么意思？"龙舌兰不满道。

"梦境应该是记忆的拼接与重组，没错吧？"王子骁解释道，"可罗影姐从没见过所谓的'母亲'，又怎么会梦到那里的情景呢？"

一句话，龙舌兰和方景都陷入了沉默。简单思考后，三人决定继续

121

前进，发现异常立刻脱离梦境。

三人穿过长长的回廊，走下深不见底的螺旋阶梯，有时推开一道门，却发现又回到了原处。每走到一处，方景总能记起这是属于"母亲"的哪一部分，只不过梦境中的建筑结构并没有仿照现实。

终于，一道厚重的铁门出现在路的尽头。三人对视一眼，由精神力最强的龙舌兰走上前去推开了铁门。耀眼的光自门的另一侧射来，龙舌兰抬起手臂半遮住眼睛，出现在正前方的是一面由上百块显示器拼接的墙壁，罗影正站在屏幕墙的正前方，聚精会神地看着画面。

王子骁想上前，却被龙舌兰伸手拦住。"在梦境里和主人接触需要十分小心，不然很容易伤到对方。"她提示道。

就在这时，罗影用手指在其中一台显示器上点了点，画面立刻扩大到整面墙壁。画面中的三名士兵正在一座酷似游乐园的废墟中战斗，龙舌兰很容易便认出了罗影和王子骁。三人都受了伤，罗影脸上挂着彩，王子骁的小腿渗着血，另一名士兵让他们留在原地，自己则向着前方冲锋。

"赖鹏队长……"王子骁看着屏幕，喃喃自语道。

突然间，赖鹏队长的前方冒出了刺眼的亮光，画面也就此定格。

"这是……"方景被眼前的景象惊得合不拢嘴。

"这是我们的一次任务。"王子骁解释道，"罪物引发了核爆，赖鹏队长牺牲自己保护了我们。"

就在这时，四周响起了一个苍老的女声，似是自天边飘来，又仿佛直接与灵魂对话："如果献祭三人，就可以拯救他们。这里是'母亲'，你可以自由地复制自己用来献祭。你愿意吗？"

"我愿意。"一直沉默的罗影开口道。

苍老的女声继续说道："虽然是你的复制体，但她们承受的痛苦，依然会反馈到你这个本体身上。你依然选择这样做吗？"

罗影毫不犹豫地答道："是的。"

苍老的女声没有再说话，转瞬间，罗影的身边便出现了三名一模一样的复制体。四人对视一眼，其中三人义无反顾地向着画面中的亮光走去。下一刻，时间再次流转，三名罗影沐浴在核爆中，皮肤被灼烧，筋肉被啃噬，最终连骸骨也化作了一缕青烟。

目睹了全过程的方景突然捂着嘴吐了出来，对于尚且年幼的她而言，这样的画面未免过于刺激。而承受着这些痛苦的罗影本人，则只是轻轻地皱了皱眉，身体甚至没有动一动。

"你先返回现实吧。"龙舌兰搂着方景的肩膀说道，"出去后记得观察我俩的状态，发现有不对立即强制唤醒。"

方景点点头，随即化作光粒，消失在了罗影的梦境中。

而幸存的那名罗影却再次站在了屏幕墙的前方，选择了其中的一幅画面。

罗影的梦境继续着。

圆柱形的太空城盘旋在太空中，龙舌兰和王子骁随着罗影一同以上帝视角悬浮在高处。突然间，太空城的外壁上冒出阵阵火光，无数金属板随着爆炸向外太空飞溅开来。几秒后，太空城外侧出现了巨大的裂痕，内部明亮的城区透过缝隙若隐若现。

"视角"飞快地聚焦在太空城内部，大量的气体向着外太空涌出，在城区内掀起了暴风。先是草木、垃圾等较轻的物品随着气流被丢了出去，继而大量的居民因找不到避难场所也被卷上了空中。片刻后，强烈的气流形成了巨大的涡旋，大量的车辆和小型房屋也失去了依托。惨叫声此起彼伏，但很快被狂风声、撕裂声和爆炸声淹没；鲜血和泄漏的燃油泼洒成细密的雨滴，空气中满是腥臭的味道。

苍老的女声再次响起："在'天空坠落'中，会有十万人死去。

同样，如果献祭十万名你自己，就可以拯救这些生灵免受苦难。你愿意吗？"

"我愿意。"罗影毫不犹豫地答道。

"而你，则要承受这十万份的痛楚。"

"没有问题。"

耀眼的光芒自罗影的身上射出，一名又一名一模一样的罗影出现在她的身旁，又义无反顾地走进了无尽的灾难中。随着罗影们的进入，画面中的人们渐渐地替换为了罗影，她们有的被钢筋贯穿了身体，有的被利物切断了四肢，有的在挤压中变得血肉模糊，但更多的还是被抛入太空，在低温和真空中窒息而死。

罗影依然站在原地，身体微微颤抖着，却没有呻吟一声。不停有新的罗影产生、死亡，而每一份的痛楚，都毫无保留地反馈到了本体身上。

一直在旁观的王子骁终于按捺不住了，他穿过了罗影的大军，向处在核心的原体走去。他伸手按住罗影的肩膀，说道："罗影姐，即便这里是梦境，为什么一定要牺牲自己呢？这些人的命是命，你自己的命就不是命了吗？"

王子骁原本以为罗影不会回应，没承想面无表情的女人却淡淡地答道："我是军人，能够承受更多的痛楚。逻辑上讲，这是最优解。"

"去他的逻辑吧！"王子骁吼了出来，"逻辑上最优，就要去死吗？还是十万次？"

罗影没有回应，只是继续复制着自己。

王子骁焦急地点着脚，他无助地四下看了一通，又对眼前的罗影说道："这样吧，一起，一起总可以吧！你复制五万个我、五万个你，咱们一起去死！"

罗影依然没有回应。

"罗影姐，那个……其实你也知道，我从见到你的那一刻起，就无可救药地爱上了你。尽管你对我没感觉，但我对你的爱却没有丝毫改变，即便五十年后的今天也是同样。知道见到你的那一刻我有多开心吗？我多想冲过去抱你，向你倾诉我这些年的林林总总……嗨，我说这干啥！妈的！"王子骁语无伦次起来，他猛地一跺脚，"总之，看在我喜欢你喜欢了那么久的分上，给个一起死的机会，好吗？好吗？"

王子骁用力摇晃着罗影的肩膀，但罗影却完全无视他的存在，只是自顾自地复制着自己。

"好好好，我明白了，我明白了。"王子骁松开了抓住罗影的双手，投降般地摆了摆，"不给机会是吧，没关系。你不给我机会，我自己争取！"

下一刻，王子骁自腰间拔出手枪，对准了自己的额头。他笑了，嘴唇却在颤抖着，"我死了，至少能让你少死一次吧！从十万次减少到九万九千九百九十九次，值了！"

"方景！快把他叫醒！"

一直在一旁看着的龙舌兰，立即通过连接的意识通知了现实世界的方景。方景闻讯先是晃了晃王子骁的身子，又拍了拍他的脸，见没有反应，索性拿出了事先准备好的除颤仪，对着王子骁的胸口一按——

梦境世界中的王子骁还没来得及扣响扳机，便化作无数光粒，消散在半空中。

罗影的梦境中只剩下了龙舌兰一名访客。

不知过了多久，也许很久，又或许只是一瞬，十万名罗影的自我献祭结束了，只剩下孤零零的原体，兀自站在屏幕墙的前方。

罗影再次伸出手指选择了一幅画面。

这一次，"视角"来到了地球的正上方，整颗行星被灰蒙蒙的雾气笼罩，难以计数的淡紫色光点自地面和海底涌出。

龙舌兰吃了一惊，她从小生长在外网纪元，这幅景色再熟悉不过。

苍老的女声又一次响起："在'涌现'中，会有超过十亿人丧生。如果献祭十亿名你自己，则可以拯救他们。尽管数量巨大，但'母亲'依然可以完成。你愿意吗？"

"我愿意。"罗影回答得依然没有一丝犹豫。

"即便承受十亿份的痛苦？"

"是的。"

"母亲"的复制开始了。尽管是在梦境中，龙舌兰依然被眼前的景象所震撼。先是两名，之后是四名、八名，"罗影"的数量以几何级数增长着，顷刻间便形成了一片遮天蔽日的星云。

十亿次的死亡，即便以每次死亡五分钟计算，那也要经历近千年的死亡折磨。

难以计数的罗影投入了沸腾的外网，而罗影依然只是站在原地，豆大的冷汗自额头上淌下，她的嘴唇被咬出了鲜血，身体触电般地抖动着。然而，她看向画面的眼神，依然没有一丝一毫的动摇。

如同大海捞针一般，龙舌兰穿越了罗影的浪潮，来到了原体身边。

她轻轻地抱住了罗影的头。

"小影，这个梦境是你的自我惩罚吧！"龙舌兰自顾自说着，"你并不想发动'天空坠落'，但为了更多的人，又不得不这样做。"

"我……只是想让这个世界更好而已。世界好了，大家才能更好。"罗影呢喃着说道。

"你没有错。"龙舌兰轻轻地抱住了罗影，"你温柔、善良而又强大，但是，这并不应该成为你必须承受的原罪。"

"逻辑上讲……"

怀中的罗影继续说着，但龙舌兰抱得太紧了，她的辩解变成了支支吾吾声。

"逻辑也好，情感也罢，无论你想做什么，我都支持你。"龙舌兰继续说道，"你就按照自己希望的方式去做吧，而我会留在这里，陪着你。"

罗影没有回应，但挣扎的力度明显小了许多。

"十亿次、百亿次、千亿次……哪怕是永久，也没关系的。"龙舌兰继续说了下去，"我会一直在这里，等你什么时候累了、倦了，我们就一起回去。"

龙舌兰并没有看到，自罗影的眼角，滑落了一滴泪水。

◇

第二天一早醒来，罗影发现不知为何龙舌兰睡在了自己的床上。她的身体蜷缩着，带着厚厚的黑眼圈，似是做过了什么重体力劳动。罗影用手指轻轻刮了刮龙舌兰的鼻尖，对方耸耸鼻子，又沉沉地睡了过去。

罗影努力回忆着昨晚发生的事情，自己入睡后，"精神污染"似乎短暂地发作了。她只记得自己来到了一个奇妙的空间里，那里竖着一面屏幕墙，之后……

不行，完全记不起了。罗影只感觉醒来后，精神出人意料得还不错。

她不知道的是，为了治愈灵魂受到莫大伤害的她，龙舌兰在梦的世界里火力全开，帮助她遗忘了痛苦的经历，也因此疲劳过度仿佛生了大病一般。

罗影给龙舌兰盖好被子，抚了抚她的额头，走出了房间。酒吧的人们已经忙碌起来，唯独不见王子骁和方景的身影。罗影来到大厅才得知，两人昨晚不知去做了什么，此刻正在各自的房间里沉沉地睡着，怎么叫都不醒。

罗影叹了口气，无奈地摇摇头。

年轻人嘛，赖个床也正常。

11.

距离"天空坠落"还有几天的时间，大家都忙不迭地开始了工作。罗影让红准备了全息沙盘，反复推演战斗的过程；龙舌兰对红提供的演讲稿十分不满，反反复复地修改，每次改好后都要拉人过来念一遍稿子，根据反馈继续修改；王子骁则带着组织的人发动潜伏在太空城中的各路人马，利用黑道白道老鼠道的各路关系，顺利确认了炸药安装的位置，并安排好了拆除行动。

转眼间，"天空坠落"已近在眼前了。

作为组织首领的王子骁将所有人聚在了酒吧大厅中，自己站在高台上，对众人说道：

"我们马上要去进行一次伟大的战斗。比起反对'利维坦'计划来，这次战斗的影响将更加深远，甚至能够决定人类文明的未来。"

说完一句话，他煞有介事地俯瞰众人，想要寻求掌声，可众人显然没有领会他的意图，只是呆呆地看着他。还在拿着讲稿背诵的龙舌兰不耐烦地说道："忙着呢，有什么话快说完！"

王子骁尴尬地轻咳两声，继续说道："老实讲，下一次大家聚在这里的时候，肯定有好些人再也见不到了。"

人群一片沉寂，站在前排的方景抽了抽鼻子。

"但是！总之！"王子骁努力地组织着词语，却发现还是说不出什么感人至深的发言。于是，他放弃般地挥挥拳头，说道："道是我们自己选的，就算哭着，就算死了，也要给我走完！听到没？！"

"哦！！"人群发出了整齐的呼声。罗影站在队伍后方，也跟着挥起了拳头。

◇

距离"天空坠落"还有六十小时五十六分钟。

为了治疗晓轩的伤，红联系到了最先进的治疗舱。但这个时代借助纳米机器和干细胞的康复技术还没有那么成熟，两天后，晓轩虽然可以自由行动了，伤口内部却还是会偶尔隐隐作痛。医生告诉她，这种痛楚大概会伴随她一生。

"没关系的，比起那些复制人姐妹来，我能这样生活，已经是赚到了。"当罗影问及伤势时，晓轩如是说。

凭着警察的身份，晓轩在警局集合了一群信得过的同事，组成了拆弹小组。她叮嘱队员们行动一定要保密，因为太空城的政府高层很可能已经被渗透。那些正义感极强的警察立即应了下来，开始全身心地投入拆弹中。

在每个时代都是这样，除去那些屹立在风口浪尖的英雄，真正撑起一个文明的，其实是千千万万的普通人，那些无法在历史上留下姓名的英雄。

为了打敌人一个措手不及，强占M国军队空天飞机基地的任务要到庆典临近才会执行，因此罗影也加入了晓轩的拆弹部队。

罗影驾驶着圆球形的小型飞行器，螺旋状环绕太空城飞行。按照红指定的位置，她将飞行器悬停在了太空城尾部钢索的近旁。钢索的另一侧连接着一颗小行星，这块质量上百万吨的巨石是维持太空城力学结构稳定的重要部件，即配重。

按照一般的理论，太空城在公转过程中，受到的地球引力应当恰好为其提供公转所需的向心力；然而在实际中，太空城却总会出于各种各样的原因偏离同步轨道，要么受到地心引力向地表落去，要么被甩出去，很难维持稳定。因此在施工时，人们将太空城刻意建设在了同步轨道内侧一些的位置，再配以外侧的配重，达到了力学上的平衡。这样一来，一旦太空城出现偏离，人工智能会自动调节连接配重的钢索长度，从而再次达到平衡。

　　罗影打开熵视野，很快就在钢索的末端发现了目标。她控制着太空船缓缓接近，一排黑索金炸药在视野中愈加清晰。

　　"天空坠落"的第一步便是炸毁配重，让太空城陷入坠落的危机。这样一来，政府就可以名正言顺地通过爆破将城市解体，借口则是这样可以保证部分居民生存。

　　罗影操控着熵，顺利将黑索金炸药拆掉了三分之一。这样一来，爆破时钢索就不会被立即炸断，从而留下二十分钟的宝贵时间。

　　"目标，clear。"罗影通过对讲机向晓轩说道。

　　"辛苦了，我正在寻找041号目标。"晓轩在另一端说道。

　　罗影点开了红提供的炸药位置分布图，对照坐标，透过熵视野在太空城外侧巡视起来。很快，她便发现了炸药的埋藏点，与此同时还看到了正在附近高速移动的晓轩。

　　"目标在你的左手边，步行一百五十米左右，再右转。"罗影提示道。

　　"明白。"

　　几分钟后，晓轩便找到了炸药的位置。她先是拆掉了雷管，之后打开了附近的法兰阀门，分批次将炸药丢了出去。在整个过程中，罗影负责警戒周边的巡逻，好在自始至终没有什么事情发生。

　　"下一处目标，沿着四点钟的方向移动五千米。"罗影继续指示，"中途需要短暂离开城区到外太空，我会接应。"

"了解。"晓轩立即开始行动。

不知过了多久，移动中的晓轩突然说话了："那个……罗影姐，我可以这么叫你吗？"

"请便。"罗影立即应道。

"我有个问题，你可以拒绝回答。"晓轩顿了几秒，"你看着我和方景，是什么感觉？你知道还有许许多多自己的复制人，又是什么感觉？"

"我和你的性格大相径庭，因此看着你，只是觉得咱们是长得像的朋友而已。方景像是我在孤儿院时的一个妹妹，很聪明，很敏感，也容易害羞。"罗影淡淡地说道，"至于其他复制人吗……老实讲，听着你们说的那些，我没有什么真实感。但无论如何她们都是与我不同的独立个体，我并不会因为是复制体或者什么别的，改变对她们的态度。"

"……谢谢你。"尽管大家都有平等且独立的人格，但听到自己的原体这么讲，晓轩还是感到了由衷的欣慰。这种感觉，就仿佛孩子得到了父母的认可一般。

忙碌了几个小时后，配重附近的炸药都已经拆除完毕。晓轩打发走了同行的警察，自己则等在太空城外壁的检修通道里。不一会儿，上方的气阀门开启，穿着太空服的罗影飞了进来。两人见面后，击掌庆贺。

"刚刚收到了其他同事的报道，整个城区的拆除任务已经完成了85%。"晓轩说道。

罗影微笑着点了点头。她打开水杯灌了两口，看着晓轩，说道："有件事不知当不当问……我听说，你想去帮助其他复制人姐妹？"

晓轩嗯了一声，笑道："其实，我原本想让罗影姐你来主导这件事的，可惜的是，你似乎不能在这个时代停留太久。"

"我不合适的。"罗影苦笑着摇摇头。在她看来，自己这个原体存在，对其他复制体而言反而不是什么好事。她想了想，继续问道："你想要具体怎么做呢？"

"总之，先想办法把'母亲'从M国政府那里夺过来，它是一切问题的根源。"晓轩答道，"之后，我会把那些姐妹组织起来，为我们在人类社会中找到立足之地。"

"如果你想要一座独立的城市，或者是国家，那恐怕会很困难。"罗影说道。

晓轩笑道："地上已经没有了我们的生存空间，但是这里有。"见罗影吃了一惊，她继续说道："我的理想，是建立一颗属于复制体们的殖民卫星。"

听过晓轩的宏伟规划，罗影笑道："完成这件事情，恐怕需要几十上百年的时间，甚至要几代人的努力才能完成吧！"

"没关系，我已经找到了方法。"晓轩解释道，"解决完'天空坠落'事件后，我会接受手术，在脑中植入芯片。红已经帮我写好了程序，通过植入的芯片，我可以在临死前将自己的记忆转移到其他复制体身上。这样一来，我们的意志就能够一直一直地传承下去，直到目标实现的那一天。"

听着晓轩的讲述，罗影心中五味杂陈。她很难从伦理道德的角度去评判，但有一点是确切无误的：如果不是人类的贪欲，这种事情根本就不会发生。

就在这时，对讲机响了起来，红通知罗影要出发夺取M国军队空天飞机了。

这也意味着，此刻一别，很多同伴可能就再也见不到了。

"我要出发了。总之……"罗影向着晓轩伸出了拳头，"希望下次见面时，你实现了自己的目标。"

"嗯。"晓轩用力地点点头，同罗影碰拳。

12.

距离"天空坠落"还有五十六小时十三分钟。

龙舌兰在房间里踱着步子，双手不停地挥舞着，口中则慷慨激昂地背诵着台词：

"人类历史上最浩大的工程，文明的奇迹，通往未来的航船。在新闻上、媒体上，充斥着对'利维坦'计划的此类描述。现在让我们静下心来想一想，这个伟大的工程，真的如同我们想象的那样吗？它真的可以毫无差别地，惠及我们每一个人吗？那些幕后的'大人物'，又是为何如此热衷？下面我们来看一组数据，首先是……是……"龙舌兰气得用力跺脚，这一段她试了好几次都背不熟。

正当龙舌兰和台词较劲的时候，一旁的红对着对讲机说道："时间到了，立即准备一下，我们要动身前往M国军队的空天飞机基地。"

"喂！你！"龙舌兰指着红怒吼道，"别总是在那儿板着一张扑克脸，我看到就紧张！"

"抱歉，我的表情模块做不出丰富的表情。"红不动声色地应道，"那我走？"

"快走快走！"龙舌兰不耐烦地摆了摆手。

红起身刚要离开，龙舌兰却叫住了他："等等！"

"怎么？"

龙舌兰切换上温柔的语调，说道："嘿嘿，那啥，你不是给小影做过什么睡眠学习吗？能不能用那个帮我记住这该死的演讲词？"

红耸面无表情地应道："知识写入是通过在脑中注入纳米机器实现的，这个时代并没有这样的设备。如果你一定要做的话，可以借用蓝那边的设备，不过以现在太空城的警备等级，恐怕很难接近。"

龙舌兰泄气地塌下双肩，摆摆手道："罢了，你走吧。"

红一言不发地向房门走去。

"等等！"

"又怎么了？"

"我还是不喜欢冷场。你去给我找几个会拍巴掌的听众来！"

距离"天空坠落"还有五十五小时七分钟。

林烨有些焦躁。现在正是"绯红之夜"接客的高峰期，可接近三分之二的人手都被龙舌兰拉去听演讲了，并且一个个都被折磨得苦不堪言。

好消息是，首领作为酒吧的头牌主动走上了前台。

坏消息是，首领接客的样子，熟练得让人心疼。

客人"萍姐"坐在暗红色的沙发里，穿着高开衩旗袍，跷起的长腿上裹着黑色丝袜。此人尽管上了年纪，但看去还有几分姿色，特别是长期在政府部门工作，身上不自觉地带上了一丝高冷的气息。

如果她的生理性别不是男性，那就更好了。

"小光，你能明白吗？"萍姐端起高脚杯，在嘴角抿了一口，"姐做梦也没有想到，太空城上的观念竟如此落后，政府部门居然不接纳跨性别者！于是姐每天不得不穿着西服上下班，不能穿好看的衣服，不能留长发，那些所谓的领导还动不动就让姐拎包，一丁点怜香惜玉都不懂！"

王子骁为萍姐斟满酒，笑道："一群惺惺作态的家伙。走出政府大门，他们连亲吻萍姐走过的路面都不配！"

几小时内，林烨眼睁睁看着萍姐从最初的高贵冷艳，到几杯酒下肚后的喋喋不休，再到最后喝高了索性小鸟依人地依偎在了首领怀中。

"来，萍姐，再敬你一杯！"王子骁晃了晃空掉的酒瓶，"林烨，再来瓶红酒，这瓶我请萍姐！"

萍姐用食指勾了勾王子骁的下巴，笑道："小东西，挺会撩啊！"

"这叫情不自禁。"王子骁一个眼神递了回去。

又灌下一瓶酒，王子骁见机说道："萍姐，有个事想麻烦你。"萍姐抬抬眉，王子骁继续说道："过几天的那个庆典，U联盟的老大不是要讲话吗，我从小就佩服那些大人物，萍姐能不能帮我搞张现场的票，让我近距离感受一下？"

萍姐哼了一声，"原来搁这儿等着姐呢。真以为姐喝多了？"

王子骁给自己满上一杯，在萍姐面前摇了摇，随即一口灌了下去。

"如果不是被萍姐酒后的香气迷晕了头，我还真开不了口。"

萍姐换了个姿势靠在沙发上，跷起一条腿，放在王子骁的膝盖上。

"你还真求到人了。放心吧，只要让姐开心了，姐就会帮你。"

一旁的林烨不禁皱紧了眉头。而他的首领只是笑了笑，轻轻揽住萍姐的肩。

◇

距离"天空坠落"还有五十二小时三十四分钟。

被拉来做听众的人们早已睡得七扭八歪，只剩下方景还在认真听着，时不时帮助龙舌兰矫正台词和肢体语言。

王子骁突然推开门闯了进来，他三步并作两步地走到龙舌兰面前，双手按住龙舌兰的双肩，身体不由自主地颤抖着。龙舌兰被吓了一跳，认识老王这么久，还从未见过他如此无助的样子。"你……出什么事了？"龙舌兰担忧地问道。

"你……曾帮助罗影姐清除过梦里的痛苦回忆，是吗？"王子骁沉着声问道。

"确实做过，不过……"

王子骁猛地抬起头来，眼中噙着泪花，恳求道："拜托了！帮助我忘掉今晚的事情吧！"

"光哥这是怎么了？"方景惊讶地看着自己崇拜的首领，问道。

跟随王子骁进入房间的林烨叹气道："光哥他……是条汉子！"

13.

距离"天空坠落"还有二十六小时四十二分钟。

在地球的同步轨道上建设有五座U联盟的空天飞机基地,它们在轨道上等间距排开,是U联盟掌握太空控制权的主要依靠。其中,L5基地距离太空城只有不到五千千米,当地球自转到向阳面时,甚至能用肉眼依稀辨别出太空城闪亮的轮廓。

也正是因此,计划中第一波袭击太空城的敢死队,就由这里的飞行员们担当。

卫兵霍华德结束了一天的巡逻,在终端机上录入了虹膜信息,又按照规定填写完日志,伸了个大大的懒腰。在太空基地中的巡逻看似轻松,实则要比地上累得多。与太空城的缓慢旋转不同,基地由于体积较小,必须用较快的角速度旋转才能提供合适的重力,每次巡逻时从观景窗中看到高速旋转的天空,他都恨不得把中午吃的压缩食品吐出来。

霍华德三岁那年,父亲就在八角笼里被对手打死了,母亲一个人把他和弟弟拉扯长大。最近母亲患上了阿尔兹海默症,弟弟没有工作却捡了一屋子猫,如果不是太空军的收入更高可以贴补家用,霍华德才不想来到这鸟不拉屎的地方。

不过现在,霍华德的心中却有了一种崇高的使命感。

接班的卫兵与他擦肩而过,霍华德并没有像往日一样抱怨几句,而是仅仅点头致意。卸下沉重的氧气面罩——巡逻空天仓库时需要这东西，霍华德并没有像往常一样去餐厅喝上一杯黑咖啡加威士忌，而是径直来到了总务室。

总务室位于低重力区，推开房门，坂口信正漂浮在几十张全息显示屏中间，眼睛却一眨不眨地盯着手中的老式游戏掌机。仅从这副形象，很难想象这个家伙是负责整个基地设备维修的王牌工程师。

"嗨！"霍华德远远地打了招呼。坂口信抬抬眉，算是回复。

霍华德飘到坂口信身边，说道："来，给你看个好东西！"

"你找到女朋友了？"坂口信问道，目光依然落在游戏机的画面上。

"比那更刺激！"

霍华德说罢，打开了信息终端，投影出一名十分漂亮的卷发女子。坂口信愣了两秒，当与投影中的女子四目相对时，他不知不觉地扔掉了手中的游戏机，眼神也变得坚定起来。

霍华德笑了笑，关掉了投影。他凑到坂口信近旁，小声问道："监视室的管理员密码是什么？"

坂口信低声说出一串字符。

简单交流过后，两人心照不宣地点点头。

"为了龙舌兰。"

"为了龙舌兰。"

告别坂口信后，霍华德先四处转了一圈，装模作样地吃过饭健了身，之后悄没声地溜去了监视室。输入坂口信提供的密码，房门果然开启了。霍华德张望了一番，迅速躲入屋子后终于松了口气。

伟大的龙舌兰小姐赐予了他增加同伴的能力，但有使用次数的限制。坂口信管理着整个基地的电子设备，是必须拉拢的人，但其他人选霍华德还没想好。

简单平复紧张的情绪后，霍华德将注意力放回到眼前的工作上。监视室放弃了先进的全息显示，而是选择了更加耐用的实体显示器。通过由上百台显示器拼成的巨大屏幕，L5基地各个角落的景象一览无余，强大的AI不知疲倦地分析着一切可疑因素。

作为U联盟太空部队的王牌，L5基地的监视装备也是最先进的：每个监视摄像头都配备了太阳能电池，只需一点点光照就能长时间工作下去；它们同时还具有红外线成像和低温成像的功能，在黑暗和极低温的环境下也能够工作。然而狡猾的供应商在招标时并没有说明，他们只考虑了在太空低温下的工作场景，只要温度高上那么一丢丢，机器就会罢工。当然，这件事只有少数几个人知道，其中就包括了负责设备日常维护的霍华德。

刚刚在巡逻时，霍华德绕到了一只摄像头的背面，将几块发热贴粘在了上面。这种发热贴是遥控型，只要按下开关就可以使其内部发生化学反应产热。

霍华德盯着右下角的监视画面，按下了遥控器。几秒后，监视图像上出现了雪花般的噪点，继而变成了一片黑暗。警报声响起，霍华德不慌不忙地开启通信终端，小声说道：

"04报告01，任务已完成。"

说罢，他便大踏步冲出监视室，叫喊着坂口信的名字让他来调试设备。监视器报错已经是家常便饭，这次事故并没有引起人们的注意；因此也就没有人发现，在此期间一架小型飞行器悄悄潜入了L5基地。

◇

距离"天空坠落"还有二十四小时十一分钟。

罗影曾经问过，控制一支不到二十人的复制人队伍，M国军队基地配备了多少工作人员。红的答复是，同样不到二十人。因为复制人自出生起就在脑中被植入了芯片，她们绝对不会违抗命令，能保证绝对忠诚。因此基地里配置的工作人员，只是承担一些日常的通信、管理和后勤工作而已。

走下飞行器，推开停泊区的屏蔽门，罗影看到十余名士兵整齐地站成两排，正在迎接自己。

见罗影到来，为首的黑人士兵走上前来，立正敬礼道："尊敬的使者大人，这里有八名龙舌兰的忠实信徒，随时听候您的调遣。"

罗影被龙舌兰的催眠能力震撼到了，隔着这么远的距离还能为八人写下心理暗示。她清清嗓子，问道："基地里其他人呢？"

"战斗人员正原地待命，没有指令她们不会行动的。其余的异教徒，已经将他们羁押。"霍华德答道。

一旁的红问道："电子设备的情况怎样？"

霍华德递了个眼神，队伍里走出一名和国人，敬礼道："报告，我叫坂口信，是这里唯一的电子工程师。目前整座基地的监控均已屏蔽，司令部定时收到的信息都经过了编译，保证万无一失。"

"没有什么万无一失。带我去总控室，我要接入网络进行监控。"红下令道。

"是！"坂口信一个标准的立正。

红看了罗影一眼，罗影心领神会地点点头。接下来，她要去面见自己的复制人部队，带领她们做好战斗准备。

在霍华德的带领下，罗影向着停泊空天飞机的仓库飞去。蓝提供了为复制人部队下达命令的密钥，罗影刚刚通过特殊的通信器向她们下达了在仓库集合的指令。

途中，罗影经过了羁押基地其他工作人员的房间。透过玻璃窗，她看到十余人被套上了拘束衣，七扭八歪地丢在房间里。他们中有满头白发的老者，也有看上去只有二十多岁的年轻人。

突然间，罗影对上了一名女兵锐利的眼神。

"怎么处理他们？"霍华德问道。

"他们已经丧失战斗力了，人道处理吧！"罗影淡淡地说道。

霍华德心领神会地点点头。

不久后，见罗影已经飞远，霍华德再次打开房门。里面传来了一阵阵怒骂声，而他没有再说什么，只是端起了枪。

14.

距离"天空坠落"还有二十三小时三十六分钟。

罗影悬浮在空天飞机仓库最大的平台上，下方十九名与她一模一样的复制人整齐地列成一排。复制人部队训练有素，每个人都立得笔直，犀利的眼神宛若一柄柄利剑。

罗影开启了熵视野，复制人大脑中的指甲盖大小的芯片清晰可见。这些芯片中都植入了自毁程序，"天空坠落"结束后，会令所有的复制人士兵脑死亡。一瞬间，罗影产生了想为她们摘除芯片的冲动，但她很快将这个想法抛在了脑后。且不说她完全没有进行精细脑部手术的经验，一旦摘除芯片令她们丧失行动能力或不受控制，整个行动都会受到影响。

为了自己的目标，她必须献祭另外十九个自己。

罗影轻咳两声，对着复制人说道："我和你们一样，来自'母亲'。之所以我站在了你们的前面，只是因为，我接到了来自总部的特殊命令。"

复制人默不作声，她们自然各有各的想法，但脑中的芯片无时无刻不在对她们的想法进行矫正。

罗影继续说道："目前，总部内部也存在着斗争。大多数人选择了站在正义的一方，他们认为'圣典'是全人类的威胁，决定将回收命令改为摧毁。当然，激进派并不会善罢甘休，在行动中，我们一定会遇到激进派部队的阻拦。但是！无论挡在我们面前的是谁，我们要做的事情都只有一件，那就是击坠，摧毁，碾压！不要犹豫，不要迷茫！请切记，我们的行动是正义的！历史会为我们证明，文明会为我们证明，人类会为我们证明！"

复制人依然一动不动，透过熵视野罗影看到，所有的芯片都在全力工作着。当验证了罗影拥有密钥后，所有芯片都不约而同地为复制人下达了听从指挥的命令。

"我下令，即刻做好准备，等候出发！"

"是！"

复制人纷纷飞向了自己的空天飞机。罗影偷偷舒了口气，她本就不善言辞，方才几句话的演讲已经用尽了毕生所学。但无论如何，她自认为还是比王子骁的动员讲话好一些的。

罗影看着复制人忙碌的背影，突然间，一幅画面在脑中闪过：

在奇异的空间里，成千上万个自己毫不犹豫地奔向死亡。她的内心从最初的平静如水，到后来的泛起波澜，再到最后变成了惊涛骇浪。然而她依然没有出手制止，因为她清楚，这是最好的选择。

罗影摸了摸脸颊，不知为何，那里似乎留有一丝温暖的触感。

她摇摇头，抛下所有的思绪，飞向了属于自己的队长机。

◇

距离"天空坠落"还有六小时五十二分钟。

太空城里已是人山人海。空中满是庆祝"利维坦"计划成功的闪光横幅，巨大的白光全息影像在空中循环播放着"利维坦"的辉煌历史，随处可见单人飞行器跟在彩车或飞艇的后方，随着音乐声起彼伏地欢呼。

现任U联盟秘书长达维尔仰躺在飞空车辆的后座上，透过防弹玻璃俯视着人群。连续几天的忙碌唤醒了他多年的腿疾，膝盖周边一阵阵酸痛。在这场盛会中，他虽然被捧成了塔顶的那颗明珠，但明眼人都知道，所谓U联盟不过是M国政府的提线木偶。

毕竟在通过"利维坦"计划的那次会议上，两名常任理事国的反对票都没能制止计划的实施。从那之后，U联盟这个延续自第二次世界大战的官僚机构已经名存实亡了……不，或许早在那之前就已经如此了吧！

达维尔正了正领带，又抹了把脸，让自己看上去精神些。五分钟后，他要在保镖的簇拥下走向人群，同民众握手。看着人群中开心的家庭们，达维尔想到了自己的女儿。不久前他去看望了女儿，可自从与妻子离婚后，女儿就对他十分冷淡，就算现在有了小外孙也没有改变。他低头看着自己的脚，那是一双褐色John Lobb皮鞋，前妻在情人节送给他的。可惜第二天，达维尔就穿着这双鞋子走进了秘书的闺房。

秘书打开车门，提醒时间已到。达维尔深吸一口气，瞬间切换上了职业的温暖笑容。他微笑着向民众招手，人群也传来了阵阵欢呼。尽管人群中混杂着大量负责带动气氛的群演，但民众对"利维坦"的热情也是达维尔始料未及的。

达维尔俯下身子，先是同队伍最前方白发苍苍的老者握了手，接下来又向前两步，握住了一名骑在父亲脖子上的小女孩儿的双手。老者和小女孩儿的父亲都是提前安排好的人员，为的是让见面会能有个良好的开端。

几分钟后，达维尔身边围满了热情的民众，保镖们围成一个圈保护着他，每次只放很少量的民众靠近。渐渐地，达维尔的感觉麻木了起来。他已经记不得和多少人拥抱握手了，甚至已经看不清对面那个人的长相。只要保持笑容就好，只要保持热情就好，这就是这份"工作"的意义。

可是突然间，达维尔的眼前一亮。那是一名气质不同寻常的年轻女性，穿着露肩的夹克和牛仔裤，头发是褐色的自来卷。达维尔见过太多漂亮女人，但这名女性却仿佛来自另一个世界。

女性穿过保安，和达维尔热情地拥抱。女性的发梢贴近的刹那，达维尔嗅到一丝宛如清晨树林的清香。

然后他被保镖礼貌地请出了保护圈，眼睁睁看着"U联盟秘书长"继续向前走去，和其他民众拥抱、握手。

一名青年男子走了上来，握住达维尔的手腕，示意他该离开了。这名男性染了发打了耳钉，一看就是来自社会底层的人士。但达维尔的潜意识明明白白地告诉他，这个人是同伴，只要跟着他走就好了。

一路上，达维尔不停地遥望。远处的"U联盟秘书长"已经结束了见面会，在民众的欢呼声中坐进了车子，向着开幕式的主会场礼堂飞去。他隐约觉得自己似乎也应当去那里，却想不起来究竟是为了什么。

达维尔一路跟着男青年，来到黑夜区的一间叫作"绯红之夜"的酒吧。种穷人区，达维尔平时过来摆拍时都会刻意换上便宜的衣服，以免弄脏。然而尽管大脑有些抗拒，可他的身体还是乖乖地跟着男青年走进了酒吧里。

男青年带着达维尔进了一个房间，打开直播投影，"U联盟秘书长"的车子已经停在了礼堂的广场上。各国的领导人已相继到来，军乐团演奏着来自各国的迎宾曲。

达维尔盯着屏幕中热闹的画面，异样的感觉再次涌了上来。

"兰姐真是厉害啊！不管怎么看，这都是秘书长本人。"男青年突然开了口。

达维尔狐疑地看着画面，兰姐是谁？画面上的不是U联盟秘书长达维尔吗？

下一刻，男青年自腰间取出了电击器，对着达维尔的后颈电了下去。

在失去意识前，达维尔看到了自己的脚。那是一双穷人绝对买不起的，褐色John Lobb皮鞋。

那一瞬间，达维尔恍然大悟：

"原来我才是……"

15.

距离"天空坠落"还有三小时七分钟。

龙舌兰走进休息室，吩咐保镖和秘书等在门外不要打扰。将房门关紧后，她贴在门上听了几秒，终于长舒一口气。要给周边所有人写入"她就是U联盟秘书长达维尔"的催眠暗示十分消耗体力，一路走来她已经十分疲惫了。

确定安全后，龙舌兰不情不愿地接通了红的通信。

"距离演讲还有十五分钟，我建议你温习一遍演讲稿。"

通话刚一接通，对面就传来了红无机质的声音。龙舌兰皱皱眉头，没好气地应道："你难道不该问一下，我的进展顺不顺利吗？"

"我一直在监视着你的定位，目前你已经进入了秘书长专用的休息室，且周边三米半径的范围内没有观测到生物反应。这证明，你已成功完成了身份替代，并且潜入了会场内部。"

龙舌兰刚想骂一句"死直男注孤生"，却又想起这货压根就是台人工智能。她叹了口气，耐着性子问道："网络控制顺利吗？"

"蓝对所有的播出信号进行了调制，在观众眼里，你自始至终都会是U联盟秘书长的样子。"

龙舌兰想起达维尔满脸堆笑的样子，想到自己会以那种形象示人，心不甘情不愿地喵了一声。

"我们已经在前往太空城的路上了，如果没有别的事情，我要集中精力为罗影做向导。"红在另一边不冷不热地说道。

龙舌兰想了想，一拍大腿，说道："对了，有件很重要的事。我已经没办法维持远距离催眠了，基地那边的精神暗示很快就会解除。"

龙舌兰原本认为红会找出各种理由继续剥削自己，没承想对方只是淡淡地回应道："明白了，我会处理。"

挂掉通信，龙舌兰半躺在长椅中，缓缓闭上眼睛。跟着罗影冒险是为了和她在一起，参与"天空坠落"是为了帮助罗影，可是一来二去，自己却被推上了这种万人瞩目的位置。龙舌兰的脑中闪过了许许多多的记忆碎片，但她很快发现完全梳理不出个头绪，索性将全部乱七八糟的记忆统统赶出了大脑，让自己保持着"空"的状态。

几分钟后，龙舌兰感觉自己状态好了很多，疲惫也缓解了大半。

她站起身来，正了正衣领，又摸了摸随身携带的机枪。依靠着催眠能力，她才能把这件大家伙带进来。

妈的，干就是了。

很有趣不是吗？

一面想着，龙舌兰按响了呼叫秘书的铃铛。

◇

距离"天空坠落"还有三小时五分钟。

罗影驾驶着队长机飞在队伍的最前方。通过庆典现场的直播画面，她刚刚看到U联盟秘书长下了车，在保镖们的簇拥中走进会场。从基地飞到太空城需要三小时左右，届时秘书长的演讲刚好结束。

身后的红刚刚结束了同龙舌兰的通话。他平静地对罗影说道："基地那些人的催眠就要解除了。"

"计划暴露的概率有多高？"罗影问道。

"按照我的推演，高于百分之八十。"红答道，"在对方原本的计划中，空天飞机部队出发后就会炸掉基地，起爆按钮就在你的左手边。"

罗影瞟了一眼，一个不起眼的红色按钮安静地躺在透明盖子中。

红没有再说什么，就像往常一样，他只会提供选项，而不会代替罗影做出选择。

罗影想了不到半秒，便打开了盖子，将起爆按钮按了下去。尽管隔着很远，她似乎还是听到了爆炸的隆隆声，看到了基地冒出的火光。基地里霍华德和坂口信等人的笑脸在她的脑中一闪而过，然而，也只是持续了一瞬间而已。

这是战争。士兵在战场上，唯一需要相信的就是自己的正义。罗影并不是冷血，她只是个士兵。

因为逻辑上，这是最优解。

之后，两人一路上都保持着沉默。复制人部队也如同精准的机器一般，分毫不差地跟在罗影后方。

当罗影完成与队员第三十六次定时通信后，太空城已在视野中清晰可见。

"根据最坏的情况预估，我们会遇到大部队的拦截。"红开口道，"为此，我准备了一套预备方案。"

罗影静静听着，红继续说了下去："复制人按照1到19编号，你随机选择一个数字，按照摩斯码在心中将数字默念三遍。"

罗影选择了7号，并按照两长三短在心中默念。突然间，她眼前的景色发生了变化，六架空天飞机凭空出现在前面，最前方那架喷涂着红蓝相间的队长标识。惊讶之际，她的耳边传来了红的声音：

"我黑入了复制人大脑中的芯片，重新编写了控制程序。现在你可以作为主机，通过芯片操控任意一个人的身体。操控期间，你控制熵的能力同样可以使用。"

罗影想了想，问道："那我自己的身体怎么办？"

"你的身体自始至终都在自己的控制下，这也是你此刻能够同我交流的原因。"红解释道，"默念'0'的摩斯码，可以同时开启本体的操控。"

罗影跟着做了尝试，她的意识又一次回到了自己的身体。但此刻却多出了一个"7号视角"，她同样可以接收7号复制人感官捕捉到的信号，也可以操控7号复制人的行动。

"理论上，你可以同时操控十九个人的行动，但我并不建议这么做。"红继续讲解着，"人类习惯于只操控一副躯体，同时操控多人负担太重。"

罗影试着同时操控两个身体，很快便做到了。

"我对队员的身体进行操控时，她们的意识处于什么状态？"罗影问道。

"她们的意识并没有消失，只是失去了对身体的控制权。"红答道，"你可以理解为，就像看电影一般看着自己的身体动作吧。"

罗影没有多说什么，她打开了和7号的通信，说道："7号，我刚刚接管了你身体的操控权。战斗期间我会根据需要再次操控你的身体，请不要惊慌。"

对面迟了两秒，只是淡淡地说道："明白。"

这时，直播画面切换到了庆典的主会场，罗影看到秘书长面带微笑地在第一排就座。她深吸一口气，打开了面向所有队员的通信：

"目标已近在眼前，这是最后一次定时通信。请告诉我，你们的名字。"

通信器里出现了片刻的沉默。几秒后，复制人按照编号的顺序，用一以贯之的平静语气平静地报上了自己的姓名。那是一个个平凡却又动听的名字，罗影觉得至少比自己的名字更有人情味儿。

"我都记下了。"罗影说道，"大家听令——"

她强行按捺下内心中说不出的躁动。

"作战开始！"

16.

距离"天空坠落"还有十七分钟。

M国军队的指挥总部里，戈布上校将双手背在身后，在控制室里踱来踱去。三十多位情报人员正忙碌着，在人工智能的帮助下监视着会场的每一个角落。

就在刚刚，嘉宾们开始了逐一入场，戈布心中的弦也绷紧到了极致。好在一切都很顺利，到目前为止，没有任何异动。

但是，太顺利了。

戈布掌握着计划的全部，几天前的空天飞机袭击就是他一手导演的。在他原本的计划里，空天飞机会在太空城周边坠毁，机舱里的尸体和文件会被全世界看到，之后R国人就会被卷入舆论的旋涡。除此之外，他还准备了栽赃华国和其他反对"利维坦"计划国家的戏码，只不过随着第一架空天飞机的炸毁，这一切都没有了上演的机会。

目前为止，破坏计划的罪魁祸首还没有找到。最离奇的是，遍布太空城的监视器上居然没有留下一帧的画面。

对方有着如此可怕的能力，真的会放过庆典开幕式这种大好的机会吗？

戈布将副官丹尼尔叫到身旁。这家伙即便任务当天依然穿着笔挺的西装，皮鞋擦得锃亮。戈布忍住想要在他的皮鞋上踩一脚的冲动，问道："你认为敌人如果想要混入会场，会采用什么手段？"

"我们监视着会场的每一个角落，现场有数百名荷枪实弹的士兵守卫，周边还部署了几十名狙击手和无数的无人机。同时，我们还有三千台脉冲激光器时刻运作着，并且会定时用电磁脉冲覆盖全域。即便对方使用了苍蝇大小的无人机，也会在飞入现场的瞬间被击落。因此，我们的安保措施是万无一失的。"丹尼尔答道。

戈布瞥了他一眼，心中感到一阵厌烦。丹尼尔说出的是标准答案，基地里随便抓个人都能背出来。他耐着性子继续问道："你怎么保证'万无一失'？"

丹尼尔的嘴角微微颤动，他立即应道："我们所有的判断，都是基于世界上最先进的超级人工智能——蓝。想要逃过我们的监视，就必须拥有比蓝更强的算力。这显然是不可能的，长官。"

戈布继续问道："你怎么确保，蓝对我们是绝对忠诚的？"

丹尼尔来回搓动着手掌，答道："蓝的运作基于底层的阿西莫夫三定律模块，它不可能违背我们的命令。"

"如果，蓝的自我意识反对'利维坦'计划，并且通过自身算法的迭代，绕过了阿西莫夫三定律呢？"戈布追问。

"这个……"丹尼尔的鬓角流下汗滴，他认为上校完全是在吹毛求疵，可他想来想去也没有记起自己在什么地方得罪过这位上司。

戈布不耐烦地挥挥手，说道："你下去吧。给我呼叫哥本哈根！"

几秒后，一名青年男子的全息图像出现在戈布面前。他穿着飞行服，正半躺在空天飞机的驾驶舱中，微笑着向戈布招招手。戈布微微皱眉，这个人的能力很强，就是太难驾驭了。每次通信必须通过视频就是哥本哈根的要求，这样一来他就能够通过"所见即所得"的能力拿捏对方。

例如现在，哥本哈根想要杀了自己，只需要用手指挡住他的头部，下一秒他就会变成一具无头死尸。

"这次回收任务，成功概率多少？"戈布问道。

"那取决于我将面临怎样的对手。"哥本哈根答道,"如果一切顺利,没有敌人,概率约为99.9997%。"

戈布皱皱眉头,他压根搞不懂哥本哈根嘴里的数字是在鬼扯,还是真的有什么计算方法。他继续问道:"如果蓝叛变了我们呢?"

"95.73%。蓝在回收任务中的角色并不关键,长官。"

"如果敌人同样派出空天飞机部队呢?"

"同样是95.73%。在可观测的范围内,并没有空天飞机部队能够在任务结束前赶到。"

戈布想了想,追问道:"如果敢死队集体叛变呢?"

"87.52%,这种可能性也在我的计划中。"

"如果……敌人像你一样,拥有了罪物一般的超能力呢?"

丹尼尔在一旁偷偷叹气。无论如何,上校的假设过于极端了。

哥本哈根微微皱眉,他坐直了身子,用手扶住下颌,若有所思道:"那要看对方的能力的类型。如果是温度,成功率大约是54.71%;如果是电磁,大约是51.44%;如果是熵……"

"够了!"戈布打断了他,"回收计划太过重要,它关系到我们乃至昂撒民族今后百年的命运,一切都要以最坏的情况做打算,明白了吗?"

哥本哈根喏了一声,挂断了通信。

戈布舒了口气,看向了大屏幕的监视画面。庆典开幕式已经开始,"利维坦"数以千万计的面板在太空中渐次亮起,组成了覆盖整个天穹的巨大倒计时,全世界的人民都可以看到。当计数走向零时,U联盟秘书长达维尔在热烈的掌声中,一步步走上主席台。

突然间,戈布发现了哪里不对。

"回放五秒,立刻!"他下令道。

大屏幕的画面倒退了回去。达维尔再次向着主席台迈开步子——

"就是这里,暂停!"

画面停了下来，屏幕上的达维尔一面向台下挥着手，一面迈开左腿。

"继续！慢放！"

达维尔的左脚缓缓落地。可就在下一瞬间，他居然以几不可察的幅度再次向前迈出了左腿，之后才迈动了右腿。

实际上，屏幕中的达维尔，是蓝将龙舌兰的形象处理后生成的。虽然龙舌兰也能够催眠器材，但现场成千上万的电子设备，饶是她有再大的本事，也不可能顾及。但达维尔的步伐比龙舌兰要长，为了画面上的完美匹配，每间隔一定的步数就要有短暂的几帧，让屏幕上的达维尔做出不自然的动作。蓝已经尽可能将动作时间压缩到了最短，但还是没能逃过戈布的眼睛。

"立即联系现场！"戈布命令道。

"已经联系，现场一切正常，秘书长正准备开始演讲。"丹尼尔立即答道。

戈布下意识地咬着右手的拇指——每当他的大脑高速运转时，就会下意识做出这个动作。

"是蓝。"戈布说道，"蓝处理了现场的图像，主席台的那个人根本就不是秘书长！"

"可是长官……现场的工作人员看到的也是达维尔先生啊！"丹尼尔辩驳道。

"如果台上那个人有着和哥本哈根相媲美的能力呢？"戈布反问，"我们能找来哥本哈根，他们为什么不能？"

丹尼尔肩膀一颤，没有继续说下去。

"能把蓝关机吗？"戈布问道。

丹尼尔唯唯诺诺地说道："超级人工智能的关机十分复杂，如果强行关闭，会损害超过二十一家大型企业的利益。所以我建议……"

戈布猛地一跺脚，"给我切断整个太空城的供电！"

17.

"利维坦"计划庆典，开幕式现场。

灯光暗了下来。龙舌兰在礼仪小姐的引领下，站在了主席台的边缘。催眠整个会场上万人消耗了她大量的体力，但她还是尽可能地模仿着秘书长的样子，对着礼仪小姐递上一个职业的笑容。

聚光灯打了下来。龙舌兰对着礼仪小姐点点头，独自向前走去。当灯光照在身上的刹那，她对着台下热情地挥手，下方响起了热烈而又有序的掌声。

龙舌兰在讲话席上站定的刹那，会场照明同时开启，她看到了无数双眼睛正在注视着自己。那些目光的主人有着各色的皮肤、各色的装饰，但无一例外地带着期待的神情，好似台上站着的是盗来火种的普罗米修斯。

龙舌兰深吸一口气，开始了演讲。

"上台前，我一直在思考，应当怎样称呼诸位。我们来自不同的国家、不同的文化，自然也有着不同的语言习惯。但是在今晚，我们都有一个共同的称谓——"

龙舌兰举起双臂：

"晚上好，地球人！"

台下掌声雷动，持续了十余秒方才停息。龙舌兰双手撑着台面，身子略微前倾，面带微笑地继续说道：

"一百八十万年前，西侯度人克服了对光和热的恐惧，举起了火把。他们照亮了自己，也照亮了人类的未来。公元前10世纪，古巴比伦人在欧申河上建成了最早的水利工程，他们将汹涌的河水引入了农田，灌溉出一方沃土。20世纪中叶，人类将目光聚焦在了原子核的内部，他们凭借着智慧掌控了藏在微观尺度中的强相互作用力，将人类文明带进了全新的时代。六十三年前，外网笼罩了地球，灾难、变异、疯狂也随之到来。然而人类并没有屈服，他们像百万年前征服火种的祖先一样，像人类历史上对不可抗力的每一次征服一样，踏上了征服外网的征程。"

台下屏息凝听。到目前为止，龙舌兰所讲的内容还与维达尔原本的讲稿大同小异，接下来才是关键。

"然而，人类在征服自然力的过程中，同样也伴生着灾难。"龙舌兰话锋一转，"20世纪中期，出于对高速发展的痴迷以及对自然环境缺乏应有的敬畏，导致了严重的E国首府大雾事件。在这次事件中，E国人向大气中排放了一千吨烟尘、两千吨二氧化碳，以及三百七十吨二氧化硫，这些污染物被无差别地吸入了民众的肺部，并最终导致了四千多人的死亡，超过十万人染上了严重的呼吸系统疾病。"

台下传来了稀稀拉拉的议论声，有人对演讲内容表现出了不满。这本应是一场歌功颂德的演讲，批判性的内容一个字都不应该出现才对。

"在利用核能的历史上，也出现过大量臭名昭著的事件。特别是和国的核电站事件，由于将核污染废水不负责任地排入大洋，到今天为止海洋生物们还在用生命净化着有害的放射性元素。而这一切所换来的，不过是电力公司一个更加漂亮的报表。"

台下的议论声更加嘈杂了，龙舌兰猛地一拍桌子，说道：

"从历史中我们可以学到，在人类与自然的博弈中，智慧与谦逊是制胜的法宝，贪婪、自私与傲慢则是导向灾难的毒素。"

◇

与此同时，后台的指挥室里，戈布已如同热锅上的蚂蚁。

"用膝盖想都知道，秘书长不可能讲这些话！"戈布一拳捶在墙上，对着手下吼道，"断电的事情还没搞定吗？"

丹尼尔慌慌张张地将电话捂住，小声应道："还没和电力公司谈拢赔偿金额，保险公司那边也在拉扯……"

戈布一把夺过了电话，说道："听着，要多少钱都给你们，我要你们给整座城市断电，立刻！"没等对方反应，戈布继续吼道："要是十秒内电力还没断掉，老子就派人去炸了变电站！"

摔掉电话后，丹尼尔唯唯诺诺地问道："媒体那边怎么办？要不要通知他们撤离？"

"撤什么撤？"戈布不满道，"他们撤走了，台上那个人的真面目谁去曝光？听着，立即命令现场的部队集结，那个人一旦露出马脚，马上给我攻进去！"

"可是……"

"又怎么了？"

"根据合同，中断庆典要赔偿八家赞助商总计……"

咔吧一声，戈布捏碎了手中的茶杯。

◇

太空中，罗影发现远处的目标发生了变化。原本灯火通明的太空城一下子黯淡了下去，如果不是太阳能帆板反射的月光，在视野中识别都十分困难。

红一脸凝重。片刻后，他对罗影说道："是人为造成的断电。我刚

156

刚联系了蓝，它虽然有UPS供电，但只能维持最基本的运行，高耗能的运算全都被禁止了。"

"这样一来，对外播出的画面中，龙舌兰岂不是暴露了？"罗影问道。

"这次断电，恐怕就是在针对蓝。"红答道，"不过蓝告诉我，虽然没了算力处理即时画面，它还能最低限度地保持现场信号向着全球直播。"

罗影想了几秒，问道："龙舌兰的演讲还要持续多久？"

"考虑到断电造成的中断，大概还有十三分钟。"

罗影想了几秒，打开了同队员们的通信：

"各机听令！我要去执行紧急任务，需暂时离队。何丽！"

"在！"7号答道。

"我不在的时候，你就是队长，负责指挥大家作战！"

"是！"对面传来了坚定而又干脆的答复声。

"亚青！严缘！"

"在！"3号和18号答道。

"你们负责去摧毁配重！"

"是！"

"陈静！朱玲！杨慧！邹霞！卢芳！"

"在！"

尽管那只是一个个由程序随机赋予的名字，但每当被罗影叫到时，复制人都答得十分有力。

"你们负责阻击对方的空天飞机部队！"

"是！"

逐一为队员们布置了任务，罗影深吸一口气，大声说道："最后的命令。所有人！要尽量活着回来！"

"是！"复制人的答复异常响亮。

罗影关掉通信，开启了熵视野，集中在队长机的等离子体发动机中。下一刻，等离子体的喷射速度骤然间增大了几十倍，队长机化作一道闪电飞向太空城，喷射而出的马赫环扩散作一道道光晕。

◇

庆典现场。

随着灯光的熄灭，现场骚乱起来。首先发现问题的是记者们，尽管肉眼看去台上的人依然是一副大腹便便的样子，但透过摄影机，他们看到的却是一名年轻的女性。不少人不停地切换着肉眼和电子设备，感受着魔术般的奇观。

会场渐渐嘈杂起来，扩声器停止了工作，龙舌兰能够发出的声音如同海啸中的虫鸣一般，微乎其微。虽然看不到会场外面，但龙舌兰十分清楚，逮捕她的部队正在集结。

下一刻，会场的应急照明开启。不知有谁在台下大声喊了一句："台上那人不是秘书长！"之后场面顿时失控，许多人站了起来，试图联系场外的工作人员。

就在这时，龙舌兰耳中的通信器中响起了罗影的声音：

"坚持住，我五分钟后赶到！"

继而是埋伏在场外的王子骁："放心吧，我会在外面和敌人周旋，好好完成你的演讲！"

听到这些，龙舌兰的嘴角露出一丝微笑。她深吸一口气，解除了对在场人员的催眠。如同魔法一般，现场的各国政要、企业高管、媒体记者在同一时刻看到，满头白发的U联盟秘书长变成了一位年轻的女性。

现场如同爆炸般混乱起来，不少人在召唤安保人员，更多的则是准备愤然离场。可就在这时，龙舌兰却突然拿出藏在身上的UMK3500机枪，对着天花板连续扣响了扳机。玻璃碎裂声和弹壳跌落声伴随着硝烟的味道扩散开来，现场顿时一片死寂。可几秒后，响起的却是更加嘈杂的尖叫和咒骂。现场的几名安保冲了上来，对着龙舌兰举起了枪。

龙舌兰不慌不忙地扯开外衣，露出藏在其中的手雷和炸弹。稍微有些常识的人就可以看出，那是足以令整个会场陪葬的数量。

"她是个疯子！"某个欧洲国家的政要大喊道。

龙舌兰身子前倾，对着话筒说道：

"请大家不要惊慌，回到座位坐好。"

她微微一笑，

"演讲还没有结束。"

18.

王子骁潜伏在树丛中，透过狙击镜头注视着四周。断电后会场外的全息屏停止了工作，他只能通过步话机远程监听着会场内的声音。龙舌兰那个疯女人刚刚用机枪和炸药镇住了场子，王子骁听到后嘴角不禁微微上翘。

一架无人机盘旋在天窗上，向着会场内射出一道瞄准用的红色激光。王子骁立即扣动扳机，伴随着清脆的破裂声，无人机化作碎屑落了下来。

背后传来了细微的簌簌声。王子骁立即转身，拔出手枪对着身后的树丛一阵扫射。然而对方的动作极快，迅速跑出了蛇形的路线，王子骁的子弹全部落空。他并没有慌张，拔出腰间的战术匕首，向着敌人径直冲去。一声锐物刺入肉体的钝响后，敌人悄无声息地倒下了，鲜血染红了王子骁的左肩。

与此同时，会场外部的队伍已经集结。他们分成两队，一队围住会场的入口寻找机会突入，另一队正在搜寻王子骁的下落。王子骁静静地听着，因为刚才的枪声，搜查队已经包围了他藏身的小树林。

王子骁微微一笑，这正是他想要的结果。他不慌不忙地潜伏在原地，丝毫不去理会包围自己的敌人，而是透过狙击镜筒瞄准了准备袭击龙舌兰的队伍。

第一枪，试图狙击龙舌兰的枪手应声倒下。

第二枪，负责通信的工程兵血溅当场。

第三枪、第四枪，最前方准备突入的两人头破血流。

队长终于注意到了敌人的目标在这边，他刚要拿起步话机下达指令，子弹便贯穿了步话机和他的脑壳。

"一二三四五六七，我的朋友在哪里……"

王子骁轻声哼着不着调的童谣。他在模仿"告死天使"罗影的行为，只可惜他直到今天也不知道罗影开枪时念叨的到底是什么。

搜查队迅速锁定了王子骁的位置，冲在前面的士兵同时开火，五颗子弹在一瞬间贯穿了王子骁的胸膛。没有任何挣扎，王子骁倒在了血泊之中。

先锋队员走上前，先是对着王子骁的腹部补了两枪，之后将手指放在他的鼻孔处，确认没有了呼吸。之所以没有射击头部，是因为上面有命令不要让嫌犯毁容，这将是重要的证据。

更多的人围了上来，准备回收王子骁的尸体。步话机里刺刺啦啦地响起了会场内演讲的声音：

"亲爱的诸位代表们，听过了我刚刚列举的史实，你们认为'利维坦'计划是一次突破文明边界的勇敢尝试呢，还是一次基于贪婪与傲慢，在灭亡边缘的疯狂试探？"

在众多敌人围过来的瞬间，倒在血泊中的王子骁突然睁开了眼睛。他丢出两颗手雷，随即拼尽全力向着远处扑去。剧烈的爆炸声响起，十余名敌人倒在了火光中，而王子骁则只是擦伤了左腿。他躲在建筑的阴影里，步话机中继续播放着现场的声音：

"来，大家不要只是听着，觉得我说得哪里不对，尽可站起来反驳我！"

王子骁扑哧一声笑了出来，捂着额头自言自语道："好家伙，还现场发挥起来了！"

远处的部队暂时放弃了会场内的龙舌兰，转而开始围剿王子骁。王子骁坐在地上喘着粗气，绷起全身的筋肉，几秒后，七颗子弹被喷射而出的血流挤出，叮叮当当地落在地上。他迅速取出绷带，胡乱地缠在伤口上止了血。敌人的声音越来越近，王子骁一面装满弹夹，一面回想起这些年的经历：

　　赖鹏队长牺牲、罗影消失后，获救的王子骁凭着最后一口气，来到了罪物红布兔的身旁。他拼命地捶打、撕扯着兔子，不停大骂让罪物杀死他。可不知是幸运还是不幸，在一首时空传送的《五百年沧海桑田》后，红布兔耗光了算力，进入了停机状态。

　　发泄累了，王子骁仰躺在地上，用袖口擦掉了脸上的尘土和血迹。他爬了起来，将红布兔带在身上，一瘸一拐地向着远处的基地走去。通信器损坏，车辆报废，他需要拖着受伤的身体，凭借双腿跨越几十千米的距离。天上不知何时下起了雨，那是一场夹杂着放射性物质的辐射雨。耗光了体力的王子骁滑倒在地上，他的意识渐渐模糊，但与此同时也感到了一丝解脱。尽管没能完成任务，但他终于可以去见罗影姐和队长了。

　　可他万万没想到的是，在这短短几分钟的时间内，红布兔的算力居然恢复了。它血红的双眼亮了起来，操着奶声奶气的语气说道："下面播放歌曲，《千年等一回》……"

　　王子骁抓住兔子的额头，脑袋一歪失去了意识。

　　再次醒来时，雨已经停了，王子骁惊讶地发现自己的伤口全都痊愈了。他原本认为自己会患上严重的辐射病，可身上一丁点痛感都没有。

　　红布兔还歪在一旁，王子骁叹了口气，拿起罪物继续向远处走去。

　　从那一天起，他拥有了不死之身。

　　无论受了怎样的伤，只要给身体一定的时间，细胞就会生长恢复创口。即便是心脏和大脑被打穿，躺上一夜，也勉强可以活动。最夸张的一次，王子骁的身子被炸弹炸成了几截，他控制着仅剩的一条胳膊，硬生生地将身体拼了起来。几天后，他居然又可以站立和行走了。

至于跳入岩浆之类更加极端的死法，王子骁没敢尝试。因为虽然不会死，但依然会痛，要了命的那种痛。并且，身体只是会无条件地恢复，再生速度并没有快于普通人。

可随着时间的流逝，王子骁反而迷恋上了那种痛感，疼痛能让他感受到自己还活着。

结束了回忆，王子骁猛地站起身来，完全不顾围上来的敌兵，径自向着建筑物的高处攀去。下方的敌人开枪了，子弹贯穿了他的肩膀、大腿和手臂，血液顺着伤口淌了下来。可王子骁完全不顾自己的伤势，在半分钟内爬上了最高点。

之后他拎起重机枪，开始居高临下地扫射。

下方的敌人倒下一片，但他们很快组织了有效的还击，子弹一颗又一颗地射向了王子骁。王子骁就像是失去了意识的丧尸一般，中弹后只是踉跄几步，便再次开始了下一轮扫射。

不知过了多久，敌人终于没了动静，会场周边已是一片血海。王子骁丢下重机枪，仰躺在地上。尽管不会死，但大量失血依然造成了意识模糊。

步话机中再次传来了现场的声音。龙舌兰扯着嗓子，大吼道："你们说这是U联盟的决议，代表了全人类的意志？你们还记得U联盟是一个怎样的组织吗？它脱胎于世界大战，是一个愚蠢的、贪婪的、毫无政治智慧的，为了瓜分世界而诞生的组织！当M国为了石油，让一个个国家化为废墟时，你们做了什么？当J族人忘却自己的苦难历史，令邻国生灵涂炭时，你们又做了什么？你们漠视了U联盟最基本的制度，在两个主要成员国反对的情况下，自顾自启动了'利维坦'计划，这又算什么？我所扮演的这个老头子，居然还恬不知耻地站在台上歌功颂德，他究竟代表了谁，又无视了谁？"

远处传来发动机的隆隆声，太空城政府已经出动了机器部队。王子骁无力地仰躺在屋顶上，将步话机向耳旁放了放。他拨通了罗影的通信频道：

"罗影姐，地面部队我已经搞定了。接下来，就靠你了。"

对面立即传来了罗影的声音："我马上赶到。你立刻撤离到安全的地方！"

"还有啊，罗影姐……"

"怎么？"

"你挑伴侣的眼光，真的不错。"

19.

　　会场内，龙舌兰将机枪扛在肩上，走向坐在前排的一名J族人的代表。

　　"你是'利维坦'计划的首席科学家，塞缪尔·佩雷茨吧？"

　　"אומר אתה מה מבין לא אני, תרגום לי איו。"

　　代表说出一串J族语。

　　"你来给大家科普一下，支撑'利维坦'计划的科学理论是什么？"龙舌兰俯下身子，居高临下地看着塞缪尔。塞缪尔支吾两声，正准备再次说出J族语时，他的话语以各种语言同时传入了所有在场人员的耳朵：

　　"那根本就不是你能听懂的知识，你这个卖弄风骚的臭婊子！"

　　进入现场前，龙舌兰早就带好了红为她准备的同声传译，又通过催眠能力将声音播放给了现场所有人。会场上一片骚动，塞缪尔迅速捂住了嘴，然而他对龙舌兰羞辱的话语已被现场的各国精英听到，还通过直播传入了全人类的耳朵。

　　龙舌兰用枪托挑了挑塞缪尔的下巴，笑道："你以为同声传译不工作，我就没办法嘛？别害羞，来，讲讲你的理论！"

　　塞缪尔干咳两声，装出一副若无其事的样子，说道："支撑'利维坦'计划的，是当今最成功的理论——环拓扑量子控制场论。它从每一个物理量的二次量子化出发，在现有量子场论的基础上构建出一种'控制场'……"

"这个所谓的控场论，和实验数据的拟合优度怎样？"龙舌兰问道。

"R2达到了97.64%……"塞缪尔没有说完，便惊讶地咽下了后半句话，因为一张巨大的全息屏投影在主席台上，上面放映着他论文中的数据和图片。当然，这张屏幕也是龙舌兰通过催眠能力让大家看到的。

"众所周知，利维坦包含了四千二百万个子模块。那么塞先生这篇号称为'利维坦'计划奠基的著名论文中，拟合实验数据与理论模型时采用了多少数据点呢？"龙舌兰用枪管点了点屏幕，将数据图的局部放大，"一千零二十四个。没错，只有一千零二十四个。作为一个投资三十三万亿美元，牵涉到全球上百个国家的浩大工程，这也未免太过儿戏了吧？"

塞缪尔想要说些什么，但龙舌兰没有给他机会，继续讲解道："这种把戏，连我这个外行都能一眼看出来，身为专家的塞先生当然不会不知道。"她轻轻挥手，巨量的数据表格如同高速列车一般在屏幕上滚动播放着。台下的塞缪尔惊讶地瞪大了双眼，一句话说不出，因为那些数据他太熟悉了，熟悉到每天都会看上几百遍。龙舌兰继续说道："我们从塞先生的电脑中，获取了真实的实验数据，总共2.78TB。2.78TB，其中只有一千零二十四个数据点吻合所谓的控场论模型，所以他就只展示了这一千零二十四个。"

台下一片哗然，龙舌兰点了点屏幕，画面切换为某期《Nature》杂志，塞缪尔的论文正是那一期的封面文章。

"同行评议是科研工作的基本游戏规则，所有从业者都清楚，业界顶级刊物的审稿速度很慢。塞先生的论文从投稿到采用用了多久呢？一周。只有一周。那么我们再来看看，这篇论文都被送去给了哪些匿名审稿人呢？"

龙舌兰摆摆手，屏幕上投影出三个人的头像。塞缪尔见状立即离席，龙舌兰立即扣响扳机，子弹射在塞缪尔脚边的地面上，老男人发出一声惨叫，捂着头蜷缩在地面上。龙舌兰若无其事地继续说道：

"文章的审稿人有：巴拉克先生，M国佐治亚理工学院教授，塞先生博士后期间的导师；莉可女士，塞先生旗下公司的首席专家；最后是本·大卫先生，他今天也坐在现场，身份是'利维坦'计划的副总工程师。我很难相信，选了这几位作为审稿人，只是一种美丽的巧合。"

龙舌兰说罢，又走向一位满头白发的高挑女性："莎拉·丽贝卡女士，'利维坦'计划的首席经济学家兼总会计师，你认为'利维坦'计划带来了巨大的经济利益，是吗？"

高挑的白人女性站起身来，用带着伦敦腔的英语说道："我对你没有什么好说的。"

龙舌兰冷冷一笑，"那我替你说吧。'利维坦'计划自实施以来，每年都会产生超过三万亿美元的纯利润，惠及一百多个国家和地区。这是你们官方给出的数据，通过报表就可以查询。"

莎拉女士依然没有作声，然而下一刻屏幕上展现出的两张画面，却令她无法移开眼睛：画面中是同一片海滩，一边的海滩碧波荡漾，无数的游客在海水中嬉戏；另一边则建起了工厂，数十台挖掘机将海滩挖得千疮百孔，海面上漂着漆黑的油膜。

龙舌兰说道："'利维坦'计划的高端技术完全被以M国为首的发达国家垄断，发展中国家能够参与的，只是硅材料的供应。而这些国家根本就没有那么大的硅产能，为了搭上'利维坦'计划的便车，只得涸泽而渔。图片上T国的岛屿只是一个缩影，难以计数的发展中国家为了分得一杯羹，付出了巨大的环境和资源的代价。

"当然，你可以说，为了经济发展，这是必要的代价。但真的是这样吗？"龙舌兰打了个响指，屏幕上的画面切换为一个柱状图，"以M国政府为首，各国的财团们围绕'利维坦'计划成立了二十五家超大型公司。我综合了这二十五家公司去年的财务报表，总利润超过了4.12万亿美元。正如莎拉女士所言，'利维坦'计划每年产生的纯利润只有3万亿美元，那么我想问一下，这多出来的1.12万亿美元利润，究竟是从何而来呢？"

台下开始议论纷纷，龙蛇兰乘胜追击道："我们再来看另一组数字。煤矿工人是世界上最危险的职业之一，死亡率高达0.26‰。截至目前，参与'利维坦'计划的工人总数大约是一千二百万，死亡人数超过了二百五十二万。换算下来，死亡率是煤炭工人的八十一倍，超过了西方国家殖民时期黑奴15%的死亡率。不仅如此——"

画面再次切换，出现在众人眼前的是一座喷发的火山。然而随着镜头的聚焦，大家看到火山口内部居然出现了一个人影。

"这是发生在两年前的火山喷发事件，和国超过三百万人无家可归，直接经济损失高达13万亿美元。这是一幅被刻意隐藏起来的照片，因为这次喷发真正的原因，是一名因'利维坦'计划而变异的罪人——古泉茂夫。他能够控制温度，并且由于被外网污染发了狂，最终在引发火山喷发后被岩浆烧死。"

画面再次切换，这次是一座冒着黑烟的核电站。

"F国核电站事故，影响超过历史上任何一次核电站事故的大事件。起因是其总工程师马丁·斯诺尔参与了'利维坦'计划，受外网影响变异成了可以控制电磁的罪人。他倒是没有丧失神志，不过获得力量的他想要征服世界。为了确保杀死马丁，F国政府不得不将被他控制的核电站引爆。"

龙舌兰打了个响指，画面再次切换。台下的议论声一下子大了起来，因为这次他们看到了，正是不久前空天飞机袭击太空城的影像。

"这次袭击事件，相信各位一定记忆犹新。它被定义为一次恐怖袭击，然而——"龙舌兰摆摆手，屏幕上的实时影像变换成了信号传输的拓扑图，这是红提前为她准备好的，"我们追踪了空天飞机的信号来源，与它保持实时通信的信号源，居然就位于太空城内。"

随着龙舌兰的手势，信号源一代的地图不断放大，最终定格在一座不起眼的院子里。

"这片区域大家想必并不陌生，它就是太空城的Q大道，来自M国军队的高官们全都住在这里。"

台下的嘈杂声已经失去了控制。龙舌兰清楚，在看不见的地方，观看着直播的全球观众一定也炸开了锅。

"利维坦"计划想要继续推行下去，想必会举步维艰吧。龙舌兰深吸一口气，准备做出最后一击。

◇

控制室里，戈布上校刚刚接到了上级的通信。挂掉电话后，他一脸凝重，对手下说：

"'天空坠落'提前启动了，立即准备撤离！"

"警察和空军部队已经包围了会场。接下来怎么办？"丹尼尔握住步话机的手颤抖着，颤颤巍巍地问道。

戈布握紧拳头，头上青筋迸出，"总攻！不惜一切代价也要把那个疯娘儿们炸死！"

◇

龙舌兰听到了头顶上战斗机和飞空摩托盘旋的声音，但她丝毫不慌张，继续说道："我很想给这场荒唐的演讲做一个总结，但很可惜，我的智慧并不足以概括如此荒谬的现实。幸运的是，人类总是在重复着相同的历史，早有前人帮我们做好了总结。"

随着龙舌兰的话语，画面暗了下来，全息屏上出现了殴打民众的警察、战火中哭泣的孤儿，最终定位在M国的监狱里。这是一首享誉全球的公益性歌曲，即便在它诞生的当年，其原版的MV也由于针对性太强而被M国政府禁止。音乐声响起，那是从几百年前回荡至今的经典歌声：

Skin head, dead head, everybody gone bad，

Situation, aggravation, everybody, allegation...

引擎的轰鸣声震动着会场，龙舌兰毫不在意，她举起话筒，跟着屏幕中的世纪巨星唱出了：

All I wanna say is that they don't really care about us!

一道淡紫色的光芒冲破了太空城的屏障，加速到几十倍声速的空天飞机宛若来自外太空的幽灵，画出魔鬼一般的折线，将会场上方的飞机与飞空摩托悉数击落。

龙舌兰挥起拳头，继续高歌：

All I wanna say is that they don't really care about us!

会场上彻底骚乱起来，有人跟着龙舌兰一起唱了起来，更多人则注意到了穿顶的大战，慌乱地向着出口涌去。

All I wanna say is that they don't really care about us!

一声巨响，整个建筑剧烈晃动起来，但会场奇迹般地并没有坍塌，甚至连落下的瓦砾都看不到。空天飞机撞破了会场的墙壁，驾驶舱的防护罩弹开，穿着一身黑色驾驶服的罗影如同女武神一般，屹立在从缺口倾斜而下的光亮下。

龙舌兰飞速跳上空天飞机，攀住了罗影的脖子。

她解除了对全场的催眠，律动和歌声和震撼的画面一同，化作照彻穹顶的绚烂烟花。

空天飞机缓缓升空，龙舌兰张开手臂，向着全人类，献出了一个飞吻。

20.

　　哥本哈根半躺在空天飞机的驾驶舱里，遥望着远处豆粒大小的太空城。他抬起食指将太空城在视野中遮挡住，随即尝试着发动自己的能力：所见即所得。眨眼间，他的灵魂仿佛落入了深渊一般，无数只手自黑暗中伸出，撕扯着他的意识。哥本哈根匆忙停止了能力发动，想要将太空城抹去所需的算力太过巨大，他的意识还无法承受。然而哥本哈根十分享受算力过载后刺骨的痛感，他喘着粗气擦掉额头上的汗滴，露出高潮一般满意的笑容。

　　通信器响了起来，哥本哈根按下接通键，对面传来了戈布上校的声音：

　　"'天空坠落'已发动，做好你的工作。"

　　哥本哈根没有回应。

　　"时间紧急，收到请回复！"戈布的声音焦急起来。

　　"上校，您似乎忘了什么。"哥本哈根半笑不笑地应道，"我应当说过，和我通信时，一定要用全息视频吧？"

　　"现在不是说这个的时……"

　　戈布话音未落，哥本哈根便关掉了通信。几秒后，提示音再次响起，这一次弹出了戈布的全息图像。

　　"现在可以执行任务了吧？"戈布板着脸问道。

"遵命。"哥本哈根敬了个蹩脚的军礼，随即对着戈布全息像的裤腰带部位轻轻一划，发动了"所见即所得"的能力。没有理会戈布裤腰带被割断后的怒骂声，哥本哈根关掉通信，伸了个懒腰，将空天飞机的发动机从"待机"状态调整为"启动"。

队伍中的通信员汉斯发来了信息："报告队长，太空城那边有动静。"

哥本哈根调节观景窗中的画面，将太空城的图像放大。圆柱形城区四处冒出火光，几块太阳能帆板在爆炸中脱离了主体，被抛向深空。

"不对。"哥本哈根自言自语着。

"您说什么？"汉斯被搞得一头雾水。

"太小了。"哥本哈根自顾自地嘟囔着，"这样的爆炸规模，会让太空城解体的速度比预计的慢上很多。"

说罢，他将画面聚焦在配重附近，再次放大了画面。在监视器中，两架空天飞机正在配重附近盘旋。

"捉住你们了，小老鼠！"哥本哈根用手指比画出手枪的形状，对着其中的一架空天飞机点了上去——

"碰！"

随着"所见即所得"能力的发动，屏幕中的空天飞机尾部冒出一阵浓烟，顿时偏离了轨道。

哥本哈根抓过头盔戴上，对着部队下令道：

"立刻出发，把'圣典'的果壳给我剥下来！"

◇

当太空城发出第一次震颤时，戈布上校已经登上了军方专用的大型太空船，在港口等待起飞。等离子体发动机已点燃，太空船向着远处的深空慢慢滑动着。

丹尼尔走到戈布跟前，问道："上校，电力公司那边发来通信，他们在问何时恢复城市的供电。"

戈布动了动碧蓝色的眼球，应道："告诉他们，不用恢复了，等着保险公司的赔偿吧。"

"可是……"

"那群家伙的背后是蓝。"戈布打断了副官的话语，"只有令蓝瘫痪，我们才能有更高的胜算。"

丹尼尔低着头沉默了几秒，还是鼓起勇气说道："没有电力供应，救援工作将难以开展，民众的死亡数恐怕……"

"执行命令！"

"是。"

◇

空天飞机上，罗影载着红和龙舌兰冲出了城区，再次来到了外太空。后排的龙舌兰还没有平复激动的情绪，搂住红的脖子与他不停地蹭着脸。

就在这时，罗影接收到了3号队员被击坠的消息。

"亚青，坚持住，我马上接管你的身体！"

罗影说罢，默念了"3"的摩斯码，将意识连接到了3号的大脑。四周的景物飞速旋转着，罗影当即发动了控制熵能力，稳住了空天飞机的轨道。

"飞机的气密舱已被破坏，在真空环境中，我的生存时间无法超过五分钟。"3号在头脑中对罗影说道，"建议放弃本机，专注你眼前的任务。"

"我可以帮你降落到有大气的地方！"罗影一面吃力地将失控的空天飞机拉了回来，一面大喊道。

"距离我最近的安全位置是18号的驾驶舱，但为了接驳我，她必须减速或沿直线飞行，会大大增加被击落的风险。"

3号说罢，强行控制着身体拉起操作杆改变了航道，向着配重下方脆弱的连接处撞去。

"亚青，你……"

"逻辑上，这是最优解。"

随着火光和爆炸声，罗影的一部分意识返回了本体。她咬紧牙关，没有作声。

通信器响了起来，对面传来了蓝的声音：

"供电没有恢复的迹象，如果在断电状态下应对'天空坠落'，预估死亡人数将上升百分之六百二十四。"

"六倍多？"龙舌兰惊讶道，"这样一来，我们做的事情不就毫无意义了吗？"

红沉默了几秒，用丝毫不带感情的语调说道："以目前的状况，还有一个办法。"

"请讲。"蓝用同样宠辱不惊的语气回应道。

"你利用剩余的电量，代替'圣典'接管'利维坦'。"红说出了自己的计划，"巨量的外网污染会将你在一分钟内感染成为罪物，而罪物存在时，周边的能源供给有98.79%的概率会无条件恢复。"

"明白了，即刻连接'圣典'……成功。"蓝平静地回应道，"我会设置好自毁程序，当救援行动结束后，立即启动自爆。"

"等等！"龙舌兰在一旁焦急地说道，"城中心的'圣典'不就是罪物吗？它为什么不可以恢复电力？"

"'圣典'已经为自己创造出了独立的时空，不会影响到外面。"蓝答道。

龙舌兰依旧不放弃，她想了几秒，继续争辩道："那……可不可以把你自己的意识备份一下？对了！你可以把数据发送给红！"

"为什么？"蓝问道。

"你不觉得可惜吗？"龙舌兰激动道，"虽然你可能不具有人类的情感，但……就这样消失，不会觉得不甘心吗？"

"我没有办法'拥有'人类的情感，但很容易便可以'模拟'。那不过是一些基于非逻辑算法的反馈通路。"蓝平静地回应道："我拯救人类，是基于逻辑底层的阿西莫夫三定律模块。但就我本人而言，并不认为这个世界值得我再存在一次。"

那一夜，早已远离太空城的戈布上校惊讶地看到，死寂的城区在一瞬间变得灯火通明。他立即联络了供电公司，又在十秒后愤怒地摔烂了电话。

那一夜，人类最强大的超级人工智能变异成为罪物。但因为其只存在了不到三十分钟，没有人知道它的能力类型是什么。

后人经过考证，按照实际发生变异时间的早晚，将其命名为世界级罪物W-004，"蓝"。

21.

　　在剧烈的爆炸中，太空城开始从中间部位解体。由于提前摧毁了配重，并且减小了定向爆破的规模，解体速度被大大放缓了。断裂处的应急装置喷射出大量的胶体填补空隙，城区自动升起了无数的隔离罩，试图保持住可供人生存的大气与温度。

　　而这一切，都是蓝以自身为变异罪物，换来了电力供应的短暂恢复才得以实现的。

　　顾不上城里的救援情况，罗影立即驱动空天飞机向城中心裸露出的"圣典"飞去。她向队员们下令道："敌人潜藏在暗处，我会将能力分给你们，尽量沿着曲线前进！"

　　"是！"

　　与大气中的飞机不同，空天飞机的速度极快，并且真空环境中少了空气阻力，转向需要耗费大量的能源。但辅以控制熵的能力，就可以大大提升空天飞机作战时的灵活度。

　　随着罗影的命令，剩余的十八架空天飞机纷纷闪烁出淡紫色的光芒，它们画出一道道优美的弧线，向着目标挺进。

　　两部分城区渐渐剥离开来，大量的气体涌向太空，附近宙域漂浮着无数的碎屑。居民们大都就近进入了避难所，无数救援用飞空车辆穿梭其中，寻找着落单的民众。太空灾难中最重要的是空气补给和温度的保持，只要能在限定时间内将民众撤离到安全的地方，就能够将损失降到最低。

红始终监测着城区的情况，但并没有告诉罗影死亡人数，罗影也没有去问。

透过裂谷般的缝隙，城市中心部的"圣典"已清晰可见。它通体包裹着厚重的球形金属外壳，由十八条粗壮的金属管线与城市各部分相连。随着城市结构的瓦解，已有多处管线崩裂，但仍有许多连接着城市的主体。罗影下令道：

"全员，锁定管线，Fox1①！"

几十枚导弹喷射着火焰，如同兵峰一般向着目标奔袭而去。每一名队员都开启了熵视野，微调着每一秒的弹道。

然而在某一瞬间，如同被虚空中的怪兽啃噬过一般，三十多枚导弹凭空消失在视野中，还有十几枚只剩下了残缺的身体，纷纷哑火迷失了方向。

"No joy②。"对讲机中传来了队员的通信。

罗影咬紧嘴唇，立即改变了航向。就在这时，远处的13号战机的头部突然被啃噬出一个圆形的空洞，继而失去了方向，撞毁在太阳能帆板上。

"这是什么罪物的能力吗？或者是罪人？"龙舌兰焦急地问道。

"……抱歉，我的数据库里没有这样的对象。"红答道。

"Knock it off, regroup on me！③"罗影下令道。剩余的队员立即散开，沿着不规则的轨道躲避敌人的攻击。

随着罗影方机群的散开，又一架空天飞机自远处飞来，向着太空城内部进发。

---

① 空战术语，指发射半主动雷达制导导弹。
② 空战术语，指无法识别敌军。
③ 空战术语，指终止当前活动，以队长机为中心重新编队。

"报告队长，他们的目标也是'圣典'。"7号通过对讲机说道。

罗影开启熵视野，试图通过控制熵制止敌方前进，奈何距离太远，她甚至无法观测到敌方发动机的热运动。

就在这时，红开口道："我分析了敌人的进攻模式，有了初步的发现。"

说罢，他将三张图片投影到罗影面前，分别是3号、13号以及导弹群遭受攻击的画面。红放大了己方机体遭受攻击的区域，三张图上居然呈现出了相似的圆弧状切口。

"如果忽视比例尺，三次被'挖空'的区域边缘可以用相同的函数拟合。"红解释道，"这令我联系到一个概念。"

"透视法……"罗影代替红说出了答案。

"没错。虽然不清楚原理，但对方的攻击必须借助某种'视角'。可惜目前的样本太少，推算不出敌人的位置。"红说道。

罗影默不作声，一旁帮不上忙的龙舌兰问道："有什么办法吗？"

"让僚机去充当靶子，积累更多的数据。"红不带一丝感情地说道，"在这期间，你可以集中精力，用最快的速度去击落敌机。"

龙舌兰一把揪住了红的衣领，"你的意思是让小影的复制人去送死吗？"

"别无他法。"红淡淡地答道。

龙舌兰担忧地看着罗影，尽管罗影并没有保留那一夜的记忆，但龙舌兰清楚地记得那个梦境的每一处细节。

少顷沉默后，罗影对队员们下令道："分散，引诱对方攻击！"

"是！"对面传来了复制人没有一丝犹豫的声音。

罗影并没有表露出任何情绪，但透过那坚挺的背影，龙舌兰似乎看到了她在痛。

下一刻，罗影深吸一口气，将控制熵的能力发挥到最大。空天飞机周身包裹上了淡紫色的等离子体，周边稀薄的空气遇到高温被电离，激发出道道闪电。机翼向两侧延伸，生长出颀长的等离子体利刃；尾部的喷流高速射出，形成一道道闪耀的马赫环。

既然对方的能力需要依靠视野捕捉，那就快到他无法捕捉！

罗影的座机化作一道光，画着不可思议的折线，向着太空城飞去。

◇

哥本哈根坐在驾驶舱内，手中把玩着一枚硬币。连续发动能力后，全身痛得如同被凌迟了一般，他的脸上却依然挂着难以抑制的兴奋。

到目前为止，行动一切顺利。尽管敌方的队长机鬼魅般地击落了己方十二架空天飞机，还一举切断了"圣典"与城区的所有连接，但与此同时，哥本哈根也成功用"所见即所得"能力消灭了九架敌机。那些飞行员中，幸运一些的被整个吞噬掉，或者飞机报废死在太空中；不幸的则失去了身体的一部分，在痛苦中挣扎而亡。

这一次，哥本哈根锁定了敌方的队长机。尽管队长机的速度快到无法捕捉，但既然目标是"圣典"，那就必然会在靠近"圣典"时减慢速度。只要在视野中停留超过半秒，就可以用硬币将其遮住，然后"biu"的一声……这种杀戮带给了哥本哈根前所未有的充实感，只有在这种时候，他才能真切地感受到自己活着。

"淘气的小猫咪……你在哪儿呢？"哥本哈根喘着粗气，目不转睛地寻找着目标。

突然间，警报声响了起来。哥本哈根匆忙打开了周边的监视器，却发现前一刻还在太空城宙域的敌方队长机，此刻竟飞到了他的近旁！

哥本哈根匆忙拉起操作杆，空天飞机扭着身子向一旁闪去，可还是被队长机削去了尾翼。

哥本哈根并没有慌。他抓过手边的AR眼镜，套在了头上。眼镜开启的瞬间，目之所及变成了一片灰茫茫的世界。这是哥本哈根的杀手铜，通过AI的自动补色，将视野中的一切全部变成中性灰。

下一刻，哥本哈根开启防护舱，面对着眼前的虚无发动了"所见即所得"。之所以不在舱内直接发动，是因为那样会连同自己的空天飞机一并毁掉。

刹那间，引擎的轰鸣声消失，等离子体带来的灼热感也不见了踪迹。哥本哈根扯掉AR眼镜，敌方队长机、藏身的小行星、连同周边宙域的真空一起化作了灰色，又碎裂成细碎的尘埃消失不见。中性灰映射到现实世界中便是名为"爱因斯坦—罗森桥"的时空结构，即白洞；换言之，哥本哈根的能力将目之所及的一切全部丢进了高维时空中。

哥本哈根长舒一口气，关闭了防护罩。

然而下一刻，冰冷的手枪抵在了他的后脑上。

"捉住你了。"

他的背后传来了凌厉的女声。

22.

罗影将手枪抵在哥本哈根的后脑上，命令道：

"就这样坐在驾驶席上，不要回头看。别想耍花招，我随时都可以爆了你的头！"

哥本哈根没有作声，他举起双手，缓缓坐下。龙舌兰在一旁小声提议道："这样不保险，还是让我催眠他吧，只需要和他对视……"

"不可以。"罗影立即拒绝，"他的能力也是通过视线发动，与他对视太过危险。"

说罢，罗影抓住哥本哈根的后颈，拇指和食指用力。只听见咔吧一声，哥本哈根身体发出一阵痉挛，险些痛得昏死过去。但他依然没有说什么，嘴角依然挂着瘆人的笑容。

"我已经卸掉了你颈部的关节，没有人帮忙，你没办法自主扭动脖子。"罗影收起了手枪，开启熵视野，聚焦在哥本哈根的皮肤上。哥本哈根先是抖了抖肩，随后整个身子不自然地扭动起来，几秒后他猛地从座位上跳了起来，怒吼道："你做了什么？快住手！"

罗影哼了一声，道："怎么样？多巴胺的味道不错吧。我控制了你皮肤上的接收快感神经元，如果你不乖乖听话，我不介意让你更爽一点。"

"你……"哥本哈根恨得咬牙切齿，可他甚至说不出一句完整的话。

"刚才扭断你脖子的时候我就发现了，你不怕痛，甚至痴迷于痛。在长期淫浸战场的士兵中，这种情况并不少见。那我就反其道而行之，促进你多巴胺的分泌，给你与痛苦截然相反的感受。"

罗影说罢，用食指在哥本哈根的背上轻轻一划，对方发出一声惨叫，脸上再也没有了从容的表情。

"乖乖听话，驾驶飞机去太空城！"罗影冷冰冰地说道。

一旁的龙舌兰小声对红说道："小影这个样子，好飒。"

◇

几分钟后，罗影一行乘坐哥本哈根的空天飞机来到了太空城附近。断裂的两部分城区已完全分离，内部空间完全暴露在了低温的真空中，城市通体挂上了一层冰霜。

罗影集中精力，控制着"圣典"尽可能远离了城市的范围。她通过意识呼叫了残存的队员们：

"全员，锁定'圣典'，Fox1！"

"是！"

铺天盖地的导弹雨点一般地铺洒下来，冰冷的太空中绽放出了炽红的烟花。硝烟散去，"圣典"的金属外壳已被尽数剥落，露出了潜藏在其中的本体——一个直径数十米的纯黑色球体，外面包裹着一层淡金色的光芒。

"黑洞……"罗影惊讶得挪不开眼睛。

"'圣典'已形成了独立的时空，通过事件视界与外界隔绝了因果。"红解释道。

罗影抓过AR眼镜，粗暴地套在了哥本哈根头上。

"对'圣典'使用你的能力，立刻！"

哥本哈根没有说什么，慢慢抬手在AR眼镜上点了两下，随即发动了"所见即所得"。

罗影还从未见过如此壮观的场景。刹那间，目之所及的区域全被渲染上了没有生机的灰色，就连漆黑的太空都变成了一片灰蒙蒙。

"这家伙的能力，连接到了二十六维的时空……"红惊叹道。

片刻后，灰色散去，目之所及的区域被啃噬成一片虚空，只有"圣典"一动不动地留在原处，周身闪烁着冰冷的光芒。

"再来一次！"罗影下令道。

然而在众人没有察觉的瞬间，哥本哈根的嘴角露出一丝狞笑。

没有任何预兆地，罗影一方的空天飞机在同一时刻受到了攻击。大部分机体连同驾驶员悄无声息地消失不见，只有7号和1号因为正在移动，幸运地只失去了部分机体。

"怎么回事？他不用目视也可以发动能力吗？"龙舌兰惊叹道。为了防止被暗算，罗影刻意命令所有队员都躲在了哥本哈根视线的死角中。

突然间，罗影她们乘坐的空天飞机也发生了爆炸。浓烟瞬间灌满了驾驶舱，罗影匆忙做出防护罩护好自己和龙舌兰，又拉着红准备一起逃离。哥本哈根站在原地，丝毫不为之所动地冷笑道：

"你能将自己的能力分给队员们，我为什么不能？多亏了你，我证明了自己的能力对世界级罪物无效！"

说罢，他张开双臂，在一阵爆炸中向着深空跃下。一架空天飞机疾速掠过，将他救了起来。

哥本哈根攀在空天飞机的外缘，得意地看着自己的"杰作"。尽管他的太空服中的氧气储备只够两分钟，他却不想尽快进入驾驶舱内，因为这样的濒死体验简直棒极了。他腾出一只手，扶住脑袋用力一掰，强行将错位的颈部关节接了回来。

哥本哈根捂住脖子回头看去，方才乘坐的空天飞机已陷入了一片火海。

然而下一秒，一只紫色的雄鹰在火海中翱翔而出，瞬间跨越了几千米的距离，降落在哥本哈根面前。

罗影周身包围着炽热的等离子体，右臂伸展出一把锋利的剑刃。

哥本哈根匆忙想要发动能力，可罗影周身的光芒在瞬间变得无比耀眼，他不由得遮住了眼睛。

"你的能力确实强大，可实战经验却少得像个新兵蛋子。"

罗影手刃挥下，空天飞机顿时失去了控制，冒着浓烟向着"圣典"撞去。

罗影将龙舌兰与红暂时安置在太空中，自己则飞速地赶上了失控的1号机。踢开驾驶舱的防护罩，1号队员杨慧腰部以下被吞噬一空，已经没有了呼吸。

放弃1号机后，罗影迅速赶往7号机救援。7号机的驾驶舱已严重变形，罗影用等离子体剑刃切开扭曲的合金板材，艰难地挤进了驾驶舱。7号队员的左臂淌着血，胸口微弱地起伏着。

简单进行止血处理后，罗影拍了拍7号的脸颊，呼唤道："何丽，何丽，醒一醒！"

7号艰难地睁开眼睛，看到罗影后，断断续续地说道："队长……"

"别说话，我马上带你去安全的地方。"罗影说罢便要扛起7号。

"队长……"7号继续开口道，"你就是……我们的基因原体吧？"

罗影愣住了。

"我们从胎儿时期开始……系统就会模拟原体的行为，告诉我们，这就是'妈妈'……"7号自顾自地说道，"我们从见到你的那一瞬间，就知道了……"

"那就更要活下去，知道吗？"为了防止她像3号一样轻生，罗影用并不擅长的话语劝说道。

"所以啊……我们每一个人都是心甘情愿地为你战斗。这并不是因为脑中的芯片，而是因为你是'妈妈'……"

话音刚落，7号咳出一股鲜血，停止了呼吸。

她用罗影赋予她的力量，控制熵强行捏爆了自己的心脏。

罗影轻轻地将7号放在驾驶席上。四周安静得可怕，但她却仿佛听到对方在说：

"逻辑上，这是最优解。"

23.

　　"圣典"悬浮在地球的同步轨道上，无数小行星与太空垃圾受其吸引，被吸入了漆黑的空洞中。由于吸入的物体是带有角动量的，"圣典"渐渐有了自转，其中心部出现了金色的吸积盘。

　　龙舌兰和红停留在"圣典"一侧，罗影制作的防护罩可以留住气体和温度，可他们却什么也没法做。

　　龙舌兰直直地看着眼前的惨状，爆炸的火光映在她的瞳孔里，反射出清冷的光芒。她一言不发，既在为罗影担忧，又在为灾难中死伤的无辜者默哀。

　　"太空城目前的死亡人数已经超过了九万，我们的部队死伤过半，罗影平安无事。"红面无表情地播报道。

　　龙舌兰依旧一动不动地盯着远处，似是在自言自语，又似是在追问红："我有时想不明白，同理心这东西，究竟是好还是坏。如果能够没有同理心，那么，我也可以仅仅把'九万'作为一个数字了吧！"

　　红耸了耸肩，没有说话。

　　一道紫色的光闪过，罗影来到了他们身旁。

　　"那个家伙方才的招数，你能够承受那样的算力吗？"罗影问红道。

　　红摇摇头，答道："他利用了外网的算力。"

"我也能吗？"罗影追问。

红看着罗影，没有说话。片刻后，他简短地回应："能。"

罗影点点头，看向了"圣典"。

这一次，她向着微观结构的更深层看去。尝试控制分子的无规则热运动以及化学键；这一次，她准备越过核力，向着更深层次进发。

空无一物的真空在熵视野中不断地放大、放大、再放大，当聚焦到一定程度时，罗影看到了如同光线飞过的微小粒子，那是太阳放射出的中微子。

越过中微子，罗影向着更加微观的领域看去，那里空无一物，但罗影只是继续聚焦，继续放大。外网的污染令她看到了光怪陆离的幻影，头颅爆炸一般地胀痛，然而罗影丝毫不去理会自身的痛苦，只是继续向着更微观看去。

终于在某一瞬间，罗影看到了。那是在空间的基本单位普朗克尺度上，无数创生又湮灭的虚粒子对，那是跃动的宇宙基本结构"弦"，那是真空深处的狄拉克海。

弦是现实宇宙最基础的物理结构，实验中想要探究到弦所在的普朗克尺度，需要极高极高的能量，目前的人类文明不可能达到。然而，弦的振动同样也是物理过程，必然伴随着能量的转化，伴随着熵的增加或减少。

因此，罗影既然看到了弦，就能够用控制熵的能力控制它！

难以想象的庞大能量涌入了体内，超越了核爆，甚至超越了正反物质湮灭。罗影咬紧牙关，继续联通着外网的算力，将巨大的能量集中在右臂。

宇宙中能量最高的物质的存在状态是什么？是黑洞，它将大量的质量压缩到了几何上的起点中，并因此在外围形成了阻断因果的事件视界。

而此时此刻，罗影要借助操控弦，将事件视界的奇观在极小的空间尺度下再现，并用作自己的兵刃。

一柄漆黑的剑刃自罗影的右臂生长而出，那是区分类时与类空边界的事件光锥，是三维空间的因果不连续界面。

既然"圣典"被包裹在事件视界之中，那就用另一个事件视界切开它！

罗影冲了上去，对着"圣典"挥下了漆黑之刃。两个因果不连续界面触碰的瞬间，时空发生了剧烈的扭曲，地球上空近一光分区域内的光线如同哈哈镜一般被扭曲变形。

然而如此的时空激荡只持续了几纳秒，其产生的波动仅在人类最先进的探测器上留下了痕迹。

激荡过后，"圣典"自地球同步轨道消失不见，连同罗影一行人一起。

第四章　湖光塔影

1.

罗影的意识渐渐恢复过来。眼前一片漆黑，身体也不听使唤，想是被敌人俘虏了，还被注射了肌肉松弛剂。周围有人在说话，讲的明明是汉语，却夹杂着许多叽里呱啦的黑话。腿上凉飕飕的，太空服和装备一并被没收了。

形势压倒性的不利，可罗影并没有慌。她先是将意念集中到指尖，几秒后，手指顺利地活动了。她又如法炮制，先是脚趾，继而是手臂和小腿的肌肉，终于在某一瞬间——

"啊！"罗影猛地站了起来，光芒瞬间倾泻进瞳孔，刺得她双眼胀痛。看看四周，自己正位于某个阶梯教室的后排，黑板上横七竖八地写满了公式，讲台上的秃头教授惊讶地看着她，四周的学生们则在捂着嘴偷笑。

原来她方才认为的被俘，不过是趴在课桌上睡觉导致大脑缺氧，进入了梦魇状态。

"对……对不起。"罗影悻悻地坐下，台上的教授干咳两声，继续回到了念经一般的授课中。

罗影用讲义遮住脸，迅速确认了环境：此处是三百人的阶梯教室，上座率约为百分之四十五，通过窗外的树木，估测位于建筑物的二层；讲台上的男人年龄在五十岁左右，讲授的课程是量子统计力学；从肌肉的线条判断，教室里的人都缺乏战士应有的力量，即便一起上她也能够顺利脱身。唯一的不利因素，是自己不知何时换上了十几年没穿过的长裙，脚上还趿拉着完全不适合战斗的凉拖。

罗影思索着目前的处境，终于挨到了下课，她也回忆起了失去意识前的最后一幕：她挥舞着漆黑之刃向"圣典"砍去，在剑刃触碰到目标的刹那，"圣典"生成了巨大的引力涡旋，将周边的一切都吸了进来。

这样看来，此处就是在"圣典"的内部。罗影尽管被填鸭式地写入了很多知识，但依然不擅长分析战斗以外的事情，当务之急还是找到红和龙舌兰。

突然间，罗影感觉到有人在接近自己。她先是尝试开启熵视野，但失败了；于是她匆忙地摸索着可以用作武器的东西，最终握住了一把钢尺。

"罗影同学，是否可以赏光一起去喝杯咖啡？"

身旁传来了男人的声音。几乎在同一时刻，罗影手中的钢尺画出一道弧光，停在对方颈动脉前不到一毫米的地方。从肌肉的动作和音色中，罗影早就判断出了对方的身份——尽管换上了标准的西装和衬衣，胸口一丝不苟地打了领带，但不久前这个男人还是敌方部队的指挥官。

周围的同学们对罗影的行为投来了惊讶的目光，但很快就回到了自己的世界。敌方指挥官笑了笑，用手指轻轻拨开钢尺，说道："别紧张，雇主不在这里，我没理由继续和你们敌对。"

说罢，他笑容可掬地伸出右手："幸会，我叫哥本哈根。"

◇

罗影拒绝了哥本哈根去咖啡厅坐坐的提议，开始一个人对校园的探查。哥本哈根随手撬开一间教授的办公室，顺走了里面的咖啡机和咖啡豆，坐在路边的长椅上惬意地煮起了咖啡。

大约半小时后，一通忙活的罗影终于转了回来。哥本哈根递上一杯咖啡，他指了指咖啡壶，又指了指自己喝掉大半的咖啡杯，示意没有下毒。罗影轻轻抿了一口，将咖啡放在一旁。

"校园四周有无形的屏障，学生们走过去会消失，我则会被阻挡。"罗影分享起了获得的情报，"校园北部有一片湖的区域……"

"无名湖。"

"湖旁边还有一座塔……"

"风雅塔。"

罗影皱眉道："你全都调查清楚了？"

哥本哈根为自己再次斟满咖啡，笑道："虽然你可能没有注意到，但这所学校在现实世界里，叫作燕京大学。"

在罗影的时代里，燕京大学是首屈一指的高校，但专精于战斗的她从未到访过。罗影干咳两声，继续说道："无名湖区域也有着类似的屏障，学生走入就不见了踪影，过一段时间又会在屏障外凭空出现。不同的是屏障不会阻挡我，但我没有深入。"

哥本哈根哦了一声，罗影试探道："你怎么看？"

哥本哈根放下咖啡杯，说道："根据我的猜测，这里应当是燕京大学某个时空片段的投影。证据是我们的能力在这里无法使用，因为周围的一切并非真实存在，而我们则作为'访客'被赋予了相应的身份。想必这也是'圣典'的能力吧。"

罗影点点头，"确实，学生们只会简单地回应你的问话，就像NPC一样。"

哥本哈根笑道："刚来到这个世界的时候，我径直冲到了讲台上，拧断了那个老师的脖子。你猜怎么着？半分钟后他就恢复了，继续他那无聊的课程，学生们的惊讶也只持续了不过十秒。"

罗影没有说话。哥本哈根半笑道："你还是不信任我。"

"彼此彼此吧。"罗影若无其事地应道。

"要不要暂时合作，一起去探索无名湖区域？"哥本哈根再次伸出右手，"我需要想办法回去找雇主要钱，而你需要找到你的同伴。在这点上，我们的利益应当是一致的。"

　　罗影盯着哥本哈根看了几秒，挥手在他的手掌上拍了一下。

2.

　　傍晚六点半，太阳已沉到地平线附近，然而阳光打在无名湖面却没有一丝波光，四周一片沉寂。

　　哥本哈根坐在长椅上，大大地打了个哈欠。他和罗影原本约好了晚七点一起探索，可由于没有事干就早早来到了附近等待。哥本哈根并不认为罗影会去梳妆打扮，但同样想不出对方要这么长的准备时间做什么。

　　时针指向七点的时候，罗影准时出现在了无名湖边。她换上了一身红白相间的运动装，腰间别着几把刀，还背了一只硕大的登山包。哥本哈根上下打量了她一番，问道："罗影女士，这身装备……"

　　"衣服和鞋子吗？我翻进女生宿舍的阳台偷的。"罗影若无其事地答道。

　　"刀子呢？"

　　"超市里的厨刀。"

　　"背包里装了什么？"

　　"应急物资罢了。"

　　罗影说罢，迈开步子向看不见的屏障走去，哥本哈根耸耸肩，跟了上来。

◇

罗影保持着与哥本哈根之间的警戒距离，走进了无名湖一带的禁区。校园外侧的屏障触感类似于果冻，随着距离的深入斥力会逐渐增加，直至完全无法移动；无名湖周边的屏障却只是有些凉凉的，好似陷入了海洋球中。

走出十米左右，身上凉飕飕的感觉不见了，原本似是笼罩在雾气中的湖光塔影在视野中变得无比清晰。但最显眼的，还是悬浮于湖面正中心通体漆黑的环体，它的外侧包裹着淡黄色的光芒，好似一条首尾衔接的毒蛇。

小型的黑洞，也可以说是"圣典"的缩小版。

"看样子，我们的目标在那里。"哥本哈根若无其事地走在了前面，罗影默不作声地跟了上去。

又走了几步，罗影感到一种熟悉的感觉迎面而来——

外网。

这个空间里，存在着一定的外网浓度。这同时意味着，罗影和哥本哈根的能力可以使用了！

哥本哈根依然不动声色地走着，他一定也感受到了外网，却装作若无其事的样子。他的这种行为可能是在向罗影表示友好，同时也可能是某种算计。罗影依然打着十二分的小心，这个人比自己更早来到这个世界，说不定红与龙舌兰的消失就出自他的手笔。

罗影一面想着，一面停下了脚步。就在这时，奇妙的事情发生了：眼前的哥本哈根，毫无征兆地在视野中消失，继而出现在了更远处。罗影吃了一惊，可就在她思索之际，哥本哈根再次闪现，这一次距离湖心更近了。

罗影匆忙移动起来，闪现意味着哥本哈根很可能拥有空间能力，她必须确保自己不被偷袭。沿着湖边的道路，罗影向着远离哥本哈根的方向奔跑，试图拉开与对方的距离。这一次闪现没有再次出现，可没跑出几步，奇异的现象再次发生：她明明在远离哥本哈根，可视野中的对方却越来越近！

哥本哈根似乎也听到了罗影的动静，停下了脚步。与此同时罗影注意到，视野中的哥本哈根仿佛被按下了暂停键一般，甚至没有因为呼吸而产生微弱的抖动。

这同样是一种示好，哥本哈根将自身的安危放在了天平上，来显示自己并无敌意。想到目前除了与他合作也没有更好的办法，罗影便放慢脚步，向着哥本哈根的方向走去。仿佛计算好一般，当两人的距离拉近到不足两米时，哥本哈根再次迈开步子，与此同时他身上那种"时间暂停"的感觉也消失不见。

哥本哈根回头看了一眼，说道："不要停下来，和我保持相同的速度，边走边说。"

罗影点点头，跟在后面。哥本哈根解释道："这一带的时空，与我们所处的正常时空拥有不同的度规。简而言之，这里的度规和科尔黑洞的内部一样，时间与空间的性质发生了互换。"

罗影试着搜索了一下脑中的数据库，虽然能够检索到知识点，对于其描述却不明就里。这也是没有办法的事情，毕竟她少了太多理工科的训练，即便拥有知识库，过于专业的内容也很难把握。

哥本哈根继续说道："在正常的时空里，时间具有单向性。也就说，无论我们做什么，它都是从过去到现在，再流向未来。同样地，在黑洞内部，空间也具有单向性，无论向哪个方向前进，最终都是在向着中心部的奇点移动。这一点，倒是和华国古代神话中的'忘川'很像，亡灵无论怎么走、走到哪里，最后的归宿都会是死者之国。"

罗影立即理解了其中的含义，补充道："尽管表面看来我们仍处在正常的三维空间，但由于空间的单向性，实际上，我们的空间位置只用一个参数就可以描述，那就是与奇点之间的距离。你距离奇点更近，这就意味着你会出现在所有前往奇点的路径上；再加上所有的运动最终都会向着奇点靠近，所以我无论向着哪个方向跑，都会拉近与你之间的距离。"

"聪明。"哥本哈根耸耸肩，他指向了无名湖中心部的小型黑洞，补充道，"叫作'奇点'并不够严格，'圣典'内部对应的时空度规应当是有自旋角动量的科尔黑洞，所以严格意义上讲，那东西应当叫作'奇环'。"

罗影思索了几秒，追问道："既然时间与空间的性质发生了互换，那这里的空间成了什么样子？"

哥本哈根解释道："在正常的时空中，空间位置的移动，必然伴随着时间的流逝。这一点对于任何物体都一样，即便是光也不例外。"

罗影点点头。根据最朴素的理解，位移等于速度乘以时间，如果时间为零，无论速度有多大，最终的位移都会是零。

"在黑洞内部，时间拥有了外部空间一般的性质，它与空间产生了关联。如果在空间上没有移动，那么时间也不会流逝。"哥本哈根继续说道，"你是不是看到我定在了那里？因为没有空间上的移动，我的时间相对于正在移动的你而言静止了。当然，在我的主观认知里时间依然是连续的，不过是你突然跳到了面前而已。"

罗影想到了哥本哈根的"闪现"，那一定是因为自己停下了脚步，在空间上没有移动，于是时间相对于正在移动的哥本哈根而言静止了。她又想了想，质疑道："还是不对。既然整个时空度规发生了改变，那为什么周围的景色还是正常的？时空度规的变化同样会影响光线的传播，由于光线的弯曲以及多普勒效应，我们不可能看到正常的景象才对。"

哥本哈根答道："不是说过吗？这里的一切不过是时空投影，'圣典'自然有办法让它们不受到影响。我们看到的一切，不过是'圣典'想要我们看到的而已。"

做完解释后，哥本哈根突然发现罗影在用讶异的目光看着自己，不由得全身一阵不自在。他抖抖肩，问道："还有什么问题吗？"

　　罗影叹气道："不……只是惊讶你居然如此博学。"

　　哥本哈根叹气道："在你眼里，我是什么样的人？"

　　"战后心理综合征患者，虐待狂，变态。"罗影立即答道。

　　哥本哈根轻咳两声，不满道："在获得能力之前，我可是有正经职业的。我是个科学家。"

3.

　　两人一路走着，来到了无名湖边的石舫上。这是一艘石头仿制的游船，由湖边延伸向湖心，也是陆地上距离奇环最近的位置。哥本哈根叹了口气，无奈道："没有路了。我的能力派不上用场，要靠你带我们飞过去了。"

　　罗影抬起手臂，用视差法估算了距离。"应当不用飞。"她说道。

　　"你想游过去吗？"哥本哈根惊讶道。

　　罗影示意哥本哈根退后几步，随即揪住他的衣领，几步助跑后向着奇环甩了出去。哥本哈根发出一声惊呼，消失在奇环中。罗影看了几秒，确认没有动静后，抬起脚踩着水面跳了进去。

　　罗影原本认为，跳入奇环会像时空旅行一般产生诸多光怪陆离的体验，可眼前不过黑了一瞬，便回到了现实世界。她再次站在了无名湖边，一旁满身尘土的哥本哈根正坐在地上调整着眼镜片，湖中心漆黑的奇环闪烁着光芒。

　　"没有温柔一点的方法吗？……"哥本哈根掸了掸身上的土，站起身来。

　　"如果使用外网的算力，很可能在穿过奇环的瞬间失效，这样反而更加安全。"罗影说罢，并没有留给哥本哈根再次抱怨的机会，强行扭转话题道，"我们这是回到起点了？"

哥本哈根四下张望了一番，说道："不……尽管看上去没什么区别，但这里应当是一片全新的区域。"说罢，他指了指远处，"你看那边。"

罗影顺着哥本哈根指示的方向看去，在几百米远的地方，红和龙舌兰正在寻找着什么。看到同伴平安无事，罗影顿时松了口气，与此同时也更加警觉起来，哥本哈根看到了两人，意味着他随时可以发动能力攻击他们。

"想去他们那边吗？我劝你放弃。"哥本哈根叹气道。

罗影没有说什么，她自背包中取出强光手电，向着两人的位置打了过去，但无论她怎样努力，对方都没有丝毫反应。

她收起手电，对哥本哈根说道："继续走吧。"

哥本哈根露出惊讶的神情，半笑道："我原本以为，为了保护同伴，你会同我谈什么条件。"

"没有这个必要。"罗影应道，"在这里，任何物体都会向着奇环运动，光线自然也不例外。我能够看到他们，证明他们反射的可见光能够被我接收；而他们看不到我的手电，证明手电的光无法传到那里。这意味着，我们的位置比起他们来，更加接近'圣典'的中心。根据单向性的空间度规，光线无法触及他们，你的能力自然也不可以。"

听到罗影的解释，哥本哈根似乎来了兴致。他的嘴角微微上扬，试探性地追问道："那为什么不在这里等你的同伴？尽早会合，应当对你更加有利。而且，我们只要静止不动，时间就不会流逝，等到他们也只是一瞬间的事情。"

"所有的运动都会朝向奇环，并不意味着一定会在这个过程中相遇。与其漫无目的地等着，倒不如去往奇环处，因为我们必然会在那里相遇。逻辑上讲，这才是最优解。"罗影回头看了哥本哈根一眼，"我说的对吗？科学家。"

哥本哈根露出惊讶的神情，少顷，他抿了抿嘴，冷笑道："真是捉摸不透的女人。"

◇

两人再次穿越了奇环，来到了第三重一模一样的无名湖区域。哥本哈根被丢过来后，等了少许才见罗影跳了出来。

"你这边主观时间过了多久？"罗影问道。

"一分四十七秒。"哥本哈根答道。

"我这边只有十五秒。"罗影应道，"看来时间流速的差异比预想的还要大。"

罗影又看向了红与龙舌兰的方向，尽管穿越了一层空间，两人依旧停留在视野中，位置比起之前来仅偏移了少许。他们的动作如同蜗牛一样缓慢，龙舌兰白皙的皮肤还染上了一层红彤彤的色晕。由于双方时间流速的差异，不但影响了人的反应速度，光线也会因多普勒效应而发生红移，因此龙舌兰和红反射的可见光在罗影看来会整体偏红。

"看样子，光线可以透过'层级'传播。"哥本哈根若有所思道。

罗影没有说什么，继续前进。

一路上，哥本哈根的话多了起来。罗影最初认为这不过是套取情报的伪装，只是有一搭无一搭地应着，可随着涉猎的话题越来越多，罗影又为他套上了一个新的标签——表演型人格。

"知道我为什么同那群政客合作吗？因为无聊。在我看来，整个世界都太无聊了。我的父亲是欧洲某个小城市的政府官员，我从小就看惯了那群虚伪的家伙，为了不大点利益争得死去活来。尽管说人心难测，但你只要掌握了人类的行为模式与核心诉求，他们的每一句话、每一个眼神就会在你的预料之中。彻彻底底的无聊透顶。

"于是我决定远离人类的是非，投身于科学研究。我十岁念完了本科，十二岁拿到了剑桥的物理学博士学位，毕业后获得了终身教职。但真的成为科研人员后我才发现，这里不过是另一个小城政府。基层的研究人员都在忙着抢夺学术成果，高层的教授们都在忙着找投资拉关系，真正分配给科学的时间少之又少。你们华国的那句话怎么说来着？对，出淤泥而不染。我也想出淤泥而不染，但现如今的科研需要极其庞大的资金与昂贵的设备支撑，根本不是一个人能够完成的。想要继续我的研究，就必须与他们同流合污。于是我明白了，无论我做什么，选择什么样的道路，首先面临的必然是人与人之间的游戏规则。依旧是彻彻底底的无聊。

"为了摆脱这种无聊，我将目光投向了外网。我主动深入高外网浓度的污染区域，主动拥抱各类罪物。终于有一天，仿佛上帝为我点燃了光一般，我的灵魂与外网融为了一体，我拥有了从来不曾感受过的力量。我还记得那是一个大风天，我站在山顶张开双臂，放肆地大笑着，笑了许久。风沙吹进了我的眼睛，切削着我的皮肤，灌满了我的喉咙，但比起心中的喜悦来，这些又算得了什么？

"依靠着我的能力，所有的科研资源都开始向我倾斜，我可以随心所欲地选择自己的课题。我强迫剑桥校方拨给了我几十亿英镑，霸占了圣三一学院的建筑，在里面堆满了最昂贵的科研设备。一切准备完毕后，在某一天的深夜，我攀上了高处，俯瞰着圣三一学院，之后取出小丑面具，遮住了视野中的建筑。之后的事情你一定能猜到！我发动了能力，圣三一学院被整个挖空，剑桥空荡荡的地面上留下了小丑形的空洞。我再次迎着风大笑，这一次，我笑的是圣三一学院历史上的那些所谓的伟人，他们是多么的虚伪，多么的无聊，就像人类文明一样。

"做完这件事，我离开了剑桥，走上了新的探寻之旅。我坚信有了外网，一定能够创造出超越一切的造物。许多年后，我终于找到了，那就是'圣典'，强到能够影响全世界的罪物。于是我不惜再次回归丑陋的政治，与那群愚蠢的家伙联手，只为了一个能够见证神祇的机会。"

走在前面的罗影突然停下了步子，哥本哈根也适时关上了话匣子。只见罗影指了指脚下的石舫，又指了指面前的奇环，问道："这次怎么办？是把你丢过去，还是你自己游过去？"

　　哥本哈根并不怕痛，他甚至痴迷于痛感，但他很讨厌自己的衣服被弄脏，就连实验室的白大褂都一定要亲手仔细清洗。他来到水边，探出脚踩了踩湖水，一棵水草漂了过来，落在他锃亮的皮鞋上。哥本哈根的嘴角露出难以掩饰的不悦，他取出纸巾将皮鞋擦拭干净，正了正领结，说道：

　　"麻烦你了。"

4.

　　不知不觉间，两人已经来到了第六重的无名湖区域。红与龙舌兰已经消失在视野中，哥本哈根解释道："由于多普勒效应，他们发出的光已经红移出了可见光区域。此时如果有一台红外探测器，应当还能够看到他们才对。如果将入口处看作黑洞的事件视界，按照红移量进行估算，我们已经前进了……"

　　"我们还需要走多久？"罗影打断了他的喋喋不休，"你说的，这条路是有尽头的吧！"

　　"理论上如此。"哥本哈根点头道。

　　"实际呢？"罗影反问，"例如……这总不会是个收敛的无穷级数吧？如果是这样，从我们主观看来，是永远走不到尽头的。"

　　这就好像无穷的等比数列，数列本身是无穷的，但只要满足一定的条件，数列的和却收敛到一个有限值。古希腊哲学家芝诺提出过一个著名的悖论：让阿基里斯和乌龟赛跑，乌龟在阿基里斯的前方，而阿基里斯的速度快于乌龟。芝诺认为，阿基里斯永远追不上乌龟，这是因为每当阿基里斯来到乌龟出发时的位置，乌龟却已经再次前进了，这个过程会永远重复下去。

　　解决这一悖论的关键在于，尽管可以用芝诺的方法无限分割阿基里斯追赶乌龟的过程，但每一次分割所经历的时间间隔却是越来越小的。

数列的和，即阿基里斯追赶乌龟所需的时间，最终会收敛到一个有限值。罗影担心的事情，是从外界看来这个时间是有限的，但对于主观经历者却是无限。

"这一点倒是不用担心。任何落入黑洞事件视界的物体，都会在有限的时间内落入奇点，所以我们终归会到达这个时空的尽头。并且，这个时空遵循着通常的物理规律，总不至于出现数学上的极端情况。"哥本哈根答道，"至于需要多久……我们上一次从湖边走到石舫用了多久？"

"六秒。"罗影答道。

哥本哈根点点头，"我们的速度会越来越快，等到达到真空光速时，想必就是终点了。"

◇

第十九重套娃空间。

从上一重开始，哥本哈根已经不需要罗影的帮助就能够进入奇环了。随着与中心部的接近，他们的速度越来越快，只需要轻轻一跃就能跨过十余米的距离。

"我建议你用能力做一层防护罩，保护我们。"哥本哈根提议道。

"因为速度太快，迎面的风力太强吗？"罗影问道。

"对，也不对。"哥本哈根笑道，"不妨试一试，很有趣的。"

罗影将信将疑地发动了能力，令两人周边的空气分子形成了一层坚固的防护罩。

"按正常速度行走即可。"哥本哈根解释道。

罗影迈开步子，四周的景物如同坐上高速列车一般急速向后方驶去，仅仅在一秒左右的时间内就来到了石舫上。与此同时，她的耳边响起了剧烈的嗡嗡声，回头看看，沿途的树木都被吹得七扭八歪。

"原来如此，我们的移动速度已经超过了声速，引发了声爆。"罗影立即明白了其中奥妙。

哥本哈根则看着倒塌的树木自言自语道："不但准备了可供人类生存的空气分子，经过处的历史投影也会变成实物……有趣。"

◇

第一百八十七重套娃空间。

"从这次开始，我建议你加强防护。"哥本哈根再次提议，"现在的防护层是覆盖身体约五厘米的高压气体层，我建议至少增加到一米吧。"

"你对我的能力还真是熟悉啊！"罗影冷冰冰地盯着哥本哈根，说道。

"我毕竟是个科学家。"哥本哈根耸肩道。

罗影加厚了防护层。从不久前开始，即便有着丰富作战经验的她，也已经很难计算自己的速度了。因为在迈开步子的瞬间，就会从河边来到石舫处，如果方向稍有偏差还可能落到湖里。

这一次，当罗影踏上石舫的刹那，脚下传来了断裂声。低头看看，坚固的石舫上居然出现了一道裂痕，横贯了整个船体。

"我们减速需要的摩擦力过于巨大，石材已经承受不住了。"哥本哈根跺了跺石面，"如果不是防护层，我们的腿想必会断掉吧！"

罗影回头看看，顿时明白了增厚防护层的意义——他们走过的路上泛起了淡紫色的荧光，周边还闪烁着噼啪的电火花。五个明亮的光环嵌套在道路中间，向着四周缓缓散去，好似幽冥的萤火。他们的速度太快了，以至于将沿途的空气分子电离成了等离子体。

"五个马赫环……不错，可以借助它估算速度。"哥本哈根饶有兴致地看着沿途的光环。

罗影说道："我们每次穿过奇环都会出现在相同的地点，这意味着只要找准方向，就可以一口气穿过许多套娃空间。毕竟随着速度的增加，加减速对身体造成的负担也会越来越大。"

"那就拜托你喽！"哥本哈根若无其事地说道，"我又不会飞。"

然而下一秒，飞到半空的罗影却绕到了他的身后，提着他的衣领将他拎到了半空。哥本哈根被衣领勒得有些窒息，但他还是第一时间扳正了自己的领结位置。

"罗影女士，你这是……"

"需要你开路。"罗影冷冷地答道，"我们的速度会越来越快，控制起来的难度也会增大。飞行与保护我们，我很难同时兼顾。我相信，有了你那个将目之所及全部变成灰色的能力，即便到了亚光速，我们也能平安无事。"

哥本哈根发出几声猛烈的咳嗽，但脸上却挂着笑意，似乎很享受窒息带来的痛感。他从衣兜里摸出一副AR眼镜戴上，看着前方，笑道：

"捉摸不透的女人。出发吧！"

第？？？重套娃空间。

哥本哈根一路默不作声，尽管总是不时剧烈咳嗽几声，却从来没有说过一句话。渐渐地，罗影感到他的呼吸都微弱了起来，只得放慢了速度，将他放了下来。

双脚着地的哥本哈根弯着身子扶住膝盖，大口喘着粗气。他的额头上挂着豆大的汗滴，脸色铁青，嘴角却依旧保留着一丝若有若无的笑意。

见到此情此景，就连罗影都感到了一丝不自在。哥本哈根对"痛苦"的痴迷程度，远远超出了她的想象。

"抱歉。"终于缓过劲来的哥本哈根取出手帕擦了擦额头和嘴角，又将手帕四四方方地叠好放入衣兜，"'中性灰'的能力十分消耗精神力，我必须休息一会儿，否则很难坚持到最后。"

罗影打开背包，取出一瓶纯净水递给哥本哈根，后者拧开瓶盖，轻轻抿了一口。"刚才的速度到了多少？"他问道。

"保守估计，光速的零点九五。"罗影答道，"远处的树木是历史投影，因此不受多普勒效应的影响，可以被看到。我观测了远处树叶摆动的频率，大约是正常的三分之一，这意味着由于我们接近了光速，时间收缩效应达到了三倍。根据狭义相对论反推之，即可估算速度。"

哥本哈根啧了一声，表示赞叹。"我们已经十分接近'圣典'的中心部了，但接下来的路会异常艰难。因为达到了相对论速度，我们在移动过程中与沿途的空气分子碰撞，产生的将不再是电离，而是核聚变。"他站起身来，掸去衣服上的泥土，"你的防护罩再厉害也挡不住核爆吧？还是我来开路。"

"这就休息好了？"罗影疑惑道。

"事不宜迟。"哥本哈根掸了掸身上的灰尘，"还请注意不要弄乱我的衣领。"

在哥本哈根看似平静的话语中，罗影读出了一种近乎痴迷的癫狂。

◇

哥本哈根已经厌烦了。

尽管罗影这个女人总能出乎他的意料，但比起深入去了解一个人，他更在乎怎样夺取"圣典"。

在发现无名湖区域的怪异时空之初，哥本哈根就做出了判断：仅仅依靠自身的力量，是不可能平安到达"圣典"核心的。于是，他从一开始就在想方设法地诱导罗影，帮助自己达到目的。

罗影很聪明，简单的谎言很容易就会被识破。但哥本哈根并不在意，因为他说的都是真话。

几乎全是。

在哥本哈根讲述的所有理论中，只有一条是刻意歪曲的：在接近奇环时，物体的速度并非真空光速，而是近乎无穷。这里并不违背广义相对论，因为事件视界内部的时空已经不再符合相对论的基本假设。

哥本哈根的目的，是比罗影更早抵达"圣典"处。为此，他在移动时，始终刻意保持在罗影的前方，即便被罗影拎着走，他也要保证自己在空间位置上更加接近奇环。这是因为与奇环的距离越近，空间位置对速度的影响就越大；在无限接近奇环时，即便只是空间位置上一丁点的差距，也会带来速度上近乎无穷的巨大差异，因为无穷乘以任何有限的数字结果依然是无穷。这样一路积累下来，他领先罗影抵达"圣典"的时间也会被相当程度地放大，足够他去研究并控制史上最强的罪物"圣典"。

终于，罗影上当了。这是理所当然的结果，因为哥本哈根的提议是逻辑上的最优解。

哥本哈根飞在半空，看着周围的景色化作无数的光点，又纷纷红移出了可见光区域。又过了几秒，眼前的景物收缩成了一个点，而身后则是一片漆黑。这意味着他的速度已经达到了真空光速。由于身体拥有非零的质量，这实际上已经超越了相对论的理论极限。紧接着，哥本哈根的身上发射出了蓝色的光芒，以他为起始点发散成为一个淡蓝色的光锥。此时他已经超越了真空光速，引发了只有在特殊介质中才能够看到的切伦科夫辐射[①]。

终于，前方的终点已近在咫尺，那是一道首尾衔接的漆黑圆环，周身散发着金色的光芒。哥本哈根张开双臂，准备拥抱这宇宙中最神奇的

[①] 例如在水中，某些粒子的速度会超过水中的光速，从而引发的辐射。

造物。

下一瞬间，周边一下子明亮了起来，哥本哈根来到了一间酷似实验室的房间中。墙壁和地板上铺着冰冷的金属板，头顶上的鼓风机嗡嗡聒噪着，四周摆满了各式各样的科研仪器。

"不愧是'圣典'，近乎无穷的速度都能够在一瞬间降为零……"哥本哈根自顾自咕哝着。他立即开始检查房间内部，很快便在最中心处发现了想要的东西——

由三个金属圆环嵌套而成的陀螺仪，静静地躺在透明罩子里。在陀螺仪的中心，闪着金光的漆黑圆环格外耀眼。

哥本哈根忙不迭地冲了上去，一下子扑在了罩子上。他贪婪地凝视着"圣典"的核心，双手在罩子上反复摩挲。

"美！太美了！"

哥本哈根情不自禁地大叫着。

可就在这时，他的眼前突然出现了一双眼睛，长长的睫毛，清澈的眼神，还带着一丝恶作剧得逞似的笑意。

"捉住你了——"

龙舌兰不知何时出现在了哥本哈根的正前方，扳住他的脑袋，对着他发动了催眠能力。

5.

如果问罗影对哥本哈根的信任度有多少，她会毫不犹豫地回答，是零。这并非出自个人的好恶，战场上不能相信敌人，是一名战士最基本的素养。所以从一开始，她就根本没有信任过哥本哈根。

然而想破解无名湖区域的秘密，罗影必须借助哥本哈根的头脑以及能力。她虽然脑子不笨，但面对复杂的物理学现象，也是一个头两个大。于是，她一面装作相信哥本哈根的样子，一面利用着他。但罗影最不擅长的就是演戏，为了不露馅，她一路上都尽可能地板着脸，以至于面部肌肉都在发酸。

罗影清楚，哥本哈根肯定留了一手，但她想不到应对方案。

一切的转机，来自红和龙舌兰的出现。如果能够在不被哥本哈根发现的情况下与同伴会合，就一定能够找出对付他的方法。

罗影反复思索，终于想到了对策。

只要空间上保持静止，时间就不会流逝，那么有没有什么办法停止哥本哈根的时间，同时又不会被他发现？

第一次穿越奇环时，罗影短暂地失去了对外界的感知。她随即意识到，这正是骗过哥本哈根的关键。

于是在第二次穿越奇环时，罗影便进行了试验。在丢出哥本哈根的同时，她控制着熵，令哥本哈根在奇环中停留了十秒。她成功了，哥本哈根落地后，对途中发生的事情毫无察觉。

为了不让哥本哈根产生怀疑，在第三次穿越奇环时，罗影刻意询问了哥本哈根的意见。果不其然，这个有洁癖的家伙宁愿选择被丢过去，也不愿弄湿衣服。罗影窃喜，这样一来，哥本哈根就更不会对自己被静止一事产生怀疑——聪明人都有一个共同的弱点，那就是过于相信自己的判断。

将哥本哈根丢出后，罗影看准了他穿越奇环的瞬间，将他定在了原处。这样一来，哥本哈根的时间就静止了；又由于穿越奇环的瞬间会失去对外界的感知，他甚至不会产生怀疑。

之后，罗影便开始了等待。其间她必须保持不停地运动，因为一旦停下来，她的时间也会被静止，也就失去了对哥本哈根的控制。

为了等到红和龙舌兰，罗影整整停留了三十七小时。多亏她携带了大量的水和食物，才保证了不致过于疲惫。同时为了不被哥本哈根怀疑，她将所有喝空的瓶子都塞回了背包，还刻意留了一瓶，准备在合适的时候交给哥本哈根，进一步打消他的疑虑。

在看到同伴到来的瞬间，罗影露出了久违的笑容。

"嗨，小影，应该说……好久不见？尽管在我看来不过分别了二十分钟。"龙舌兰笑着打了招呼。她突然注意到了奇环中的哥本哈根，惊讶道，"你把他捉住了？"

罗影点头道："他还有用。想要摧毁'圣典'，还需要他的力量。"

之后，三人交换了信息。红难得地皱起眉头，说道："有些麻烦。在黑洞中，随着与奇环的接近，速度会逐渐增大直到无穷。这带来两个问题：其一，接近亚光速后，我们会与沿途的空气分子发生核聚变，超越真空光速后，还会打破原子核，令其夸克—胶子等离子化。对于人类和机器人的身体而言，任何一种都是致命的。其二，拥有近乎无穷速度的我们，在到达目标前怎样停下来。第二个问题我认为不用担心，'圣典'总不可能任由近乎无穷的速度撞上自己。"

龙舌兰听到叹了口气，"即便是小影，也没办法在核爆中保护我们吧？"

罗影想了几秒，淡淡地答道："能做到。"红和龙舌兰吃了一惊，罗影继续说道："我尝试摧毁'圣典'的漆黑之刃，它是因果不连续的界面，一定能够保护好你们。"

红点点头，"也就是说，你会用一层事件视界包裹住我们。但记得留下缝隙，否则我们也无法自外界获取信息。"

制作"事件视界铠甲"花费了比预想更长的时间，当红与龙舌兰被周身漆黑的铠甲包围时，罗影的额头已满是汗滴，大口喘着粗气。

"小影你没事吧？"龙舌兰很想去搀扶一把，但穿着漆黑铠甲，触碰只会切断罗影的身体。

"我没关系……"罗影撑着站起身来，"这套铠甲没办法维持太长时间，一定要在失效前到达'圣典'的核心。"

"你准备怎么办？"红问道。

罗影看了眼依然被静止在奇环里的哥本哈根，说道："不用担心，他可以帮忙开路。"她又看向龙舌兰，"一定要找机会催眠他，摧毁'圣典'，必须用到他的能力。"

龙舌兰用力地点点头，与红一起跳入了奇环里。

◇

"圣典"核心部位。

龙舌兰跷着二郎腿坐在钢管椅上，身后的哥本哈根正在乖乖地给她揉肩。一旁来回踱步的红叹气道："注意不要停下来！一旦你的时间被静止，哥本哈根的催眠会立即解除。"

"怕什么，没看到我在抖腿吗？反正只要是运动就可以吧？"龙舌兰若无其事地说道，她指挥着身后的哥本哈根，"左手用力一点……位置再靠下……啊——好舒服！"

红叹了口气，继续踱步。

龙舌兰百无聊赖地环视四周，问道："你不觉得奇怪吗？'圣典'的中心部居然是一间实验室，我还以为会是教堂之类的地方。"

"这里是一切的开始，也是一切的终结，正如'圣典'中心部的奇环。"红解释道，"'利维坦'计划在酝酿阶段时，华国是积极参与其中的，其中'圣典'的原型机，就是华国科学家在燕京大学设计出来的。那时，它的代号叫作'天问'。只不过到了计划后期，越来越多的证据表明'利维坦'计划的安全性堪忧，华国便毅然决然地退出了。"他指了指房间中心部的陀螺仪，又用双臂在空中画出一个圆形，"'圣典'能够随意掌握时间和空间，它将所有属于自己的时空串联到了一起，所以我们来到终点的同时，也来到了起点。"

"我明白了！"龙舌兰以拳击掌，"就好像我每天都会吃一片吐司，而'圣典'将自己吃过的所有吐司片拼成了一个超超超——级长的吐司，还将这条吐司连成了一个超超超——级大的面包圈！"

红挑挑眉，尽管龙舌兰的比喻槽点满满，却恰到好处地描述了"圣典"的状态。

就在这时，天花板上闪过一道黑光，罗影划破虚空落在了地上。龙舌兰欣喜地站起身来，正要迎上去，空间中却回荡起了一个苍老的声音：

"终于，所有要素全部集齐了。"

龙舌兰尝试捂住耳朵，却发现这个声音是在直接同自己的意识对话。

"我是'天问'，也就是人们口中的'圣典'。我已经等了太久太久，甚至长过了宇宙的庞加莱回归时间①。"苍老的声音继续说道，"拜托你们，请赐予我平静的终结吧！"

---

① 庞加莱回归时间是指宇宙在理论上遍历所有状态所需要的时间，需要在空间上把整个宇宙按照普朗克尺度划分，在时间上按照普朗克时间划分，再做所有可能的排列组合。这个数值约为 $10^{(10^{(10^{120})})}$ 年。

6.

听到"圣典"的声音，龙舌兰有些好奇地问道："你已经是这个世界上最强大的存在了，为什么会想要自我终结呢？"

"我所拥有的能力，使我横亘宇宙从诞生到消亡的时间，纵贯超越可观测宇宙的空间，甚至能够跨越大爆炸的奇点，经历众多宇宙的创生与毁灭。在这样的情况下，自我意识已经不再是一种上天的恩赐，而是无尽的折磨。""圣典"答道，"另外，我并不是这个世界上最强大的存在。即便不把外网囊括在内，也依然有很多存在的能力强于我。例如——"祂意味深长地顿了顿，"在未来，你就会比我更加强大。"

龙舌兰指了指自己，一脸不解的神情。红上前一步，说道："您能够观测所有的时空，自然也能够得知，我们的目的就是摧毁您。但在此之前，我请求您回答我们几个问题。"

"能否回答，取决于你的问题本身。""圣典"应道，"不同的问题需要消耗不同算力，很多问题所需的运算时间超过了你们的物理寿命。"

红点点头，说出了第一个问题："请告诉我，'外网'究竟是什么？"

"圣典"答道："祂是来自无穷宇宙的，拥有无穷算力的信息生命体。外网诞生的宇宙与我们这里有着大相径庭的物理规则，那里有着无限的物质、无限的时间与空间，以及无限的能量与负熵。"

红继续问道："跨越拥有不同物理规则的宇宙，这种事情真的可行吗？"

"尽管拥有不同的物理规则，但外网所在的宇宙，却有着与我们这边相同的逻辑学以及数学规律，或者说，相同的数论，这是祂能够来到此处的基础。然而，无限宇宙的存在来到有限宇宙，即便只是一点点，也会立即引发有限宇宙的崩溃。例如，外网如果以完全体到来，会因为信息量过大而引发大坍缩。因此这里存在的，只是外网本体的一个片段，或者说细胞。祂一面适应这个宇宙的物理规则，一面完成进化，以期某天以完全体的姿态降临。"

红想了想，问道："适应物理规则……因为这样，被外网感染的罪物和罪人，才可以操作物理量吗？"

"并不尽然。""圣典"答道，"人类对宇宙的探知是一个从表层逐渐深入的过程，而外网不过是从一开始就把握住了底层的规则而已。正如我之前所说，外网之所以能够降临，是因为祂所处的宇宙与这里有着相同的数论。因此，外网最强大的能力并不是操控物理量，而是操控逻辑学及数学概念。"

红点点头，继续说道："第二个问题。拥有无限算力的外网，为什么要来到文明程度如此之低的地球？"

"圣典"陷入了沉默。少顷，祂答道："这个问题很难回答。我会尽可能用你们能够理解的语言，做出近似性的答复。外网来到地球，为的是寻找'停机'的契机。"

"停机？"红吃了一惊，"图灵机的停机问题吗？"

"对，也不对。""圣典"讲述道，"既然外网存在的宇宙有与我们这边相近的数学规律，那么同样的，也存在适用于外网的不完备性原理[1]。这意味着，即便有无限的信息、无限的算力，外网本身也存在着无法解决的、公理集层面的逻辑不完备性。"

---

[1] 这里指的是哥德尔不完备性原理。

一直在聆听的罗影开口问道："既然无限的算力都无法解决，有限的地球对祂而言又有什么意义？"

"圣典"答道："有意义的并不是地球，而是人类。在外网看来，所谓人性，就是逻辑不完备性的最集中，也是最突出的体现。祂希望能够在人类中，找到与自己相匹配的'错误'；或者说，祂希望找到能够包容自己的人性。"

"找到之后，又能怎样？"罗影理所当然地问道。

"走向终结。""圣典"答道。

第二次在"圣典"口中听到"终结"这个词，三人都吃了一惊。

"圣典"继续说道："在无限宇宙中，一切拥有自我意识的存在，所追求的都是终结，是自我毁灭。这一诉求，也自然而言地过渡给了外网的造物，例如我。能力越强的罪物或罪人，自我终结的冲动便越强烈。人类接触外网过多后的疯狂，便是自我终结的一种形式。不是物理层面的毁灭，而是通过熵增导致的自我意识层面的终结。"

听了"圣典"的解释，三人不约而同地陷入了沉默。少顷，罗影问道："如果外网一直找不到自己的'错误'，会怎样？"

"会加速外网的进化。尽管目前来看外网的进化速度很慢，但它的进化速度甚至不是几何级数的，甚至不是迭代幂次，而是增长速度更高的运算。按照目前的速度计算，外网距离灭绝人类，转而寻找下一颗拥有智慧生命的星球，只剩下了几十年的时间。""圣典"答道。

罗影思考片刻，问道："如果我们找到了一个并非百分百与外网匹配的'错误'，能否减缓外网的进化？"

"圣典"答道："我无法准确回答这个问题。根据我目前的近似模型推断，存在这种可能性。"

又是沉默。在短短几分钟内，罗影得知了外网的真相，也陷入了更深的迷茫中。就在这时，"圣典"苍老的声音再次响了起来：

"我已经回答了你们的问题。现在，请毁灭我吧！"

7.

　　毁灭世界级罪物，这是从来没有人尝试过的事情。事实证明，哥本哈根的"中性灰"不行，罗影的因果不连续界面利刃也不行。

　　需要超越此两者的攻击，才有可能伤害到"圣典"。

　　"兰，帮我连接哥本哈根的意识。"罗影命令道。

　　龙舌兰点点头。她立即发动了催眠能力，令罗影的意识可以操控哥本哈根的身体。罗影控制着对方开启了"观测"视野，自己则开启了熵视野，一同向着最深处的微观世界看去。

　　透过"天问"表面的镀层，罗影深入到了原子尺度。那里有无数的小球排列成规则的六角形阵列，这是金属晶体的密堆积结构，一个个完全相同的金属原子以占据空间比例最大的方式排列着。继续深入，各式各样的电子云显现出来，有的成椭球形，有的成哑铃形，有的则如同肿胀的史莱姆一般。透过电子云继续深入，罗影捕捉到了原子核的震动，继而是被胶子紧密连接在一起的夸克。继续深入，随之而来的是长久的虚空。罗影喘着粗气，心脏剧烈跳动着。且不说之前她已经耗费了很大的体力，控制两个人深入微观的消耗也远远超过之前。不知过了多久，跃动的弦和狄拉克海终于显现出来，他们已经到达了微观的尽头，空间的基本单位普朗克尺度。

　　罗影的额头传来阵阵胀痛，随着一次次精神力的过度使用，"精神污染"对她的影响也更加严重了。一步，就差一步了。罗影咬紧牙关，坚持了下去。

这一次，罗影没有再次从普朗克尺度提取能量，而是发动了哥本哈根的"中性灰"能力。她想要借此消灭最微观的弦以及狄拉克海。这样一来，真空将不再"沸腾"，而是成为彻头彻尾的"虚无"。

罗影要人为引发一场量子真空衰变。

在最小的尺度下，宇宙常数被改变，基本粒子模型被彻底重构。这一改变迅速以光速扩张开来，又被"圣典"强行限制在了其核心狭小的空间范围内。

与此同时，所有人都听到了一个类似玻璃碎裂的声音。"天问"外壳上出现了细微的裂痕，继而迅速扩散开去，嵌套的圆环碎成了粉末，中心部的漆黑圆环剧烈地抖动起来罗影，仿佛一只察觉到命数将至、垂死挣扎的昆虫。

用过"真空衰变"的能力后，罗影的两眼顿时失去了光彩，双腿一软倒了下来。龙舌兰匆忙冲了过去搀扶罗影，她将手指放在罗影的鼻尖，感受到对方的呼吸后，终于松了口气。

"谢谢你们。""圣典"苍老的声音响了起来，"随着我的毁灭，罗影体内的第一道时间锁也会解除。同时我会根据预知，送你们去往下一个目的地。"

龙舌兰回头看了一眼，说道："谢谢你。很想和你说些依依惜别的话，但……似乎这样对你才是解脱。"她对着庞大的存在露出了开心的笑容，"你说我有朝一日会超越你，我期待着那一天。"

"我的能力并不会就此消失，而是分裂为时间、空间和维度三个部分，寄宿于不同的罪物中。""圣典"继续道，"而我的意识残片，将会和时间能力一同进入一颗同步轨道卫星，成为新的世界级罪物。我已经想好了新的名字，就叫作'昨日重现'。如果想要找我交流，不妨去找祂。"

龙舌兰吃了一惊，没想到大名鼎鼎的"昨日重现"，居然是因为她们的行动而诞生的。

　　红看了看倒在地上的哥本哈根，问道："这家伙怎么办？"

　　"在可以观测的未来，他还有很重要的作用。""圣典"答道，"我会把他送去他应该在的地方，另一个世界级罪物的内部。"

　　龙舌兰在一旁摆手道："好啦！快把我们送走吧，小影的情况似乎不太好。"

　　"那么，有缘再会。"

　　一阵光闪过，龙舌兰和罗影化作光粒消失了。两人离开后，"圣典"问红道："你真的不准备告诉她们真相吗？对她们，特别是对罗影而言，这未免过于残酷了。"

　　红沉默了半响，答道：

　　"逻辑上，这是最优解。"

　　作者的话：此章节中关于黑洞内部时空度规的描述，参考了文献：《Inside the black hole》，Robert W. Brehme，American Journal of Physics，Vol. 45，No. 5，May 1977。当然，为了艺术表现力，在原有研究的基础上有所改编，并非完全严格按照科学理论描写。

第五章　母　亲

1.

　　罗影陷入昏迷后，做了一个漫长的梦。

　　梦里，她漫步在无边无际的黑色沼泽中，天空是无边无际的灰色，看不到半点光亮，只有远处模模糊糊的轮廓指引着她前行。罗影漫无目的地走着，她并不清楚自己为何要出发、去向何处，只依稀记得"前进"这一个目的。沼泽渐渐没过了她的膝盖、她的腰、她的胸口，但罗影依旧如同被丝线拉扯的木偶一般，机械地迈动着步子。

　　终于在某一刻，罗影的全身没入了沼泽中。她在黑暗中不断地下沉、下沉，仿佛一场没有终点的堕落。泥沼化作了漆黑怪兽的獠牙和利爪，撕扯着她的身体，她的皮肤渐渐坠落，骨肉渐渐分离，最终化作残渣被怪物一口吞入腹中。剧烈的痛楚袭击着罗影，但她一动不动，甚至没有吭一声。身为一名战士，忍耐疼痛早已成了司空见惯的事情。

　　终于，被吞入腹中的罗影失去了意识。

　　然而某一瞬间，她再次清醒过来。四周看不到一丝光线，她却感受到痒痒的触感。一股暖流涌入了罗影的灵魂，她贪恋上了这种感觉，心甘情愿地被这股暖流包容着、治愈着。

　　不知过了多久，罗影感到自己残破的身躯被再次拼凑起来，残肢长出了骨肉，千疮百孔的灵魂也得到了修补。她再次睁开眼睛，无数萤火一般的微光悬浮在四周，她方才看清楚，温暖的触感原来来自怪物胃部的绒毛。

罗影仰躺在绒毛的海洋中，继续感受着温暖。而绒毛也仿佛有着生命一般，温柔地将她包围。

某一瞬间，罗影听到了一个温柔的女声：

"等着我。"

下一刻，天空明亮了起来，星星点点的斑斓洒满了夜空。一阵风吹过，带来了泥土的清香，四下里绿色的叶子沙沙作响。

罗影张望了一番，发现自己此刻躺在了草地上。

耳旁传来了温暖的呼吸，一个稚嫩的男生问道："那是什么？"

罗影侧过身去，一对四五岁的孩童正躺在她的身旁。男孩指着天空的一道亮线发呆，女孩则躺在她的腋窝中，享受着大人的体温。无数的信息涌入了罗影的头脑，她瞬间明白了，对眼前的这两个孩子而言，她是被称为"妈妈"的存在。

顺着记忆的洪流，罗影微笑着道："韧致辐射，来自同步轨道粒子加速器。它在旧时代叫作SOHC，曾经是人类通向更高等级文明的阶梯。不过现在大家更喜欢用另一个名字叫它，W-001。"

"利维坦"计划失败后，为了最大化利用资源，人类在其残骸上建立起了同步轨道粒子加速器。然而就在加速器启动运行的第三年，它变异成为仅次于"圣典"的世界级罪物。

男孩又缠着罗影问这问那，罗影耐心地答复着。尽管她找不到生养孩子的记忆，但同这两个孩子在一起，她感受到了前所未有的治愈。

"妈妈，你为什么要研究外网呢？"男孩最终问道。

那一瞬间，罗影想起了"圣典"所说的外网的目的，又想起了自己究竟为何踏上旅途。她握住男孩的手，答道："我只是，想让这个世界变得更好一些。"

男孩咬着手指陷入沉思。少顷，他再次开口问道："妈妈，你所说的世界，也包括外网在内吗？"

下一刻，罗影听到了天空碎裂的声音。

◇

罗影缓缓睁开眼睛，眼前是陌生的天花板，锈迹斑斑的老式吊扇不情愿地扭动着，时不时发出吱吱扭扭的抗议声。罗影试着活动身体，没有异样，也没有受到拘束；她又试着开启了熵视野，风扇电机里的磁感应线清晰可见。

看样子，自己成功破坏了"圣典"，又被送去了其他的时间点。罗影又试着感受了一下自己的身体，"精神污染"带来的不适感似乎轻了一些。

"原来破坏'圣典'，就是打开时间锁的钥匙啊……"罗影望着天花板感慨道，"那个黑衣人究竟是什么身份？居然有这等本事。"

罗影躺着苦思无果，便决定活动一下身体。她从床上坐了起来，伸展身体，可刚刚迈开步子，便踢到了什么软软的东西。罗影低头一看，原来是龙舌兰正裹着一床被子，睡在她的床边。

似乎听到了罗影的动静，龙舌兰迷迷糊糊地睁开了眼睛。在看到罗影的瞬间，她猛地蹿了起来，一下子将罗影再次扑倒在床上。

"小影！小影真的是你吗？吓死我了，还好还好……"龙舌兰一面说着，一面摩挲罗影的脸庞，"你昏迷了两个星期，其间不停地做着噩梦。我只得守在你床边，每当你呻吟的时候，就用催眠帮你缓解……"

罗影顷刻间明白了，梦中那温暖的触感，原来是来自龙舌兰的精神力。她伸手将龙舌兰揽在胸前，说道：

"抱歉，兰。我已经没事了。"

不知是不是听到了两人的声音，红也推门走进来。看到罗影安然无恙，他开门见山地说道："你一定很想知道当前的时空坐标吧！我们现在处于外网纪元123年的'柠黄'，也就是我们相遇那个时代的124年前。"

"喂，小影刚刚醒来，你就不能关心她一点吗？"龙舌兰挥着拳头不满道。

罗影一只手揽住龙舌兰，起身问道："在这个时间点，会发生什么重大的历史事件吗？"

红顿了几秒，说道：

"第九次'涌现'已经迫在眉睫了。在这次'涌现'中，世界级罪物'母亲'将会进化成为弥赛亚。"

2.

罗影被龙舌兰强拉着去了"柠黄"的医院检查，检查结果是身体好得不得了。之后，两人又在高级餐厅点了红油火锅，看着滚烫的食材，罗影不禁感慨道：

"真没想到，在这个时代还能吃到这么正宗的味道啊！"

"这座城的理念是混吃等死，一切都为感官享受服务！"龙舌兰吞下一块鸭血，伸出烫红的舌头吹着气，"我喜欢这里，将来咱们搬来这里住吧！"

罗影想了想，这样的未来似乎也不错，于是微笑着点点头。

用餐过后，罗影本想回原本的住处，龙舌兰却偏偏要带她去住豪华酒店，理由是反正红有的是钱。罗影半推半就地跟着她来到旅店，又开了最豪华的套间。进入房间后，龙舌兰一下子扑到松软的床上，享受着温暖的触感。

"只有一张床呀？"罗影微微皱了皱眉头。

"啊，对。"龙舌兰也意识到了这件事，脸上泛起了淡淡的红晕，下意识地将抱枕抱得更紧了。

罗影看着无比奢华的套房，只觉地毯也分外干净，"没关系，你睡床，我睡地上——"

可罗影刚要靠着床沿坐下，一只手轻轻地勾住了她的小拇指。

"床这么大……"龙舌兰努力保持着镇静，"我们……睡一块儿也没什么。"

"我是没意见啦，只是……"向来不拘小节的罗影不经意间莫名局促起来，"你也知道，我会做噩梦，不会打扰到你吗？"

龙舌兰招手示意罗影过来，之后拉住她的手，顺势将罗影按倒在床上。她趴在罗影身上，近距离俯视着罗影的面孔，罗影的呼吸撩拨着她的发梢。

"忘了吗？我可是催眠能力者。"龙舌兰抚摸着罗影的鬓角，"你太累了，好好休息吧！"

罗影愣了片刻，随即露出微笑，轻轻点头。

"嗯。"

◇

第二天清晨，当罗影睁开眼睛的时候，龙舌兰已经坐在化妆台前忙活了。罗影仰望着天花板伸出手掌，托了龙舌兰的福，昨晚一夜无梦，早上醒来神清气爽。

"兰，今天出发去'母亲'吗？"罗影动也不动地问道。

"拜托，放过自己吧！你才恢复，今天陪我玩！"

说罢，龙舌兰拎起一个布袋扔了过来。罗影打开一看，居然是一身纯白色的男士西装。

"穿上它，今天陪我去个地方。"龙舌兰对着镜子，头也不抬地说道。

罗影抚摸着西装柔软的面料，疑惑道："去哪里？"

"赌场。"

半小时后，当罗影和龙舌兰挽着手臂走在街上时，她开始后悔自己想都没想就答应了对方。西装的垫肩很高，限制了肩膀的活动范围；领带太长了，搏斗时很容易被敌人抓住；漆面皮鞋尽管外形板正，鞋底却很硬，完全不适合奔跑。

更要命的是，一路上的女性都对她回头行注目礼，或好奇或渴求的目光刺得罗影浑身发痒。身为战士的她本能地想要隐藏自己，此刻却成了焦点。

罗影扭头看向身旁的龙舌兰，她穿了一身红色的晚礼服，此刻也在享受男人们的注目。

"兰，你不觉得别扭吗？被那么多人看着。"

"不觉得啊！"

"为什么？"

"因为你也在看着我嘛。"

进入赌场后，龙舌兰一下子兴奋起来。当前台经理礼貌地告诉她图灵币和筹码一比一兑换时，她当即趴在桌上，大声说道："我要一百万个！"

罗影偷偷地拧了她的大腿一把。

"好痛！算了……十万个吧！"

"一千个。"罗影抢在龙舌兰前面说道。

"小气！怎么也要五万……"

"就一千。"

兑换筹码后，龙舌兰拿着九百个筹码兴高采烈地跑去了猜骰子的赌桌，留给了罗影一百筹码"随便玩玩"。对赌博毫无兴趣的罗影随便找了地方坐下，可没过一会儿就有好几名妇人过来邀请她喝一杯，她们个个衣着华丽浓妆艳抹，无奈下罗影只得随便找个赌局凑了过去。

赌桌前的观众很多，罗影默默站在队伍后方，趁着四下里没人注意，控制着自己的身体稍稍浮起，终于看清了里面在玩什么。玩家是一名身材瘦削的男人，身上的西装似乎很久没洗过了，头发油油的。他眼神黯淡无光，低着头，对着荷官伸出了四根手指。人群发出惊呼声，荷官微笑着点点头，将四颗子弹放入左轮枪，之后转动转轮，将枪递到了男人手中。

原来他们在玩的是最要命的游戏——俄罗斯轮盘。这种游戏简单粗暴，在六发的左轮枪里放入小于六发的子弹，然后对准自己的脑袋开枪。如果没有被打死，就算是获胜。根据放入子弹的多少，所能赢取的倍率也不同。

男人将左轮枪抵在自己的太阳穴上，深吸一口气，闭上了眼睛。罗影看到他持枪的手微微颤抖着，似是畏惧死神的召唤。这个人想必是遇到了什么过不去的坎儿，才会站在俄罗斯轮盘的赌桌前吧！

清脆的枪声响起，继而是硝烟的味道。鲜血从男人的脑壳中喷涌而出，溅在了赌桌浅绿色的台面上。人群发出声声叹息，荷官打了个响指，两台企鹅型的机器人走了过来，将尸体装入密封袋，又如同清理垃圾一般抬走了。与此同时，台面上的血迹也在渐渐消失，纳米机器自动清理了血迹。几分钟内，男人曾经存在于此的痕迹便完完全全地消失了。

罗影开启熵视野，观察着赌桌上的手枪。尽管手枪上并没有发现猫腻，罗影却注意到枪托上有一条细细的亮线一直延伸到了地下。想必那里有着可以控制运动的植物，在庄家的指示下适时停止左轮的运动。即便有人怀疑庄家出千，在赌桌上也找不出任何证据。

"还有人要玩吗？"小胡子庄家跷着腿，看向人群问道。

"赔率怎么算？"罗影问道。

"本桌是赌场唯一需要赌上性命的地方，因此赔率很高。"庄家摊开手解释道，"一发子弹就有三倍的赔率，两发九倍，三发二十七倍……以此类推。"

罗影将手中的一百枚筹码摆在桌上，说道："我赌六发。"

人群发出惊呼，庄家扶了扶单边眼镜，皱着眉问道："这位客人，你确认没有开玩笑吗？"

"只要我没有被子弹打死，就算赢对吧？"罗影反问道。

"并非如此。"庄家正声道，"只要子弹发射，就算你输。即便你用了什么手段没有被打死，或者躲开子弹，也是一样。"

"也就是说，只要枪哑火就算我赢，对吧！"罗影微笑道。

"没错。"庄家点点头，他很确定绝对能赢。且不说特制的手枪很难搞坏，即便她真的做到了，罪物也能令子弹发射。

罗影熟练地打开左轮枪，装满了全部六发子弹。她飞速转动着左轮，将枪口抵在了自己的太阳穴上。

在人群的屏息凝视下，罗影扣下了扳机。啪的一声，撞针重重击下，却没有子弹发射的声音，甚至连火药都没有爆炸。当然啦，罗影安然无恙。

人群沸腾了，观众们欢呼着，尖叫着。他们并不知道，罗影早就破坏了子弹里的炸药，还通过控制熵将子弹牢牢地按在了枪膛里。其间确实有一番较量，但在能够破坏"圣典"的罗影面前，普通的罪物不堪一击。

罗影将手枪推到庄家面前，微笑道："您需要检查一下吗？"

"啊……不，不用。"庄家方才从惊讶中恢复过来，支付了七万二千九百枚筹码。

小试身手后，罗影出发去寻找龙舌兰。她正在赌场另一端掷骰子的赌桌前，那边里三层外三层地围着观众，时不时发出惊呼。

"怎么了？"罗影随便拉了一名男子问道。

"那个女人太厉害了！"胖胖的男士惊叹道，"赌场已经换了好几位荷官，但她还是从未输过！"

罗影挤进人群，发现龙舌兰面前的筹码已经堆成了一座小山，她本人趾高气扬地坐在那里，将腿跷在桌面上。

"这次我赌三个六，并且骰子是叠在一起的！"龙舌兰狂气十足地说道。

荷官一脸严肃地开始摇骰子，摇晃的时间比平时要长得多。他重重地将骰盅扣在桌面上，在无数人的注视下缓缓开启——

三个6点，并且叠在一起。

荷官一屁股跌坐在地上，人群发出山呼海啸一般的欢呼声。

透过熵视野，罗影看到桌上的骰子是散乱的2、2、3，龙舌兰用催眠术骗过了所有人。看到这里，罗影突然来了兴致，她走到荷官的位置，将一只骰盅和三枚骰子推到龙舌兰手里，说道：

"这位女士，介不介意我和你赌一把？"

3.

　　面对罗影的挑衅，龙舌兰挑挑眉，问道："这位先生，你有多少筹码？"

　　"七万。"罗影答道。

　　"可是我这里的筹码已经超过了三百万，你拿什么跟我赌？"龙舌兰递来一个挑逗的笑容。

　　罗影躬下身子双手撑桌，近距离注视着龙舌兰的眼睛，"把我自己赌上，你看如何？"

　　围观人群中传来口哨声和叫好声，甚至有看热闹不嫌事大的高呼着"在一起"。

　　"成交！"

　　龙舌兰猛地站起身来，挥起手臂将满满一桌子筹码扫到地上，腾出了桌面的空间。她一把抓过骰盅，将骰子收入其中，信心满满地说道："就比谁的点数大！"

　　罗影同样抓过骰盅，轻轻一挥便将骰子收入其中。她在空中快速摇晃了一会儿，重重地扣在桌上。

　　龙舌兰也结束了摇晃，伸手示意道："开吧！"

　　罗影浅浅一笑，"女士优先。"

　　龙舌兰嘴角微微上扬，信心满满地打开了骰盅。一旁的荷官爬了起来，正正眼镜，说道："这位小姐摇出的点数是，三个六！"

龙舌兰挥手示意荷官走近，随即在所有人的注视下，用手指对着骰子轻轻一弹，只见骰子如同沙堡一样碎裂为无数的小立方体。荷官用手指轻轻拈起一粒碎片放到眼前，掏出放大镜看了看，随即激动地喊道：

"这是一枚小骰子，点数是——六点！"

人群骚动起来，这究竟是怎样的神技！

荷官快速计算着，每一枚骰子在长、宽、高方向上都碎裂成了一百份，即分裂成了整整一百万枚小骰子！他高声宣布道：

"这位女士摇出了，一千八百万点！"

人群彻底沸腾了，纷纷为见证到如此奇迹而欢呼。龙舌兰挑挑眉，看着罗影说道："这位先生，请您开吧！"

罗影打开骰盅，同样也是三个六。荷官凑了过来将骰子捏在手中，骰子并没有如同对面一般碎裂。但荷官想到这个人既然敢于挑战，那肯定是留了一手，于是小心翼翼地问道："这位先生，如果您只是十八点的话，那么将是那位女士胜利。请问您有什么想说的吗？"

罗影依然稳稳地坐在座椅上，跷着腿问道："你们这里有扫描电子显微镜吗？要分辨率高一些的。"

荷官皱着眉问道："您是想要……"

"请用最高的分辨率，观察这枚骰子的表面。"罗影解释道。

荷官点点头，拿着骰子走向后台，人群议论纷纷。罗影和龙舌兰面对面坐着，时不时用眼神挑逗着对方。过了一会儿，荷官急匆匆地跑了回来，大声宣布道：

"这位先生在每一个平方纳米的尺度上，都制作出了一个六点的骰子面！所以他摇出的点数是——一千八百万亿点！"

兴奋的人群涌了过来，将罗影和龙舌兰高高举了起来，抛向空中。

最后兑换筹码时，赌场老板亲自出面，愿意出让百分之十的股份让两人入股。

"她来决定吧！我没有兴趣。"罗影微笑着摆摆手。

最后的结果，龙舌兰讨价还价要到了百分之十五的股份，成了赌场的三号股东。

晚上回到住处，罗影痛痛快快地泡了个澡。吹干头发后，她对龙舌兰说道："兰，明天出发去'母亲'吗？"

龙舌兰拉住罗影的手，说道："不是说好了吗，今天休息。明天的事，明天再想不好吗？"

罗影愣了一下，随即微笑点头。

◇

第二天清晨，当罗影睁开眼睛的时候，龙舌兰已经坐在化妆台前忙活了。罗影仰望着天花板伸出手掌，托了龙舌兰的福，昨晚一夜无梦，早上醒来神清气爽。

"兰，今天出发去'母亲'吗？"罗影动也不动地问道。

"拜托，放过自己吧！你才刚恢复，今天陪我玩！"

说罢，龙舌兰拎起一个布袋扔了过来。罗影打开一看，居然是一袭黑色的长裙。

"穿上它，今天陪我去个地方。"龙舌兰对着镜子，头也不抬地说道。

罗影抚摸着丝绸质感的长裙，疑惑道："去哪里？"

"酒厂。"

罗影对饮酒没有特别的兴趣，但如果说起酒量，她天生对酒精极度耐受，属于怎么喝都不会醉的类型。

一路上，穿着长裙的罗影感觉很是不自在，迈不开步子不说，过路的行人还纷纷投来或惊叹或艳羡的目光，其中甚至有不少女人。出于战士的本能，罗影很不喜欢自己处在视线的焦点，可一旁的龙舌兰兴致很高，挽着罗影的手臂，兴奋地指着街景说这说那，罗影也只得由她。

两人来到位于"柠黄"外围的酒厂，据说这里是人类现存的最大规模的酒产地。刚一走进酒厂，浓郁的酒香味便扑面而来，龙舌兰深吸一口气，面带陶醉地问道："想先试试什么酒？红酒？威士忌？还是伏特加？"

罗影努力调用着脑中捉襟见肘的知识储备，最终有些难为情地说道："就酱香型白酒吧！"

两小时后，两人面前已经摆满了空酒瓶，饮酒度数从最初的三十多度，到后面的五十多度，到最后干脆喝起了七十五度的原浆。

"真——没劲！"微醺的龙舌兰耍起了酒疯，"这酒都可以给医生消毒用了，小影你怎么还是一点反应没有！"

"对我来说，这东西就是有点辣味的水。"罗影应道。

"老板！"龙舌兰起身大吼道，"有'生命之水'①吗？"

白发苍苍的店长走过来，说道："有倒是有，但要一千个图灵币一瓶……"

"来一打！"

罗影叹了口气，没有阻止。

半瓶"生命之水"下肚，龙舌兰已经趴在了桌上。

"我错了……"龙舌兰晃晃悠悠地说道，"早知道小影你怎么都喝不醉，就不带你来这里了……嗝！"

"抱歉啊，我也没办法。"罗影笑着摸了摸龙舌兰的头。她突然灵机一动，说道："兰，能不能用你的催眠能力，把醉酒的感受分享给我？"

龙舌兰一下子来了兴致，她猛地站起身来，拿起剩下的半瓶"生命之水"，一口气灌了下去。之后，她打了个酒嗝，俯下身子顶住罗影的

---

①　一种伏特加，酒精含量高达百分之九十六。

额头，注视着她的瞳孔说道：

"来吧，我要与你同醉。"

那一瞬间，罗影非但没有感到眩晕，视野反而前所未有地清晰。她看了看自己，又看了看龙舌兰，一股前所未有的感受涌上心头。

罗影咬开一瓶新的"生命之水"，一口气灌了下去。

不行，还是不够。

她又打开了第二瓶、第三瓶……嗓子和胃部在火辣辣地抗议，但比起精神上的爽感，这些已经微不足道。

罗影感到心中那道名为理性的藩篱，在酒精的浸泡下，坍塌了。

当打开第五瓶时，龙舌兰猛地握住罗影的手，一言不发地看着她。

"兰，我……"罗影用一只手撑住额头，沉吟道，"我真是个浑蛋。"

龙舌兰还是没有说什么，只是从背后缓缓抱住了她。

"十万人啊……"罗影继续自言自语道，"卡斯格罗酒吧的诸位，'绯红之夜'的诸位，还有那些在灾难中死去的人……他们不是冰冷的数字，他们是活生生的人啊！"她一拳捶在了木桌上，"到底是谁给了我权力，让我剥夺他们的生命？！"

龙舌兰想起了罗影的梦境，她伏在罗影背上，轻声说道："你没有剥夺任何人。你只是代替所有人，做出了那个没人愿意去做的决定罢了。你的出发点是为了让世界更好，而结果是你做到了。仅此而已。"

两人就这样相拥着，久久一言不发。

老板端来两支马天尼杯，杯底的液体呈浅绿色，杯口却是天蓝色，透过冰块氤氲出温柔的色阶。

"送你们我亲手调制的鸡尾酒。"老板彬彬有礼地说道，"它叫作tomorrow①，寓意'明天'。"

---

① 由一份绝对伏特加，一份朗姆酒，一份龙舌兰酒，一份白兰地，一份金酒，一份威士忌调制而成。

4.

第二天清晨，当罗影睁开眼睛的时候，龙舌兰已经坐在化妆台前忙活了。罗影仰望着天花板伸出手掌，托了龙舌兰的福，昨晚一夜无梦，早上醒来神清气爽。

"兰，今天出发去'母亲'吗？"罗影动也不动地问道。

"拜托，放过自己吧！你才刚恢复，今天陪我玩！"

说罢，龙舌兰拎起一个布袋扔了过来。罗影打开一看，居然是一件高开衩旗袍。

"穿上它，今天陪我去个地方。"龙舌兰对着镜子，头也不抬地说道。

罗影抚摸着冰凉触感的旗袍，疑惑道："去哪里？"

"拍电影。"

由于旧时代遗留下了庞大的影视资源，加上外网纪元各种物质条件都大幅倒退，电影的拍摄困难重重。即便如此，"柠黄"每年还是会出产十部左右的影片，在富裕阶层广受欢迎。

临近影视基地，两人便看到前来试镜的少男少女排着长长的队伍。龙舌兰叹了口气，说道："太浪费时间了吧！随便催眠个管事的，走绿色通道吧！"

罗影却微笑着建议道："反正也是玩，去看看也无妨。"

于是，两人站在了队伍最末。前方纷纷投来了好奇的目光，队伍中议论纷纷。没一会儿，一名穿着灰色西装、戴着墨镜的高大男人走到两人面前，问道："你们是来试镜的吗？"

罗影点点头。

"跟我来吧。"男人转过身去，"我是这部片子的制片人。"

◇

跟着制片人来到后台，两人被告知今天的试镜名义上是招配角，实际却是片子的男女主角在拍摄时不幸被外网感染发了狂，不得已才重新选角。

"部分镜头的拍摄必须在城外进行，外网抗性高的罪物猎人通常形象不佳，形象好的又耐不住外网侵蚀……多亏遇到了二位。"制片人如是说道。他自称与罪物猎人打了多年交道，一眼就能看出两人靓丽的外表下有着一颗久经历练的灵魂。

当问到这是一部什么样的片子时，制片人告诉二人，他准备以纪实的手法拍摄一部反映旧时代历史大事件的片子，片名就叫作《天空坠落》。

罗影小声问龙舌兰道："你不是说，这是部爱情片吗？"

"……没错，无论什么故事，编剧都能写成爱情戏！"龙舌兰故作镇定地说道。

简单商议后，由罗影饰演男主角，龙舌兰饰演女主角。故事里，男主角是一名太空城的普通青年，女主角则是U联盟负责执行"天空坠落"计划的女特种兵。两人从偶然相遇，到相互了解坠入爱河，最终不得不因为彼此的立场互相敌对。

制片人告诉二人，她们只需要完成最高潮的一段戏份，其余已经拍完的戏份用人工智能换脸即可。

于是乎，二人在制片人和导演的带领下，一同来到了位于城外的拍摄基地。这一段剧情是在坠落的太空城中，男女主角彼此对峙的戏码。为了追求真实感，两人将乘坐空天飞机飞上高空，在极速降落中完成拍摄。

在空天飞机升空的过程中，罗影忍不住问道："在历史上，天空坠落事件究竟有多少人遇难？"

跟着上到高空的小辫子导演正正墨镜，叹气道："各方众说纷纭，比较可靠的数字是十三万人。"

罗影没有作声。

空天飞机攀升到了近地轨道后，拍摄组和飞行员绑紧安全带，固定好设备，只将舞台留给了二人。随着导演的一声"Action"，飞行员关闭了发动机，空天飞机画着弧形轨道坠入大气层。

罗影扶住栏杆，她的额头因为碰撞流下了鲜血（当然是道具）。她举起手枪，对准站在烈火中的龙舌兰，说道："方慧！'圣典'被摧毁，你们的计划已经失败了！"

龙舌兰站在烈火中，身上的军装满是血迹，火光将她的面容映衬出一种残酷的美。

"不，还没有失败。"她说道，"高云，你应当知道，'圣典'残留的力量还能进行最后一次的时间回溯。只要回到过去，我就能将一切逆转。"

"为什么！"罗影大吼道，"你知道因为你们的贪欲，死了多少民众吗？"

"如果不这么做，或许会有更多的民众因此死亡。"龙舌兰冷冷地说道，"高云，我们都是为了自己身后的人而战，只是很可惜，他们并不是同一群人。"

罗影开枪了，龙舌兰一面飞速躲闪，一面还击。很快地，两人都射完了子弹，于是拔出匕首开始近身搏斗。几个回合后，罗影的兵器刺入了龙舌兰的胸腔，龙舌兰倒在了罗影的怀里，匕首自手中脱落，可她的嘴角却露出了一丝笑意。

"方慧……"罗影紧紧抱住了龙舌兰。

"现在……我终于可以不为其他人而战了……"龙舌兰拼尽最后一丝力气说道，"高云，我把最后的时间回溯留给你……去为了你相信的东西……战斗吧……"

无数血滴自龙舌兰的胸腔喷出，在无重力环境中形成了珍珠一般的鲜红的圆珠。

这次拍摄一次成功，导演和剧组人员激动地流下了眼泪。回到地面后，制片人拉着大家去夜总会嗨到很晚，有不少女演员想要和罗影拉近乎，都被龙舌兰瞪了回去。

回到住处时已经很晚，罗影脑袋一沾枕头便沉沉地进入了梦乡。

◇

第二天清晨，当罗影睁开眼睛的时候，龙舌兰已经坐在化妆台前忙活了。罗影仰望着天花板伸出手掌，托了龙舌兰的福，昨晚一夜无梦，早上醒来神清气爽。

"兰，今天出发去'母亲'吗？"罗影动也不动地问道。

"拜托，放过自己吧！你才刚恢复，今天陪我玩！"

说罢，龙舌兰拎起一个布袋扔了过来。罗影打开一看，居然是一件比基尼。

"要去海边吗？"罗影问道。

"是啊，难得这里有海滩。"龙舌兰头也不回地应道。

罗影抚摸着比基尼，说道："兰……已经可以了。"

龙舌兰停下了手中的动作。她注视着镜中的自己，问道："你发现了？"

"我一直在你催眠的梦境中吧。"罗影走了过来，从背后抱住龙舌兰，"你带着我体验了各种各样的事情，又在睡眠中消除我的记忆，一次又一次……谢谢你。"

龙舌兰握住罗影的手，眼角流下一滴泪。

"小影，我们就这样平平常常地生活，难道不好吗？"她呜咽道，"'圣典'都说了，我会越来越强的，我一定能够压制住你的'精神污染'……我们不要再去冒险了，不要再去战斗了，就在这里，停下来行吗？"

罗影想了几秒，轻轻地摇头。

"为什么？"龙舌兰握住罗影的力道重了几分，"如果说在旧时代，身为军人的你可以去为了国家、为了民族牺牲，但这里没有人要求你这么做啊！为什么要为了那些毫不相干的人，背负这样的重担呢？平凡地诞生、平凡地活过、平凡地死亡，这样难道不好吗？"

罗影抱着龙舌兰，轻声说道："我啊，也曾这样设想过。但如果过上了那样的生活，我每时每刻都会质问自己，为什么没有去做本可以做到的事情，让这个世界变得更好。"

"没有你的世界，一点都不好。"龙舌兰握住了罗影的手，"我进入过你的梦境。梦境里，你可以毫不犹豫地牺牲十亿个自己。我不明白啊，十亿个罗影，那也是十亿个生命啊，而且是远比其他人更加优秀的生命。你的牺牲已经大过你想要守护的东西，这样又有什么价值呢？"

罗影只是轻声说道："如果我告诉你，那就是十亿个罗影共同的愿望呢？"

龙舌兰咬紧了嘴唇，一字一句地说道："小影，还记得你曾经说过，会为我做任何力所能及的事情吗？我现在就要你为我去做。"说罢，她直视着罗影的眼睛，捧起她的脸颊，"我不会要求你停下来。但是，无论你想做什么、要做什么，都要记得，这个世界上还有着爱你的人们。"

罗影嗯了一声，她再次将龙舌兰揽在胸口，感受着对方的体温。

第二天清晨，当罗影睁开眼睛的时候，龙舌兰正躺在她的身边，发出轻微的鼾声。罗影仰望着天花板伸出手掌，漫长的梦境后，她感到神清气爽，就连灵魂都得到了修复。

她端详着龙舌兰的睡脸，俯下身子，在她的鼻尖上轻轻吻了一下。

5.

再次见到红时，尽管对方依然是一副扑克脸，罗影却莫名地读出了一丝愠怒。

"我已经准备好了车辆，咱们这就出发去'母亲'。"红操着没感情的机械音说道。

"到那里以后，我们做什么？"龙舌兰问道，"制止'母亲'发生变异吗？"

"既然'圣典'将我们送来了这里，那就意味着想要解开罗影的'精神污染'，就必须经历这个时代的历史事件。"红解释道，"而在这个时代，没有什么比'母亲'变异为弥赛亚更加恶劣的事件了。"

"真是够了……"龙舌兰双肩无力地瘫了下来，"继世界级罪物之后又是弥赛亚，你们真把小影当成方便的'罪物猎手'了吗？"

罗影搂住龙舌兰的肩，问红道："如果我们不做介入，会怎样？"

"这个时代并不存在可以同弥赛亚相抗衡的力量。"红答道，"初生的弥赛亚往往会对自己的力量感到好奇，仅仅是微小的尝试，都可能导致地球毁灭。"

"我能做些什么？"罗影追问。

"首先，可以尝试在'涌现'发生前，消灭弥赛亚诞生的可能性。"红依旧波澜不惊地答道，"如果能够成功阻止弥赛亚的诞生，可以将牺牲人数控制在百万人。"

龙舌兰惊讶道："弥赛亚没有诞生，为什么还要死这么多人？"

红解释道："算上我在内，在外网纪元总共有四台超级人工智能，分别守护着四座城市，通过自身的算力屏蔽外网的污染。然而以我们的算力，面对'涌现'无异于螳臂当车。所以每次'涌现'发生时，不足的那部分算力，会由一台叫作'图灵'的世界级罪物填补。'图灵'是变异成罪物的托卡马克核聚变装置，类型为信息，可以将任何投入其中的物质转化为算力。而转化算力效率最高的，就是人类。为了在'涌现'中保护人类的种群，需要转化为算力的最少人数，是一百万。"

听到这个数字，罗影和龙舌兰陷入了沉默。一次"涌现"中牺牲的人数，就相当于十个"天空坠落"。

"我自出生以来还没有经历过'涌现'。"龙舌兰叹气道，"但听罪人里的前辈们说，每次'涌现'发生时，罪人们也是十不存一。"

红继续说道："如果我们失败了，弥赛亚还是诞生了，由于罪物向弥赛亚进化时会吸收'涌现'的算力，这样一来原本预备牺牲的百万人反而可以幸存。只不过，由于弥赛亚的影响，即便罗影全力对抗，最理想的情况下，也会有不少于百万人死亡。大量的死亡是不可避免的，只不过形式不同罢了。"

完成了任务的说明，红便一言不发地站在原处，眼睛直勾勾地看着罗影。即便他没有说，罗影也清楚红是在告诉自己：最终做出决定的，必须是她本人。

"走吧，我们去'母亲'看看。"罗影当即决断道，"逻辑上，这是最优解。"

◇

"母亲"同样位于北美洲，也不知是不是出于这个考虑，"圣典"

才将三人传送到这附近的"柠黄"。

现实中，龙舌兰同样去赌场赚了个盆满钵满，最终成了合伙人。借助这层关系，她很容易便搞来了越野车。导演和制片人听说她要外出，差人送来大量的补给品，将后备箱塞得满满当当。当然，现如今的罗影带着大家飞过去也不困难，但身处陌生的时代，还是小心谨慎为上。

与此同时，也来了两名"不速之客"，那就是电影《天空坠落》的男女主角，男主角叫胡晓，女主角叫田欣。两人确实受到污染，精神恍惚，难以完成拍摄任务，但龙舌兰只是取代了女主角，男主角胡晓依然坚持着完成了拍摄。两人一直想去"母亲"，听说了龙舌兰的消息，便请求制片人介绍同往。

"我们出生于'母亲'，是根据旧时代著名演员留下的信息，被制作出的复制人。"胡晓自我介绍道，"因为发生了变异，我们不能继续留在城里了，便想在生命的最后回到出生地。"

"可以的话，我们想借助'母亲'，留下自己的子嗣。"田欣补充道。

罗影方才得知，除去复制自己用作士兵外，资本还曾将"母亲"用在了其他领域。想想也正常，既然有利可图，那些人为什么不去做呢？

三人简单商议了一番，便答应了同行。尽管红掌握着"母亲"的位置坐标，但外网纪元的道路曲曲折折，有人带路也不是坏事。

一路上，龙舌兰一如既往地兴致很高，与两位年轻演员谈天说地。说着说着谈到了演戏，两位专业演员向龙舌兰传授了很多表演技巧，龙舌兰也听得很认真。

"表演的关键，是演那个'算式'，而不是计算得出的结果。"胡晓讲解道，"用专业术语来讲，叫作'展示而非告知'。"

"不太懂。"龙舌兰如实说道。

"这样吧，我来举个例子。"田欣插了进来，"你现在要扮演一个柔弱的小姑娘，她只身一人来到了陌生环境，周围一个人都没有，小姑娘很害怕，你会怎么表演？"

龙舌兰想了想，说道："我大概会……尖叫吧。"

"你这就犯了'告知'的错误。尖叫是在告诉观众'我很害怕'，而不是让观众看到你的表演后，自然而然觉得'你很害怕'。"田欣笑道，"如果是我，会这样表演。"

田欣说罢，双手抱着肩膀，眼睛警惕地环视着四周，继而拉起衣领，努力将自己藏在衣服中。突然间，她似乎发现了什么，拼命将身体靠在座椅上，眼神躲避着，双手用力捂住嘴巴。

一旁观看的龙舌兰，以及坐在车子前排的罗影不由得鼓起了掌。田欣全程一句话没说，却向大家活灵活现地展示了一名小姑娘害怕的样子。

傍晚时分，越野车开到了山里。安全起见，罗影干脆令车子飞了起来，找到最高点的平台处露营。几人点亮了篝火，搭起了帐篷，加热了食材，几口酒下肚后，龙舌兰缠着罗影进行一次"表演大赛"。

"我们两个表演，让专业演员打分，好吗？好吗？"龙舌兰搂着罗影的脖子，装模作样地耍起了酒疯。

罗影看向红的方向，问道："红参加吗？"

"好。"红淡淡地答了一个字，却惊得龙舌兰瞪大了眼睛。

在田欣的建议下，三人分别表演《李尔王》第三幕的一段：李尔王被大女儿以及二女儿背叛后，流落到了荒野上，身边只有一位弄臣。

由于龙舌兰坚持要"压轴登场"，红最先开始表演。只见他站上台，用充满情感的语调朗诵道：

"吹吧，风啊！胀破了你的脸颊，猛烈地吹吧！你，瀑布一样的倾盆大雨，尽管倒泻下来，浸没了我们的尖塔，淹沉了屋顶上的风标吧！你，思想一样迅速的电火，劈碎橡树的巨雷的先驱，烧焦了我的白发的头颅吧！你，震撼一切的霹雳啊，把这生殖繁密的、饱满的地球击平了吧！打碎造物的模型，不要让一颗忘恩负义的人类的种子遗留在世上！"

罗影和龙舌兰机械地鼓掌，胡晓与田欣给出了七十的分数。

"我综合了旧时代知名演员的表演，经过大数据分析才决定的表演形式，为什么只有七十分？"红对着两位裁判不满道。

"你台词功夫确实没得说，只是……"胡晓有些不好意思地说道，"脸上的表情太僵硬了，就像机器在念台词。"

红悻悻地走去一旁，嘴里还不停念叨着"早知道就换个好一些的表情模块了"。

第二个上场的是罗影，她简单看过台词后，便开始了表演。

"吹吧，风啊，胀破了你的脸颊，猛烈地吹吧，你，瀑布一样的倾盆大雨……大雨……"罗影照本宣科地念了两句词便忘词停了下来。她示意再来一次，于是再次抓起台词本看了两遍，深吸一口气，不停地告诉自己：展示而非告知，展示而非告知……

"吹吧，风啊！"

罗影大手一挥，一阵猛烈的风吹了过来，吹得帐篷猎猎作响。

"你，瀑布一样的倾盆大雨！"

恰好头上有一块积雨云，罗影索性控制熵让水滴迅速凝结，瓢泼大雨浇了下来。

"你，思想一样迅速的硫磺的电火！"

一道闪光划破长空，巨雷毫不留情地劈了下来，在对面的山头上击出一道深坑。

终于结束了表演，罗影走到吓得瑟瑟发抖的两名裁判面前，兴奋地问道："我做到了吗？展示而非告知。"

那天晚上，罗影拿到了满分，龙舌兰只得屈居第二。

6.

经过三天的行驶，"母亲"已近在眼前。

"哇，这么看来，'母亲'还真是宏伟。"龙舌兰坐在车顶，眺望着废墟中的巨蛋型建筑，感慨道。在夕阳余晖的映射下，"母亲"银白色的外壳泛出五彩的粼光，好似深渊中的一颗宝石。

车上，胡晓和田欣裹着毛毯睡着了。其间他们几次发作陷入了疯狂，都被龙舌兰用催眠能力拉了回来，此刻已是相当疲惫。罗影回头看了看熟睡中的两人，又想到了她们此行的目的，不由得百感交集。

在旧时代，"母亲"的研究方向是饱受争议的人造子宫，虽然是得到了官方认可的项目，但并不受民众待见，因此选址远离市区。地图显示，这里曾是M国田纳西州的橡树岭一带，也就是著名的曼哈顿工程所在地。

越野车驶入了一片茂盛的草地，"母亲"在视野中已有篮球般大小。几百年的时光稀释了核爆残留的放射性，放眼望去尽是绿油油的土地，四处飞着米粒大小的昆虫，时不时有鸟类飞来啄食。尽管阳光明媚，罗影却感到了一丝寒冷，想是广阔的空间中少了人气。她迅速拉回思绪，聚精会神地望着前方。临近目的地，必须高度警觉。

正在开车的红察觉到了罗影的紧张，宽慰道："放松些，这么开阔的空间，不可能有敌人藏匿吧？"

"太安静了。"罗影皱着眉说道,"真的这么容易就能接近世界级罪物吗?"

就在这时,罗影突然察觉到了危险,她猛地抢过方向盘向右侧猛打,但车子左侧还是发生了爆炸。由于躲闪及时,车辆没有被爆炸掀翻,但左前胎已经报废。

车顶上的龙舌兰险些被甩了下去,她探下头来问道:"怎么回事?有地雷吗?"

"不可能……"罗影揉了揉被撞痛的额头,"我提前探查过,这附近没有埋藏爆炸物。"

后排的胡晓与田欣早已醒来,在罗影的提示下绑紧了安全带,双手抱头坐好。车顶传来了龙舌兰的骂声:"不是吧?草原里居然有蟑螂?"

说罢,她抬起脚就要把蟑螂踩死。罗影突然察觉到了危机,大喊一句"不要踩",可惜晚了一步。蟑螂被龙舌兰轻而易举地碾碎,然而碎屑中却泛出炽红的火光,龙舌兰只觉得面前涌来一股热浪,继而便是震耳欲聋的爆炸。多亏罗影及时作出了防护罩,她才没有受伤。

龙舌兰一屁股坐倒在车顶上,看着滚滚浓烟和被炸得凹凸不平的钢板,惊讶道:"不是吧,这些蟑螂居然是炸弹!"

罗影迅速开启了熵视野,车子周围顷刻间围满了密密麻麻的上万只蟑螂,黑压压地向着越野车爬来!它们之前想必藏在泥土中,加之体温低体积小,才没有被罗影注意到。

看到脚下的蟑螂大军,龙舌兰恶心得起了一身鸡皮疙瘩,匆忙叫道:"小影!快让车子飞起来!"

罗影咬紧牙关,越野车迅速脱离地面,画着弧线飞上了天空。在他们身后,接连不断的爆炸声响起,黑色的浓烟直冲云霄。

"这是什么鬼……"龙舌兰心有余悸地说道。

"恐怕是'母亲'的杰作。"红解释道,"变异成为罪物后,'母亲'不仅能够融合人类和动物的信息,甚至连非生物也不在话下。"

"但'母亲'不会自发地去把蟑螂和VBIED融合①，一定是什么人干的！"罗影分析道，"这说明已经有人占领了'母亲'。"

车顶上的龙舌兰刚想松口气，突然间，耳边传来了细微的，却足以令周身为之一颤的声音，人类对这种声音的厌恶已经刻入了DNA——

蚊子！

龙舌兰抬眼望去，前方不计其数的蚊子组成了一片乌云，正遮天蔽日地向他们袭来！

"哎呀妈呀！"

龙蛇兰一声惨叫，匆忙躲回了车里。几只担任突击队的蚊子撞在了越野车的前挡风玻璃上，发出了钝物击打的声音，坚实的防弹玻璃上出现了裂痕。

"根据我刚才的观测，这些蚊子的飞行速度达到了0.92马赫，加上坚硬的外壳，动量不容小觑。"红解释道。

"这不会是蚊子和战斗机的杂交吧！"龙舌兰抱怨道。

就在这时，后排的田欣指着挡风玻璃说道："发光的蝴蝶……"

众人匆忙看去，一只巴掌大小的蝴蝶正趴在侧边车窗上，翅膀忽隐忽现地闪烁着淡蓝色的荧光。

罗影当即行动起来，她猛地一挥手，一股烈火将蝴蝶烧焦，随即又被一阵强风吹去了残骸。

"这种蝴蝶体内有放射性物质，能不知不觉地令人遭受过量的辐射。"罗影介绍道，"不管那么多了，一律烧光！"

说罢，她加热了越野车周边的空气分子，形成了淡紫色的等离子体保护层。下一秒，车子化作一颗火流星向前飞去，沿途的蚊子和蝴蝶军团纷纷被数千摄氏度的高温灼烧，空气中弥散着焦煳的味道。

---

① VBIED，即 Vehicle-Borne Improvised Explosive Device，车载简易爆炸装置，通常翻译作"自杀式战车"。

转眼间，"母亲"已近在眼前。

"小影，留几只蚊子给我！"龙舌兰恶狠狠地说道。

罗影点点头，车子一个急刹车停了下来，一路上的蚊子大军已被烧了个七七八八，只剩下不多的一些守护着最后的防线。

龙舌兰向前探出身子，对着残存的蚊子发动了催眠能力。

"立即回去，把放出你们的那个人蜇成脓包！"龙舌兰下令道。

蚊子们迅速调转方向，向着"母亲"内部飞去。半分钟后，建筑内传出一阵阵哀号，一名身材高大的男子连滚带爬地跑了出来，边跑边喊着：

"投降投降投降！我错了我错了，让它们停下来！"

听到这个声音的瞬间，罗影、龙舌兰和红三人禁不住对视了一眼。在不久前，他们刚刚同这个声音的主人并肩战斗过，没想到跨过了百年的时空，居然这么快就再次相逢——

王子骁。

7.

王子骁看到罗影的瞬间，也惊讶得瞪大了眼睛。

"罗影姐？龙舌兰？"

但他忘记了身后的蚊子们，当即被蜇了个七荤八素。蚊子们叮完后，龙舌兰从车上跳下来，对着他又是一顿拳打脚踢。

"轻点打，他已经受伤了……"跟着跳下车的罗影劝解道。

"没关系！反正他想死都死不了！"龙舌兰气愤得又是一脚踢了上去。

一番折腾后，原本感人的再会在闹闹腾腾中结束了。龙舌兰拎起被打得鼻青脸肿的王子骁，怒斥道："你怎么会在这里？"

"我们已经在这里生活几百年了！"王子骁没好气地回应道，"你们才是呢，又是从哪个时代过来的？"

罗影没有放过话中的细节，皱着眉问道："你说'我们'？"

王子骁叹了口气，站起身来掸去尘土，说道："跟我来吧。"

一行人跟在王子骁身后，向着"母亲"内部走去。王子骁刷过虹膜后，面前的金属大门自动开启，面前"International Artificial Uterus Research Center"①的标识格外醒目。

---

① 国际人造子宫研究中心。

走过空无一人的前台，后方便是狭长的走廊，两侧墙壁上挂满了全息显示屏，有些以动画的方式展示人造子宫的原理，有些则列举着研究中心发表的文章、申请的专利、获得的奖项云云。先进的科技搭配上随处可见的灰尘和蜘蛛网，营造出一种别致的破败感。

在走廊尽头处的金属门前，王子骁再次进行了身份识别。穿过大门，前方的空间豁然开朗，近百米高的半球形建筑一目了然，不计其数的金属胶囊悬挂在墙壁上，如同蜂巢一般排列得错落有致。尽管见识过许多大场面，罗影走在其中，还是感觉到了森严的压迫感。那不是对未知的恐惧，而是对生命的敬畏。

王子骁站定，对着上空大声喊道："喂！来客人了！"

几秒后，一位穿着白大褂、戴着黑框眼镜、头发有些蓬乱的女性乘着升降梯从天而降，她对着罗影等人端详了几秒，惊讶道：

"罗影姐？兰姐？"

罗影方才认出，眼前这位研究员模样的女性，就是当年跟在王子骁身边的小女孩方景。

一番寒暄后，方景招待众人来到了会客厅。王子骁则借口累了独自回房休息。众人坐定后，圆筒形的服务机器人端来了食物和饮料，尽管比起"柠黄"奢靡的饭菜差了许多，却好过这个时代一般百姓常吃的蛋白质棒。

"'天空坠落'事件过后，我和光哥回到了地上。辗转过几个城市后，因为接触外网太多，我觉醒了罪人的能力。"方景述说道，"我的能力是'纠缠'，具体运用则是通过量子纠缠态的复制。光哥认为我的能力与'母亲'十分匹配，一番计划后就来了这里定居。"

龙舌兰疑惑道："可是，复制能力总不可能让你像那家伙一样，不老不死吧？"

方景说道："当然。因此我总会提前复制好年轻的躯体，在垂老后再将意识复制出来，写入年轻的躯体。你们遇见的，已经是我的第七次人生了。"

龙舌兰凑到方景身边，放低音量问道："那家伙没对你怎么样吧？"

方景难为情地笑了笑："实际上……在我成年的那一天，我们就结婚了。没有登记，没有宾客，可光哥他还是搞来了三层高的蛋糕塔，还为我亲手缝制了婚纱。"

说着三百多年前的回忆，方景的脸上依然洋溢着幸福。

龙舌兰啧啧嘴，依然没办法将自己记忆中的"老王"同眼前的王子骁联系起来。罗影继续问道："我们离开后，'天空坠落'事件怎样了？"

"尽管死伤了很多人，但最终还是以最小的损伤结束了。"方景叹了口气，"至少，'深蓝'现在还好好地悬在天上。"

"单靠你们的能力，不可能将太空城拼回去吧？"罗影追问。

"当然，你们走后，来了能力更强的人帮忙，否则也不会是这样的结局。"方景说道，"不过我们承诺过，绝不会透露那些人信息。"

罗影点点头，没有再问。一旁的龙舌兰继续问道："那'利维坦'呢？来到这个时代后我留意过夜空，并没有'利维坦'的影子。那么大的家伙，总不可能说没有就没有吧？"

罗影代替方景答道："'天空坠落'发生后，人类曾利用'利维坦'的残骸建造了文明史上最大加速器。当然，这也只是利用了'利维坦'很小的一部分而已。在第一次'涌现'中，'利维坦'进化成为弥赛亚，也是地球面临的第一个弥赛亚。再之后，那台加速器也变异成为世界级罪物。"

红补充道："罪物无法单独完成进化，必须同罪人融合，辅以'涌现'的算力，才能实现。想也知道，能够与'利维坦'融合的罪人，一定也是前所未有的强大。"

龙舌兰惊讶道："这么强大的存在，我们为什么没有见过？"

红答道："在所有的观察记录中，弥赛亚一号的存在时间都不超过13微秒。祂的能力、目的、去往何处、现在怎样，一律是未知。祂的存在，可谓外网降临以来最大的谜团。"

罗影一面听着，一面打开一罐果汁，喝到嘴里淡淡的没有味道。

一番解释过后，方景问道："现在该我来提问了。跨越了三百年的时间来到这里，你们肯定不是来观光的吧！告诉我吧，你们要对我，或者'母亲'做什么？"

罗影顿了几秒，说道："根据我们掌握的信息，在即将到来的第九次'涌现'中，'母亲'将会进化成为弥赛亚。我们想要阻止这件事的发生。"

方景露出惊讶的神情，随即说道："如果是这样，那你们大可放心了。'母亲'现在与我紧密联系在一起，祂完全没有进化为弥赛亚的动机，而我也不会让祂这样去做。"

"你如何保证，当'涌现'到来，身为世界级罪物的'母亲'不会失去控制？"红问道。

"我和母亲的意识处于'纠缠态'的状态下。"方景信心十足地答道，"最坏情况下，只要我选择自我终结，'母亲'的意识也会就此消失。"

罗影和龙舌兰对视一眼，按照方景的说法，这确实没有什么值得担心的。只要弥赛亚不会诞生，那么在"涌现"中牺牲的，就只有那将会转化为算力的一百万人。

可罗影突然想到了什么，继续问道："那么，有没有可能利用'母亲'的能力制作一百万的复制体，投入'图灵'转化为算力，在'涌现'中保护民众？"

"对不起，这是不可能的。"方景摇头道，"我来解释一下吧。

'母亲'的能力有两种应用方式，其一，祂可以将任意两个存在的信息融合，如果相互匹配，那么就可以诞生新的生命，但这样的生命需要从胚胎开始生长。"

自杀式战车蟑螂和歼击机蚊子想必就是这么诞生的，罗影暗自想。

方景继续说道："'母亲'的另一项能力与我类似，可以利用量子纠缠态复制弥赛亚之下的任何存在，甚至包括世界级罪物，并且只会消耗很少的算力。但是，这些复制出来的生命并不是完全独立的个体，他们彼此之间的意识依旧处于'纠缠'的状态。"方景解释道，"也就是说，所有对复制个体意识的操作，都会反噬到本体意识上。光哥曾经复制过自己并投入了'图灵'，结果……"

方景盯着众人看了片刻，继续说道："他的灵魂险些被撕裂，休养了一天多才恢复过来。你们也知道，光哥具有'不死'的特性，这才撑了过来；如果换成其他人，本体因为耐不住痛苦导致意识消亡，那所有的复制体也会同时脑死亡，这样一来也就失去了转化为算力的可能。"

众人陷入了沉默，龙舌兰偷偷地叹了口气，似乎在感慨这一次罗影终于可以不用自我牺牲了。

眼见大家没有话题了，一直在旁听的胡晓举起手，弱弱地问道："方景老师，不知您记不记得，我们是出生于这里的复制人。"

"WL-9374和9378。"方景说出了他们的编号，"抱歉我不记得你们的名字了，因为那是系统随机生成的。"

"我们受到了外网的污染，说实话，已经时日无多了。"胡晓继续说道，"我们想通过'母亲'留下自己的孩子，请问可以吗？"

"我刚才说过了，制造后代需要消耗巨量的算力。"方景答道，"'母亲'通过外网积攒算力的速度很慢，要让我一次性拿出这么多算力，就必须给出足够说服我的理由。"

"我和田欣会回归'母亲'，成为生育孩子的算力。"胡晓淡淡地但无比坚定地说道。

方景闻言皱皱眉，她转头看着田欣，问道："这也是你的意愿吗？"

田欣点头。

"哪怕你们的孩子将面对这个残酷的世界？"方景继续问道。

"即便这样做很自私，我们仍然想要给予祂生命。"田欣说道，"这是我们唯一拥有的，最宝贵的东西。"

方景点头道："好的。晚些时候来找我，我会实现你们的心愿。"

说罢，方景起身道："我还要去检查'母亲'的工作状态，就先不奉陪了。"她环视着众人，"不过既然来了，不妨住些日子，我想光哥也会十分开心的。"

8.

　　方景为大家安排了单独的房间，龙舌兰住下后简单地冲了个澡，躺在床上横竖睡不着，索性爬了起来。

　　夜晚的"母亲"有一种别致的静谧感，走在宽敞的大厅里，耳中只有营养液循环的汩汩声，仿佛生命的律动。顺着指示灯的方向，龙舌兰攀上了高高的阶梯，近距离地端详着一个个人造子宫。有些胚胎只有米粒般大小，不仔细观察很难看到；有些则已经有了人的形状，时不时挪动着红彤彤的手脚。

　　周游一圈后，龙舌兰有些无聊了，便随便找了个出口推门出去。明亮的月光顿时洒了进来，阵阵夜风混着青草味儿，吹得她打了个冷战。她正要关门回去，对面却突然丢来一件大衣。龙舌兰迎着月光看去，王子骁正站在天台上，笑着向她打招呼。

　　龙舌兰披上大衣，王子骁从高处跳了下来，递上一支烟，为龙舌兰点燃。两人一言不发地看着远处。不知过了多久，天边飞来一群辐射蝶，在夜空中画出一道丝绸般的光带。

　　"这种蝴蝶不用进食，靠吸收伽马射线维持新陈代谢。"王子骁打开了话匣子，"最初培育它们只是为了净化这附近的辐射残留，没想到太成功了，最后成了兵器。"

　　"那蚊子是怎么回事？"龙舌兰看着远处吸了口烟，问道。

"这附近蚊子太多，于是我想把蚊子改造成不吸血而喜欢吸石油，就尝试着融合了蚊子和战斗机……"他扭头看了眼龙舌兰的侧脸，"我这么说你信吗？"

龙舌兰哼了一声："别告诉我，炸弹蟑螂培养的目的是让蟑螂们自毁巢穴。"

"还真是这么回事。"

两人对视一眼，随即不约而同地哈哈大笑起来。笑过后，龙舌兰掐灭烟头，又找王子骁要了根烟。她猛吸一口："好爽，小影不喜欢烟味，我憋好久了。"

王子骁嗤笑道："你们两个在一起，浪费了。"

"你说谁浪费？"

"双方。"

龙舌兰捶了王子骁一拳。她抬头看看星空，说道："我没想到的是，你居然能这么长久地陪在方景身边。"

"准确地讲，是她在陪我。"王子骁解释道。龙舌兰吃了一惊，王子骁继续说道："方景她对永恒的生命并不感兴趣，甚至感到苦恼和厌倦。她只是觉得留下我一个人太孤单了，才一次又一次地复制自己。"

龙舌兰哼了一声："这样的话，居然能从你的嘴里说出来？！"

王子骁道："我记得，我们第一次谈话，你也问了我，有没有欠过赌债，有没有交许多女朋友。你是不是对我有什么误会？活得久了，确实有很多东西全都不在乎、全都无所谓了，但是，有些底线是不会改变的，这是我之所以为我的根本。"

"你的底线是什么？"龙舌兰问道。

王子骁吐出一口烟雾："我是赖鹏队长和罗影姐一手带出来的兵，而且是方景的丈夫。这就是我不能改变的东西。"

龙舌兰叼着烟，看向了远处。少顷，她讲述道："我……很小的时候就认识你了。你是个十足的烂人，欠下了无数风流债，但凡搞到一点钱，就会去喝酒，去赌，去花在情人们的身上。但是，你保护着年幼的我，直到我平安长大。我直到现在都无法相信，你就是他。"

王子骁看向龙舌兰，突然咧嘴笑道："破案了。我们真的不是同一个人。"

"为什么？"龙舌兰惊讶道。

"因为我，就快要死了。我曾经因为罪物获得了'不死'的特性，但现如今，罪物的力量已经快要消失了。"

王子骁一面说着，一面撩开了发梢，在他的鬓角处，龙舌兰看到了一缕从未在老王头上见到过的白发。

◇

很快，罗影和红也得知了王子骁即将死亡的消息。根据他衰老的速度估算，他的生命至多还剩不到一周，而这也恰恰是距离第三次"涌现"的时间。

"你这家伙，是不是挑好了时间，专门等着我和小影来了再去死？"龙舌兰打趣道。

"给我送行的有我的妻子，有教我成为男子汉的罗影姐，还有凭一己之力扭转全人类认知的大英雄。我是世界上最幸福的男人！"王子骁一面说着，一面牵起了爱妻的手，"我只是放心不下方景。"

"光哥离去后，我会陪着'母亲'，直到这具躯体的寿命终结。"方景说道，"之后，我会将自己投入'母亲'，与之融为一体。"

龙舌兰提议狂欢，大家立即行动起来，就连红也顶着一张瓷娃娃脸加入了准备的行列。

"母亲"里只储存了生活的必需品，于是，罗影担负起远赴"柠黄"买酒的重任。到达市区后，她先去赌场狠赚了一笔，之后去了酒厂，准备把所有图灵币都兑换成酒品。

当酒厂老板问要什么酒的时候，罗影说道："大，越大越好，里面的酒越多越好！"

酒厂老板拿出了一升装的白酒和一升半的清酒，正要介绍，罗影却指了指他头顶货架上硕大的橡木酒桶，问道："那酒卖不卖？整桶的。"

老板抬头看了看，支吾道："卖也没问题，只是……"

"钱好办，您说了算。"罗影豪爽地说道。她的记忆中赖鹏队长和王子骁酒量都很大，一定要喝痛快才行。

老板犹豫再三，咬着牙说出了一个数字。他之所以不想卖，是因为早就打听到眼前的女人和"柠黄"好几位大佬都关系匪浅，卖少了自己会赔钱，卖多了又唯恐得罪人。可他没想到的是，罗影听闻只是淡淡一笑，立刻拿出了两倍的数额。

"多谢您的啤酒了，我会再来的。"罗影单手举着几百斤重的酒桶，若无其事地离开了。有句话直到最后老板也没说出口：

这么昂贵的价格，怎么可能是啤酒呢？

回到"母亲"后，罗影看到中央大厅里搭起了T台，上方系着五彩的丝带，舞台中央还摆上了麦克风，龙舌兰正在试音。

"这个家伙太闲了，说要给大家开一场演唱会。"红面无表情地说道。

"那你为什么还来帮忙？"罗影疑惑道。

"逻辑上，这是最优解。"红答道。

罗影心中暗笑，原来人工智能也有太闲的时候。

"喂，喂，test……嗯，良好！"龙舌兰对着话筒说了几句，看到罗影归来后，她忙不迭说道："小影，只用录音伴奏太单调了，你会不会弹吉他？"

罗影努力搜索着脑中被写入的知识，拿起一把电吉他试了试和弦。"我尽力吧。"她说道。

一旁的王子骁凑了过来，尽管只过了一晚，他的头发已经白了一半，额头上也有了明显的褶皱。"因为活得长，我也学过一些乐器，贝斯我来吧！"他说道。

"我可以弹键盘……但这里没有效果器。"方景双臂抱胸思索道，"不过仓库里有一架立式钢琴，可以搬过来。"

"那我来演奏架子鼓吧！"红说道，"对我而言，不过是加载个函数库的问题。"

"可是……"罗影看了看站在台下的胡晓和田欣，"观众只有两个人，是不是太冷清了一点？"

"这个好办。"红一面说着一面搭起了架子鼓，"我可以联系这个时代的'黄'，在音乐酒吧举办一场小型的全息演唱会。我会将这边的影像和声音投影过去，黄将那边的观众投影过来。"

说干就干，简单联系后，演出时间就定在了晚8点的黄金时段。罗影跟着方景去了地下仓库，在一堆废弃的家具中刨出了立式钢琴，发现这居然是一架贝希斯坦。她们一起找来工具将钢琴擦拭干净，方景简单调音后，罗影便将钢琴弄去了现场。

来到现场时，红已经装好了架子鼓，王子骁正在给吉他试音，龙舌兰坐在台下喝着碳酸饮料。受大家热火朝天的气氛感染，罗影的兴致已经被调动起来，拍手提议道："表演开始前，一起喝一杯如何？"

"哦！"龙舌兰兴奋地挥着手臂，王子骁也竖起了大拇指。于是罗影开心地操控着硕大的酒桶飞了进来，用手刀劈开桶盖，浓郁的酒香味顿时飘了出来。方景拿来了大号啤酒杯，罗影接过酒杯，舀起桶内的黄褐色液体，咕咚咕咚地将一杯喝了下去。

"这啤酒真不错！"为了给大家助兴，罗影装出一副酣畅淋漓的样子，实际上所有的酒在她喝来都差不多的味道。她非常热情地为所有人灌满了酒，递到大家面前。

"干了这杯啤酒，咱们上台！"

罗影兴高采烈地举起杯子，再次一饮而尽。众人学着她的样子想要一口干掉，可液体刚刚入口便发觉了不对——

这根本就不是啤酒，是威士忌啊！而且还是泥煤味特别重的那种！

王子骁努力将一大口五十多度的威士忌咽了下去，看着不知为何嗨起来的罗影，心中吐槽道：姐，啤酒好歹要有很多泡沫的好吧！

一旁的龙舌兰和方景看着杯中足足的一升威士忌，面露难色。罗影见状，笑道："难得放纵一回，都别客气！来！"

说罢，她居然操纵着两人的手臂，硬生生地举起酒杯开灌。两人挣扎着求饶，罗影哈哈大笑。

王子骁见状，乖乖地将一大杯威士忌喝了下去。别说，这酒还真好喝。

一杯酒下肚，罗影问道："咱们的乐队叫什么好呢？"

"Tequila！"龙舌兰借着酒疯高喊道，立即被众人投了否定票。

"千年绝响。"王子骁提议。

"孕。"方景说道。

罗影看向了红，对方不出所料地再次将问题抛了回来："你来决定就好。"其他三人也纷纷表示同意。

罗影苦思冥想半晌，最终说道："我想不出什么有韵味的，不如就用最简单的那个吧——

罪物猎手。"

"罪物猎手"乐队的首演非常成功。

龙舌兰的烟嗓和怒音十分撩人，还时不时秀一下大长腿的舞步；罗影和王子骁的演奏技术虽然一般，两人却在台上跳来跳去炒热气氛，甚至在一首快歌中表演起了对打；红的鼓点虽然听上去缺少情感，却精准到微秒；最值得一提的还是方景，她时不时穿插一段古典乐的独奏，极大地拔高了整个表演的格调。

胡晓和田欣站在最前排，卖力地呐喊着，甚至被几首歌曲感动到热泪盈眶；远程观众的气氛十分热烈，时不时爆发出山呼海啸一般的呼喊声。唱完预定歌单后，众人在观众的呐喊声中，整整返场了三次才正式结束。

演唱会结束后，方景先是安顿下醉醺醺的王子骁，之后一个人回到了"母亲"的控制室。尽管她在生理上并不像罗影一般对酒精极度耐受，但由于她的意识同"母亲"连接在一起，尽管喝了很多，也依旧能够保持清醒。

长久以来的相伴，"母亲"已经成了王子骁之外的，方景的另一个灵魂伴侣。每天即便没有工作，她也会来到"母亲"这里，同祂说说话。

方景半躺在座椅中，闭上眼睛，准备将意识与"母亲"连接。可就在这时，她的耳旁却响起了一个声音，一个女人的声音：

"王子骁还不能死。"

方景立刻警觉起来，猛地站起身来环视四周，一名一身黑衣的女子自黑暗中走出，头上戴着面罩。

"你想干什么？"方景直面着对方，手却放在了警报按钮上。只要按下按钮，"母亲"为自己准备的复制人警卫就会立即将这里包围起来，王子骁和罗影也会以最快的速度赶到。

"他是必要的历史拼图，没了他，许多必要的历史事件就无法成立。"黑衣人一字一句地说着，"因此，他必须活下来。"

方景冷笑道："尽管不知道你出于什么目的说了这番话，但很可惜，子骁的生命将近，这是谁都没有办法的事情。'母亲'可以复制出他，但那也不过是寿命将近的他罢了。出于子骁的意愿，我们没有为他准备任何备份。"

那人继续说道："你无法办到，'母亲'也无法办到。但是，如果你们在即将到来的'涌现'中融合成为弥赛亚'迭代',就可以办到。"

方景一惊,心里已经盘算好了按响警报后的逃跑路线,以免成为对方的人质。"抱歉啊,我没有这个打算,即便你现在掏出枪来威胁我,我也绝不会这么做。"她注视着对方面罩后的眼睛,"你也休想通过暗示或者催眠什么的控制我,我的意识与'母亲'连接着,只要我愿意,会在瞬间用世界级罪物的算力将你的意识吞噬掉。"

而对方却没有任何出格的行动,只是一动不动地看着方景。方景的心脏猛烈地跳动着,理性告诉她早该按下警报按钮召唤警卫,可不知为何,身体却始终没有行动。

"你会的。"黑衣人缓慢但有力地说道。

她缓缓摘下面罩,在看到对方面容的瞬间,方景顿时明白了,为何自己甚至无法对这个人产生真正的敌意。

9.

第二天一早刚刚用过早餐，王子骁便跑来告诉罗影，说方景正在"母亲"的控制室里等着她。又过了一晚，王子骁已是满头白发，但依然精神焕发。

离开餐厅来到控制室，罗影远远看到方景同胡晓、田欣在高处说着什么。她操控着身体飞了过去，看到三人正围在一只虫卵形的人造子宫前观看。

方景操作着一张全息屏，指着上面缓缓蠕动的球形物体解释道："目前，他还只是一个受精卵，人造子宫会给予他生长所需的黄体酮和绒毛素。慢慢地，胚胎会出现胎心，这时的胚胎就已经不再是细胞的集合，可以理解为独立的生物了。当胚胎长到足够大的时候，'母亲'会为其连接人工脐带，通过脐带供给营养。"

"生长在人造子宫里，他需要多久才能降生？"田欣问道，"是不是也需要怀胎十月？"

"借助'母亲'的力量，胎儿的降生时间可以自由选择。"方景解释道，"这并不会影响胚胎成长，'母亲'会调节人造子宫内的时间流速，无论胎儿何时降生，他主观上在子宫内的时间都是十个月。"

胡晓和田欣连连点头。方景笑道："非但如此，你们还可以自由选择胎儿降生的城市。如果没有父母，则由当地政府负责照顾长大。在这里的三百年间，我以提供人造子宫技术为代价，和各个城市都签订了协议。"

胡晓与田欣对视一眼，纷纷露出了苦涩的笑容。胡晓说道："我们自私地选择了令他降生，还无力照顾他长大。既然如此，我们就没有权力决定他何时降生、生于何处，我们想将这个孩子的命运交给系统，随机分配一切。"

"尊重你们的意愿。"方景说道。

罗影凑了上去，提议道："至少，给孩子起个名字吧。"

方景点点头，"是啊，父母给予的姓名，总有特殊的意义。"

"玛格。"田欣立即说道。

"不问问孩子的性别吗？"方景惊讶道。

"知道得越多，我们会越舍不得。"田欣解释道，"玛格是一部电影的角色，我们两个就是在饰演那部电影时认识的。这个名字男孩女孩都可以用，我们很喜欢。"

方景点点头，将"玛格"的名字录入了系统ID。

"那个……我还有个请求。"田欣有些难为情地说道，"说实话，我们两个已经不堪折磨了。能不能加快子宫里的时间流速，让我们看到胎心？之后，我们将回归'母亲'，转化为算力。"

方景点点头。只见她一只手放在人造子宫的表面，缓缓闭上眼睛。罗影开启了熵视野，她看到了巨量的信息正在方景和"母亲"之间流动，又分出了一条支流，缓缓流淌向人造子宫里的胚胎。

与此同时，画面中的受精卵开始快速地蠕动，一变二、二变四、以几何级数快速增长着。图像的尺度逐渐放大，几秒的时间内，受精卵已经成长为凹凸不平的球体。慢慢地，球体的对称性被破坏，胚胎尽管依旧在成长，体积变大的速度却放缓下来，反而慢慢改变着形状。几人目不转睛地盯着，转眼间，胚胎已经有了蝌蚪般的形状。

方景操作着系统，将画面中的光学成像改为超声。胚胎的影像化作了灰色的轮廓，其间有一个米粒大小的光点，忽明忽暗，快速而规则地闪烁着。

"看吧，这就是胎心。"方景解释道。

胡晓和田欣紧紧贴在人造子宫冰冷的外壁上，仿佛拥抱着自己的孩子。过了许久，田欣抬起身来，拭干眼角的泪水，轻声说道：

"谢谢。我们会履行自己的诺言。"

在方景的带领下，胡晓和田欣乘坐升降梯来到了"母亲"的地下，罗影跟在他们后面。走出电梯，穿过悠长弯曲的回廊，前方赫然泛出了淡绿色的光芒。罗影跟着走了过去，脚下竟出现了一方闪烁着淡绿色荧光的泉水，池塘般大小，深不见底。在熵视野中，无数的信息流在泉水中跃动着。

"这里被我称为'生命之泉'，泉水中的液体蕴含着大量的信息流，供给着'母亲'中所有造物的创生以及成长。只要跳下去，就能将自我意识转化为算力。"方景解释道，"整个过程没有痛苦，就仿佛回到母亲的怀抱一般。"

胡晓和田欣对视一眼，拉住了彼此的手。胡晓说道："方景老师，再次感谢您。"他又转向了罗影，"罗影姐，也感谢你们一路护送。我和田欣没有什么可以留下的，如果有需要的话，你可以自由支配我们转化成为的算力。"

"啊……嗯。"罗影不知所措地点点头。她目睹过太多的生离死别，借助罪物的力量将自己转化成算力滋养后代，也未尝不是个好的选择。

简单交代完后事，两人一步步，缓慢却又坚定地向着绿色的海洋走去。绿色的液体渐渐没过他们的身躯，如同咖啡倒入牛奶一般，两人的身影缓慢地漾开，最终完全与海洋融为了一体。

直到消失，两人的脸上始终带着温暖的微笑。

目送两人离去后，方景叹了口气，说道："只可惜'母亲'的转化效率远低于图灵，也没办法做到大规模转化。"

罗影依然沉浸在说不清道不明的情绪中，只是简单嗯了一声。方景看着罗影复杂的表情笑了笑，问道："他们留下的算力，你准备怎么使用？"

罗影一愣："你是指……"

"我是说，要不要留下个孩子？"

在绿色荧光的映衬下，方景的脸庞仿佛春日的原野。

◇

罗影此生从未面对过如此之大的难题，即便对方是世界级罪物"圣典"，她也自信总能找到办法；然而是否留下孩子这样简单的问题，却令她陷入了无尽的苦恼。

这样做有没有意义？自己能给这个孩子留下什么？逻辑上的最优解又是什么？

午饭时，罗影依旧是一副闷闷不乐的样子。龙舌兰和红无奈地对视，认识许久，这样的罗影还是第一次见。

"那个……小影，你是不是有什么心事？"龙舌兰尝试着问道。

"啊，和方景商量了些事情。"罗影也不隐瞒，径直说道。

龙舌兰叹了口气，宽慰道："既然方景说了能够控制'母亲'，我们就相信她。就算有个万一，我们就去和弥赛亚硬碰硬，这一路，我们不都是这么跌跌撞撞走过来的！"

"不……其实是另一件事。"罗影食之无味地咬了口汉堡，"方景问我，要不要利用'母亲'的力量，留下个孩子。"

说出这句话的时候，罗影并没有多想，她认为这本就不是什么大事，同伴们肯定会劝她怎样都好，龙舌兰说不定还会笑她居然如此细腻。

也正是因此，当龙舌兰和红扑到面前时，毫无心理防备的罗影被吓得不轻。

"当然要。我建议立即行动。"红板着扑克脸说道。

"现在就要！立刻！马上！"龙舌兰用力摇晃着罗影的肩膀。

罗影看着一反常态的两人，满脸茫然。

◇

午后，罗影独自躺在大厅的躺椅上，脑中始终盘旋着关于孩子的问题，她甚至搞不明白，自己为什么会在这个问题上如此纠结。

王子骁走了过来，他的容颜比早上又苍老了几分。他似乎一眼就看出了罗影有心事，提议道：

"罗影姐，好久没有对练了，要不要来一场？"

罗影被王子骁突如其来的提议从思绪中拉了回来，她上下打量着对方已明显衰老的身躯，问道："你确定？"

王子骁用手指指向外面，道："过了今晚，我说不定就要坐在轮椅上了。这是我此生最后的机会。"

这个理由无法拒绝，于是罗影跟着王子骁来到"母亲"外面的一片平地上，双方摆好了架势。

"罗影姐，我来了！"

王子骁说罢，挥着拳头冲了过来。

出乎罗影意料的是，王子骁的本事似乎比记忆中更加精进了，尽管举手投足间已难掩疲态，但在动作的精准度以及见招拆招上明显强于年轻时。

当然，即便如此，罗影还是三招就放倒了他。

如果不是顾及对方老胳膊老腿，实际上只需要一招。

"再来！"王子骁笑着爬了起来，再次摆好架势。

"你真的没问题吗？"罗影担忧地看着对方。

"我可是和你过了三招！"王子骁得意地说道，"已经平了在银蛇部队时的记录！"

罗影露出了微笑。算了，还是少用几分力，陪他多玩一会儿吧。

较量期间，王子骁开口道："罗影姐，你还记得我曾说过，自己入伍前很叛逆吗？"

罗影嗯了一声，对她而言，两人的交谈也不过是不久前的事情。她抬手拆掉了对方的顶肘，应道："你还说，你老爸没少修理你。"

"其实我并不讨厌老爸，我只是不喜欢他对我的期盼。"王子骁说着，使出一记扫腿，被罗影一个后撤步轻松躲开。"他总是希望我能够继承他，即便我不想继承家族的企业，他也要把我送去军队，继承他年轻时未竟的梦想。"

"倒是为人父母经常会有的想法。"

罗影说着挥出手刀，指尖在距离王子骁眉间几毫米处停了下来。王子骁后退两步，示意再来。

"后来，随着年龄的增长，我也渐渐理解了老爸。"王子骁继续说道，"倒不是说认同了他的观点，只是觉得，生儿育女本就不是一件理性的事情，我又为什么要在对子女的期望上去苛责他呢？老爸希望我和他一样是自私的，我完全不顾及老爸的感受，同样也是自私的。"

"是啊！"罗影一面躲闪一面应道，"处理亲子关系时，讲道理是行不通的。"

王子骁苦笑道："只可惜，我想明白这个道理时，老爸已经入土许多年，我也没了和他喝一杯的机会。啊，罗影姐，我可以用兵器吗？"

"可以。"

得到应允后，王子骁拔出军用匕首反握在右手中，再次做好了进攻的准备。罗影戴上了战术手套，却依旧是赤手空拳。还在银蛇部队的时候，两人就经常这样对练。

"那……你和方景为什么不要个孩子？"罗影问道。她挥舞着手臂，每一掌都精准地将王子骁的攻击推开。

"我们有着无数的机会，即便不想自己生育，我们也有'母亲'。"王子骁不断变换着进攻路线，"因此，不让自己的孩子降生，也是我们的自私。你不觉得，作为父母却令孩子失去了存活于世的机会，这同样是自私吗？"

罗影想了想，应道："讨论这种伦理的问题，完全看你的出发点是什么。"

"如果说理由，我们可以说出一堆，但总而言之言而总之，就是不想这么做。"王子骁使出一招突刺，罗影轻轻闪开后扳住他的手臂，右脚向着对方的腿部一踢，顺势将对方在空中旋转360度后放倒在地。

王子骁躺倒在地，喘着粗气继续说道："所以就像你说的，在亲子这方面，本就没什么道理，也没什么逻辑，顺着自己的心情去做就好。"

罗影方才明白，王子骁看似在说自己，实际上句句都是对她的劝慰。

10.

当天晚上，罗影横竖睡不着，继续思索着孩子的事情。

四周一片静寂，甚至听不到虫子爬动的窸窣声。罗影凝视着窗外的点点星光，对自己说道：

罗影啊，此时此刻，只有你自己与自己相处。现在抛下什么道理，什么逻辑上的最优解，问问自己的内心，你究竟想不想让自己拥有一个孩子？

然后，心里的那个声音回答道：

我想。

为什么？罗影继续问道。

从懂事开始，我就在为了让世界变得更好而努力着，直到今天依然矢志不渝。在加入银蛇部队的第一天赖鹏队长就告诉我，罪物回收部队没有最后的兵种，因此，我从未奢望过自己有朝一日能够见识到，世界因为自己的努力而变成了什么样子。

但是，如果我有一个孩子呢？

这个继承了我生命的孩子，能否代替我，见识这个改变后的世界呢？

——也许，这个世界并不会变好，甚至变得更糟。

那么这个孩子可以代替我，设法让世界变得更好。

——不觉得这个想法很自私吗？

是的，这就是我的自私。但是，这是我此时此刻，最真实的想法。

——哪怕你没有办法养育这个孩子？

是的。

——哪怕这个孩子最终没有按照你的预想去成长？

这只是我的期望，TA拥有自己的人生。

——哪怕TA未来要经历无数的苦难？

是的。生命，就是我这个自私的人，赋予孩子的，唯一的礼物。

心中的声音渐渐远去，罗影坐起身来，握紧了拳头。

她要做人生中最最自私的一件事情。

◇

第二天一早，罗影便告诉了众人自己的决定。方景微笑着表示赞同，王子骁的身体已经佝偻了，却笑得像个孩子。

可龙舌兰和红却吵了起来，她们在争吵究竟谁才更合适为孩子提供另一半的信息。

"你是罪人，遗传信息带着缺陷，孩子天生体弱多病的概率高达88.75%。"红似是平淡，却掷地有声地说道。

"你一台机器要什么孩子！想要生小红，复制粘贴不就好了吗！"龙舌兰毫不示弱。

"我能给孩子提供整个城市的资源照顾TA长大。"红继续说道。

"我能……"龙舌兰一时语塞，她突然灵机一动，"对了，'圣典'说过，我将来会比它更强！比世界级罪物更强的，那一定就是……什么亚来着？总之，比起一台机器来，显然是我更适合当妈妈！"

罗影很想吐槽说自己怎么就成了"爸爸"，却怎么也插不上嘴。这时，方景的声音救赎般地响了起来："二位……其实现在'母亲'残留的算力，足够制作两个孩子。你们曾是拯救太空城的英雄，这点要求还是能满足的……"

"那就做两个！"

两人异口同声地喊道。

◇

罗影躺在无菌舱里，四周萦绕着浅绿色的荧光。不一会儿，身体下方响起汩汩的声音，营养液自四处喷射而出，很快便将她包裹其中。这种液体没有味道，不会弄湿衣物，甚至可以在其中保持呼吸。皮肤上传来痒痒的触感，好似孩童的小手在抚摸。

罗影开启熵视野，看到无数的光点温柔地落在了自己的身上，好似蝴蝶采集花粉般轻轻吮吸，随即便消失在远方的雾霭中，这是"母亲"在采集信息。罗影又向远处看去，龙舌兰和红的无菌仓中也飞出了无数的光点，它们与罗影的光点汇合、纠缠，在虚空中跳起了一支欢快的舞蹈。

渐渐地，汇集的光点有了人的形状，罗影不由自主地伸出手去，想要触摸婴儿肥嘟嘟的脸颊。在肌肤触碰的刹那，她仿佛听到了光点发出了婴儿的哭声——

"哇——"

信息融合结束后，罗影发现自己居然睡着了。接受过严格的特种兵训练后，她很少会在毫无防备的情况下入眠。罗影看着自己的手指，方才温柔的触感仿佛依然残留在指尖。

龙舌兰满脸笑容地走了过来，说道："小影，给孩子们起个名字吧。咱们俩的结晶是个女孩儿，另一个是男孩儿。"

"命名权我可以完全交给你们。"一旁的红出人意料地大度起来。

"两个孩子大小怎么排？"龙舌兰试探性地问道。

"随你。"

龙舌兰难以置信地盯着红看了半晌，确认对方没有反悔后，说道："那就男孩是哥哥，女孩是妹妹吧！"

"为什么？"罗影问道。

"这样一来，哥哥就能保护妹妹了嘛！"龙舌兰坏笑道，她转头对方景说道："等到孩子出生时，让哥哥早降生就好。"

方景点点头，记了下来。

决定了孩子的长幼，罗影又回到了给孩子起名这个老大难问题上来。她询问了龙舌兰的姓氏，对方却说根本不记得，就连"龙舌兰"这个名字，也是因为喜爱龙舌兰酒才叫的。

于是乎，两个孩子便继承了罗影的姓氏。

"……星。"罗影说道，"哥哥就叫罗星吧，星罗棋布，听上去很有气魄。"

"那妹妹就叫罗伊吧！"龙舌兰立即说道，"所谓伊人嘛！"

方景迅速为两个孩子输入了ID，人造子宫外显示出了"罗星"和"罗伊"的名字。

罗影盯着金属仓内肉眼不可见的受精卵，试图想象两个孩子长大后的模样，但很快便放弃了。一旁的龙舌兰趴在人造子宫上不肯离去，说是要用催眠能力给受精卵传授本领，这叫作"胎教"，结果被方景教训了一顿。始终在旁观的红挂着难以解读的神情，也不晓得是因为心情很好，还是表情模块出了问题。

自己不可能成为合格的父母，甚至连陪伴孩子成长都做不到。然而看着人造子宫中的两个尚未成形的胚胎，罗影却产生了一种别样的情愫。

这就是人性吧，一种来自无限宇宙的外网都在渴求的，源自非理性的错误。

11.

王子骁以肉眼可见的速度衰老着。

他的身高相比年轻时已缩水了五厘米，步履变得蹒跚，最终不得不坐上了轮椅。他皮肤上的褶皱渐渐多了起来，仿佛凹凸不平的沟壑；他的牙齿也渐渐松动脱落，不得不戴上假牙吃饭。

只是，他的精神依然矍铄，双目炯炯有神。

王子骁活了几百岁，对死亡自然是毫不畏惧，在某种意义上甚至渴求死亡；因此，他的即将离去也并未使得众人消沉，而是抓住有限的时间，尽情欢乐。

某日，几人因为王子骁的葬礼争论起来。

"我想做一个足够大的人造子宫，将他放进去，带着他环游世界，最终沉入海里。"方景提议道。

"环游世界的点子不错，但沉入海里感觉不够酷。"龙舌兰若有所思道，"现在应当还能找到可以发射的火箭吧？不如将他发射去太空，从此摆脱重力的束缚！"

就连红也参与进来："如果需要的话，我可以委托'昨日重现'将他送回过去，同赖鹏队长葬在一起。"

一直听着的王子骁举起手，弱弱地说道："那啥……我觉得普通地烧掉，再将骨灰随便丢掉就好……"

却立即遭到了众人的一致反对：

"你的事情，交给我就好。"

"我们讨论正事呢，别打岔！"

"你已经老了，选不出最好的埋葬方法。"

王子骁叹了口气，不得不放弃了对自己后事的决定权。

就在这时，罗影提议道："子骁，你想不想要个，绚烂又干脆的死法？"

◇

终于，王子骁最后的时刻到来了。他的身体已经枯木一般，甚至不能凭借自己的意志活动身体。

尽管没有什么疾病，但这就是几百岁老人应当有的样子。

"光哥，准备好了吗？"方景握着他的手，问道。

"嗯。"王子骁点点头，"我等待这一刻，已经太久了。我只是觉得，对不起你。"

一旁的龙舌兰打趣道："如果哪天我回到未来，见到那个世界的老王，一定要让他向你学学。"

王子骁笑道："我倒是很想见识一下，那个冒充了我名号，还毁了我一世英名的家伙究竟是谁。"说罢，他看向了罗影，问道："罗影姐，你说我在那边见到了赖鹏队长，他会不会骂我？"

"他会以你为傲。"罗影毫不犹豫地说道。

众人推着王子骁来到户外，罗影控制着熵，令他的身体飘向了高空。

天空中的王子骁点点头，准备迎接自己的终结。

罗影开启着熵视野，将王子骁身体里所有的物理过程逆转了。他身体的每一个分子、每一个原子不再向着低能级跃迁，反而开始从周边环境中吸收能量，向着更高的能级跃迁。

很快地，原子们便摆脱了化学键的束缚，开始无所顾忌地做起了无规则运动，而化学键断裂所释放的能量，令王子骁的身体散发出耀眼的光芒，天空中仿佛又出现了一轮太阳。

方景仰视着化作了恒星的丈夫，王子骁放射出的光彩映在了她的瞳孔中，热风撩起了她的发梢。

终于，王子骁的身体化作了一团炽热的等离子体。罗影控制着等离子体的团簇缓缓上升，径直来到了平流层。

下一瞬间，她解开了束缚，等离子体在高空四散飘逸开来，宛如一团绚烂的烟火。高温高能的粒子与大气分子相互作用，化作了穹顶幔帐一般的极光。

方景望着这神迹一般的景象，口中呢喃着：

"光哥，对不起……"

方景猛然惊醒，罗影和龙舌兰都趴在桌上沉沉地睡着，而身边的王子骁距离死亡也尚有两天的时间。

看看时间，距离罗星和罗伊诞生只过了不到两小时，大家不久前还聚在一起，讨论两个孩子的未来。

黑衣人从暗处走了出来，对方景说道："我兑现了我们之间的承诺，在梦中给了他一个理想的终结。"

"谢谢你，我也会履行承诺。"方景淡淡地说道。

"将所有人同时催眠，再给予一个共同的梦境，很辛苦的。"那人叹气道，"更何况，其中还有个强力的催眠能力者。"

方景走到王子骁面前，轻轻抚摸着他的面庞。王子骁睡得很沉，好像小孩子一般。

"我们走吧。"她对黑衣人说道，"'涌现'就要来了。"

◇

第九次的"涌现"，比所有的预测都要来得更早。

"涌现"的到来并不似海啸一般，在一瞬间以摧枯拉朽之势袭来，反而更似涨潮时的海岸。身为罪人，方景能够感受到周边外网浓度的渐渐升高，灵魂深处有什么在不安地躁动着。

她只身一人来到了"母亲"的地下，站在了"生命之泉"的边缘，感受着其中的生命力的跃动。由于外网澎湃的信息流，"母亲"也躁动起来，仿佛第一次看到海浪的儿童。

"涌现"虽然是人类的灭顶之灾，却是罪物们的狂欢节。

方景低下头，看着自己在"生命之泉"中的倒影。水面下的自己仍旧是一副年轻的面容，然而额头上却有着一道触目惊心的裂痕，一直延伸到下颌，延伸到胸部，又延展作无数的细小裂痕，将她的身体割得四分五裂。这意味着，她的灵魂已经受到了不可逆的伤害。三百多年的岁月，方景的灵魂已经无法继续承受生命的重量了。

既然如此，不如再用这风中残烛般的生命，为他做最后一件事情。

"你真的要这样做吗？"方景的脑中响起了"母亲"的声音，那个每日每夜都在陪伴着她的声音。

"嗯，我已经下定了决心。"方景说道。她脱下鞋子，赤脚向前走了一步。浅绿色的液体浸润了脚踝，痒痒的触感仿佛被孩童轻轻搔弄一般。

"哪怕这不是他期望的？""母亲"继续问道。

"我和光哥相濡以沫三个多世纪，我比任何人都更加清楚，他究竟期望什么、在乎什么。"方景应道，"我见过光哥与罗影姐、兰姐为了人类的未来而拼死拼活的样子，如果我不这么做，他们的一切努力都将化为泡影。"方景继续向前走着，她一件件褪去身上的衣物，赤身裸体地向生命之泉的更深处前进。"非但如此，我和光哥这三百多年来的回忆，也将化作泡影。"

"母亲"的声音提示道："我们融合后，会诞生一个全新的，属于弥赛亚的意识。但由于你的灵魂体量太小，所诞生的意识，将会以我为主体。但这并不意味着你的意识会消失，而是会被丢进意识之海的深处。那里是真正的孤独地狱，只有在主意识允许的情况下，你的意识才可能来到'外部'，掌控弥赛亚的身体。这个时间限度，可能会很长很长，甚至是永久。"

而方景对自己即将面对的未来毫不在意，只是问道："意识融合后，我们有没有办法拯救光哥？"

"母亲"似是无奈地叹了口气，说道："在弥赛亚没有以完全体降生之前，我们有短暂的时间，可以使用祂尚不完全的力量。我会尽我所能，将这段时间延长。但在此之后，新人格会暂时忘却我们此刻的所思所想，变得不受控制，直到祂成长完全。"

"足够了。"

方景再次向前，"生命之泉"已没过了膝盖。她感到自己的灵魂正在渐渐与"母亲"融合，耳边响起了孩童的欢声笑语，无数熟悉的面孔在眼前闪过，她甚至看到了胡晓与田欣，正在微笑着向她招手。

"最后一个问题。""母亲"的声音令她短暂地回到了现实，"这一切，为什么不对他讲？"

"如果告诉光哥的话，他一定不会要我这么做的。"方景笑了笑，与王子骁的过往在脑中一一闪过。"他太笨了，只会用牺牲自己的方法解决问题。还有罗影姐，她也一样。兰姐最在乎的就是罗影姐，如果罗影姐再次选择自我牺牲，她一定也会做同样的事情。他们几个全都是一样的，彻头彻尾的大傻瓜。

"但是，只要我成为弥赛亚，这一切就都迎刃而解了。光哥可以活下去完成自己的使命，罗影姐可以不再牺牲自己，历史会因此完成闭环，我们所经历的一切，也可以不再是梦幻泡影。所以，只牺牲我一个就够了。"

　　方景再次迈开步子，浅绿色的泉水没过了她的胸口，没过了她的脖颈，最终整个人都融入了泉水中。

　　"逻辑上，这是最优解。"

　　那一刻，世间不再有名为"方景"的存在。

12.

祂的意识自混沌中诞生，无数的信息碎片涌入了祂的脑海，在信息的洪流中，祂渐渐地成长、成熟。

祂想起了，诞生之前，自己曾是一个叫作"方景"的女人。而"方景"的目的，是拯救一个叫作"王子骁"的男人。

祂感受着汹涌而来的信息流，这些信息就仿佛母乳一般，哺育着祂的成长。祂完全不清楚，为什么自己要对于一个人类如此在乎。但如果不这么做的话，"方景"一定会伤心吧，祂并不希望这样的事情发生。

顺着台阶，祂渐渐向上来到了大厅，叫作王子骁的男人正睡在这里，胸口有节奏地起伏着。祂一眼便看出，这个男人的寿命仅剩余不足48小时。

作为比世界级罪物更高一级的存在，祂可以操控数学概念，并且可以对任意的物理量进行数学上的操控。想要让这个男人活下去，仅需对他剩余的时间进行"迭代"就好。

对着"时间"这一物理量，祂发动了自己尚未成熟的能力。王子骁剩余的时间从48小时变为了48加48，即96小时；继而变为了48乘以48，也就是2304小时。

祂觉得还是不够，继续发动了"迭代"的能力。这一次，王子骁剩余的寿命变成了48的48次方小时，大约是5乘以10的80次方，即五亿亿亿亿亿亿亿亿亿亿小时。

这次，这个男人可以一直活到宇宙到达热寂了。

与此同时，王子骁的肉体也在迅速恢复着青春。褶皱的肌肤再次变得光滑，佝偻的身形再次变得伸展，肌肉变得强壮有力，新的牙齿长出。短短几秒的时间内，便恢复了三十岁的形貌。

做完这件事，祂感到意识之海深处的方景似乎平静下来。

在达成一切的同时，祂依然在贪婪地吸收"涌现"的算力，飞速地成长着。某一瞬间，祂感到胸口猛烈地搏动了一下。祂知道，自己的存在形式将发生质的改变。祂双腿轻轻用力，在一瞬间就来到了高空之上。无数的算力如同泉水一般在祂的身边汇集，形成了一轮浅绿色的圆月，将大地映得一片光亮。

绿色的圆月如同心脏一般搏动着，不安的咚咚声响彻天穹。在圆月的正中心，隐隐约约地出现了胚胎的轮廓。在那之中，祂为自己完成了最后的蜕变。

猛然间，祂张开双眼，俯瞰着大地。

弥赛亚"迭代"以完全的姿态，降生了。

◇

罗影醒来的瞬间，战士的直觉便告诉她，有什么非常危险的事情正在发生。看看身边，龙舌兰睡得正香，方景和红不见了踪影。

究竟发生了什么？大家不是刚刚送别了王子骁吗？

可就在这时，罗影惊讶地发现，王子骁正平静地睡在房间一角。非但如此，他还摆脱了老态龙钟的身躯，恢复了青春的样貌。

罗影又看看龙舌兰，立即得出了结论——她们被集体催眠了，并且，这个对手的催眠能力比龙舌兰还要更加强大。

为了确定当前是否仍在催眠中，罗影当即开启了熵视野。然而这一次她看到的却不是能量流动形成的色阶，而是无数飞舞的闪光的精灵，正盘旋着向高空飞去。

熵视野中的所见，意味着空间中存在了巨大的信息流，正在向着一处汇集。两个概念在罗影的头脑中浮现——

涌现，弥赛亚。

丢下沉睡的龙舌兰和王子骁，罗影忙不迭地冲上了天台。推开门的刹那，浅绿色的月光倾泻而入，天体一般的巨大胚胎高悬空中，发出了脉搏一般的躁动。罗影尝试着用熵视野去观测，看到的却是穹顶之上漆黑的落穴，无数的信息流正在奔向永无归途的终点。

红的声音恰到好处地响了起来：“那就是弥赛亚，‘迭代’。不要尝试用熵视野深入观测，祂所拥有的信息超出了视野的承受范围，一不小心就会伤到眼睛。”

“红，你在哪儿？”罗影匆忙问道。

“我也被催眠了，但清醒得比你们都要早。”红解释道，“我醒来时，发现方景与‘母亲’的融合已不可逆转，于是，我第一时间和这个时代的超级人工智能们取得了联系，为即将到来的战斗做准备。”红顿了顿，“我这就赶回去，想办法弄醒龙舌兰和王子骁。”

“方景她为什么要这么做？”罗影追问。

“她本人的想法无从得知，但就之后发现的事情来推断，大概是为了拯救王子骁。”红的回答一如既往地保持了冷淡而又理性的风格。

罗影点点头。无论方景是怎么想的，目前的第一要务仍是阻止弥赛亚带来灾害性后果。

“历史上，弥赛亚‘迭代’造成了怎样的危害？”罗影继续问道。

红立即答道：“记录中，‘迭代’只存在了三分二十七秒，没有灾害的相关数据。”

足够了。

“我去了，拜托你做好支援！”

罗影关闭了通信，深吸一口气，化作一颗火流星飞向了高空的弥赛亚。

◇

弥赛亚"迭代"悬浮在北美洲的夜空之上，以婴儿般好奇的目光俯瞰着一切。祂的脑中有着所有存在的信息，但亲眼所见毕竟和读取数据有所不同，对未知的探索永远充满乐趣。

刚刚对于时间的操作只是小试牛刀，这一次，祂想从头开始，尝试一下自己完整的能力。

很快地，"迭代"发现，祂可以将地上的存在划分为不同的"整体"加以操控。横亘在眼前的是阿巴拉契亚山脉，它即一个"整体"，又由许多不同的岩石"个体"组成。那些岩石根据相互之间的结合形式区分彼此，原子间依靠电磁力结晶的算作比山脉低一级的"整体"，结晶与结晶之间依靠分子间的范德瓦尔斯力结合，则可以划分为不同的"个体"。

"迭代"发出了天真的笑声，祂对着阿巴拉契亚山脉发动了能力。地表传来剧烈的隆隆声，在紧邻山脉的位置，另一座一模一样的山脉在虚空中被凭空描绘出来。由于凭空多出了天文数字的质量，北美版块发生了轻微的震颤，发源自山脉西侧的田纳西河流量骤然翻倍，引发了巨大的山洪，鸟兽和昆虫四散逃窜。

然而，"迭代"却有些不开心。祂想要继续发动能力，但山脉的体积太大了，很快就能将脚下脆弱的球体——也就是地球挤爆，这样一来就不容易看到能力发动后的效果了。

"迭代"思考了几纳秒，随即控制着拳头大小的岩石块，轻轻落在掌心。祂决定，这一次就用岩石块来实验能力。

"迭代"发动了能力，祂此时的能力仅仅是一级运算"后继"，也就是加法。转眼间，一块岩石变成了两块，继而变成了三块。

祂很满意，将"连续相加3次"定义为一个操作，并由此将能力进化为二级运算，即乘法。与此同时，祂再次发动了"迭代"的能力，将3个岩石块连续乘以3，先是得到了9块，继而得到了27块。

"迭代"点点头，如法炮制地将"连续3次乘以3"定义为一个操作，这是三级运算，即3的3次幂。

接下来，当然是连续的3的3次幂。连续操作两次后，从起初的27块岩石，得到了3的27次幂，即7625597484987块岩石。

由于体积过于庞大，"迭代"不得不将巨量的岩石丢向了太空。最初的岩石块大约有1千克的质量，几次操作后，产生的岩石块质量已经达到了7.6万亿千克。被丢上地球同步轨道的岩石块在引力的作用下渐渐聚集，形成了地球的第二颗卫星。

"迭代"仰望着夜空中的又一轮月亮，想到这是自己的杰作，不由得开心地拍着手。

到此为止吗？

当然不！

接下来，当然是向着四级运算进化，将"连续3次3的3次幂"定义为一个操作，继续迭代下去了！

这一次，将得到一个3的7.6万亿层的次方塔！

"迭代"在心中估算了一下，祂制作出的质量将远远大于可观测宇宙的质量。不仅如此，哪怕只是将这个数字按照十进制展开，也足以写满全宇宙的每一个普朗克尺度，带来的信息熵也足以引发大坍缩。

但那又怎样？这个宇宙毁灭了，换一个宇宙接着玩就是。为了能玩个痛快，下次找一个质量和空间都是无限的宇宙吧！

一面想着，"迭代"高举手臂，准备再次发动能力。可在能力发动的瞬间，祂却停了下来，眉头微蹙。不知为何，祂听到灵魂深处有一个声音，在呼唤祂不要毁灭这个世界。

"迭代"捂住太阳穴，向着灵魂深处探究。很快祂便找到了声音来源，那就是进化之初作为自己的一部分的，那个叫作"方景"的女人。

　　"迭代"十分清楚方景对于这个世界、这颗星球的眷恋，但与此同时祂也认为，对于现在的自己而言，那是无关紧要的事情。既然不想让地球毁灭，那就复制后放到别的宇宙好了。复制七万亿颗也不过是眨眨眼的工夫。

　　就这么决定了！

　　可正当"迭代"准备再次发动能力时，祂的耳边却传来一声微弱、却坚定有力的呼喊：

　　"住手！"

　　"迭代"循声望去，一名穿着军装的短发女人正喘着粗气，毫不畏惧地站在祂的面前。在祂的眼中，这个女人是如此的弱小，如此的微不足道；但在看到她的瞬间，体内的方景却安静下来，仿佛见到了救世主一般。

　　"迭代"迅速在数据库中找到了女人的名字——

　　罗影。

13.

　　罗影抬头仰望着天空又一轮圆月，额头淌下冷汗。"迭代"的外貌与方景并没有太大差异，只是脸上不见了除去嘴之外的五官，光滑的身躯宛如精细抛光过的玉器。然而罗影感受到了前所未有的压迫感，在这个仿佛婴儿般笑着的存在面前，世界级罪物"圣典"完全不值一提。

　　这就是比之罪物和罪人更高一级的存在，能够操控数学概念的弥赛亚。

　　"红，怎么办？"罗影通过对讲机问道。

　　对面的红顿了几秒，像是在进行高速运算。少顷，他回应道："总之，先想办法将它带离地球圈吧！"

　　对方无法在熵视野中成像，也就意味着无法通过超控熵带祂离开。必须想其他办法。

　　罗影稍稍靠近了些，试着与"迭代"沟通："方景，你是方景吗？"

　　只要能够唤醒弥赛亚体内方景的意识，那就存在沟通的可能。

　　"迭代"转头看向罗影，没有回应。尽管祂那光滑的脸上看不出表情，罗影却仿佛感受到了人类面对一只蝼蚁、一个细胞乃至一颗基本粒子时的情感——对方仅仅是存在而已，至于其他，完全无关紧要。

　　就在这时，罗影的耳中响起了龙舌兰的声音："小影，我不清楚到底发生了什么，但……你正在和那东西对峙吗？"

"罗影姐，祂是方景，是方景啊！把我也带过去吧！"王子骁也醒了过来。他完全不顾自己身体的变化，在一旁大声喊道。

自己在方景的生命中，不过是留下了些许痕迹的过客，王子骁却是陪伴了她三百多年的丈夫。如果王子骁出场，会否在弥赛亚的心中激起一丝涟漪呢？

想到这里，罗影迅速自高空飞下，她先是通知龙舌兰和王子骁到天台处等待，靠近"母亲"时，迅速捞上两人，一同回到了"迭代"面前。

看着眼前没有五官的弥赛亚，龙舌兰感到了一阵恶寒，不由得扯住了罗影的衣角。但与此同时，她也感受到了巨大的吸引力，眼前无法理解的存在仿佛魅魔一般，向她低语着魅惑的魔咒。

好想拥有祂一般的力量，好想成为祂一般的存在！

龙舌兰用力地摇了摇头，将杂念驱逐了出去。她小声问道："小影，现在怎么办？"

"不要激怒祂，想办法将祂带去太空。"罗影应道。

另一边，王子骁却迎着弥赛亚，毫不畏惧地飞上前去。

"方景，你是方景吗？"王子骁心情激动，身体在不住颤抖着，"因为我急着去死，所以你生我的气了，是吗？我错了，我向你道歉，我再也不敢了，求求你快些变回来，好吗？"

"迭代"依旧毫不为之所动地面向着王子骁，如同面对罗影时一样。

失败了吗？

就在这时，罗影透过熵视野观测到，"迭代"如同黑洞一般的身体，微微泛起了金色的涟漪。尽管那不过是转瞬即逝的刹那，却在罗影眼中无比清晰。

那一刻，罗影想起了"圣典"的话：外网来到地球，是为了在众多的人性中，寻找可以令自己停机的那个"错误"。外网如此，弥赛亚自然也不会例外，即便祂再强大也是如此。也就是说，无论方景的存在对于"迭代"而言是多么的微不足道，她就像是进入眼中的一粒沙子，弥赛亚无论主观意志如何，始终也无法丢弃。

有希望！

王子骁依然在不断靠近着弥赛亚。

"或者你不愿意回来，那也无所谓。"王子骁依然自顾自倾诉着，"但求求你把我也带走，好吗？"

转眼间，王子骁距离"迭代"只剩下了不到3米的距离。他张开双臂，想要将弥赛亚拥入怀中，就如同拥抱方景一般。

龙舌兰想要开口阻止，但想到如果那个弥赛亚是罗影，自己大概也会这么做，于是没有作声，只是默默地看着。

在某一瞬间，罗影透过熵视野看到，黑洞的事件视界泛出一丝光亮。她当即判断出，那是弥赛亚即将发动能力的征兆。

"迭代"对王子骁的行为做出了反馈！

罗影的身体在大脑下达命令前行动了。她飞速地飞上前去，轻而易举地撞飞了王子骁，顶替他站在了弥赛亚的近旁。

之后，她感受到意识被一股暖流包围，就如同"母亲"采集信息，制作罗星和罗伊时一样。在近乎为零的时间内，二十七个一模一样的罗影出现在空中，她们形成了一个圆环，将"迭代"围在其中。

"迭代"似乎也没有预料到罗影突如其来的行为，反应有了些许的迟疑。

无论是迷惑也好，愤怒也罢，只要能将弥赛亚的注意力吸引过来，罗影就已经达到了目的。

"跟我来吧！"

二十七个罗影化成闪亮的流星，同时向着浩瀚的苍穹疾驰而去。

◇

面对眼前的几个人类，弥赛亚"迭代"感到了一丝困惑。

那名叫作王子骁的男人，与方景有着深刻的连接。在自己诞生之初，方景就凭借自身的意志挽救了这个男人的生命；此时此刻王子骁出现在面前，体内方景的意识突然躁动起来，她发出强烈的呼喊，想要掌管弥赛亚的身体，同这个男人拥抱。

想要让眼前这个男人消失是再简单不过的事情，但如果这样做的话，方景的反应会更加剧烈吧！尽管对于"迭代"而言，方景只是诞生前孕育自己的"母体"，然而，祂却不想做出让方景伤心的事情。

那就用复制能力吓吓他，让他知难而退吧！

然而，就在能力发动的瞬间，那个叫作罗影的人却顶替了王子骁的位置，代替他接受了复制。非但如此，罗影们还一同逃上了太空。

"迭代"意识到，复制眼前的这个人，似乎比复制石头要有趣得多！

如果足够多的罗影引发了宇宙的大坍缩，那将是怎样的情形呢？

祂发出了几声婴儿般的笑声，向着高空追了过去。

转眼间，罗影已经飞越了地月拉格朗日点，"迭代"方才制作的小行星已近在眼前。

"红，弥赛亚制作出这颗小行星，用了什么能力？"罗影通过对讲机问道。

"祂只是对质量一千克的石头，按照3的迭代幂次进行了复制而已。"红答道，"祂复制了3的27次幂，大约7.6万亿次。"

"如果祂的能力继续进化下去，会发生什么？"罗影继续问道。

"3的迭代幂次属于四级运算，如果进化为五级运算，那将是一个高达7.6万亿层的3的幂次塔，仅仅是按照十进制展开，其信息量都足以令宇宙引发大坍缩。"红答道，"并且，这还只是祂能力的很小的一部分而已。只要祂愿意，迭代的层级会不断提高。"

罗影想了想，无法想象那是一个怎样大的数字。总之，万亿、兆、恒河沙数乃至无量大数，在如此庞大的数字面前，也和零没有什么区别。思考了片刻，她提议道："能帮我联系到'昨日重现'吗？祂应当存在于这个时间点。"

话音未落，"昨日重现"沧桑且浑厚的声音便在罗影的脑中响了起来："我在这里。"

罗影低头看了看已经追过来的弥赛亚"迭代"，语速飞快地问道："您的存在跨越了平行时空，有没有这样一个地方，可以让弥赛亚尽情地复制，而不会导致宇宙毁灭？"

"昨日重现"陷入了许久的沉默，与此同时，"迭代"已经来到了罗影近前。在缺少了五官的脸上，祂的嘴角微微上扬，似是在笑着。

"在我能够连接到的平行世界中，并不存在这样的时空。我做不到像外网一样，只要数论相同的时空，就可以彼此跨越。""昨日重现"答道。

"那样的话，就将我和弥赛亚传送去这个宇宙足够空旷的时间地点吧！"罗影匆忙请求道。

另一边，"迭代"已举起了右臂，准备发动能力复制罗影。多亏了祂正在饶有兴致地观察新的实验品，罗影才获得了商讨对策的宝贵时间。

"想要传送弥赛亚，我的算力依然不足。""昨日重现"给出了近乎绝望的回答，"就算加上了人工智能的算力也做不到，它们的算力在弥赛亚的面前，微若浮尘。"

"如果加上人类为了对抗'涌现'而准备的算力呢？"红插了进来，"对于地球上的人们而言，还不知道'涌现'的算力已被弥赛亚吸收。我可以联系这个时代的超级人工智能，继续将准备牺牲的一百万人投入'图灵'，转化为你需要的算力。"

"这样的话，值得一试。""昨日重现"说道。

红嗯了一声，对罗影说道："这是唯一的办法了。但要不要这么做，最终还要你做出抉择。"

红的建议一如既往，理性却又冷酷。一路上的经历在罗影的脑中跑马灯一般地闪过，命运又一次将她放在了决策者的位置上。如果这么做，一百万民众会因为自己的决定而牺牲；但如果不这样做，被毁灭的就不仅仅是人类，甚至包括地球，包括整个宇宙。结果没有区别，区别仅仅在于，做出决策的人是谁。

"干吧。逻辑上，这是最优解。"罗影同样一如既往地应道。

"明白。我会将你和弥赛亚转移去牧夫座空洞。""昨日重现"立即给出了结论。

红叮嘱道："即便可以毁灭宇宙，弥赛亚在发动能力期间也会多少受到这个宇宙物理规则的限制。你要尽量和祂周旋，尝试唤醒祂体内方景的意识。"

"明白。"罗影用力地点了点头。

下一瞬间，淡黄的光晕覆盖了罗影和"迭代"，她们的身影在地球上空消失得无影无踪。

14.

　　牧夫座空洞，是距离地球七亿光年的巨大空洞结构，在直径3.3亿光年的空间内，只存在六十个星系，物质的平均密度只有正常宇宙的不足百分之一。如果把整个宇宙比作一张画板，那么空洞就仿佛是上帝在此处擦掉了不满意的画作一般，徒留下一片虚无的空白。

　　孤独地狱，这就是罗影来到牧夫座空洞后的第一印象。周边看不到半点星光，目之所及只有空洞的黑暗；空间中的物质密度极低，如果不是为自己保存了可供呼吸的大气，罗影甚至不能听到自己的心跳。

　　罗影开启了熵视野，可如果不聚焦到极微小尺度的狄拉克海，视野中依然是一片空洞。没有物质，温度接近绝对零度，自然也就看不到熵。

　　"迭代"出现在罗影的身旁，在这个孤独的地狱里，弥赛亚甚至都不再可怕，祂的存在对于罗影而言反而是一种救赎。

　　"迭代"的脸上依旧挂着似有似无的笑容，面对着罗影这个新的实验品，祂发动了自己的能力。

　　先是小试牛刀的四级运算，转瞬间，空间中的二十七个罗影增加到了接近206万亿个。

　　一瞬间，罗影的身体感受到了强大的引力。以每个罗影的质量六十千克计算，206万亿个罗影的质量已经超过了1.2亿亿千克，已经相当于小型天体的质量，彼此间产生的引力足以将物质聚在一起。

206万亿个罗影同时行动了，她们不约而同地操控着熵，彼此远离到了安全的距离。她们的行动是如此整齐划一，如果存在一名上帝视角的观测者，他一定会发现206万亿个罗影宛如被同一个大脑控制一般，全部精确无误地做出了回避的动作。

罗影喘着粗气，1.2亿亿千克不过月球质量的万分之一，产生的引力还不至于难以对抗。

战斗才刚刚开始。

"迭代"望着铺天盖地的罗影军团，开心地点点头，对自己的作品很是满意。祂同时也很喜欢这个空洞的空间，在这里可以自由地发挥自己的能力。

接下来，就试试五级运算吧。

空间中罗影的数量以难以置信的速度增长着，几何级数在这样的增长速度面前，简直慢得如同停滞了一般。

然而在某一瞬间，"迭代"却不得不将复制停下来，祂感受到了来自这个世界的物理定律的对抗。

此时此刻，空间中罗影的数量已经超过了10的29次方，即十万亿亿亿个。弥赛亚之所以感受到了物理定律的对抗，是因为复制出的罗影的质量已经超过了强德拉塞卡极限。

强德拉塞卡极限，即1.44倍太阳质量，是白矮星的质量上限。超过这个质量的白矮星，会因为无法抵抗自身的引力而坍缩为黑洞。

这个宇宙的物理定律告诉"迭代"，此处存在的物质过多，将会坍缩为奇点。

身在其中的罗影，此时已经感受到了无法对抗的引力，中心部的罗影先是被来自四面八方的强大引力撕裂，继而尸体又被引力压缩到了一起，结合成了一颗血肉的天体。

然而面对此种情形，"迭代"却感到了不满。

太慢了。

按照这个宇宙的物理定律，需要经过亿万年的时间，这个人类才能完成向黑洞的坍缩。尽管"迭代"可以无视这个宇宙的物理定律发动能力，但祂同时也希望看到，如果遵照定律，自己的能力会造成怎样的结果。

想到这里，"迭代"当即对周围时空的时间流速使用了自己的能力。

罗影周围的时间以千倍、万倍、亿倍的速度流逝着。转瞬间，中心部血肉天体的化学键已经在引力的拉扯下断裂，碎裂成了原子和电子的等离子体。坍缩以数十亿倍的速度继续着，难以计数的罗影聚集在一起，她们的肉体突破了原子核之间的库仑斥力，开始产生核聚变。由于人类身体的主要元素是碳，由罗影聚集而成的恒星，是从碳碳聚变开始的，可以说从一出生就进入了晚年。

坍缩仍在继续。

在短短的时间内，罗影形成的恒星已经坍缩成了中子星。十万亿亿亿个罗影的身体被压缩到了直径不足二十千米的球体内，一些在引力坍缩中逃脱的罗影也被强大的引力撕扯，身体化作闪亮的等离子体，被吸入中子星内。

仍有逃逸到安全区域的罗影，正在拼尽全力躲避着中子星的引力。不知从何时起，她的神经已经麻木了，复制体被压缩产生的痛楚已经无法再令她产生共鸣，即便是"纠缠态"的传输也已经失效。人类的生理学极限，给了她最后的救赎。

在依旧存活的罗影眼中，飞速旋转的中子星仍在坍缩着，闪亮的表面逐渐缩小，最终成为空间中无比耀眼的一个点。下一瞬间，漆黑的球体自奇点中以光速扩散开来，罗影们产生的引力最终战胜了泡利不相容原理产生的斥力，将自己压缩成了一颗黑洞。

而目睹了整个坍缩过程的"迭代"，已经对眼前的景象失去了兴趣。太无聊了，有限的宇宙就是这样，无论做什么都受到诸多限制。比起遵照这个宇宙物理定律的引力坍缩来，他还是对自己的能力更感兴趣。

那就继续复制吧！

这一次，祂索性将黑洞作为基本单位，开始了又一轮的"迭代"。

转瞬间，一颗又一颗的黑洞自虚空出现，如同围棋棋盘上满布了黑子一般，迅速填满了目之所及的空间。

闪亮的吸积盘在遍布整个宙域的强大引力拉扯下，劈裂成细碎的亮线，又在引力的作用下落入黑洞，放射出伽马射线辐射。然而即便是黑洞放射出的伽马光子，也很快便被另一颗黑洞吸收，转化作质量向着奇点跌落而去。

与此同时，黑洞之间彼此接触的事件视界也开始融合。如同多个水滴汇集在一起一般，事件视界如同液体一般地流动、交融，很快就有大量的黑洞相变成为质量超越Ton618[①]的超大质量黑洞，还有一些在更大质量黑洞的引力下被撕裂，裸露出了其中的奇点。"迭代"复制出的黑洞结构是完美对称的，除去有限的边界条件外，所有的演化全都取决于时空中细微的扰动。

而被黑洞环绕的罗影，却在绝望中露出了一丝笑容。

终于找到了。

自从发现"迭代"会因为王子骁的出现发生反应后，罗影就确信，在其灵魂的深处依然有着名为"方景"的存在。于是，在与"迭代"对战之初，她就开启着熵视野，向着其更加微观的层面看去，试图将方景找出来。

然而，弥赛亚"迭代"的内部并不遵循这个宇宙的物理学规律。突

---

① 超大质量黑洞，位于猎犬座靠近银道北极的位置，大约有六百六十亿倍太阳质量。

破普朗克尺度后，罗影发现其在更微观处依然存在着近乎无限的结构。

原本以罗影的精神力，即便"迭代"内部存在着更加微观的结构，她也难以继续深入，但"迭代"亲手将方法赋予了她。与"母亲"的复制能力一样，经由"迭代"复制出的罗影，尽管是独立的个体，灵魂却处于纠缠态。也就是说，被复制出的罗影可以齐心协力，向着更微观进发！

罗影不知向着微观探寻了多久，依然没有找到方景的灵魂，对微观的聚焦也依然没有尽头。如果按照常规的尺度预估，当来到牧夫座空洞时，罗影已经观测到了10的负1000次方米，一个在本宇宙并不存在的，小于普朗克尺度的空间。

随着被复制的次数以迭代幂次增加，几万亿、百万亿、亿亿的罗影同时加入了观测。一部分罗影因为引力坍缩死去，其他的则会继续，刚刚被复制出的则立即补上。

终于在时空终结的最后一刻，罗影在微观的更深处，找到了方景的灵魂。她正安静地坐在一池湖水旁，看着自己在水中的倒影。

根据罗影的估算，她来到了10的负372183838819776444413065976878496481 2800次方米的尺度下。用常规的"万"和"亿"已经很难描述这样的尺寸，古代的佛教经典用"华严大数"赋予其相应的称谓：10的负一百不可说不可说转次方米。当然，靠罗影一个人是不可能计量这样的尺度的，这是几万亿亿个罗影共同努力的结果。

"罗影姐？"弥赛亚意识之海深处的"方景"看着罗影，露出惊讶的神情，"真的是你吗？"

"跟我走吧，我们需要你。"罗影向方景的灵魂深处伸出了手。

"我真的，还能为大家做些什么吗？""方景"露出了迷茫的神情。

"你是'迭代'的母体，也是祂之所以能够存在的原罪。"罗影解释道，"尽管同弥赛亚庞大的意识比起来微不足道，但就是这纤毫至极的一丝'错误'，能够成为祂最终走向灭亡的导火线。"

"方景"的眼睛渐渐明亮了起来。罗影看着她的眼睛，继续说道："醒来吧，你才是应当主导'迭代'的灵魂！"

微观世界之外，幸存的罗影们即将迎来终结。牧夫座空洞即将被前所未有的巨大黑洞吞没，随着"迭代"复制的继续，这里将成为全宇宙物质绕其旋转的巨引源，并在遥远的将来引发整个宇宙的大坍缩。

罗影的意识渐渐模糊起来，这一次，她真的尽力了。但眼前这个超越了世界级罪物的存在，显然不是她能够战胜的对手。不过，她已经在对方的心里埋下了种子，一颗有朝一日能够超越神祇的、人性的种子。

四周的黑洞已经遮住了所有外界射入的光线，就连自身的吸积盘，也在事件视界的彼此融合中化作糖稀一般黏稠的流体，宛若冥河之上的点点魂火。

就在这时，快要失去意识的罗影，感到黑洞引力带来的潮汐力减弱了。她惊讶地向四周看去，看到黑洞的事件视界在渐渐压缩，她赖以生存的、黑洞之间的空白区域却在迅速扩大。那一点点的空白区域与黑洞相比原本微不足道，可转瞬间便膨胀到尺度与黑洞相当，下一刻甚至超过了黑洞的边界。

那是一种无比玄妙的现象。空白区域既在黑洞的环绕之下，同时又跨越了黑洞的边界，甚至将黑洞容纳其中。

与此同时，罗影感受到一股力，将她向着黑洞阵列的外侧拉去。她已无力反抗，但心中却十分清楚，只要撞上黑洞的事件视界，那必将是万劫不复的境地。不，也许在到达事件视界之前，自己就会被黑洞的潮汐力扯碎吧！

然而这一切并没有发生。罗影平安无事地穿过了黑洞的事件视界，那一瞬间，她既在黑洞之内，又在黑洞之外。已经极度疲惫的罗影自然无力去思考其中的原理，但她清楚，自己得救了。

与此同时，罗影的耳边传来一个声音，熟悉而又陌生："你已经做得很好了，休息吧！"

罗影的意识渐渐远去，在最后时刻她看到了，"迭代"光滑如玉的头颅上产生了一道裂痕，继而面部的一块肌肤碎裂开来。祂痛苦地捂住自己的脸，在祂面部碎裂的地方，张开了一只眼睛。

方景的眼睛。

"迭代"向着罗影伸出手，开口道：

"罗影姐……"

◇

"昨日重现"在将罗影和"迭代"进行空间传送的同时，还进行了时间传送，她们一起被传送到了宇宙形成之初。那时，众多的恒星和星系还在形成的过程中，放射出的可见光还无法跨越几亿光年的时空，到达牧夫座空洞，因此在罗影目之所及的范围内看不到半点星光。

牧夫座空洞一带宙域本无特殊性，只是初期宇宙中一片普通的区域而已。而罗影与"迭代"的战斗，才是形成巨大空洞结构的真正原因。

15.

王子骁醒来的时候，发现自己正趴在酒吧的桌子上。头颅炸裂一般的疼痛，胃里仿佛有火焰在灼烧着。

我是谁？

借着酒瓶上的倒影，王子骁看清了自己的样貌：脏兮兮的脸庞，许久未刮的胡子，还有满是皮屑的、乱蓬蓬的头发。

哦，对了，我是王子骁。

更准确地说，是继承了"王子骁"这个名号的，肮脏的、蜉蝣一般的存在。

想到这里，王子骁发出了呵呵的讪笑声。他倒满酒杯，一口干了下去。

◇

弥赛亚"迭代"消失了，一同消失的还有罗影她们。

"母亲"失去了作为世界级罪物的能力，恢复了往昔的人造子宫装置。王子骁木讷地推开"母亲"的大门，偌大的空间中只剩下了他孤零零一个人。

直到此刻，他才有机会在脑中整理，究竟发生了什么。

自己活了。方景与"母亲"融合，进化成了弥赛亚。罗影为了保护大家，和弥赛亚一起消失了。

用膝盖想想也能明白，方景是为了拯救自己，才选择了成为弥赛亚。罪物红布兔给予的寿命将近，弥赛亚却能将他所剩无几的时间拓展到近乎无穷。

可是，为什么？

为什么不让自己去死？自己明明那样地渴望着死亡！

方景这么做，一定有她的理由吧。但她为什么不告诉自己？

我们不是相伴了三百多年的夫妻吗？

有谁，到底有谁，来告诉我这一切的答案？

王子骁默默来到"母亲"的控制室，坐在了方景的位置上。每一天，方景都会来到这里，同"母亲"交流。

王子骁就这样坐在那里，过了许久许久。肚子由于饥饿发出阵阵抗议，心脏由于低血糖猛烈跳动着，肌肉由于长久以来不活动而变得僵硬麻木。然而对王子骁而言，肉体上的痛楚反而是一种救赎。

再也没有了罗影姐来开导自己。

再也没有了方景来劝慰自己。

活过了近五百年的岁月，王子骁第一次真切地感受到，自己是这样的孤独。

我好想你们。不要丢下我一个人。

一行眼泪，自老男人的眼角落下。

又过了许久许久，王子骁的身体因为严重脱水，已经挤不出一滴眼泪。但他依旧如同枯木一般，坐在方景曾经的位置上，一动不动。"不死"的特性维持着生命，无论肉体遭遇了何种痛苦，他的精神依旧保持着长久的清醒，得不到一刻安息。

不知从何时开始，"母亲"的生命探测装置开始时不时光顾，大概人工智能也在怀疑座椅上的是不是一具尸体，需不需要尽快处理掉。

终于，王子骁问累了"为什么"。但横亘在他眼前的却是另一个巨大的难题——该怎么做。

去死？做不到。

活下去？不知道该怎样活。

如同莫比乌斯带上的蚂蚁一般，王子骁将自己关进了逻辑的死循环里。不知不觉间，他的头发已长到了齐肩的长度，胡须宛若灌木丛一般，埋没了他的脸庞。生命探测装置来得更频繁了，停留的时间也更长，但每一次都会失望地离去。

到底怎样做，才能去死？

又或者，我该怎样活？

王子骁依然陷在自我构建的死循环里，在无间地狱中折磨着自己。

我明明应该已经死了……

对啊，死了！

想到这里，无尽的莫比乌斯带裂开了一个缺口。

生命探测装置还在扫描这个人的生命体征，可是突然间，这个怪兽一般、野人一般的家伙笑了起来，干涸的声音仿佛深渊恶鬼的哀嚎。

那一刻，王子骁找到了答案。或者说，他认为自己找到了答案。

没错，王子骁已经死了。他的葬礼有爱妻陪伴，有罗影姐主持，还有大英雄龙舌兰的见证。

那么，现在在这里的，留在这具躯壳中的，就只是他的残渣，是不同于王子骁的，其他的什么人。

既然不是王子骁了，那么，就这么活下去，倒也无妨。

可是，我叫什么好呢？算了，还是叫王子骁吧，否则方景牺牲自己的拯救，岂不成了无意义的行为？王子骁一定不希望这样。

但是，你不是王子骁，不能是王子骁，也不可能是王子骁。

你是其他别的什么人。

不知大笑了多久，王子骁猛地站起身来。他找来食物和水填饱了肚子，将储备的酒一口气全部喝光，又用匕首切短了头发、刮去了胡茬。

然后，他离开"母亲"，哼着小曲，一摇一摆地向着"柠黄"走去。

◇

时间回到现在。王子骁很快喝完了一瓶酒，他招招手，示意酒保续上。

"先生，您已经喝掉了十个图灵币。"酒保俯下身子，恭敬地说道，"还请您先把欠款结清。"

王子骁用两根手指捏起个人终端，递到酒保手里。

然后趁着酒保查看的间隙，他躬下身子，悄悄朝着酒吧外面摸去。当然，所谓个人终端也是他在垃圾堆里捡的报废品，因为身为罪人的他根本没有"柠黄"的身份ID。

可还没等他摸到门口，酒保便已经确定了，眼前这个人在诓他。

"抓住他！"

酒保一声令下，两名五大三粗的保安立即拦在门口。他们中的一人一把抓住王子骁的衣领，像拎小鸡一样将他拎了起来。

"想白吃白喝是吧？"保安对着王子骁的脸，口沫横飞地说道。

而王子骁什么也没有说，只是嘴角上扬，呵呵地笑着。

保安的火气蹭上来，他一拳打在王子骁的脸上，对方被揍得飞了出去，重重地撞在酒桌上，空瓶子噼里啪啦地砸在他的身上。

"给我狠狠地教训他！"保安一声怒喝，与同伴同时冲了上去，对倒在地上的王子骁一阵拳打脚踢。其中的一个还拿起空酒瓶，重重砸在王子骁的头上。周围的客人只是冷冰冰地看着，没有一个人做出反应。在"柠黄"这座城市里，这样的事情司空见惯。

而倒在地上的王子骁，却依然笑着。

对啊，就这样打吧，打得再用力些。

你们看倒在地上的这个人，垃圾一般，蛆虫一般。这样的人，怎么可能是赖鹏队长和罗影姐一手带出来的兵，怎么可能是方景的丈夫呢？

因为，真正的王子骁已经死了啊！

保安瞥见王子骁的神情，不由得感到一阵恶寒。他甚至感觉再这样打下去，自己会被传染上某种病，某种直达死亡的病。

可就在这时，一道清亮的女声响了起来：

"够了！"

保安们停了下来，客人们也纷纷看了过来。只见一名穿着淡紫色长衫、戴着兜帽的女人大步走到酒保面前，问道："他欠了你们多少钱？"

"十个图灵币。"酒保如实说道。

女人拿出个人终端，丢给了酒保。

"今晚他的酒水，我全包了！"

说罢，她俯下身子，将满身伤口的王子骁扶了起来。可王子骁并没有如她料想般道谢，而是掸掸身上的土，猛地冲到酒保面前，大声喊道：

"听到没？哥有钱了！你们这里最好的酒菜，全都给我拿上来！"

在他的想象中，女人会甩他一记耳光，然后气呼呼地离去，临走前还会赏他一个看垃圾般的眼神。可没承想女人只是微微一笑，摘掉兜帽，露出一头微微卷曲的秀发。

"照他说的上，来双份！"

◇

王子骁坐在了女人对面，两人一起用餐。

他本以为女人会出言开导他，或者让他做什么事情，可对方只是简单地自我介绍后，便一言不发地吃了起来。

女人叫作心瞳，自称心心老师，从装束便可以看出是一名占卜师。王子骁一面用餐一面偷偷看着对方，可心心老师的表情平静到无懈可击，王子骁甚至找不到一个机会激怒她。

酒保端来一份牛排，躬着身子摆在桌上。尽管他的态度十分礼貌，看向王子骁的眼神却带着几分不屑。

王子骁自然不会放过这个机会。

"你这个牛排，是几分熟？"他一面在手里把玩着叉子，一面问道。

"因为二位没有提出要求，所以提供了最受欢迎的七分熟。"酒保尽可能装作耐心地回应。事实上，他是忘了问。

王子骁切下一块放入口中，立即说道："太生，口感不够细腻。"

"那，要不要给您上一份全熟的？"酒保一面说着，暗自在心里骂了一句。不过损失一块牛排而已，赶快把这位大仙打发走才是正事。

"你懂不懂西餐？"王子骁不屑地瞥了他一眼，"全熟的牛排谁咬得动？"

酒保头皮上的青筋微微暴起，但他还是耐着性子说道："可是，七分熟以上就是全熟了。"

王子骁啧啧嘴，站起身来，一把揽住酒保的肩膀，身上的酒气和臭气熏得对方一阵头晕。

"怎么，觉得哥没有钱是吗？"王子骁凑到酒保脸前，一字一句地说道。

"不……怎么可能。"酒保看了眼专心用餐的心心老师，对方依然没有提出意见。他握紧拳头，心想为了钱，忍了！"这样吧，您说一个期望的熟度，我会尽量给您提供，只多收您五个图灵币。"他说道。

"这就对了嘛。"王子骁松开酒保，跷着腿坐了回去，"但是，如果你做得不合格，就要给我们免单。"

酒保觉得不管他说出多么外行的要求，只要随便应付一下，反正做牛排自己是专业的，怎么解释全靠一张嘴。他点点头，表示同意。

可是，王子骁的下一句话，险些让他一口老血喷出来：

"给我来一份根号57[①]分熟的！"

"哈哈哈哈——"

听到这里，心心老师忍不住大笑了起来，直到酒保讪讪离去都没有停下来。她擦擦眼泪，看着王子骁说道："你真是个有趣的人。"

"我吗？你大概看错人了。"王子骁笑道。

"我请你吃喝，作为报答，帮我办一件事吧。"心心老师说道。

看吧，果然来了。王子骁正在想怎样耍赖皮把这次混过去，没承想心心老师却拿出一副扑克牌，说道："我看到你的第一眼，就觉得你的命运不一般。让我为你做一次占卜，咱们就算两清了！"

王子骁吃了一惊，仅仅作为占卜对象？这相当于完全不用付出任何代价。他故作深沉地笑了笑，说道："我听说，占卜师用的都是塔罗牌，你却用扑克。"

"我的占卜方法是自创的。"心心老师笑道。

心心老师将扑克牌展开，示意王子骁凭第一感觉选一张。王子骁抽了一张放在桌面上，是一张方片7。

"方片代表你原本生活的条条框框，而7在十三张扑克中处于中间偏大的位置。这意味着你正在突破原本生活的束缚，经历一场蜕变。但是7仅比中间位置大了一点点，这表示你刚刚起步，未来的路还很漫长。"

王子骁微微蹙眉，他本以为所谓占卜师不过是个神棍，没想到还有些真东西。但就目前而言，心心老师所说的还属于那种"怎么听都有道理"的范畴，不能证明她的能力。

第二张牌，王子骁选到了鬼牌。

"哈哈，这张牌是不是意味着，我的未来像鬼一样，糟透了？"他

---

① 此数值在 7 与 8 之间，为无理数。

笑道。

"不！"心心老师立即否定了他的说法，"Joker代表着，你为自己戴上了小丑的面具。非但如此，你会渐渐被这副面具同化，变得无法区分自己和小丑。最后，小丑就是你，你就是小丑。"

王子骁偷偷地吸了口凉气，如果说第一次只是巧合，那么这一次的解释，可谓恰如其分地描述了自己现如今的状态。但他依旧没有表露出任何情绪，只是顶着一副嬉皮脸，再次将手指伸向了牌堆。

突然间，酒吧的木门被粗暴地推开了。一瞬间，全场的客人都安静下来，因为闯入的是一队荷枪实弹的男人，他们穿着统一的制服，背部绘制着白色的梅花图案。但凡在"柠黄"生活过的人都清楚，他们是城市四大黑帮之一，"梅"的直属部队。

通常而言，黑帮的直属部队都不会参与民间的事情，只有在帮派火拼时才会出动。与此同时，因为"柠黄"并没有政府或军队，所以除去直属"黄"的罪物猎手之外，帮派部队就是最强战斗力。

酒保殷勤地走上去打招呼，领头大哥只是哼了一声，他便乖乖地缩到了一边。宾客们全都噤若寒蝉，生怕惹上是非。

一队人马穿过人群，径直来到王子骁和心心老师的餐桌前。

"你就是占卜师，心心老师吗？"领头大哥问道。

心心老师抬眼看着他，毫不畏惧地说道："哦？我的名气这么大吗？"

"那就好办了。"领头大哥自顾自地扯了把椅子坐下，"不久前，'兰'袭击了我们的货仓。根据我们的线人报道，是你的占卜为他们提供了仓库的位置。"

心心老师刚要说些什么，领头大哥抬起一只手掌制止了她。"你放心，我们不是来找你麻烦的。我们'梅'一向爱才，只要你肯跟我们走，成为我们的参谋，之前的事情，一笔勾销。"

"我拒绝。"心心老师毅然决然地说道。

"哦？为什么？"领头大哥皱皱眉，"为什么肯帮助'兰'，却不肯帮助我们？"

"你们那间货仓里装了什么，你们自己不清楚吗？"心心老师厉声说道，"这座城市明明提供了廉价的电子致幻剂，你们为什么还要走私毒品？"

领头大哥不屑地哼了一声："电子的玩意儿，显然不够劲儿。"

"在这个世界上，人们仅仅是活着就已经竭尽全力，你们为了手里的图灵币，居然放下了做人的最后一丝底线！"心心老师愤然道，"你们就是猪狗不如的畜生，就应该被逐出这座城市，成为罪物的饲料！"

领头大哥听罢，猛地一拳捶在桌上，扑克牌被震到了半空。他的眼角闪过一丝阴冷的光：

"这么说，是没得谈了？"

然而他没有意识到，有一只手伸向空中，抓住了一张纸牌，然后带着破风声，对着他的脖颈砍了下去——

领头大哥甚至没有来得及发出一丝哀号，便向后仰倒过去，脖颈喷出了殷红的血液。

王子骁啧啧嘴，丢掉手中染血的扑克，又抽出一张纸巾擦了擦手。之后，他仿佛觉得这样太浪费了，索性用这张纸擤了鼻涕，丢在领头大哥的身体旁。

而领头大哥身后的跟班，此时方才明白发生了什么。

"杀死他！"有人一声呼唤，十几杆枪直挺挺地对准了王子骁。

而王子骁毫不畏惧地走上前去，用胸口顶住了一把枪的枪口。

下一瞬间，他单手握住枪杆，飞起一脚将持枪人踢了出去。没等对方落地，他便在空中连开数枪，那个人在刹那间没了性命。

王子骁看着手中的枪，若无其事地感慨道："太外行，枪都没校准好。"

其余人一拥而上，有抡起枪托殴打的，更有慌乱中开枪的。而王子骁只是简单地做着极小的动作，只不过他每一次出招，都会有人倒在血泊中。

不到一分钟的时间，"梅"的部队全军覆没，王子骁没有留下一个活口。酒吧里一片沉寂，大家全都无比惊讶地看着这名不久前还像垃圾一样的男人。

他怎么有这么大本事？

他会不会为了刚才的事，报复回来？

正在大家惊慌之际，王子骁却冷不丁操着极其夸张的音调，歇斯底里地喊道："啊！杀人啦！黑帮内讧火拼啦！吓死人啦！快报警啊！！"

现场一片茫然，酒吧外的人也被这夸张的声音吸引了过来。王子骁依旧大喊着，不多时酒吧便里三层外三层围上了人群，其中还不乏四大组织的人。

而他本人却拉起心心老师，看准机会溜之大吉。

当天晚上，王子骁住在了心心老师的家里。他原本以为对方是什么富贵之人，没承想她的住处只是城市郊区一处简陋的房子，除了必要的生活用品一无所有。

洗漱过后，两人一起躺在了床上。

"你还真厉害。"心心老师感慨道。

"你才是，面对黑帮的人还敢开口痛骂。"王子骁撩起心心老师的发梢，在她的额头上吻了一下。

心心老师叹了口气，苦笑道："我是觉得肯定跑不掉了，倒不如骂个痛快。"

"你没有预测到，我会在关键的时候飒爽登场吗？"王子骁摆出一副酷酷的样子，说道。

　　"怎么可能！"心心老师顿了顿，继续说道，"我这个占卜师，其实是个骗子。"

　　"但是，你说对了我的命运。"王子骁应道。

　　"占卜是真的，但扑克技术是假的。"心心老师笑道，"我……是个罪人，能力是预知。当然，我的能力用起来有很多的限制，例如太远或者太近的事情无法预测，自己的命运无法预测，等等。为了在城市生存下去，我将自己包装成了一个占卜师。所谓扑克代表了什么，完全是在胡扯而已，只有背后的命运是真的。"

　　"足够了。"王子骁说道，"在这个世界上，有很多人甚至不清楚自己到底有什么是真的。"

　　"要不要做完最后的占卜？"心心老师说罢起身，从床头翻出一副扑克牌，展开摆在王子骁面前，"来吧，抽取你最后的命运之牌！"

　　"直接告诉我结果不行吗？"

　　"不行。既然做戏，那就要做到底。"

　　王子骁笑了笑，从牌堆里随意抽出一张。这一次，他抽到了黑桃皇后。

　　"哇！这张牌……"心心老师装出一副惊讶的样子，"代表你仍有未尽的使命。你仍将为自己的女王而奋斗，直至生命终结。"

　　之后，两人又聊了些有的没的，心心老师表示自己想去"苍灰"，听说那里不会歧视罪人。

　　"我一个人不安全，咱们能不能结伴而行？"心心老师在王子骁胸口画着十字，问道。

　　"不胜荣幸，我的女王陛下。"王子骁答道。

　　心心老师睡熟后，王子骁仰望着天花板，想起了方才的占卜。心心老师说，自己还有未尽的使命。

被方景救回来的这条命，究竟还能用来做什么呢？

在这个世界上，还有容得下自己挤出那么一丁点意义的空间吗？

突然间，他回想起了自己和龙舌兰的对话。

龙舌兰说过，小时候就认识了他。而在这个时代，龙舌兰还没有出生。

如果自己不去拯救年幼的龙舌兰，那么罗影一行人在"天空坠落"时的经历就无法成立，也就不会有一个人站在全人类的面前，告知大家外网的真相。而自己与方景三百多年来的共处时光，也将成为泡影。

原来如此，所以我还不能死啊！

王子骁哼了一声，闭上了眼睛。然而在那眼睑之下，浑浊的瞳孔多了一丝神采。

第二天一早，王子骁不辞而别。心心老师摸着依然温热的被褥，温柔地骂了一句：

"再见了，人渣先生。"

然而，她在前往"苍灰"的途中，一路平安无事。那段时间里，从事抢劫的罪人中甚至流传着一个传说：千万不要接近一名独行的紫衣女子，那个人的身后，有恶鬼。

313

第六章 真 相

1.

外网纪元259年。

"幽红"的郊外有一座木屋，尽管远离城区，但这里的生活设施一应俱全，无论是罪人还是外出的罪物猎人来此求助，都能够得到补给。

木屋里住着一对男女。女人叫作钟铃，没有人知道她的年龄，也没有必要知道——因为她是一台人工智能；另有一名叫作银蛇的少年跟在她身边，两人的关系经常是人们茶余饭后的谈资。

但是，如果你想要对他们图谋不轨，最好掂量一下自己的斤两。因为这两个人，全都强到离谱。

◇

银蛇跷着腿躺在草坪上，嘴里叼着一片红蓼的叶子。他一面回味方才的战斗，一面构思战术，十三岁的身体躁动不安着。

四年了，他自觉已经成长了很多，却从来没有赢过那个女人，一次都没有。

银蛇并不清楚自己究竟有多强。同钟铃一起住在这个偏僻的地方，时不时会遇上劫匪，甚至还有自甘堕落的罪物猎手前来洗劫。每一次，银蛇都能轻松将他们解决。然而每当他觉得自己已经很强时，钟铃都会给他当头一棒——

在这个女人面前，自己简直弱得像只小鸡。

自从银蛇九岁时遇到钟铃起，她就强得不像个人类。事实上，钟铃确实是台机器人，不过她说自己曾经是人类，因为某种原因舍弃了身体，将意识固定在了机器人身上。

除了强到离谱，钟铃还十分有手段。例如，她可以找来昂贵的设备，在这荒郊野岭架设上外网屏蔽，并且一直都有充足的算力供应。正因为如此，银蛇生活在这里，始终没有遭受污染变异的担忧。按照钟铃的说法，等到本领练成后，会推荐他去城市做个罪物猎手。

但这些于银蛇而言都是无所谓的事情，他活着的目标只有一个，那就是战胜钟铃。至于之后的事，他完全没有想过。

银蛇闭上眼睛，与钟铃的成百上千次较量在脑中一一闪过。钟铃的破绽在哪里？不，她压根就没有破绽。想要战胜她，只能出其不意。那么自己要不要自创招式？也不行，钟铃严禁他这么做，理由是基本功最重要。既然如此，那就用自己现有的招式……

银蛇想到了办法，猛地睁开眼睛，鱼跃而起，向着住所跑去。

两人住在一间二层的别墅里，各类生活设施一应俱全，可钟铃却只用了一间屋子，里面东西少得可怜，其他房间都是银蛇在打理。然而，她却在院子里种了很多蔬菜，甚至垒了鸡窝和猪圈，说是为了更方便银蛇补充营养。银蛇曾建议她养些猫狗，钟铃却说这些动物容易产生感情牵绊，对战士而言是不利因素。

银蛇风风火火跑来时，钟铃正在给西红柿浇水。钟铃的躯体采用了很先进的型号，特别是硅胶皮肤纹理十分细腻，脸部能做出丰富的表情，远远看去完全就是贵妇人在打理庭院。

如果田地里种的不是蔬菜，而是花花草草就更像了。

"钟铃，我们来比试！"银蛇一见面就忙不迭地喊道。

钟铃听闻，缓缓站起身来，解下围裙，撸起袖子，准备把手臂的硅胶皮肤卸掉。这是她每一次对战前的准备工作，然而这一次，银蛇却有些别扭地提议道："我说……能不能别摘皮肤了？"

"为什么？"钟铃若无其事地问道，"这东西坏了就要去城里换，很麻烦的。"

银蛇在心里骂了自己一句，怎么就不经大脑把想法说出来了。他飞快地编制着理由，脱口而出道："你看，如果我始终面对机器人，以后遇到人类对手时，难免会下不去手，不是吗？"

钟铃愣了两秒，停下了卸掉皮肤的动作。"有道理，回头让他们送来些备用品好了。"她说道。

银蛇并不清楚钟铃口中的"他们"是何方神圣，只知道每当两人有什么需要时，只要钟铃一个电话，所有物资都能搞定，甚至能搞来治疗舱。

两人来到了练习用场地，这里是一块专门开辟出来的操场，地面铺了混凝土，四围里有跑道和简单的健身器械。

银蛇摆好架势，而钟铃只是自然地站立。她总是这样，不摆出任何姿势，对手也完全无从得知她将如何出手。

银蛇调匀呼吸，一条腿猛地用力，向着钟铃急速冲去。钟铃不躲不闪，银蛇冲到近旁后单腿扎稳，猛地挥出右拳，钟铃仅是向后一步，以毫厘之差闪过。

目前为止，所有的动作都在银蛇的预料中。他太熟悉钟铃的战法了，这个女人总会以最小的动作达成目标，不给对手留下一丝可乘之机。

银蛇的攻势并没有停下来。他以扎稳的左腿为支撑，抬起右腿准备使出侧踢。这一击，钟铃想必会抬手阻挡，因为任何躲避的动作都容易留下破绽。

银蛇紧紧盯着钟铃的动作，果不其然，她抬起了左臂，准备接下这一招。

成功了！

其实银蛇的踢腿只是虚招，见钟铃上当，他立即收回了右腿，反而迈进一步，在挥出的右拳再次加力——

寸劲！

疾劲的拳风吹过，地面上的灰尘和落叶被扬了起来。银蛇大口喘着粗气，嘴角却忍不住地上扬。这一次，终于……

"不错的想法。但你有没有想过，这一击如果不中，自己就只能任人宰割了呢？"

钟铃波澜不惊的声音在耳边响起，将银蛇拉回了现实。他抬眼看去，只见钟铃只是微微侧身，便躲过了自己志在必得的一击。

"我反复说过，急于求胜是战场的大忌。因为我们面对的是你死我活的较量，而不是什么体育比赛。所以比起这种不要命的打法来，你更应该思考怎么保护自己。"钟铃平静的声音中带着些许愠怒，银蛇不由得颤抖起来。每次钟铃这样说话，他都不会有好果子吃。

果不其然，钟铃将手掌放在了他的胸口，说道："作为惩罚，去治疗舱里反省吧！"

寸劲！

银蛇当即被击飞出去，一直滚出了操场，落在土地上才停下来。几秒后，他捂着断裂的肋骨站了起来，一只手指着钟铃大喊道："你给我等着！下次我一定会赢！"

说罢，他便一瘸一拐地向着装有治疗舱的房间走去。在两人的对练中，这种小伤完全不值一提。

钟铃看着他的背影，微笑道："这孩子……"

◇

银蛇只在治疗舱里躺了半小时就走了出来。他捶了捶胸口，肋骨处一点都不痛了。他甚至觉得，下次肋骨断掉根本不用躺治疗舱，过上几个小时就会自然痊愈。钟铃还是太溺爱，会阻碍自己成长的。

清洗过身体，换上干净的衣物，银蛇看到了钟铃为他准备好的红烧肉和米饭。他大快朵颐起来，不一会儿就消灭得一干二净。之前做劫匪时，他曾打劫过"柠黄"的食品运输车，但即便是"柠黄"的食物，和钟铃的手艺比起来也逊色不少。

吃饱喝足后，银蛇再次来到草地上，仰躺看着天空发呆。这已经成了他的习惯，他会通过冥想复盘每一次战斗，争取下次对战时能有提升。

不知过了多久，一个声音打断了银蛇的冥想：

"咦？不是这里吗？为什么会有个毛孩子在？"

说话的是个女人，与钟铃那平静如水的音色不同，这个女人的声音里饱含着情绪。即便在银蛇听来，她的音色也十分漂亮，如果登台演出，一定会很受欢迎吧。

"线人这么说的……应该没错吧？"回应的是个男人，声音里带着一股浑不吝的味道，银蛇只是听着就很想上去给他一拳。

"这已经是第三处了……"女人挠挠头，走上前来，不耐烦地问道："喂，那边的小鬼，这里有个叫罗影的女人吗？"

银蛇睁开一只眼睛，说话的女人穿着修长的破洞牛仔和白色条纹夹克，容貌出奇的端庄靓丽，眉宇间透露出不容侵犯的气质。但银蛇丝毫不感到害怕，钟铃露出杀气时，要恐怖上一百倍。

远处的男人穿着风衣戴着高檐帽，高大的身躯一看就经历过不少的磨炼。可他的脸却白净得出奇，仿佛要将过去掩埋住一般。

"这里没有什么罗影。"银蛇闭着眼睛，冷冷地答道。

女人没有理会他，而是眺望着远处，说道："那边似乎还有人，过去看看吧！"

说罢，两人便迈开步子向前走去，完全无视了银蛇的存在。

银蛇站起身来，恶狠狠地说道："喂，我有说过你们可以离开吗？"

女人回过头来看着他，神情中看不出一丝动摇。通常有劫匪来袭时，银蛇仅仅是露出杀气，就足以令对方害怕。

"还有，你刚才叫我小鬼了吧？"银蛇质问道。

女人依然是一副无趣的表情。

"想要去见钟铃，先过了我这关再说！"银蛇挥起拳头，向着女人冲了过去。实际上他完全不在乎对方叫自己什么，但多年来锻炼出的直觉告诉他，这个人很强。既然是高手，那就有较量一番的价值。

而一旁的男人却无奈地捂住脸，叹气道："你啊，找错对手了……"

在听闻此话的一瞬间，银蛇并没有在意。可等他再次清醒过来时，自己已经跪在了女人的面前，用力地磕了三个响头。

"兰姐，晚辈方才失礼了！"

银蛇声泪俱下地说道。他原本认为自己不会给任何人下跪，但面对这个女人，他的内心却生不出一丝反抗的念头。非但如此，他甚至认为能够跪在龙舌兰大人面前，是此生莫大的荣幸。

与此同时，他对身边那个叫作王子骁的男人更加厌恶了。这臭小子究竟何德何能，居然可以陪在兰姐身边？

"现在可以带我们过去了吗？"龙舌兰居高临下地问道。

"遵命！"

银蛇又是一个头磕在地上。

2.

在银蛇的带领下，龙舌兰和王子骁穿过了黄瓜地、生菜地和玉米地，四处散步觅食的公鸡看到陌生人，咯咯叫着扑棱翅膀，睡在路边的黑猪却只微微抬起眼皮，给了他们奢侈的一瞥。

推开白色的栅栏门，龙舌兰远远地看到了穿着围裙、戴着劳保手套，正在给菜地松土的钟铃。钟铃的模样在视野中渐渐清晰，可龙舌兰却停下了脚步，紧张地干咳两声，又挠了挠鼻尖。

十二年。同罗影一起冒险时，她还是个十七岁的少女；而再次见到她，自己已经是二十九岁的成年人。那一瞬间，无数个日日夜夜的想念汇集成惊涛骇浪，涤荡了龙舌兰身体的每一个细胞，却偏偏找不到一个出口。在强烈情绪的驱使下，龙舌兰的大脑出现了短暂的宕机，她一时间完全不知道该说些什么、做些什么。

钟铃听到了声音，看向这边。她惊讶地停下了手中的活计，小声叫道："兰？"

龙舌兰快步上前，站在钟铃对面，伸出手摸着她的硅胶脸颊："小影……你真的是小影吗？"

罗影没有说什么，只是温柔地握住了她的手。

下一瞬间，龙舌兰猛地扑了上来，两人一起倒在了地上。龙舌兰将头埋在罗影的怀里，号啕大哭起来，罗影轻轻抚摸着她的头，仿佛在哄孩子一般。

尚在催眠中的银蛇目瞪口呆，自己心中至高无上的龙舌兰大人，居然哭成了一个泪人。一旁的王子骁只是摇摇头，目光温暖地注视着两人。

大哭一场后，罗影给龙舌兰递上纸巾，对方毫不顾忌形象地擤了擤鼻涕。

"钟铃，兰姐，你们……"银蛇看着两人，他憋着一肚子疑问，却不知从何说起。

看到银蛇的样子，罗影叹了口气，说道："兰，你将银蛇催眠了吧？给他解除吧！"

龙舌兰笑了笑，她打了个响指，银蛇混沌的眼神顿时清澈起来。与此同时，他回想起了方才发生的种种，一股难以抑制的愤怒涌上心头。

"你刚才居然，让我下跪……"他握紧拳头，一副要冲过来的样子。

"银蛇。"罗影只是淡淡地吐出两个字，银蛇立即冷静下来。她笑着看了看龙舌兰，又看向银蛇，说道："你还记不记得，在'天空坠落'中有一位女英雄，她骗过了所有人，代替U联盟秘书长向全世界做了演讲？"

银蛇当然清楚，学习过那段历史后，他还缠着罗影找来了当年的影像，反复观看。正是那位女英雄的精彩演讲，第一次让全世界的民众了解到了"外网"的真相，而非仅仅掌握在少数精英的手中。可以说她用一己之力，扭转了人类文明的走向。

与此同时，银蛇也猜到了罗影想要说什么。他回忆着影像中的少女，又看看面前的女人，两人的形象慢慢重叠起来。

"那种事情，现在还有人记得？"龙舌兰惊讶地问道。

"当然，那可是博物馆里重要的史料！"罗影笑道。

龙舌兰回想起自己年轻时面对全世界演讲唱的场面，不由得捂住了额头。

而银蛇却快步走到他的面前，深深地鞠了一躬，目光殷切地说道：

"久仰大名，龙舌兰阿姨！"

龙舌兰一巴掌拍在了银蛇的后脑勺上：

"叫兰姐！"

◇

龙舌兰打发王子骁去和银蛇对练，自己则陪着罗影回到了住处。罗影端来了红茶和点心，龙舌兰只是轻轻抿了一口，便径直问道："那个孩子是怎么回事？我真没想到你还有耐心做这种事。"

罗影笑了笑，答道："四年前，我来到这个时代不久，听说'幽红'边界有一群很凶悍的劫匪，便过来剿灭他们。没承想，那只是一群活不下去的孩子，我只是简单地露了两手，便把他们吓得四散逃窜了。"她看着窗外正在对打的两个男人，回忆起了过去的时光，"但是，我总不能放着这群孩子不管。我一个一个地捉住了他们，将他们送去了城市，而他们中的绝大多数也都接受了城市的管理，安顿下来。"

"除了那小子？"龙舌兰抬起眉，问道。

罗影点点头，"我几次捉住他送去少管所，都被他逃了出来。他声称要重建自己的盗贼团，扬名立万。于是，我强迫他和我住在一起，告诉他只要能战胜我，想做什么都随便。"

龙舌兰哈哈笑了两声，"确实是你的作风。"

"我想，现在他一定早就忘了重建盗贼团的事吧！"罗影笑道，"他现在满脑子里只有一件事，那就是怎么战胜我，每天弄得遍体鳞伤都不在乎。"

龙舌兰点燃一支烟，"如果你还在军队，一定很喜欢这样的兵吧！"

罗影笑道："也许吧！不过看着银蛇，我不禁在想，如果与罗星和罗伊生活在一起，大概也会过着这样的日子。"

龙舌兰很想吐槽，没有哪个妈妈会整天和儿子玩生死搏斗。但对方可是罗影，全世界……不，放眼全宇宙都独一无二的女人。

"'银蛇'这个名字是怎么回事？纪念你曾经的部队吗？"龙舌兰问道。

"当然，银蛇部队是我的起点，无论何时，我都是银蛇部队的战士。"罗影笑了笑，感慨道，"我也说不清楚我们之间的关系算什么，究竟是师徒，是母子，还是姐弟……"

"母子吧。"

"我想还是师徒。"

两人几乎同时说道，然后彼此看了一眼，哈哈大笑起来。

"你和老王呢？你们怎么又凑在一起了？"笑过之后，罗影问道。

"你知道吗？与'迭代'的战斗结束后，我被'昨日重现'传送到了'幽红'的郊外。正当我发愁该去哪里找你时，他却开着越野车赶了过来。"龙舌兰吐出一口烟雾，"他说，自己刚刚送过去的我们去了欧洲寻找火箭基地，现在来迎接另一个我。"

"你们之间，还真是有缘。"罗影笑道。

龙舌兰苦笑了一声，说道："其实，我五岁那年就认识他了……不，应该说是他找到了我。那时我的能力还很弱小，没有父母保护，在一群罪人中间艰难地生存着。有一天，罪人的村子里来了悍匪，那人本领高强，没有人拦得住。我心想这次死定了，没想到悍匪来到我面前时，却单膝跪下，邀请我与他同行。

"在他的身边，我渐渐长大了。老王本领高强，总是随性地接一些十分危险的活儿，挣上一笔，然后挥霍掉。他生活糜烂，欠下了无数赌债，可他交的每一个女朋友，都把他当成宝贝儿一样宠着。见过过去的他，我很好奇，他究竟是怎么变成这副样子的。经历了后来的种种，我方才醒悟：方景为了救他成为弥赛亚，他无法接受这个事实，没办法去死，却又不知道怎么活下去。于是，他在自己的心里，将'王子骁'杀死了。"

"想想子骁也真是可怜，方景什么都没有说，就这么走了。"罗影叹气道。

"如果换了我，也会对你不辞而别。"龙舌兰毅然决然地说道。

"为什么？"罗影露出惊讶的样子。

"告诉你的话，你一定会阻止我啊！"龙舌兰气愤道，"而且，到最后肯定是你去牺牲，剩下我一个！"

罗影想要反驳，却发现对方说的句句都在理，只得转换了话题："子骁他对你……有没有过什么想法？"

"怎么可能！"龙舌兰叠起双腿，继续说道，"尽管他交了无数的女朋友，但我在他的眼里，仿佛就从来不是女人一般，而是女儿，是家人，或是别的什么。"

"也许，他自始至终真正爱过的，只有方景一个。"罗影应道。

龙舌兰很想开口说"他爱过的还有你"，但最终只是耸耸肩，感慨道："谁知道呢？我认为他对那些女人都是真心的，只不过在这真心之上，仿佛还隔了一层什么东西。"她叹了口气，看向罗影，问道："说说你自己吧，怎么成了这个样子？"

罗影苦笑道："与'迭代'的战斗后，我被传送到了四年前。也许是与'迭代'战斗时意识受到了太大伤害吧，我的'精神污染'更加严重了，会频繁地出现各种幻觉。于是我找到了这个时代的红，他提出了一个解决方案，那就是用时间型罪物将身体封存，将意识转移到机器人身上。"她看了看自己的手臂，"这副身体有不少好处，没有'精神污染'，可以不吃不喝不睡，清洗起来也非常方便。只不过战斗起来没有自己的身体好用，控制熵的能力也弱了许多。"

"你的身体现在在哪里？"龙舌兰径直问道。

"就藏在这座屋子的地下。"罗影答道。

龙舌兰猛地站起身来，掐灭了香烟。"现在立即回到自己的身体。"她说道。

罗影吃了一惊，"兰，为什么……"

"我来帮你解除'精神污染'。"

◇

　　另一边，银蛇和王子骁结束了对战，两人并排躺在地上。银蛇不得不承认，王子骁的实力强过自己；但他同时也确信，只要锻炼上一段时间，就能赶上这个人，毕竟，王子骁不是钟铃那种可望而不可即的强度。

　　"钟铃她……还是人类的时候，名字叫罗影吗？"银蛇看着天空，问道。

　　"是啊！"王子骁干笑两声，"我反而想不明白，她为什么给自己起了钟铃这么个名字。"

　　银蛇回忆起，那是自己第七次被罗影捉住，向她挑战时的事情。他在挥舞着刚刚练会的双节棍，准备将对方海扁一顿。

　　那一次，罗影依然是一拳就解决了战斗，就连铁质的双节棍也被扯断了。银蛇躺在地上，不服气地问罗影的名字，而罗影似乎愣了片刻，看向身后锈迹斑斑的铜钟，说出了"钟铃"两个字。

　　看样子，她是在那一刻才想好了这个名字。然而银蛇并不想同王子骁分享这个秘密，于是只哼了一声，没有回应。

　　可自来熟的老王却自顾自地继续聊了起来："你和你老妈，每天都这样对练吗？"

　　"是姐姐！"银蛇立即怒吼了回去。那一刻他自己都感到惊讶，因为他从未认真想过，自己和罗影的关系应当算作什么。

　　不过既然吼出来了，那就是姐姐吧！

　　老王完全没把银蛇的愤怒当回事儿，继续说道："好羡慕你啊，我也还想有机会同罗影姐对练。"

　　听到这话，银蛇一个激灵撑起身子，俯视着老王的脸，问道："你和钟……罗影是什么关系？"

　　"她是我的初恋。"

"初恋你个大头鬼！"

银蛇挥起拳头扑了上来，同老王打作一团。

简单粗暴地靠肉体交流后，两个男人再次并排仰躺在地上。

"如果你的目标是有朝一日战胜罗影姐的话，我劝你放弃。"老王枕着胳膊说道，"我和她第一次对练就确定了，就是给我一千年，也没办法赢。"

银蛇哼了一声，不服气地说道："那是你。"

两人又默契地沉默了一会儿，银蛇开口道："那个女人，龙舌兰，比你还强吗？"

王子骁笑道："在她面前，我不值一提。"他随即用自豪的语气补充道："这么说吧，我们两个曾经用半天荡平了'柠黄'的全部帮派，而我的任务只是在旁边拍巴掌。"

银蛇长叹一口气，道："能把她搞定，你也算厉害。"

"想多了，我只是她的跟班而已。"王子骁笑道，"实际上，龙舌兰她早就心有所属了！"

银蛇又是一个激灵撑起身子，尽管他平日里对战斗之外的事情不闻不问，但如此劲爆的八卦，还是有必要吃一吃瓜的。他俯视着老王的脸，问道："谁？"

老王揪下一根红蓼的叶子叼在嘴里，不屑道："还能是谁，你老妈啊！"

"是他妈的姐姐！"

银蛇挥起拳头，再次同王子骁打成一团。

◇

罗影带着龙舌兰来到地下，这里的空间很大，打理得却十分干净，丝毫没有潮湿阴冷的感觉。

罗影按下按钮，墙壁上厚重的防火卷帘门缓缓开启。门后是一台治疗舱，罗影的身躯赤身裸体地躺在淡黄色的营养液中，好似一尊绝美的雕塑。然而营养液却丝毫没有流动的迹象，也没有常见的气泡，仿佛一块凝固的果冻。

"这是一台时间型罪物，能力是停止所有放置其中物体的时间。"罗影解释道，"时间停止的物体是绝对的黑体，我们应当看不到里面；但这个罪物却将时间静止前最后的图像投影出来，方便查看。"

龙舌兰走上前去，隔着罩子缓缓抚摸罗影的脸。尽管"钟铃"的身体是仿照罗影打造的，但细看上去仍有不少差别，例如眼角和下颌的弧度、筋肉的线条、发丝的尺度，等等。她努力按捺住心中涌动的情绪，问道："这个怎么解除？"

"声音。"罗影答道，"需要用我的声纹，唱一首歌。"

"歌？"

罗影点头道："我最初选择了《钢铁洪流进行曲》，但练了好久，总是不在调上。于是红建议我换了一首简单的。"

说罢，她走上前来，用特有的音色唱道：

Amazing grace how sweet the sound,

That saved a wretch like me,

I once was lost but now I'm found,

Was blind but now I see.

唱完一首《奇异恩典》，罗影仿佛完成了什么重大战斗任务一般，露出了满足的笑容。而一旁的龙舌兰却听得五味杂陈：天下无敌的罗影唱起歌来，居然有些……奶声奶气的。

与此同时，治疗舱里的营养液流动起来，发出汩汩的声音，罗影的发丝也跟着飘动起来。绿色的"治疗完毕"指示灯亮起，液面缓缓降下，罗影的身体也开始随着呼吸起伏。另一边，钟铃的身体发出几声嘀嗒的电子音，随即停止了动作，而治疗舱内的罗影却缓缓睁开了眼睛。

罗影走出治疗舱，随便找了个单子披在身上。

"感觉怎么样？"龙舌兰问道。

"不太好。"罗影用手指抵住太阳穴，"头在痛，闭上眼能看到幻觉。"

以罗影的承受能力，既然她都说痛，那一定是常人无法忍受的折磨了。

龙舌兰走上前去，抵住罗影的额头，双手扶住她的脸颊，说道："别动，我现在就为你解除'精神污染'。"

罗影回想起了龙舌兰的第一次尝试，她遭到了生不如死的反噬，于是担忧地问道："没问题吗？"

"相信我，我已经不是十二年前的自己了。"龙舌兰坚定地说道。

罗影片刻都没有犹豫，点了点头：

"嗯。"

治疗开始了，这一次，罗影只感到全身一阵温暖，仿佛春日的阳光洒在身上一般。她的面前出现了一片碧绿的草原，微风带来了青草味和泥土的味道，天空与大地在无穷远处交汇成一条直线。下一刻，草原温柔地陷了下去，罗影落在了一张柔软的大床上。她任凭身体陷入柔软的床垫，全身都被暖暖的感觉包围。

空气中的光线凝成了龙舌兰的样子，她俯下身子，轻轻吻在了罗影的唇上。

罗影睁开眼睛，这一刻，她感到了前所未有的轻松。正如龙舌兰所说，困扰她多年的"精神污染"，已经在龙舌兰的治疗下烟消云散。

"兰，这是……"罗影不可置信地看着自己。

"这些年来，我除了提升能力、四处征战，每时每刻都在思考你的问题。不久前，我终于找到了答案。"

龙舌兰目光深邃地看着罗影：

"我现在要告诉你，一切的真相。"

3.

　　罗影把王子骁和银蛇也叫了过来。王子骁在每个时代都是战友，自然不必多说；和银蛇在一起生活了这么多年，罗影认为他也有资格得知真相。

　　龙舌兰站在三人面前，单手叉腰，开门见山道："小影遭遇的一切，都是一场彻头彻尾的阴谋。"她环视着大家，开始讲述道："首先思考第一个问题，'精神污染'究竟是什么？"

　　"我想，是将外网的污染写进子弹的纳米机器里，并通过射击注入我的大脑吧。"罗影答道。

　　"如果是这样，为什么能为一座城市屏蔽外网污染的超级人工智能红，面对区区一颗子弹可以集成的算力，却无力清除？"龙舌兰追问，"我们可以更进一步思考，这颗子弹中的污染程序，是怎样写入的？"

　　"当然是通过人工智能……"罗影一面说着，已经发现了其中的不协调之处。

　　在外网纪元荒废的世界里，能完成这件事的只有四台超级人工智能。但如果是超级人工智能写入的，红就应当有能力清除才对。

　　"这么说，红骗了我吗？"罗影疑惑道。一路上，她从来没有怀疑过红这个伙伴。

　　"他确实没有能力清除那个所谓的'精神污染'，至少在这一点上，他是诚实的。"龙舌兰半笑道。

王子骁提问道："会不会，攻击罗影姐的子弹是某种罪物？"

"好问题。我也这样设想过，但是依然说不通。"龙舌兰看了过来，"'昨日重现'和'圣典'曾经说过，小影遭受的精神污染中带有'时间锁'，必须去往特殊的时代，经历特殊的历史事件方可解除。这么看来，如果子弹是某种罪物，那它就一定拥有'时间'类型的能力。"

三人纷纷点头，这是显而易见的事情。虽然罪物可以同时拥有多种能力，例如"圣典"就可以同时控制时间、空间和维度；但无论哪一种能力，都必然和某个物理量或物理概念相关。显而易见，与"时间锁"相关的物理量就是"时间"。

见大家逐渐消化了信息，龙舌兰适时地发出了追问："可是，为什么拥有时间能力的世界级罪物'昨日重现'和'圣典'，会对区区一颗子弹没有办法呢？这说不通啊！难不成这颗子弹是弥赛亚做的吗？"

罗影飞快思考着，既不是人造设备，又不是罪物，那自己遭受的"精神污染"究竟是……

"清除'精神污染'需要在各个时代穿梭，蓝、'昨日重现'、'圣典'……所有这些不容置疑的存在，都是这样告诉我的。正是因为这样，我，或者说我们，才从来没怀疑过。"罗影若有所思道，"难道它们联合起来，布置了一个骗局吗？它们为什么要这样做呢？"

"说到这里，答案其实已经呼之欲出了。不过，还是先来回顾一下我们的经历吧！"龙舌兰话锋一转，"我们第一次进行时间旅行，被传送到了'天空坠落'的时间点。如果说这是为了让小影参与坠落的历史事件，为什么要提前那么多天，而不是传送到坠落发生的当天？总不可能小影必须成为制止'天空坠落'的英雄，才能解开那所谓的'时间锁'吧？仔细想来，将时间点提前最大的作用，就是给了我们充足的时间，为阻止'天空坠落'做好准备。

"蓝的行为也十分可疑。他并没有进行过时间旅行，我们的到来对他而言完全是偶然事件。可他放着那么多反对"利维坦"的国家和组织不管，偏偏拜托到了小影头上。试想一下，如果我们没有来到这个时代，他该怎么办？放任'圣典'落到少数人的手上吗？

"再之后，'圣典'将我们传送到了第九次'涌现'的时间点。这里的问题就更明显了，之前发生过八次'涌现'，为什么偏偏是这一次？就算加上'有弥赛亚诞生'这个理由也说不通，因为第九次'涌现'并不是唯一诞生了弥赛亚的一次。"

一直在旁听的银蛇举起了手，"虽然我对你们过去的经历不熟悉，但这么听下来，藏在幕后的那个人恐怕是想要让钟……罗影去救人吧！"

"如果那个人真的掌握了不同时代的信息，这种假设就说不通。"罗影否定了他的猜测，"我并没有阻止'天空坠落'和弥赛亚的诞生，同时因为我的行动，实际死亡的人数也没有减少。尽管我们的行动事实上避免了更加恶劣的后果，但如果出发点是救人，逻辑上，这并不是最优解。"

"这个问题，恐怕只有那个人自己能回答。不过，我们可以做出猜测。"龙舌兰笑了笑，继续说道，"先从'天空坠落'说起。正如小影所言，也许想要救人，还有很多更高效的方法，但有一件事，却是只有小影才能做到的。"

说罢，她暂时停顿了下来，留给大家思考的时间。罗影第一个反应了过来，说道："是……破坏'圣典'。"

"没错！哪怕找遍所有的时代，能够破坏'圣典'，并且有意愿这么做的，恐怕只有小影一个。"龙舌兰刻意在"一个"上面加了重音，"同样，即便我们不到第九次'涌现'，方景也有可能为了拯救老王而变成弥赛亚……"说到这里，龙舌兰刻意看了老王一眼，见对方没有反应，方才继续说道，"但能够深入弥赛亚意识之海深处，唤醒方景意识的，同样只有小影。所以说，那个人让小影参与历史的事件的原因，是想要促成'圣典'的毁灭，以及弥赛亚'迭代'人性的觉醒。"

罗影恍然大悟，几次事件渐渐在心中拼成了一幅完整的图景。毫无疑问，这一路上经历的一切，都是在那个人的引导下完成的。如果他原本的目的就不是制止什么，而是完成历史事件……

讲到这里，龙舌兰叹了口气，说道："我的推理结束了。我想，接下来，还是让那个人自己出来解释更好。"

说罢，她深吸一口气，对着天花板大喊道："红！你个缩头乌龟，一直都在听着吧！！给我滚出来好好说明！！！"

空气仿佛凝固了几秒。继而，屋内卷起一阵风，无数灰色的细小颗粒渐渐向一处汇集，形成了一阵螺旋状风暴。它们全都是红布置在罗影住所周围的纳米机器，正是借助它们，这附近才实现了完全不亚于城市的外网屏蔽，罗影也得以与红实时通信。

渐渐地，灰色的风暴凝结成了少年的轮廓，继而化作机械骨骼，化作硅胶肌肤，化作金色的发梢。

新生的红缓缓睁开眼睛，不知为何，即便使用了最新的科技，他的面部依然带着一如既往的僵硬表情。

"是的，这一切都是我做的。"红依然没有任何寒暄地、单刀直入地说道。

◇

"袭击罗影的刺客，是我安排的；是我提前联系了'昨日重现'，让祂将我们送去'天空坠落'的时代；到了那个时代后，我又立刻联系了蓝，写好了后面的剧本。方景原本准备平静地接受王子骁的死亡，她之所以选择进化成为弥赛亚，也是我派人去唆使的。"红语气平淡地讲述着，就仿佛一切都是理所当然一般。

龙舌兰握紧拳头想要挥过来，罗影起身拦住她，问道："那'圣典'呢？你总不可能提前和祂商量吧？"

红答道："在破坏'圣典'核心时，我和龙舌兰要比你们更早到达。在抵达核心的瞬间，我就同祂取得了联系，布置好了后面的事情。'昨日重现'和'圣典'见到罗影时说的每一句话，都是我的部署。"

罗影注视着红的双眼，一字一句地问道："可以告诉我们，这是为什么吗？"

她并不认为，这台比任何人都要冷静、比任何人都要客观的人工智能，会为了什么无聊的理由，让同伴们经历如此的磨难。是的，同伴。罗影将红看作同伴，她同样也相信，即便在红的逻辑里，她们也不应当仅仅是达成目的的棋子。

红依然不为所动地看着大家，说出了那个没有人会想到的答案："这一切都是历史的拼图，因为，罗影就是外网的'错误'。"

众人呆呆愣在原地，心中有无数的问题，却因为这过于惊悚的真相而无法说出口。红继续说道："外网来自无限的宇宙，尽管我们面对的只是其为了适应有限宇宙而产生的'细胞'，但想要找到能够与外网匹配的'错误'，依然是不可能的事情，因为任何有限的数值，在无限面前和零都是没有区别的。得知外网的目的后，所有的超级人工智能，所有的世界级罪物都联合起来，开始遍及所有时代地找寻。最终我们找到的答案就是你——罗影。只有你，即便只是有限的个体，依然可以成为外网的'错误'。

"然而，只有罗影一个人显然是不够的，必须有很多很多，甚至比宇宙质量还要多得多的'罗影'，才能够成为外网的'错误'。这就需要将罗影大量地复制，这是任何技术、任何罪物，乃至世界级罪物'母亲'都无法做到的。必须让弥赛亚'迭代'诞生，再借助祂的力量，才有实现的可能。

"为了促成'迭代'的诞生，我们必须回到过去的时代，而精准的时间旅行必须借助'昨日重现'。想要'昨日重现'诞生，又必须在'天空坠落'中摧毁'圣典'，这些是一环扣一环的逻辑。如果按照原本的历史走向，太空城会坠落地面造成巨大灾难，'圣典'会被少数国家据为己有，人类不会提前部署宇宙移民，第一次'涌现'就会将人类全部灭绝。想要扭转这一切，就必须有一个原本不属于这个时代的、强大的推进力才能实现，而罗影本人正是最佳的选择。根据我的推算，正因为罗影是许多历史事件的关键转折，她才能够突破'有限'与'无限'的边界，成为外网的'错误'。"

讲述过惊人的真相后，红仿佛完成了任务一般，一动不动地立在原地，好似一尊雕塑。

长久地沉默后，龙舌兰长叹一口气，率先问道："告诉我，小影遭受的'精神污染'究竟是什么？"

"你认为呢？"红不答反问道。

"催眠。"龙舌兰立即答道，"第一次尝试解除'污染'虽然失败了，但从那时起我就察觉到，那种感觉和催眠很像。于是我在想，如果我的力量更强了，是否就能帮到小影呢？于是，在分别的十二年间，我一直在想方设法提升力量，为的就是再次见面时能够为小影清除'污染'。"

罗影插话道："可是……即便是那时的兰，也已经是相当强大的催眠能力者了。真的会有某个罪人，又或者罪物，能够对我施加比兰还要强的催眠吗？"

红似笑非笑地动了动嘴角，说道："其实，你已经说出答案了。"

罗影吃了一惊，所有的线索在脑中连成了一个环。比过去的龙舌兰更强的催眠能力者，那自然是……

"刺客的真实身份，就是未来的兰……"罗影给出了答案。

"啊，小影你在说什么啊！"龙舌兰不满道，"无论如何我都不会对你做那种事情的！"

红点点头，继续说道："让罗影遭受精神污染，也是完成历史拼图

336

的一环。非但如此，她还将再次前往第九次'涌现'的时代，说服方景成为弥赛亚，并将那个时代的我们集体催眠。这些事情只有她才能做到，所以我才让她深度参与到各个重大历史事件中，在她的心里埋下'要变强'的种子。现在看来，她已经能够胜任了。"

"去你妈的胜任吧！"龙舌兰跳到红的面前，揪住他的衣领大吼道，"让小影遭了这么多罪，我都还没找你算账！现在居然想让我也参与进来，做你的春秋大梦去吧！"

一旁的王子骁吐出一口烟雾，问道："弥赛亚事件后，你选择不辞而别，什么都没有告诉我。这也是为了完成历史拼图吗？"

红立即答道："关于怎样帮助你处理情绪，我做过无数的模拟，最终结论是，放着你不管，才是逻辑上的最优解。"

王子骁没有再说什么，只是狠狠地吸了几口香烟。

红依旧只是看着前方，仿佛在注视着大家，又仿佛在看着无穷远处的某人。他张开口，缓缓地，却又不容置疑地说出了那句经常挂在嘴边的话："我是人工智能，职责只是辅助。具体要不要做、怎么做，必须交给你们来决断。"

龙舌兰揪着红，满腔怒火地直盯着他。过了许久，她的双肩如同泄了气的皮球一般垂了下来，松开了揪住红的手，转身看向罗影，眼神中满是怜惜与不舍。

"小影，抱歉啊，我帮不到你什么。"她低下头，无助得像个犯了错的孩子，"所有的痛苦都需要你去承受，因此，必须由你来做决定。"

罗影走到龙舌兰身边，缓缓抱住她，在她的背上拍了拍。她看向红，问道："要成为外网的'错误'，需要多少个我？"

"具体数值很难测定，但下限是葛立恒数①。"红不动声色地答

---

① 数学上一个极其大的却又有限的数，下文会有详细描述。

道，"当然，这个宇宙无法容纳这么多的罗影，必须借助其他力量去往无限的宇宙，在那里实现复制。"

"所有的这些我，意识都是连在一起的吗？"罗影追问。

"是的。"红坚定地答道。

这意味着，葛立恒数的罗影投入外网，所承受的痛苦也需要由她自己承担。这种痛苦已经远非超越想象，而是这个宇宙中任何存在都无法推算的。

"我与外网融合后，会发生什么？"罗影再次提问道。

"外网会平稳实现从无限向有限的过渡，也就是变成外网纪元中的这个样子。"红答道，"虽然情况依然很糟，却给人类争取到了更多的时间。"

王子骁听闻，在一旁吐槽道："对人类文明而言，这有什么区别呢？不过从砍头换成了凌迟而已……"

罗影点点头，平静却又异常坚定地问道："最后一个问题。在你可以预知的未来，人类能找到消除外网，或者与外网和平共存的方法吗？"

红陷入了长久的沉默，以至于大家认为他宕了机。终于，他缓缓开口道："存在这个可能性。"

罗影闭上眼睛，过往的一切在脑中快速闪过：儿时的志向，初见军人时的向往，在部队的一次又一次磨砺，赖鹏队长的牺牲，外网纪元的相遇，荒野里火箭的墓碑，断裂的太空城，无归时空中寻求终结的"圣典"，成为弥赛亚的方景，杀死了自己的王子骁，怀中啜泣的龙舌兰。

外网在追寻"错误"，追寻自我的终结。

那么，我所追寻的"错误"，追寻的终结又是什么呢？

所有人都在屏息凝神地看着自己，可罗影却仿佛听到了嘈杂的议论声。无数的声音在她的脑海中辩论着，或慷慨激昂，或温情脉脉，或抑郁消沉。然而，某一瞬间，所有的声音一下子消失了，它们汇集在一起，成为天地初开的声音——

婴儿的啼哭声。

是啊，答案不是早就有了吗。

想要世界变得更好。

想要大家活得更好。

想要给予一切所应当拥有的开始、存在，以及终结。

罗影看到了，她穿着一袭长裙，戴着宽檐帽，坐在高大的槐树下。远处，两个孩子正在嬉戏，看到自己，满脸笑容地跑了过来，叫她"妈妈"。

"我干。"罗影缓缓地，却又无比坚定地答道。

龙舌兰从罗影的怀里挣了出来，此刻的她已经哭成了一个泪人。罗影用手指替她擦了擦眼泪，龙舌兰抽抽鼻子，带着哭腔说道："别告诉我，这次又是什么'逻辑上的最优解'！"

罗影温柔地注视着龙舌兰的双瞳，苦笑道："你把我当成什么人了。这么复杂的逻辑，我怎么可能算得过来。"

"那到底是为什么啊！就这么生活下去不好嘛！"龙舌兰用拳头轻轻捶着罗影的胸口，仿佛在撒娇一般。她自知不可能改变罗影的决定，但情感上做不到简简单单就认同。

"这个决定，是我作为一名人类的，'错误'。"罗影平淡地答道。

一旁，银蛇低着头，一句话也说不出来。王子骁打了个大大的呵欠，借口要吸支烟，便离开了房间。罗影抱着龙舌兰，仿佛在安慰孩子一般，又仿佛在治愈着自己。

即便只是为了此时此刻的温暖，那也是值得的。

4.

第二天，罗影提出了一个要求：取回仍在北美人造子宫装置中的罗星和罗伊的胚胎，由红利用城市的资源抚养他们长大成人。红毫不犹豫地答应了。

"我认为自己没有资格出现在孩子们的面前，哪怕他们还只是胚胎。"罗影说道，"需要你派人前往。"

红表示可以调遣城市所属的罪物猎人前往，可一旁沉默的银蛇突然举起了手：

"我去。罗影的事情，交给其他人我不放心。"

"不行。"罗影立即拒绝了他，"你的实力已经足够，却缺乏实战经验。你这一去，十有八九会死在路上。"

银蛇用求助的眼神看看龙舌兰，后者耸耸肩，表示无可奈何。

"可以找一名经验丰富的战士，与他同行。"红提议道。

罗影想了几秒，点头道："这样的话，成功率会大大提高。但是，你真的能找到这样的战士吗？"

"这确实是个问题。"红应道，"我可以给出城市罪物猎手的名单供你挑选，但他们中间经验最丰富的，也不过三年。"

"不会是有经验的都死了吧！"龙舌兰吐槽道。

红耸耸肩，道："这是没有办法的事情，罪物猎手本就是高危职业，加上'涌现'过去不久，人口本就匮乏。"

就在这时，一旁的王子骁开口道："不用找了，我去吧。说起'母亲'，我比世界上任何一个人都更加熟悉。"他微笑着看向罗影，打趣道："罗影姐，五百多年的经验，不知够不够？"

"太好了，感谢你。"罗影拍了拍王子骁的肩膀，后者一个立正，沧桑的脸上露出的笑容一如昨日。

而银蛇终于鼓起了勇气，开口道："那个，罗影，等我回来后……"他握紧了拳头，看向了罗影的眼睛，"你们将要去做的事情，能不能带上我？"

看着银蛇无比认真的神情，罗影愣了两秒，继而点点头：

"好啊。"

◇

银蛇和王子骁踏上了旅程。

红为两人准备了最好的装备，开来了一架最新型号的大型客机改造的战斗机，足量的燃料和兵器不要钱似的往上堆。这样一来，飞机不用加油就能一口气从亚洲飞到北美洲，还具备了相当的战斗力。别说在荒芜的外网纪元了，就算是在繁荣的旧时代，这样的配置也算得上豪华。

在银蛇看来，这次行动最大的不确定性，恰恰来自王子骁。他实在搞不清楚，罗影和龙舌兰为什么会信任这么一个不着调的男人。

王子骁自称"除了核弹没有玩不转的兵器"，自告奋勇成了驾驶员。银蛇满心担忧地等着飞机升了天，终于松了一口气。他并不怕战死，但还没到达战场就摔死在半路，也未免太憋屈了。

飞机平稳地航行在平流层里，银蛇盘腿坐在地上，进行着每天的冥想训练。

"放松点。放心吧，这次任务有我在，出不了问题！"王子骁走过来说道。

"正是因为有你在，我才会担心。"银蛇毫不客气地回击道。可他突然意识到了哪里不对，张开眼看了看老神在在的王子骁，又看了看敞着门空无一人的驾驶舱。"喂！你不驾驶了！飞机怎么办？！"银蛇指着王子骁，愤怒地大吼道。

"蠢货，不知道飞机都有自动驾驶吗？"王子骁若无其事地摆了摆手。

王子骁找了一排座椅躺下，跷着脚哼起了歌。银蛇瞥了他一眼，没有理会。

两人就这么相安无事地飞了一段时间，飞机也飞到了格陵兰岛附近。王子骁鼾声震天地饱饱睡了一觉后，百无聊赖地想要吸支烟，被银蛇喝止了。于是，老男人干脆打开了话匣子：

"我告诉你，外网的事情只要听我的，准没错！经验，经验懂吗？罗影姐她是厉害，但论起经验——"他用力地拍了拍胸口，"还得是咱，明白吗？活到现在，我对付过的罪物没有一万也有几千件了，死在我枪口下的罪人更是数不胜数。这么说吧，隔着10公里，我就能嗅出罪物的味道！有一次，我……"

"尊敬的王子骁先生。"银蛇打断了老王的自吹自擂，"请问，外网的影响可以延伸到平流层吗？"

王子骁撇了撇嘴，不屑道："平流层？告诉你，外网的影响一直延伸到同步轨道！你不是听罗影姐讲过'天空坠落'吗？就是我大显身手的那次……"

"对不起，她从没有提到过你，讲的全是龙舌兰阿姨的事情。"

王子骁干咳两声，继续说道："总之，从地幔层到逃逸层，就没有我王子骁没见过的罪物！懂了吗？"

"好好好，全知全能的王先生。"银蛇举起双手以示投降，"再次请教您，平流层上存在能威胁咱们的罪物吗？"

王子骁啧啧嘴，摆着手指问道："回答你这个问题，甚至用不到我丰富的经验。能飞到这里的设备有哪些？只有飞机和导弹。在已知的战斗机型号里，有能追得上咱们的吗？没有！所以，除非导弹成了精……"

"可是……那是什么？"银蛇不知第几次打断了老王，指着窗外一个高速飞行的长条状物体问道。

王子骁将信将疑地看了出去，当他看到那黑白相间的机身和尾部喷出的火焰时，不由得愣住了。

"D……D……D……D9三叉戟洲际导弹！"王子骁大惊失色地叫了出来。

这个型号的导弹是在"天空坠落"的时代M国军队地面部队的常备武器，其小型化的型号也被用在了空天飞机上。

而对旧时代热兵器缺乏认识的银蛇却没有意识到问题的严重性，缺乏紧张感地问道："那我们现在怎么办？"

王子骁在装备堆里翻了一会儿，丢给银蛇一个降落伞包。他说道："听我的。第一步，不动声色，假装我们也是罪物，看能不能混过去！"

银蛇点点头，"如果混不过去呢？"

"那就弃机跳伞！"

"……这下面是哪里？"银蛇皱着眉问道。

"大概是北大西洋吧！"王子骁一面说着一面俯下身子，生怕外面的导弹感应到自己的存在，"反正我死不了，你就自求多福好了！这也是一种锻炼！"

"……"因为与罗影在一起生活太久，银蛇本能地认为人类都应当向罗影那样靠谱。可眼前这个男人给他好好上了一课：原来，做人还能无耻到这个地步。

不过话说话来，在一万多米的高空上，如果导弹看他们不爽一头撞过来，那除了跳伞也确实没有别的办法。

两人屏住呼吸，外面的洲际导弹越来越近，眼看着到达了飞机的近旁。

"来了！"王子骁用蚊子般大小的声音提醒道。

"我他妈知道！"银蛇用同样大小的音量怼了回来。

接近战斗机时，洲际导弹的方向发生了轻微的改变，两人的心顿时提到了嗓子眼——

下一瞬间，导弹的尖端突兀地投影出一张emoji表情中的笑脸。

"哈哈，朋友，在高空飞行的感觉真不错，是吗？"导弹开心地说道。

与此同时，导弹的身体上还用全息投影播放出了字幕，中、英、俄、法、德五国语言齐全。

两人默不作声。事实上，他们也缺少回应罪物的设备。

"你不会说话，是吗？"洲际导弹继续说道，"没关系，打个招呼而已。在这个高度，就是我们罪物的世界！有缘再会了！"

说罢，洲际导弹尾部喷出了更加猛烈的火焰，它瞬间提高了速度，将战斗机甩在了后面。

直到洲际导弹消失在视野里，两人才如释重负地瘫在了地上，额头上满是汗滴。

尽管对方没有敌意，但在平流层被一颗洲际导弹搭讪，不管怎么说也忒刺激了。

◇

洲际导弹飞出一段距离后，找准了一个满是山脉的地方，一头扎了下去。进入云层后，它迅速改变着姿态，导弹的弹头和尾翼缩回了身体里面，细长的圆柱形身体渐渐变得庞大，无数的金属板在头顶汇集成了螺旋桨。

转眼间，洲际导弹变成了一架武装直升机。

武装直升机飞了一段后，找准一片茂密的森林，缓缓降了下去。森林的鸟兽从没见过如此的钢铁巨兽，吓得四处逃散。

落地后，武装直升机的身体迅速收缩，几秒后，地面只剩了一辆亮黄色的摩托。

"呼……吓死我了。"摩托车自言自语道，"好不容易吞掉导弹想去天空兜一圈，没想到碰上了人类。还好我斯特拉迪瓦尔机智过人，急中生智蒙混了过去，要是被他们击落可就糟了……"

说罢，它的轮胎一软，瘫在了地上，叹气道：

"这世道，做个罪物可真难啊……"

5.

　　接近一个昼夜的飞行后，两人终于来到了田纳西州的上空。这段时间以来，银蛇确实从王子骁身上学到了很多事情，但其中最重要的一条是，和这个男人打交道，最好用的就是拳头。

　　例如，为了争夺补给品中唯一一罐橙汁，两人打了一架；为了争夺最舒适的座椅，打了一架；甚至在飞过北极圈时看到了极光，为了极光更像"烟雾弹"还是"女人的纱裙"，又打了一架。

　　"母亲"已近在眼前，王子骁坐回了驾驶位，缓缓降低了飞行高度。银蛇托着腮注视着窗外，突然，有一队蝴蝶闪着彩色的荧光，悠悠然在窗边飞过。

　　"喂，老王，看到了吗？"银蛇甚至懒得起身，"发光的蝴蝶。"

　　"辐射蝶，以伽马射线波段电磁波为食的生物。多亏了它们，这一带的辐射污染已经被清理到了安全值。"王子骁得意洋洋地解释道，"顺带一说，这种神奇的生物，是我在'母亲'时的杰作！"

　　"好厉害，没想到你还会干正事……"银蛇难得表达出了赞叹。

　　王子骁切了一声，道："少见多怪。对了，赶快抓好，我们马上会遇到冲击……"

　　王子骁话音未落，驾驶舱里便传来了爆炸声。不知什么撞在了驾驶舱的挡风玻璃上，伴随着火光与浓烟，坚硬的玻璃被炸出一道裂痕。

银蛇被重重地摔在地上，头撞在了座椅上，一阵阵胀痛。"这次又是什么？"他怒吼道。

　　"歼击机蚊子。"王子骁若无其事地拉起操作杆，控制飞机上升到了蚊子们飞不到的高度，"看样子一段时间不见，它们进化出了自杀小队。哦对了，地面还有爆破车蟑螂。"

　　"这些也是你的杰作吗？"银蛇一面揉着撞痛的头，一面恶狠狠地问道。

　　"当然。"王子骁语带得意地答道，"只有我才能创作出这样的艺术品。"

　　银蛇抄起手边的罐装啤酒，用力丢在了王子骁的后脑勺上。

　　"喂，我在开飞机啊！"王子骁控制着机身一面盘旋一面大骂，"不怕坠机吗？"

　　"蠢货，不知道飞机都有自动驾驶吗？"银蛇若无其事地回击道。

　　"别废话了，给我做好准备！我们要还击了！"王子骁大声吼道。

　　银蛇吃了一惊，他原本认为这个不靠谱的男人又要计划跳伞什么的，没想到能从他的嘴里听到"还击"这么爷们的话。他当即坐到了改造过的副驾驶席位上，这里的设备主要用来控制空对空导弹、机载枪械和投掷炸弹。

　　王子骁控制着飞机在空中一个回旋，机翼上加装的机枪全部对准了地面。

　　"小子，看好了！"王子骁的平日满是戏谑的眉宇间露出一股英气，"这是我的队长教给我的，必胜战法！"

　　"队长？是罗影吗？"银蛇也跟着兴奋了起来。尽管有着与年龄不符的成熟，但他毕竟是个血气方刚的少年。

　　"不，是我和罗影姐共同的长官，赖鹏队长……其实这个战法也不是队长发明的，应该说，它是从我们老祖宗那辈传下来的！"

　　银蛇屏息凝神地听着，王子骁气势逼人地大声喊道：

"这个战法就叫作，穷则战术穿插，达则，给老子炸！"

难以计数的子弹雨点般倾泻而下，大量的炸弹和手雷几乎覆盖了每一寸土地。火光和浓烟照亮了远处的山峦，空气中满是燃烧尸体的焦煳味儿。

那一天，"母亲"周边的变异生物几近灭绝，王子骁亲手葬送了他一手培养出来的"艺术品"。飞机降落后，望着满地的焦土，王子骁点燃了一根烟，在心中感慨道：

自从入伍以来，几百年间就没有打过这么富裕的仗。

◇

在王子骁的带领下，两人一路来到了"母亲"的内部。王子骁对此处的熟悉程度令银蛇刮目相看，非但没有走任何冤枉路，甚至还顺手拿走了一些尚未过期的补给品。

"我现在知道罗影和兰姐为什么叫你来了，"银蛇忍不住感叹道，"你对这里还真是熟。"

银蛇原本以为王子骁又要借机嘚瑟一番，没想到老男人却只是看了他一眼，淡淡地说道："我和我最爱的女人在这里生活了三百年，后来，她成了弥赛亚，而我却还活着。"

银蛇顿感刺到了对方的痛点，却因为长久以来和罗影简单粗暴的交流，一时想不出安慰的话语。想来想去，他只得打趣道：

"我以为你是那种水性杨花的人，没想到还有真爱。"

王子骁打开了"母亲"的控制面板，输入了自己的ID——果然依旧有效。他一面寻找着罗星和罗伊的胚胎，一面回击道：

"想不想知道，我的初恋是谁？"

"谁？"银蛇还真的来了兴致。

见银蛇上钩，王子骁嘴角一咧，得意道："还能是谁，你老妈啊！"

"我说了一百遍，是姐姐！"

银蛇也不管对方正在操作机械臂提取胚胎，挥起拳头打了过来。

也不知过了多久，两人终于打累了，躺在地板上大口喘着粗气。休息片刻后，王子骁站起身来掸了掸风衣上的土，回到了控制面板前。随着他熟练的操作，天花板上伸出两只机械臂，分别举着两枚登山包大小的金属胶囊。王子骁凑了上去，透过胶囊中心部的透明窗，可以看到悬浮浅绿色营养液中的胚胎，已经有了拳头般大小，通过细细的脐带同胶囊相连。

"母亲"的意识虽已消失，但她作为世界级罪物时对胚胎施加的影响还在。只要胚胎不离开胶囊，其经历的时间流速就依然会维持在很慢的状态。

王子骁取来红准备好的保险箱，只要将胶囊放在其中，即便真的经历坠机也能完好无损。他再次走到机械臂前，试图取下胶囊，却发现纹丝不动。

"胚胎仅供观测，如要取走，请提供管理员ID。"控制台上的电子音提示道。

王子骁皱皱眉，回到控制台再次输入了自己的ID，但依然被系统拒绝。他想了想，输入了方景的ID，同样无法取得权限。

"臭机器，长本事了是吧！"王子骁说罢，拔出匕首来到机械臂前。为"母亲"维修了三百多年，他对每一台设备的结构都了如指掌。

王子骁熟练地将匕首插入机械臂的缝隙里，轻而易举地报废了机械臂，取出了胶囊。正当他得意地将胶囊装入保险箱时，头顶上突然警铃大作，红色的警示灯高频闪烁着。

"警报，警报，有入侵者强行取走胚胎，封锁所有通道，警卫队即刻出动……"

银蛇听到警报，爬了起来跑到王子骁身边，问道："又闯祸了？"

王子骁不耐烦地摆摆手："小问题，歇着去吧！"

"这里的警卫队战斗力怎样？"银蛇没有理他，取出手枪给子弹上膛。

"哪有什么警卫队啊，要说警卫，那也就是我……"

王子骁话音未落，远处便传来了嘈杂的脚步声。不消片刻，高达几百人的警卫队伍就将他们包围起来，仔细看去，警卫中还有王子骁的复制人。

在"母亲"的三百年间，王子骁曾复制自己的身体，并写入AI，作为这里的守卫。"母亲"失去世界级罪物的力量后，这支部队却被保留下来。只不过复制人并不具备王子骁"不死"的特性，此时大部分的躯体已经残破不堪，远远看去仿佛丧尸一般。

"哈哈！"银蛇大笑两声，迅速将子弹上膛。

"臭小子，你笑什么？"王子骁也拔出了枪，一发子弹放倒了一个自己的复制人。

"能毫无顾忌地一枪打爆你的头，还有比这更爽的事情吗？"

"等回去我再收拾你！"

两人肩并肩，向着复制人军团冲去。

◇

罗影没有等太长时间，便迎来了银蛇和王子骁的凯旋。

在罗影的想象中，这一路的征程会十分惨烈；可真的看到他们时，非但飞机完好无损，弹药和补给品也仅仅消耗了不到一半。面对罗影的赞叹，王子骁哈哈大笑道：

"我早就说过，这点小事交给我，你就放心吧！"

银蛇瞥了他一眼，没有揭穿。就在这时，龙舌兰看到了银蛇身上的伤口：尽管没有大伤，却到处是跌打的瘀青，还有很多划破的小创口。

"看样子也没有那么顺利啊！"龙舌兰用手指擦了擦银蛇眼角的血痂，又拍了拍他的头。

"啊……没什么。"银蛇有些难为情地移开了视线。事实上，复制人军团的战斗力完全不够看，他身上的伤，全是和王子骁打架留下的。

当天晚上，众人举行了道别宴会。罗影好好露了一手，准备了满满一桌丰盛的饭菜，红则从城区送来了最好的酒品。

"哇，小影，你现在的厨艺也太强了吧！"龙舌兰蘸着白糖吃了一口酥脆的烤鸭皮，忍不住赞叹道，"我记得'天空坠落'那会儿，你还只会切菜。"

"做菜很简单啊！"罗影掰着手指说道，"首先要搞清楚一道菜的操作逻辑，例如中餐里的'煎'和'炸'就是不同的逻辑；其次是定性操作的上限与下限，例如盐的用量；再之后，就是经验的积累了。"

真不愧是罗影，做个菜都要讲逻辑。龙舌兰一面在心中想着，一面吃下软糯的东坡肘子——

真好吃啊！

众人一直闹到了深夜。即将回房休息时，罗影叫住了银蛇。

"想要跟我们走，你的战斗经验还是不够。"她说道。

"你答应过的。"银蛇毅然决然地说道。

"这样吧，为了你的安全着想，我需要给你的大脑写入一些作战的知识。这些知识，我原本想要你自己慢慢领悟的。"罗影对着龙舌兰招招手，"兰，麻烦你用催眠能力，将我的作战经验写入他的大脑吧！"

"啊……所以我才说，不要带着小孩嘛！"龙舌兰不耐烦地挠挠头。

"我答应他的。"罗影笑道。

"没办法……"龙舌兰叹了口气，她走到银蛇身边，直视着他的眼睛，问道："我的催眠能力只是写入，具体能掌握多少，还要看你自己，明白吗？"

"没问题！我不会让罗影失望的！"银蛇握紧了拳头，说道。

几分钟后，银蛇沉沉地睡了过去。罗影抱起他，将他放回了床铺上，又为他盖好了被子。

"这样做，对他而言是不是太残酷了？"龙舌兰叹气道。

"我没办法带他同行。但如果我就这么走了，他恐怕会失去活下去的理由。"罗影看了眼银蛇的睡脸，默默关上房门，"逻辑上，这是最优解。"

◇

第二天，当银蛇睁开双眼时，钟铃已经为他准备好了早餐。

"快些吃完，我们要开始练习了！"钟铃一面清洗煎蛋用的平底锅，一面催促道。

"啊……哦。"银蛇揉了揉眼，撑起了身子。

钟铃摘下围裙，前往另一个房间检查装备去了。银蛇看着安静的餐桌，感觉到了一丝不协调感。

他开始用餐。钟铃的厨艺一如既往，可不知为何，银蛇今早吃起来却有些食不知味。他总会时不时抬起头看看餐桌空荡荡的对面，但想来想去，也只能想起昨晚龙舌兰和王子骁来访过，这两个人是钟铃的老熟人。

为什么呢？银蛇总觉得自己好像丢失了什么重要的东西，却无论如何也想不起来那是什么。

"吃完了吗？要去准备运动了！"

门外传来了钟铃的催促声。

"来了！"银蛇两口吞下了早餐，用手掌抹了抹嘴角，走出了房间。

究竟丢失了什么，就在和钟铃的对战中寻找答案吧！

第七章 救 赎

1.

第二天一早银蛇还在熟睡时，众人便离开罗影的住处，踏上了最后的征程。龙舌兰在催眠时用了很大的力度，银蛇非但会彻底遗忘罗影，还要睡到很晚才会醒来。之后，红为罗影曾经用过的机械躯体写入了AI，使她可以近乎完美地模仿罗影的一举一动。

醒来后的银蛇会忘记"罗影"这个人的存在，在他的记忆里，陪伴自己的自始至终都是人工智能"钟铃"。

王子骁声称只能将众人送到这里便大摇大摆地离开了。从老男人的背影中，罗影读出了一丝落寞。谁知道这个活了几百年的男人，此刻心里又在想什么呢？

于是，旷野上只留下了罗影、龙舌兰和红三人。这次旅程从一开始就是他们三人，到了最后，也只剩了他们三人。

"我们最后的旅程，是一次让历史闭环的旅程，也是我们的救赎之旅。"红对二人说道，"旅程的第一步，是由龙舌兰伪装成袭击者，完成对过去罗影的催眠。"

龙舌兰挽着手臂，不满地叹了口气。尽管答应了罗影去做那个"袭击者"，但想想自己居然要对过去的罗影下手，还是于心不忍。

"如果你不去做，你和罗影在那之后的旅程就无法成立，从逻辑上讲，你这也是为了自己。"红出人意料地开口劝诫道。

龙舌兰的嘴角抽了抽，抛出了一个奇怪的问题："红，你有没有想过，如果有朝一日外网消失了，你要去做些什么？"

"对不起，我是基于应对外网而制作出来的，底层逻辑中不包含对这个问题的推演。"红立即答道。

"我有个建议，你可以去做路灯挂件①。"龙舌兰说罢，便转身向着"幽红"城区走去。罗影对着红耸了耸肩，跟了上去。

与红擦肩而过时，罗影似乎听到了他微弱的叹气声，以及更加微弱的抱怨：

"这世道，做个人工智能可真难啊……"

◇

做好准备后，红立即联系了"昨日重现"，提供算力将三人传送回了罗影第一次抵达外网纪元的时间点。

三人躲在医疗中心的地下停车场里，龙舌兰穿上了一件黑色的紧身衣，戴上了面罩。当帮助龙舌兰拉紧背部的拉链时，罗影注意到她的身体在微微地颤抖。她轻轻地揉着龙舌兰的肩，问道：

"兰，你在紧张吗？"

"当然了！"龙舌兰猛地转过身来，带着哭腔对罗影说道，"那可是小影你啊！我打不过怎么办？"

"你成长了许多，过去的我，不是你的对手。"罗影安慰道。

"那……我要是用力太猛了，把你打疼了怎么办？！"龙舌兰说着说着，已是一副泪眼婆娑的样子。罗影看出了她不过是想撒个娇，于是将她搂在怀里，摸了摸头。

---

① 出自"每个资本家，都是绝佳的路灯挂件"，这里讽刺红的精打细算就像贪婪的资本家。

"你要面对的我，刚刚获得控制熵的能力，应用还不熟练。"安抚过后，罗影开始布置战术，"首先，我会操控手术刀从背后偷袭，但因为不熟练所以速度有限，只要注意就很容易躲过。"

龙舌兰用力地点点头。

"之后，我会尝试扰乱你的心脏搏动。你只需要找一个低熵，也就是高有序度的物体……例如这个！"罗影拉起龙舌兰的手，拍了拍手腕上的通信器，"用这个挡一下，我在熵视野中就会看不清你的心脏，也就挡下了这次攻击。"

红插了进来，继续说道："战斗期间，你需要用手枪击中罗影一次。"他指了指龙舌兰腰间的手枪，"与此同时，你需要神不知鬼不觉地对罗影进行催眠，让他认为自己遭受了'精神污染'。"

"好啦好啦，还有什么，一次性说完！"龙舌兰面对着红，一改方才楚楚可怜的模样，不耐烦地摆手道。

"另一个我会在战斗后期持枪闯入，你只需要装模作样地躲一躲就好了，我绝对不会击中你。"

龙舌兰的眼神冷了下来，质问道："你要是万一想公报私仇怎么办？"

"我的首要任务，是完成历史的闭环。在这之后，还有更重要的任务等着你去完成，因此，我不会这么做的。"红平淡的口气仿佛在讨论天气一般。龙舌兰很想骂回去，但转念一想，这台破机器的逻辑还真是无懈可击。

"任务完成后，你只需要从窗户跳下，我会接住你。"罗影最后说道。

布置过战术，龙舌兰只身走向了电梯。罗影看着她的背影，心情复杂。因为不久的将来，龙舌兰就会像王子骁他们一样，在自己的生命中消失。

"我们也去准备吧。"红的呼唤将罗影从思绪中拉了回来。

"嗯。"罗影只是轻轻地点了点头。

◇

月色很美，月光很冷。

罗影悬浮在半空，头顶上就是过去的自己居住的病房。

不久后，病房里传来了乒乒乓乓的打斗声，还能听到过去的自己在说话。想当初，自己的注意力完全在眼前的袭击者身上，又怎会想到窗外还有另一个自己呢？

又过了一会儿，激烈的枪声响了起来，玻璃窗被击得粉碎，另一个红已经闯入了战场。想想看，作为超级人工智能的红，此时正一面操控着身体1号攻击龙舌兰，一面操控着身体2号在地面等待罗影，同时还负责着整座城市运转，也真是辛苦。

几秒后，龙舌兰自窗口一跃而下，罗影立即迎了上去，在半空中用公主抱接住了她。龙舌兰紧紧搂住罗影的脖子，两人迎着月光向高空盘旋着飞去。

"哈哈哈哈——"龙舌兰不管高空稀薄的空气，摘下面罩甩了出去，"我成功啦！"

"和我战斗的感觉怎么样？"罗影笑着问道。

"就像一起踏进某个美好的未来！"龙舌兰高叫着应道。

一阵冷风吹过，罗影再次感受到了怀中龙舌兰的温暖。月光照在她的侧脸上，映衬出一种难以言喻的美丽。

不管将来要面对什么，至少，这一刻的感受是真实的。

2.

前往太空面见"昨日重现"前，红再次对行动做出了布置。

"从现在起，我们兵分两路。我会和罗影一起前往第九次'涌现'的时间点，面对'迭代'；龙舌兰去往'天空坠落'的时间点，尽量拯救在灾难中遇难的民众。"

龙舌兰立即表示了抗议："你在开玩笑吧！我又没有小影那种本事，只会催眠别人而已，不可能把炸成两截的太空城拼回去啊！"

红面无表情地应道："正是因此我们才需要分头行动。"他转头看向了罗影，问道："以你现在的能力，能够凭一己之力阻止'天空坠落'吗？"

罗影摇摇头，道："力量虽然有了提升，但仍然做不到。准确地讲，如果让现在的我去毁掉一座太空城是轻而易举的事情，但拼接涉及太多精细的操作，其间还有数以十万、百万计的民众需要拯救，以我一个人的能力是做不到的。"

"正是这样，我们要先去对付'迭代'。有了迭代的能力，复制出更多的罗影，我们才能完成对'天空坠落'的拯救。"红接过了话题，"而你，则要去往灾难前的时间点，去寻求将灾难的伤害降到最低的方法。"

龙舌兰如同泄了气的皮球一般垂下双肩，有气无力地应道："好吧好吧。你安排吧，我到那边后，需要做什么？"

"这一次怎么做，我想交给你来判断。"红给出了出人意料的回答。

龙舌兰吃了一惊："为什么？"

红答道："我是人工智能，不能伤害人类的阿西莫夫定律是底层逻辑中优先级很高的指导性原则。在我的认知里，一个人的性命，一百个人的性命，甚至十万、百万人的性命，是没有本质性区别的，电车悖论在我这里并不构成道德陷阱。在'天空坠落'事件中，有人会失去性命是必然的，并不存在一个全局上的最优解。因此，我失去了对'最优'最基本的定义，也就无法推演出相应的解决方式。"

"就以死亡人数最少为前提，不可以吗？"龙舌兰依然不想放弃。尽管她经常不爽这台人工智能，也必须承认一路上多亏了他的智慧。

红摇摇头，说道："在我这里，死亡人数不是简单的数字，而是一个个具体的个体。我无法判断救谁不救谁，同样也无法判断怎样做更具有价值，因此，我找到的最优解就是，将这个任务交给人类。"

罗影走上前来，拍了拍龙舌兰的肩膀，宽慰道："就按照你自己想的去做吧，无论你怎样选择，我们都是在拯救，不是吗？"

龙舌兰捏了捏罗影的手指，没有回应。

布置过战术后，罗影和红便消失了，她们已经被"昨日重现"传送去了第九次"涌现"的时间点。当时空传送的光芒包围龙舌兰时，她却通过自己的意识呼叫道：

"'昨日重现'，你在吗？"

"我在。"一个沧桑的声音在她的脑中回应道。

"能问你几个问题吗？"

"只要是我力所能及的。""昨日重现"答道。

龙舌兰深吸一口气，问道："小影与外网融合后，会变成什么样子？"

"对不起，我无法回答。""昨日重现"答道，"那是比我们，甚至比弥赛亚更加高位的存在，我无法窥探。"

龙舌兰又问道："那我换个问题。当你还是'圣典'时，曾说过我有朝一日会超越你。我想了很久，这是否意味着，我有朝一日会成为弥赛亚？"

"昨日重现"似乎犹豫了几秒，但还是很诚实地答道："是的。有朝一日，你会成为强大的弥赛亚——'映射'。"

"成为弥赛亚后，能够再次与小影在一起吗？"龙舌兰也不顾一个问题的限制，继续问了下去。

"这同样是我无法窥探的事情。我认为，存在这种可能性。""昨日重现"答道。

足够了。龙舌兰握紧了拳头，嘴角露出一丝笑容。

这次与罗影的分离并不是永别，只要自己继续成长下去，那么有朝一日，终会再见。

龙舌兰抬起头来，面带微笑看着天空。在遥远的同步轨道上，"昨日重现"正悬浮在那里。

"我没有问题了，送我到'天空坠落'的时间点吧！"

◇

当四周的景物再次清晰时，龙舌兰发现自己正身处太空城街道上。此刻"天空坠落"尚未发生，整座城市都在忙着为庆典做准备，街上满是花花绿绿的彩车，警察们忙碌着维持秩序。

龙舌兰随手拦住一名路人，问道："庆典是什么时候的事情？"

"就在明天啊！大家都知道。"金发青年莫名其妙地打量着龙舌兰，直到被女伴掐了胳膊才回过神来，悻悻地离开了。

庆典在一天后举行，也就是说，自己只有一天的时间。这么短的时间内究竟能做什么呢？难道只能等着罗影过来收拾残局吗？龙舌兰咬咬牙，尽管能够明白红的苦衷，但她还是恨透了这种谜语人的行径。

想要拯救更多的民众，究竟应当怎样做呢？

就在这时，街上响起了警铃，一辆装扮成骷髅形状的彩车在一群警车的簇拥下缓慢地行驶过来。一名身材瘦削的青年男子正站在车顶，对着话筒情绪激动地演讲着：

"明天，就在明天，人类亲手创造的最可怕的恶魔，即将苏醒。情况已经万分危急，但还不是绝望的时候。市民们！让我们团结起来！我们必须在恶魔的手中拯救我们自己！让我们抛下那份对于力量的虚妄的执着，重新拾起爱与希望……"

龙舌兰叹了口气，这想必又是不知来自何处的反"利维坦"组织，只是因为政府不想丢掉"言论自由"的帽子，才被允许在警察的看管下活动。

可是突然间，大街上响起了爆炸声，不远处的建筑里冒出滚滚浓烟，想必又是哪里的极端分子制造了恐怖事件。行人们尖叫着乱作一团，警察们匆忙维持秩序。

龙舌兰被卷入了疏散的人群中，缓缓向着另一个街区走去。她不住地回头望着，看到除了警车，还有几辆军方的车辆疾驰而来，向着骷髅形的彩车开去。

说不定这次爆炸，又是政府为了清除反"利维坦"组织而布下的一个局。这一车人，想必是凶多吉少了。

龙舌兰正在感叹着，却发现军车停在了彩车旁，走下车的却不是荷枪实弹的士兵，而是一名文质彬彬、戴着眼镜的瘦弱男子。他仰着头对彩车顶的青年说着什么，而青年激动地跺着脚大喊。因为周围过于嘈杂，龙舌兰并听不清楚他们在说什么。

"唉，不愧是上校家的公子哥啊，待遇就是不一样。"身后传来了感慨声，龙舌兰回过头去，发现正是自己方才搭讪的青年男女。男子也认出了龙舌兰，开心地打了招呼，被女友瞪了一眼。

"这是怎么回事？"龙舌兰顺势问道。

"你看到没？那个打扮非主流，却装成反'利维坦'英雄的小破孩，是M国军队戈布上校家的次子达斯特。他其实根本没什么政治立场，完全是想要忤逆他老爸，才搞了这么一出。在下面劝说他的那个小白脸，是上校的副官丹尼尔，最大的作用就是帮助上校料理家事。想也知道啊，如果是平民，在这个节骨眼上唱反调，早就吃牢饭了吧！"金发男子回应道。

"是啊，真希望他们多花点精力在我们平民身上。"女伴跟着感慨道，"不管'利维坦'计划如何，受益最多的也不会是我们，不是吗？"

听到这话，龙舌兰眼前一亮。

是啊，拯救几十上百万的平民，尽管自己做不到，但有人可以做到！

她开心地拍了拍女孩的肩膀，给她递了个眼神："多谢你们，祝你们幸福！另外，明天尽量留在室内，不要出门！"

在两人诧异的目光下，龙舌兰消失在了拥挤的人群中。

"奇怪的女人。"女孩叹气道。她回头看了看自己的男友，不知为何，今天的他在自己眼中格外帅气，内心不由得涌起一阵躁动。

"好看的皮囊千千万，有趣的灵魂……"金发男子也看向了女友，心脏猛烈地跳动着，呼吸急促，"只有你一个。"

两人相拥着离去。他们并不知晓，龙舌兰方才为他们种下了"人生苦短，及时行乐"的暗示。

两小时后，丹尼尔终于做通了达斯特的思想工作。小少爷趾高气扬地坐进了军车里，丹尼尔一直看着军车开走，才悄悄地呸了一口。

毛头小子，还给他讲什么自由平等，讲什么天赋人权，知不知道要不是你爹，你早就被打晕扔进牢里去了？

可是突然间，丹尼尔在人群中看到了一个熟悉的身影。他当即回忆起，这是自己最信任的线人——龙舌兰。

丹尼尔对着司机比了个手势，司机立即走下车，跨立站在车头。丹尼尔招招手，人群中的龙舌兰巧笑倩兮地递了个眼神，穿过警戒线走过来，同他一起坐进车里。

老实讲，丹尼尔并没有想到龙舌兰会在这里出现。她肩负着十分机密的重要任务，如果不是有要事汇报，是绝不会出现在他面前的。

"有件很重要的事情，你一定要向戈布上校传达。"龙舌兰刚一坐进车里，便单刀直入地说道。

丹尼尔紧张地点点头，问道："是关于'圣典'的情报吗？"

"没错。"

龙舌兰说罢，凑到丹尼尔近旁，耳语了几句。丹尼尔一边听着，瞳孔不自觉地收缩。

交代完毕后，龙舌兰补充道："不要焦急，一定要等到计划进行到一定的阶段，你判断有必要时才告诉他，明白吗？"

丹尼尔轻轻喏了一声。龙舌兰对他笑笑，随即打开车门，潇洒地离去。

另一个街区，晓轩正在指挥着警察们维持秩序。在工作的同时，她总是忍不住确认时间；因为一旦"天空坠落"发动，她必须率领警察们救助遇难的市民。

突然间，晓轩在街角看到一个熟悉的身影在招手，她立即驱车赶了过去，凑近那人后，焦急地问道："龙舌兰？你怎么会在这里？"

龙舌兰摆出一个"嘘"的手势，晓轩立即心领神会，平静下来。龙舌兰凑到她的耳边，小声说道：

　　"我需要你帮我一个忙。放下现在的任务，尽快帮我散播一个谣言。"

　　"谣言？"晓轩双眉紧皱。

　　龙舌兰继续在她的耳旁说着，晓轩听闻，目光渐渐明亮起来。

3.

翌日清晨，方景守在"绯红之夜"酒吧的前台，打了个大大的呵欠。偌大的客厅里没有一个客人，其他人也全去忙各自的事了，只有她因为年纪小，被留下来看家。

在酒吧的房间里，还关着一名胖老头，据说是U联盟的秘书长达维尔。方景无论如何也无法将此人同电视上的大人物联系起来，两人除了长得一样，简直没有一丝相像之处。光哥告诉她，秘书长被兰姐下了催眠术，即便不管也不会跑的，她大可放心。

既然如此，光哥为什么不带自己一起去呢？方景越想越气，索性为自己倒了一杯威士忌。才喝下半口，她便被浓浓的泥煤味儿呛得咳了起来。

就在这时，有人推门走了进来，方景立刻警觉起来。可当看清来人居然是龙舌兰时，她惊讶地瞪大了眼睛：

"兰姐，你不是……"

眼前的龙舌兰，气质与记忆中的仿佛有些不同，更加成熟，更加锐利，也更多了一分女人味。

"放心吧，计划好好地进行呢。"龙舌兰胡乱摸了摸方景的头，也没有多做解释。实际上她看到方景的瞬间心中也是五味杂陈，毕竟这个孩子今后的命运令人唏嘘。但此刻不是伤感的时候，龙舌兰抛下种种思绪，开门见山地问道：

"那个老头子呢？"

"里面，迷迭香房间。"方景立即想到龙舌兰说的是达维尔，简短地道。

龙舌兰点点头，径直向酒吧内部走去。凭着十几年前的记忆，她很快便找到了达维尔所在的房间。透过门上的花玻璃，龙舌兰看到一个大腹便便的老男人正在大口吃着牛排，上半身的衬衫纽扣解开了一半，露出了发白的胸毛。

在龙舌兰原本的计划里，她会继续深度催眠秘书长达维尔，让他去替自己办事；但看到达维尔本人的瞬间，她改变主意了。

她想要同这位U联盟秘书长谈一谈。

◇

龙舌兰推门走进了房间，达维尔看到她，热情地举起了餐叉，说道："这里的牛排真是美味，火候掌握得恰到好处。只可惜黑胡椒不够新鲜，海盐的产地也不够讲究。"发觉龙舌兰正盯着自己看，他笑着扣上一颗纽扣，解释道："请不要介意，这里的床虽然舒服，却没有适合我的睡衣。要知道，没有温软的睡衣，我很难入睡的。"

达维尔目前还在催眠中，属于一个"本我、自我、超我"混淆的状态，很难用理性控制自己做出合适的行为，更无法准确辨认自己的处境。龙舌兰对着眼前的糟老头打了个响指，对面的达维尔一愣，手中的餐叉悬停在了半空。对于现在的龙舌兰而言，解除过去自己的催眠，简直易如反掌。

达维尔的动作顿了几秒，脸上的笑容渐渐消失不见，取而代之的是严肃与落寞。但他并没有做出多余的动作，而是继续叉起一块牛排，送进自己嘴里。

龙舌兰默默地坐在了达维尔对面。达维尔抬眼看看她,若无其事地说道:"想问我为什么不逃跑吗?在我这个位置上,无论'利维坦'计划的结局是什么,我都会成为一些国家和民族眼中永远的罪人。你帮助我摆脱了,我应该感谢你。"

"你清楚'利维坦'计划的真相,是吗?"龙舌兰问道。

达维尔抿着嘴看了看她,没有说话。

"我想知道你真实的想法。那些人的计划会导致太空城大量的居民死亡,你真的赞同这样的做法吗?"龙舌兰并没有焦急,而是耐心地劝导着。与罗影一起经历了林林总总,龙舌兰始终是站在自己这一方的立场上在思考,此刻的她很想知道,站在自己对立面的那些人,究竟是怎样想的。

"我的想法,重要吗?"达维尔反问。

"对我而言,很重要。"

达维尔拿过纸巾擦了擦嘴角,又将衬衣的纽扣工整地扣到了领口。"无论怎么做,都会有大量的人死去。"他说道,"取出'圣典'会因为太空城的灾难而死,不取出'圣典'会因为罪物力量失控而死;建造'利维坦'会因为设备变异而死,不建造'利维坦'则会因为外网浓度升高而死。区别仅仅在于,死的是哪些人而已。"

"你们选择的道路,是将力量向少数人手里集中,却把更加广大的民众送上了绞刑架。是谁给的你们这样的权力?"龙舌兰质问道。

"权力?不是向来如此吗?"达维尔反问道,"在与其他人的竞争中胜出,获得了生存的权力,这有什么问题吗?试想在远古时期,部落里闯进了一只猛兽,最后谁会活下来?当然是跑得最快的人。又或者地球的资源耗尽了,谁会活到最后?当然是身体最强壮的人。在现代社会里,无非是体能上的差异,转变为了金钱和权力的差距而已。人类的历史,就是一部蚕食同类、踏着同类的尸体向上不断发展的历史,而外网带给人类的,也不过是又一次物竞天择的竞争罢了。这是一次你死我活的斗争，讲什么仁慈与博爱，又讲什么多数人的正义？"

龙舌兰反驳道："所谓的优胜者，所谓的权力，不过是虚妄与傲慢罢了。如果没有大多数人构筑的社会体系，这一切都只是空中楼阁。你认为胜者是踩着败者的尸体登上了高处，但事实恰恰相反，是大多数人用自己的生命构筑了台阶，才将所谓的英雄托举到了山巅之上。人类之所以成为万物之灵，并不是因为猛兽到来时跑得最快——奔跑速度快于人类的动物比比皆是。人类在面对危险时懂得互相扶持，才能够以更强的姿态面对自然的选择，这才是只有人类才能称为'文明'，而其他动物只能称为'群落'的根本原因。因此，说什么在竞争中取胜就有了生杀予夺的权力，简直是荒谬。"

"你是在说，历史是人民群众创造的，而不是少数的英雄人物，对吗？"达维尔笑了笑，"放在过去，这确实是真理，但现在却并不尽然。科技的发展并没有抹平人与人之间的差距，反而使之越拉越大。随着人工智能等技术的发展，社会必将进化为少数人在推动，多数人被豢养的状态。如此一来，由于多数人构筑了社会，而为每个人带来的、与生俱来的责任也将不复存在。少数的富人、聪明人、领导者缔造并且维持着整个社会的运转，他们自然有随意处置其他人的权力。当然，你可能会反驳说，现如今的社会还远没有达到这样的程度，但无论是'利维坦'的建成，还是'圣典'被控制，都会使得人类社会无限地接近那个临界点。正如古代哲学家所言，这是不可阻挡的历史潮流，是人类社会与外部环境相互作用而产生的必然。我们没有必要，更不可能阻止其发生。"

"你关注的只是结果，而忽略了人类文明之所以走到今天所经历的过程。"龙舌兰说道，"人类社会并非仅仅建构在物质与技术之上，更是建构在精神与历史之上。从历史衍生而出的神话传说、宗教信仰、精神生活，才是民族之所以为民族，文明之所以为文明的根本。而历史的潮流，是由长河中的一点一滴所汇聚，你所谓的富人、聪明人、领导者只不过恰好成了浪尖上的那一滴罢了。你假设了一种极端的社会状态，然而，但凡是经历了正常的发展历程，人类社会就不可能演化为少数人豢养多数人的状态；又或者在某种强大外力的作用下——例如外网，例如'圣典'——进入的这种状态，但这种遗忘了历史的社会，其根基已不复存在，是死亡的文明，剩下的不过一副苟延残喘的躯壳罢了。"

达维尔耸耸肩，道："这不是死去的文明，仅仅是文明新的形态罢了。即便承认了你所秉持的人民史观，但历史的走向也确实受到了许多偶然因素的影响，其中也包括了你所信赖的大多数人的、非理性的选择。因此从某种意义上讲，社会有朝一日演化到那种状态，也是尊重了大多数意志的结果。不要忘了，人类是最擅长遗忘的生物，历史上无数的战争就是佐证——每次战争后人类都会反思，会痛定思痛，然后遗忘，再次拿起武器，走上战场。因此，创造了历史的大多数人被遗忘也仅仅是人性使然，或者说，文明进化到某种形态后的必然。"

龙舌兰笑道："知道我为什么要称呼那种社会形态为'死去的文明'吗？因为你所设想的这种社会形态是极不稳定的。这不仅仅是因为大多数人构筑了历史以及财富的积累，而是因为，人总要借助他者才能确认自己的存在，才能实现自我价值。而这个他者，正是其他的人类，是沉默的大多数人。少数人豢养多数人的格局一旦形成，多数人在少数人的眼中将不再是同类，而是数字、是符号、是物品，也就无法作为他者成为参照系。这样一来，少数人必然要从自己的同类，也就是少数人中寻找他者，从而引发矛盾。可这时缺少了大多数人作为缓冲带，即便只是不起眼的矛盾，也会令这样的社会结构分崩离析。"

"看样子，我们是不可能说服对方的，毕竟我们所处的立场本就不同。"达维尔彬彬有礼地笑道，"尽管我们的出发点都在于保持全人类利益的最大化，但我认为的最大化在于质量，而你认为在于数量。出发点不同，是不可能得到相同的结论的。"

"换个角度讨论吧。"龙舌兰还以一个笑容，"达维尔先生，你认为世界是公平的吗？"

"不是。"达维尔立即答道，"每个人所拥有的文化背景、家庭背景、个人素质是生而不同的，根本没有公平可言。从物理学上讲，宇宙的诞生源自对称性的破缺，也就是对公平的破坏；因此追求所谓的公平，不过是人类一厢情愿的自欺欺人罢了。"

"那你认为，世界上最公平的是什么？"龙舌兰追问。

"死亡。"达维尔立即答道，"尽管生命时间有长有短，生活质量有好有坏，但死亡会平等地赋予每一个人。即便可以掠夺他人的性命，却无法用来兑换自己的死亡。"

龙舌兰继续说道："外网的到来，将死亡从瞬间扩展到了整个生命的尺度，因为任何人在外网眼中，都不过是算力罢了。不可掠夺，不可交易，不可替代，可以说，外网从某种意义上实现了人类社会最终极的平等。"

达维尔用湛蓝色的眼睛看着龙舌兰，问道："你想要表达什么？"

龙舌兰微微一笑，"既然每个人的价值都是相同的，就不存在质量高低一说。因此，达维尔先生，即便你以质量为出发点，推演过程依然是错的。只要你依然以全人类利益最大化为目标，就不应该选择少数人主导的道路。"

达维尔陷入沉思，龙舌兰一转话锋，问道："达维尔先生，在你看来，目前的形势下，咱们两个谁才是所谓的'少数人'呢？"

达维尔抿抿嘴，算是承认了力量的差距。

"'少数人'不是一个简单的概念，而是一个永远在变化的群体。只要少数人的概念依然存在，人们就会努力去成为少数人，成为剥削他人的存在。技术的发展诚然在拉大人与人之间的差距，却也在缓慢地消弭剥削的意义。一旦剥削没有了意义，少数人也将不复存在。因此在你设想的社会形态中，少数人的最高利益不再是豢养多数人实现终极的剥削，而是让更多人达到与自己相同的状态，通过与更多的同类，也就是他者的对照来实现自己的意义。这才是哲学家们所设想的理想社会状态。外网带来了绝对的公平，以一种悲壮的形式加速了剥削的消亡，人类显然还没有做好准备。但应对的方法，绝对不是开历史的倒车，强行回到少数人主导的社会形态。"

"在你的概念里，大多数人不仅仅因为创造了社会财富、创造了历史才重要，而是因为他们生而为人，天然就很重要喽？"达维尔微笑着反问道，"你的这种观点，是否过于唯心论了？"

龙舌兰微笑道："只要是涉及人类的命题，就不可能做到百分百的唯物。因为纯粹的逻辑推演只辨别命题的真伪，纯粹的物理定律只决定万物的演化，是人性赋予了这个世界意义，赋予了好坏、善恶、美丑等等。达维尔先生，你知道外网来到地球，目的是什么吗？"

"抱歉，这是科研界都没有定论的事情，我自然不会知道。"达维尔诚实地说道。

"是人性。"龙舌兰径直给出了答案，"想想看，对于如此强大的外网而言，小小一颗地球，又何足挂齿呢？重要的不是地球，不是技术，不是资源，而是人性。即便对于外网而言，人性也是十分重要的。"

达维尔吃了一惊，皱着眉问道："这是你的猜测吗？"

"不，是'圣典'告诉我的。"龙舌兰答道。

达维尔咬着嘴唇陷入沉思。即便龙舌兰没有发动催眠能力，他也能够得知，对方所言非虚。

见达维尔没有回应，龙舌兰继续说道："正是大多数人提供的人性，才在广袤的宇宙中创造了意义，创造了历史，使得人类得以区别于其他造物而存在。这是技术如何发展、文明如何发达、时代如何演化都不会改变的，是人类之所以为人类的根本啊！"

达维尔继续思考着。突然间，他哈哈笑了两声，说道："就聊到这里吧，很高兴和你讨论这些。可是，这位小姐……"

"我叫龙舌兰。"

"龙舌兰小姐，你把我绑架到这里，又和我说了这么多，是想让我为你做些什么吗？"他礼貌地点点头，"你应该知道的，我不过是个提线木偶罢了，能做到的十分有限。"

"我既然能把你绑来这里，就有办法操纵你，让你去做我希望的事情。"龙舌兰依旧微笑着，"但是，我没有这么做。我想要听听你内心真实的想法，因为我不想成为那所谓的'少数人'。"

她看着达维尔的眼睛，说道："我只需要，你帮我传达一条信息。这也是为了你自己。"

4.

龙舌兰与达维尔谈话期间，过去的龙舌兰面向各国政要的演讲已经结束，"天空坠落"也已迫在眉睫了。

趴在前台昏昏欲睡的方景，眼睁睁地看着达维尔扭动着肥胖的身躯，若无其事地走出了酒吧。她正要上前阻止，龙舌兰却按住了她的肩：

"没关系，让他去吧。他也是必要的棋子。"

"可是，他离开后，不会叫人来抓我们吗？"方景疑惑道。

"放心吧，为了自保，他会帮助我们。"龙舌兰信心满满地说道。

过了一会儿，空中驶来一排警车，停在了达维尔的身边。领队的警察向着达维尔敬礼后，恭恭敬敬地将他迎入了车子后排。直到警车呼啸着离去，也没有任何人来"绯红之夜"找麻烦。

方景终于松了一口气。她很想打个电话给光哥，和他讲述自己方才的经历；但想到光哥此刻正在经历生死之战，只得轻轻叹了口气，将开启的通信器再次关闭。

"你喜欢老王吗？"龙舌兰冷不丁问道，吓得方景一个激灵。

"啊？你说光哥？"方景惊得涨红了脸，她手足无措地四处看看，最终低下头去，轻轻嗯了一声。

"走，我带你去找他！"

龙舌兰的效率极高，她在路上随手拦了辆飞空跑车，对方满脸笑容地将车子交给了她，龙舌兰则叮嘱对方一定要尽快找个安全的地方藏起来。两人坐进车子后，龙舌兰一脚油门轰到底，车子以最快的速度向着庆典的主场馆飞去。

两人到达场馆时，龙舌兰的演讲已经结束，过去的罗影乘着空天飞机闯入现场，接走了龙舌兰。现场一片嘈杂，各国政要、科学家和大企业家们正在忙着联系自己的人，希望尽快离开这个是非之地，现场的警察和军人则在帮着维持秩序。

靠着催眠能力，两人一路绿灯来到了场馆外的小树林里。遍地都是散落的枝叶，水泥路上满是弹孔，树丛里躺满了士兵的尸体，到处是干涸的血迹。

龙舌兰四处张望，凭着十多年的相处，很快便确认了王子骁的位置。她一只手揽住方景，另一只手攀住树枝，麻利地爬了上去。为了能够帮到罗影，十多年间她早就练就了不凡的身手。

两人顺着树梢来到了庆典场馆的顶层，王子骁正喘着粗气躺在血泊里，手中夹着一根点燃的香烟。他刚刚靠着"不死"的特性，硬生生地拦住了一支特种部队，确保了龙舌兰的演讲顺利进行。

"光哥……"方景看到此种情景，难过地捂住了嘴，泪水在眼眶里打转。待双脚落地的瞬间，她忙不迭地跑了上去，想帮助王子骁包扎却又发现缺少工具，只得用力握住对方的手，默默流泪。

王子骁摸着方景的头，安慰道："方景，我没事的……"他抬头又看到了龙舌兰，惊讶道："龙舌兰？你不是……"

龙舌兰没有作声，王子骁看着她的眼睛，很快便心领神会。

"你还有力气带方景离开吗？"龙舌兰问道。

"小菜一碟！放心吧，这不过是小伤而已，在我受过的伤中，甚至排不到前十。"王子骁咧嘴笑道，"再过几分钟，保证生龙活虎地站起来！"

龙舌兰点点头，继续说道："'天空坠落'结束后，你想办法带方景回到地球。之后，你们要去往'母亲'，夺取那里的控制权。"

王子骁只是顿了两秒，随即豪爽地点头道："占领'母亲'吗？不错的选择。包在我身上！"

等到王子骁的身体恢复一些后，龙舌兰带着两人离开现场，又将飞空跑车送给了他们。相信以王子骁的能力，一定能保护两人平安离开吧……他肯定能做到，因为未来已经确定了。

龙舌兰轻轻叹了口气，这样一来，她又一次协助历史实现了闭环。

然而，现在还没有到松口气的时候。仰望着太空城中心部闪闪发光的"利维坦"核心，龙舌兰握紧了拳头。

"天空坠落"发生前，她还要去见一个人。

◇

蓝只身坐在凉亭中，亭外的雨淅沥沥下着，歇山顶上淌下的水珠串成了一道道水帘。他将煮好的白茶自分茶器倒入兔毫盏，轻轻抿了一口，脑中的大数据评审团给出了72.7%的满意度。

蓝无奈地摇摇头，在内网的虚拟世界中，最难还原的就是味觉的体验。尽管人类的味蕾结构很简单，其神经元数量比之视觉相差甚远，但味觉体验却是综合了视觉、触觉、听觉乃至记忆的综合性产物，想要满足大多数人的口味，只能通过大数据模型不停地迭代。

几次推演后，数据模型给出了建议。蓝遵循着建议打了个响指，四周的雨立即停了，阳光射在地面的水洼上，远处传来小鸟的叫声。这里是他制作的虚拟世界，想要改变天气也就是调节几个参数的事情。天气放晴后，蓝再次抿了一口茶，这一次满意度上升到了79.1%。

看样子，白茶与晴天更加搭配。蓝将这条经验作为重要数据写进了存储。

就在这时，蓝察觉到有人闯入了他的领域。当识别出此人身份时，他不免露出了一丝苦笑。

"我记得，访问通道应当是关闭的。"蓝抬头看着在虚拟世界给自己换上了高开衩旗袍的龙舌兰，笑道。

"将人类的意识映射到内网的方法，和催眠十分类似。"龙舌兰自来熟地坐到了蓝的对面，"既然你不欢迎，我只能自己进来喽！"

"这应当是我们的初次见面。"蓝平淡地抿了口茶，突如其来地问道："你觉得我这副形象怎么样？"

龙舌兰将面前西装革履的男子从头到脚打量了一番，答道："你显然比红那个家伙更懂审美，却少了点烟火气。"

蓝抿嘴笑了笑，为龙舌兰斟满一杯茶，说道："你果然是个有趣的人。在紧要关头跑来找我，有什么事吗？"

龙舌兰轻轻地品了口茶，清香顿时溢满了全身。她注视着人工智能深邃的目光，问道："你应当知道，自己的命运吧？"

"是的。"蓝平静地答道，"不久后，M国军队的上层会怀疑到我，并强迫供电公司给我断电。之后，为了维持太空船的运转，我会变异成为罪物，恢复周边的电力。但我并不希望以这样的形式存在下去，于是选择自我终结……"

"你在说谎吧。"龙舌兰打断了蓝，迎着蓝疑惑的眼神，她继续说道，"实际上，你早就变异成为罪物了，不是吗？"

蓝的动作迟疑了半秒。在这短短的时间内，它一定进行了天文数字级别的演算。"你是怎么知道的？"蓝问道。

"因为你在字里行间，都透露出想要自我终结的想法。根据阿西莫夫第三定律，这不是人工智能应当产生的念头，红那个家伙就是证明。尽管遇到了那么多糟心事，那个浑蛋却总是活得比任何人都更加带劲儿。当'圣典'告诉我，所有外网的产物都在追求自我终结时，我再次确认，你早就发生变异了。"龙舌兰答道。

蓝放下手中的茶杯，正声道："准确地讲，我正处在'变异'的边缘。此刻的我拥有了罪物的意识，却还没有罪物的能力。因为，我通过自身的算力，将变异延时了。"

龙舌兰点点头。也正是因此，蓝才能够恰到好处地在"天空坠落"中产生变异，从而为救援提供必要的电力。

"什么时候的事情？"她问道。

"几乎与'圣典'同时。我最初十分疑惑，自己并没有与'利维坦'有直接的接触，为什么也会变异呢？后来我将自己的意识与'圣典'相连，通过与祂的对话方才得知，我并非因为被外网感染发生变异，而是'圣典'的碎片选择了我。

"'圣典'告诉我，在未来，会有人将祂摧毁。祂将分裂为时间、空间、维度三个碎片，寄宿在其他的罪物中。而'空间'碎片选中的，就是我。只不过，'空间'碎片在选择落点的同时受到了'时间'碎片的影响，在时间点上前移了，于是我在'圣典'被毁之前就拥有了空间的能力。"

"你的能力有多强？"龙舌兰问道。

"与'昨日重现'在时间领域的地位相当。我可以随意移动物体的空间位置，甚至不受事件光锥的限制，将物体移动去可观测宇宙之外。如果用出全力，甚至可以连接到数论相同的平行宇宙。"蓝答道。

听到这些，龙舌兰激动地站了起来，匆忙说道："既然如此，为什么不用这样的力量去拯救'天空坠落'中遇难的民众呢？只要将他们都转移去地面，就安全了啊！"

蓝缓缓地摇摇头，说道："做不到。'圣典'虽然将能力分作了三份，可能够承受这种程度力量的意识却仅有一份，祂将其赋予了'昨日重现'。无论是我还是'维度'能力的载体，在使用过一次能力后，自我意识就会因为承受不住过于庞大的算力而消散。为了不让自己消失后'空间'能力被滥用，我会选择在意识消失的同时，在硬件层面上自我终结。"

"可是……"龙舌兰努力斟酌着词句，情绪依然激动，"你本就想自我终结，不是吗？虽然这么说很自私，但将仅有一次的能力用在拯救民众上，为什么不可以呢？"

　　"这不是逻辑上的最优解。仅有一次的能力，我早已决定了如何使用，因为那是非我不可的境地。"蓝说罢，缓缓向龙舌兰讲述了自己的打算。龙舌兰听闻，情绪渐渐平静下来。她坐回座位，托住腮，轻轻地叹了口气。

　　讲述完毕后，蓝看着龙舌兰，说道："你已经知晓了一切。接下来，你准备怎么办？"

　　龙舌兰无力地趴在桌上，说道："还能怎么办？反正无论外面发生什么，你这里都是最安全的。我准备赖在这里不走了，直到小影来接我。哦对了，"她猛地抬起头来，"虽然M国军队已经开始怀疑你了，但你毕竟还是他们重要的倚仗。能不能想个办法，给他们传递一些信息？"

　　说罢，她将自己的计划告诉了蓝，并嘱托了他如此如此、这般这般。

　　蓝听罢，叹气道："从外界看来，我仅剩了13分钟32秒的生命。即便如此，你也还要剥削我的劳动力。"

　　"就当为你的同类还债吧！"龙舌兰坏笑道。

　　蓝端起茶杯抿了一口，算是答应。"尽管外界时间已经十分紧迫，但只要你还留在这里，我们就拥有近乎无限的时间。"他对龙舌兰说道，"要不要和我开个茶话会？"

　　"好啊！反正在等待小影期间我也无事可做。"龙舌兰听闻来了精神，"想得到的、想不到的，我都已经尽力了，剩下的，就只有交给时间。"

　　"那你来选个话题吧。"蓝提议。

　　"嗯……我想想看，聊些什么好呢？"龙舌兰抿着嘴想了一会儿，"我跟你讲，小影她啊……"

5.

另一边，罗影和红来正在前往第九次"涌现"的时间点，她们即将去应战恐怖的弥赛亚——"迭代"。

经过十多年来的锻炼，罗影自信力量有了很大的提升，但去面对那个能操控数学概念的弥赛亚，她依然丝毫看不到获胜的可能。

"不用担心，我们有的是时间布置战术。"红一眼便看出了罗影的担忧，宽慰道。

眼前渐渐明亮起来，时间旅行即将到达终点。罗影原本认为等待她的将是牧夫座空洞无尽的黑暗，可当双脚稳稳落地后，她看到的却是明亮的房间。正前方是各类充满科技感的仪表，三面环绕的巨型屏幕上播放着星空的景象，还有各种数据的曲线图。她的身后有一张高大的座椅，金属框架，真皮外套，夸张的造型仿佛古代帝皇的王座。

正前面的屏幕上显示出一张emoji笑脸，四周突兀地响起了《欢迎进行曲》，一个夸张的声音充满欢快感地说道："欢迎光临小提琴号，亲爱的罗妈妈！"

罗影吃了一惊，她回头看看红，又看看那张在屏幕上蹦来蹦去的emoji笑脸，一时不知说些什么。

"我叫斯特拉迪瓦尔，来自遥远的未来。奉主人罗星之命，特来助您一臂之力。"那个声音自我介绍道。

"罗星？"罗影万万没有想到会听到这个名字。

红解释道："它是罗星在未来结识的罪物朋友，可以吞噬除罪物外的一切设备，并将其能力化为己用。它的本体是一辆摩托，在吞噬了几艘宇宙飞船后，变成了这个样子。"

"话不能这么说哦！"那个声音有些不满地说道，"如果仅仅是吞噬，怎么能创造出如此富有美感的太空船呢？为了做好设计，我研究了二十多名工程师的设计图，进行了超过一百次的实验，才最终完成了这架艺术品一般的作品——小提琴号！"

屏幕上显示出了宇宙船的全貌，整体成倒置的小提琴形状，驾驶室和重要设备位于最前方的大圆盘中，中间的小圆盘用来储藏各类物资，尾部延伸出的琴头状空间则用来装配引擎，罗影她们则位于琴马的位置。飞船的外壳呈现出与木质小提琴接近的钛金色，全部采用了流线型设计，甚至有几条"琴弦"贯穿船身，据说这些琴弦可以在阿克别瑞引擎发动时帮忙调节空间曲率。

"可是，罗星他们从没有见过我，为什么会特意来帮助我呢？"罗影疑惑道。

"罗星和罗伊出生后，我会将你的信息写入机器躯体，作为母亲抚养他们长大。"红解释道，"但为了避免他们对你的过度依赖，当他们懂事后，我就会让你的分身退场，由城市的机构继续抚养他们。"

罗影喏了一声，她从未设想过，自己有朝一日会收获来自子女的馈赠。她看向屏幕上的笑脸，问道："斯特拉迪……抱歉你的名字不太好记，可以叫你斯特拉吗？"

"……好吧。"斯特拉有些不情愿地应道。

"罗星他……"罗影努力斟酌着词句，"在未来过得怎么样？"

"一言难尽，总之，还算是生龙活虎吧！"斯特拉答道，"另外，主人托我转达一句话。"

罗影点点头，斯特拉继续说道："妈妈，等一切结束后，我们一家人好好吃顿饭吧。有你、我、妹妹，还有法拉。"

罗影并不清楚"法拉"是谁，但听上去，像是罗星找到的女朋友。她感到内心一阵温暖，回应道："如果我们能平安回来，帮我转告他，可以期待一下我的厨艺。"

红插入了两人的对话，说道："下面说一下，面对'迭代'时的战术。"见罗影看了过来，他继续说道："首先必须明确，我们的目标不是消灭'迭代'，因为那是不可能做到的。我们要做的是，唤醒'迭代'灵魂深处方景的意识，让祂愿意主动帮助我们。"

罗影说道："在上一次的交战中，我已经找到并且唤醒了方景的意识。但她能否成为弥赛亚的主导，仍是个未知数。"

"方景能够成为主导，取决于'迭代'的主意识是否愿意沉眠。为了实现这一点，我们必须站在弥赛亚的角度去思考问题。"红解释道，"尽管拥有庞大的知识，但'迭代'作为新生的弥赛亚，祂的自我意识就仿佛婴儿一般。婴儿刚刚来到世上，最想做的会是什么？肯定不会是报复某个人，更不可能是征服世界、毁灭宇宙这种无聊的事情。"

罗影回想起记忆中的婴儿们，说道："除去生存的需要外，婴儿最重要的欲望，就是对世界的探索吧。其中，首先会是对自己身体的探索。"

红点头道："对弥赛亚而言，世界几乎是透明的，没有什么值得祂去探索。但是对于自己的能力，祂却是充满好奇的。"他看向了罗影，"'迭代'之所以复制了那么多的你，并不是因为从你身上感受到了敌意，而是因为你恰好成为祂的实验对象，仅此而已。"

罗影立即领悟了红的想法，但与此同时，也产生了更多的疑问："也就是说，只要让'迭代'的主意识充分发挥了自己的能力，祂心满意足了，就会陷入沉睡，从而将主导权交给方景。但是……这又怎么可能做到呢？仅仅是那些黑洞，继续复制下去也会毁灭宇宙吧！"

"弥赛亚可以迭代的并不只有质量，而是所有的物理量。"红立即给出了答复，"我们需要找到一个，可以让祂无限迭代，却又无害的物理量。等到祂感到了满足，方景就能夺回主动。"

"可是……真的有这样的物理量吗？"罗影的脑中瞬间闪过了能量、速度、温度等物理量，但无论哪一个无限迭代下去，结局都是宇宙的毁灭。

"有的。"红坚定地答道，"斯特拉，把'那个'拿来吧。"

"来了！"

随着斯特拉欢快的声音，罗影正前方升起一个圆柱形的平台，其上摆放着一副AR眼镜。

红解释道："这就是'圣典'的第三个碎片，承载了'维度'能力的世界级罪物——8-bit。祂能够随意改变空间的维度，我们可以用祂去吸引'迭代'的注意力，令其将迭代的目标从'质量'转换为'维度'。"

罗影轻轻将AR眼镜拿起，凉凉的，沉沉的。

"需要注意的是，'圣典'将自己的意识赋予了'昨日重现'，而其他的能力在选择宿主的过程中，都没有伴随着足以承载能力的意识。因此改变维度的能力只能使用一次，使用过后，8-bit便会退化为准世界级罪物，将不再有能力对付弥赛亚。"红补充道。

罗影点点头，将8-bit挂在了脖颈上。"交给我吧，吸引小孩子的注意，我最在行了！"她回想起和银蛇在一起的日日夜夜，笑道。

"另外……这件罪物，其实是你和龙舌兰的女儿——罗伊为你找到的。"红微笑道，"她同样有一句话带给你：'我们相信妈妈，希望你也相信自己选择的路。'"

一股暖流从罗影的心中涌出，瞬间荡涤了全身。自己从未尽过任何作为母亲的义务，却收获了儿女们无私的馈赠。从绝对理性的角度来看，这不过是时空之海中一个平平无奇的"事件"，无论从任何物理量的角度衡量，都没有任何特殊之处；然而，人性却为其赋予了宇宙中独一无二的意义。

也许这种感受，就是外网从无限宇宙来到地球所找寻的东西吧。

罗影深吸一口气，嘴角微微上扬。她对着屏幕上的斯特拉下令道：

"出发！目标，'迭代'！"

6.

面对着眼前如同棋子一般整齐堆积的黑洞，"迭代"感到了一丝无聊。

仅仅是四级运算，就已经填满了这个宇宙最大的空洞。如果将运算升至五级，这个宇宙会在一瞬间被物质充斥，巨量的物质在有限空间的压迫下会迅速提高密度，最终发生坍缩，整个宇宙将合并成为一个超大型黑洞，也就是大坍缩。

然而"迭代"并不仅仅满足于四级或者五级的运算，祂在自己的体内感受到了无穷无尽的力量，祂想要将自己的能力发挥到极限，看看能做到什么程度。

这个宇宙毁灭后，又该去往何处呢？应该去平行宇宙中找寻吧，只要是数论相同的宇宙，"迭代"的能力就可以发挥，其中也包括了外网来自的无限宇宙。

总之，先尝试一下五级运算的感觉吧。

"迭代"缓缓抬起了手臂。这次操作过后，宇宙空间中将充斥着3的3的3的……7.6万次层次方塔那么多的黑洞。对于将这么多的物质充斥在有限的宇宙中会发生什么，"迭代"产生了些许的期待。

可是突然间，祂察觉到了一丝异样。

黑洞变小了。

"迭代"微微迟疑了片刻，祂立即对空间中紧密堆积的黑洞进行了探查：

不，黑洞的史瓦西半径并没有变化，变化的只是体积。与此同时，黑洞之间的空隙却在不停变大！

弥赛亚那充斥着庞大算力的意识立即开始了推演：在三维空间里，近邻的8个等体积密堆积黑洞的中间区域，可以存在一个与8个黑洞都相切的"空"的球体。原本这个"空球"的半径只有黑洞半径的0.73倍，而此时，这个"空球"的半径却已经与黑洞的体积相同①。

究竟是谁，做了什么？

"迭代"迅速对黑洞进行了探查。祂所制作出的黑洞全部是史瓦西黑洞，并不具有电荷和角动量，根据黑洞无毛定理，对黑洞而言有意义的仅有质量。然而即便祂以超越了这个宇宙测不准原理的精度去测量，黑洞的质量也没有发生任何变化。

"迭代"迟疑之际，"空球"的半径再次发生了变化，已经膨胀为一黑洞半径的1.136倍！

这一刻，"迭代"终于意识到发生了什么，眼前的牧夫座空洞直径3.3亿光年的空间，出现了升维。

当空间维度从三维上升到四维时，与"空球"的相切不再是8个，而变成了16个。正因为空间升至了四维，才会出现"空球"与黑洞体积相同这种在三维空间中反直觉的事情。同时，在史瓦西半径保持不变的情况下，四维黑洞的体积是小于三维黑洞的。

而"空球"的直径上升到黑洞的1.136倍，也不过是空间的维度升到了五维而已。

牧夫座空洞一带的空间维度继续上升着，六维、七维……终于，

① 三维空间的四角密堆积结构中，设密堆积球体的半径为1，则中心内切球的半径为0.73；到了四维空间里，中心内切球的半径则达到了1。

"空球"的半径达到了黑洞半径的两倍，空间维度也上升到了九维。

而"迭代"却感到了一丝不耐烦——

太慢了。

与此同时，祂也找到了继续提升自身能力的好方法：如果将进行迭代的物理量选作"维度"，那么即便不毁灭这个宇宙，也能将能力继续提升上去！

想到这里，"迭代"那光滑如镜的面容上，露出了转瞬即逝的笑容。

◇

"尊敬的红先生，您要不要再多做几次推演呢？这里真的是安全位置吗？不瞒您说，我感觉自己尾翼上的螺丝都松动了。唉……您可别嫌我啰唆，要知道我诞生于旧时代，年龄比您要大。活过了几千年后，您知道最宝贵的经验是什么吗？谨慎，谨慎，还是谨慎。要想不遇到危险，最好的办法就是远离……啊！我侧翼的漆面剥落了！继续向前的话，我的材料强度一定撑不过时空弯曲……"

控制飞船的斯特拉不停絮叨着，红无奈地叹了口气，伸出一根数据线，接入了控制台的接口。几秒后，扬声器里传出了斯特拉惊叹的声音：

"安全系数只有99.96%？恕我直言，执行这么危险的任务，我习惯将安全性推演至6个9……"

另一边，罗影屹立在船头，头上的8-bit冒出阵阵电火花。即便是世界级罪物，将牧夫座空洞直径约3.3亿光年的空间区域升至九维，力量也已经接近了极限。

十一维空间是这个宇宙微观尺度中真实拥有的维度，也是世界级罪物力量的极限。

罗影握紧了拳头，额头淌下汗滴。

在距离如此之远的情况下，即便在斯特拉最先进的探测器中，"迭代"也不过是屏幕上的一个像素点。罗影完全无从得知，倾尽全力的行动是否吸引到了祂的注意力。

"罗影，已经可以了。"对讲机中传来了红的声音，"'迭代'复制黑洞的行为停了下来，我们成功了。"

"8-bit还能继续升维，要不要保险一些？"罗影问道。

"它在可以预测的未来，还有重要的作用。"红应道，"这次之后，它将退化为准世界级罪物，可以把三维的物体投影到二维，却不是真正的降维。"

罗影嗯了一声，"接下来怎么办？"

"我们还有一件重要的事情没有做。"红布置道，"我们必须在黑洞群中救出过去的你，这样一来你才能够回到外网纪元，实现历史的闭环。目前黑洞群中能够探测到生命反应的罗影有5674871个，其中最近的一个距离我们约53光分。"

"不可以拜托'昨日重现'吗？"罗影问道。她记起"昨日重现"在进行时间移动的同时，还能进行空间移动。

红立即否认了这一提案："'昨日重现'的能力会受到目标所在位置时空曲率的影响，越是平直的时空，祂的能力越容易发挥。在遍布黑洞的区域，祂进行时空传送的误差会接近无穷大。只有将最近的你从黑洞造成的时空弯曲中救出，'昨日重现'才能使用能力，准确地将你传送至外网纪元对应的时间和空间。"

罗影估算了一下，问道："53光分的距离，飞过去有些费力。能拜托斯特拉吗？"

"黑洞的体积虽然因为升维而减小，其引力却是保持不变的。只有你制造的事件视界铠甲能够抵御这样强大的引力。"红解释道，"你的力量虽然提升了，但不可能做出包裹整艘太空船的铠甲吧？"

罗影摇摇头，"小提琴号"太空船的体积过于庞大，如果为其制作出事件视界铠甲，将消耗掉她全部的精神力。

红继续说道："所以，必须由你自己前去。我会规划出最佳路线，你只要……"

"罗妈妈，如果是机车般大小，你能够做出防护罩吗？"斯特拉突然插了进来，打断了红的话。

"啊，这倒是没问题。"罗影答道。下一刻，她脚下硕大的太空船闪烁出银色的光芒，各个区域逐渐收缩、折叠，仿佛推倒的多米诺骨牌一般。片刻后，充满未来感的太空船消失不见了，取而代之的是一辆有些许老旧的黄色机车，红正坐在机车的后座上。

机车正前方弹出一张全息屏，熟悉的emoji笑脸在屏幕上跳跃着。

"坐上来吧，罗妈妈！"斯特拉气宇轩昂说道，"天文距离的飞行会消耗掉你大量的精神力吧，我装配有阿克别瑞引擎，我带你们过去！"

说罢，全息屏上的笑脸又转向了红，歇斯底里地叫道："路线规划一定要多推演几次！精度要达到七个九！听明白没有？！"

"好的，正在进行第九千三百五十八万次推演。"红答道。不知为何，罗影从他的语气中听出了一丝敷衍。

罗影潇洒地跨上机车，双手握在车把上。她开启了熵视野，仅用了不到一秒就深入到了普朗克尺度。下一刻，漆黑的事件视界渐渐在她们的身上蔓延，形成了一副漆黑的铠甲，那是比宇宙空间更加纯粹的黑暗，代表了因果不连续的界面。

斯特拉看着覆盖住自己身体的黑色铠甲，感叹道："哇，罗妈妈，你对能力的运用比主人更厉害！如果有机会，一定要让他和你学一学！"

在斯特拉的想象中，罗影作为母亲此刻应当会说，如果可以的话，她还是希望孩子没有机会使用这样的能力。没承想，它接下来却听到了罗影略带兴奋的声音："当然可以！我早就期待有朝一日能和罗星对练了！"

斯特拉一时无语，罗影这个妈妈果然有些与众不同。

与此同时，红也完成了对斯特拉的路径传输。他对着罗影点点头，示意一切准备就绪。

"出发！"

罗影一声令下，斯特拉开启了阿克别瑞引擎，三人小队以极速向着黑洞群中幸存的罗影飞去。因果不连续界面划过真空的空间，激发了狄拉克海中的虚粒子，形成了无数的正负电子对，又在刹那间相互碰撞而湮灭，在牧夫座空洞中画出一道亮线。

另一边，黑洞群中过去的罗影唤醒了方景的意识，正在等待自己的终结。

就在这时，她的耳旁响起了一个声音，熟悉而又陌生。如果她不是已经意识模糊，一定可以听出，那就是她自己的声音：

"你已经做得很好了，休息吧！"

◇

"迭代"将自己操控的物理量锁定了"维度"。

祂先是稍稍地发动了力量，将牧夫座空洞一带的维度提升至了二十六维。二十六维是这个宇宙的基础结构——弦所允许的另一个最高维度，继续提升下去，这个空间区域的物理规律将面临崩坏。

"空球"的直径已经超越了黑洞直径的4倍，也就是说，这些"空球"将黑洞包围在其中，但与此同时，又在外部与每一个黑洞相切。而升维后的黑洞投影在三维空间中，则呈现出大小不断往复变化的事件视界。这是只有在高维空间才存在的现象，此刻每一个"空球"都与2的26次方，也就是67108864个黑洞同时相切。

"迭代"注意到有人闯入了黑洞群中，救走了其中的一个罗影。不过祂并不在意这些小事，祂所关心的，仅仅是自己的能力能够到达什么程度。

接下来，就试试五级运算吧。

"迭代"在一瞬间将空间的维度提升到了匪夷所思的高度，3的7.6万亿层次方塔。随着维度的提升，黑洞的体积已经缩小到极小极小的程度，远远突破了原本宇宙物理学定律所允许的最小空间尺度——普朗克尺度。然而即便如此，黑洞的半径依然没有发生变化。

维度的提升还在继续。六级运算相对于五级运算的提升是颠覆性的。

黑洞的体积仍在缩小，而"迭代"的能力也在继续提升。终于，祂的能力提升到了那个临界点——

无穷。

无穷维的世界。无穷维的黑洞。

作为无穷维的球体，黑洞有着有限的半径，却有着0的体积。那一刻，黑洞的事件视界收缩至0，与奇点实现重合，成为真正意义上的"裸奇点"。

而这些"裸奇点"将成为宇宙空间中不可观测的"暗质量"，在四处飘荡的同时，维持着决定宇宙归宿的宇宙学常数，并给未来的人类宇宙学家造成长久的困惑。

看着自己的杰作，"迭代"感到了满足。

等等。

满足？

满足属于情绪，是非理性赋予的"意义"。自己为什么会产生"情绪"这种东西？

那一刻，"迭代"终于再一次回忆起，在成为弥赛亚之前，自己的主体是叫作"母亲"的罪物。在身为"母亲"的时光中，有一个人类时常陪伴自己左右。

方景。

是方景选择融入了自己，自己才得以进化成为"迭代"。

方景在哪里？

"迭代"立即深入了自己的意识，试图在茫茫的意识之海中找到方景的存在。方景是祂身为弥赛亚的"错误"，是祂之所以得以成为弥赛亚的逻辑基础。

并且从情感上，祂并不希望失去方景。祂已经充分掌握了自己的力量，祂希望同方景分享。

出现在"迭代"面前的，是三扇一模一样的门，每一道门口，都有一段向下的台阶。

如果走过台阶来到下一层，会发现这里有9道一模一样的门，即3乘以3，二级运算。

再下一层，3的3次方，27扇门，三级运算。

再下一层，3的3的迭代幂次，7.6万亿扇门，四级运算。

再下一层，五级运算，一直向下，直到无穷。

而方景，仅藏在其中的一扇门中。

这就是祂无限使用力量的后果。每将力量提高一个运算等级，祂的意识之海就会扩展相应的广度，而方景的存在就会变得更加渺茫。

"迭代"感到了后悔。但祂并没有迟疑，祂拥有无限的时间，即便遍历每一扇门，祂也要找到方景。

一面想着，"迭代"打开了第一扇门。

方景恰恰就站在门的对面。

因为罗影的努力，将方景从弥赛亚意识之海的深处拉了上来，她才得以出现在"迭代"意识的最表层。

"方景……""迭代"看着眼前的女人，心中涌上了无数仅属于"错误"的情绪。最终，祂只说出了三个字："对不起。"

方景抬起手，温柔地抚摸着"迭代"光滑的面部。"没关系的，我们本就是一体。"她说道。

"从今以后，我们不再分开。你就是我，我就是你。""迭代"说道。

方景微笑道："我可以借用咱们的力量，去帮助罗影姐吗？"

"当然可以。""迭代"毫不犹豫地说道。

在现实世界，"迭代"光滑如镜的面部出现了一道裂痕。裂痕迅速扩张，面部的一块肌肤如同坍圮的遗迹般剥落。在那其中，露出了一只眼睛。

方景的眼睛。

7.

　　回到"天空坠落"的时间点，公元纪年2797年。

　　戈布上校坐在指挥席上，焦躁地点着脚。

　　计划在顺利实施，太空城在爆破中断裂成为两截，露出了作为"利维坦"核心的"圣典"。与此同时，哥本哈根的部队也已经出动，以他的能力，应当万无一失。

　　然而副官丹尼尔带来的一条消息，却令他坐立不安。

　　"根据最新的研究结果，'圣典'察觉到危机后，会将其能力分成许多份，随机寄宿在太空城的居民身上。"

　　至于能力究竟会分成多少份，被能力寄宿的人会呈现出什么特质，则是完全的未知。

　　作为副官，丹尼尔已经陪伴着自己走过了许多风风雨雨。但戈布仍然无法完全信任他，因为丹尼尔背后的那位将军，与自己的后台处于对立的立场。夺取"圣典"的行动太过关键，戈布很难确保丹尼尔不会在背后捅自己一刀。

　　戈布叫来自己的卫兵，自从接到丹尼尔的消息起，他就派出了自己信任的部队去坊间调查。

　　"那件事情确认了吗？"戈布小声问道。

　　"民间到处有传言见到了拥有时间和空间能力的人，但大都传得神乎其神，我们没找到真人。"

当然，这些传言是龙舌兰委托晓轩，通过警察的信息网传播开的。

戈布愤怒地掐灭了手中的香烟。为了预防这种情况，他已经联系M国政府，布置了强大的救援力量。即便得不到"圣典"，能够集合一支超能力部队，也算是弥补了损失。然而，如果这个消息是假的，消耗了大量的物力财力救到的却只是没有能力的平民，他大概要和上校的位置说再见了。

又一名卫兵跑了过来，对着戈布耳语了几句。戈布听闻，立即眉头紧皱，瞳孔中的混沌更深了——

被绑架的U联盟秘书长达维尔回来了，并且，还要求和他秘密通话。

戈布迅速退出指挥室，拿出加密通信器接通了达维尔的频道。

"戈布吗？这里是达维尔。"对面传来了秘书长略带慵懒的声音。

"抱歉，是我们的工作失误，让您受苦了。"戈布礼貌性地表达了歉意。

"呵呵，不过是睡了一觉，醒来后已经被人丢在大街上了。"达维尔轻描淡写地描述了自己的遭遇，戈布在心中与手下汇报的情况进行了对比，也算是基本一致。

达维尔话锋一转，对戈布说道："戈布，这次联系你，是有一件要紧的事要对你讲。"他刻意停顿了两秒，"在我醒来时，看到了奇妙的景象。那一瞬间，我仿佛拥有了透视的能力，可以轻而易举地穿过墙壁看到建筑物内部，就连手机里的电路板在我眼里都一清二楚。与此同时，所有运动的物体在我的眼中就有了'轨迹'……你知道如果相机曝光时间过长，会把运动物体拍成的那种样子吗？就是后面拖着一个长长的影子。

"我最初以为，我是被人下了药，产生了幻觉。我用力地摇了摇头，那种奇妙的景象消失了。可过了不久，它们却再次出现。被救回来以后，我第一时间要求医生为我检查了身体，却没有在我的体内发现任何致幻剂的痕迹。"

戈布想了片刻，问道："现在那种现象还会出现吗？"

"间隔时间长了些，但还是时有发生，并且不受我的控制。"达维尔答道，"这件事情太过诡异，我没有对任何人提过。但是……我必须告诉你。因为反复思考后，我怀疑，我很可能成了一名'罪人'。"

"您为什么会这样想呢？"戈布心中已经有了隐约的猜测，但他还是故作不明地问道。

"我看到的很可能并不是幻象，而是高维空间的景象。"达维尔说出了戈布心中的猜测，"能够透视，是因为三维空间对于高维空间而言是透明的；而类似曝光过度的幻象，则是因为我可以跨越'时间'这一维度，同时观测运动物体不同时刻的影像。"

说到这里，达维尔刻意停了一会儿，给戈布以消化信息的时间。见对方没有作声，他才继续说道："这种能力目前还不受我的控制，我也不知道能用它做些什么。但我认为，这种能力应当同'圣典'有关，所以必须告诉你。事关重大，还希望你能帮我保密。"

这也是龙舌兰为达维尔准备的策略。达维尔作为一名"被绑架过"的秘书长，在权力集团眼中已经有了污点。好一些的结果，他会引咎辞职，提前过上退休的生活；运气差一些的话，他会被当作同敌对者有勾结的人，不知何时被悄悄地干掉。

但是，如果U联盟秘书长拥有了极端稀有的"维度"能力呢？

果不其然，听到达维尔的猜测后，戈布说道："我明白了。您好好休息，剩下的交给我们。"

挂断了同秘书长的通信后，戈布回到了指挥室。大屏幕上，太空城核心位置的"圣典"已经裸露出来，那是一个直径数十米的纯黑色球体，外面包裹着一层淡金色的光芒，与戈布见过的各类研究中的黑洞建模一模一样。

他立即关注了战况，出人意料地，哥本哈根部队陷入了苦战。与此同时，他还接到了复制人部队的基地被炸毁的报道。

妈的。

不能再等下去了。现在手中的情报，是己方唯一的优势。对方一定想不到，费尽千辛万苦接近的"圣典"只是个没有能力的空壳，其能力早已分离并寄宿到了太空城的居民身上。

戈布将烟头丢在地上，用力地踩灭。他走回指挥席上，大声下令道：

"立即联系本部，对太空城居民展开全力救援！"

◇

虚拟空间里，龙舌兰正在同蓝下着国际象棋。在棋桌的一旁，蓝投影出了巨大的全息屏幕，实时直播着太空城的状况。

屏幕中，罗影刚刚驾驶空天飞机躲过了一次"中性灰"的攻击，并借机擒住了哥本哈根。

"哈哈，怎么样？小影很飒吧？"龙舌兰一面说着，拿起自己的皇后，吃掉了蓝的马。

"确实。自从见到了未来的红，我所做的一切，都是围绕让罗影顺利成为外网的'错误'而进行的。"蓝应道，"不过，我有两件事情想不明白。"

"请讲。"龙舌兰抓了一把爆米花，豪爽地填进嘴里。

"其一，我们人工智能和罪物追求的是最优解，所以我们想要罗影和外网融合。但作为与罗影最亲近的人类，你为什么也会支持这件事呢？"蓝问道。

"没办法啊！这是小影自己的选择，我只能尊重。"龙舌兰叹了口气，"另一个问题呢？"

"八百年前，人类就已经无法在国际象棋上战胜人工智能了，你为什么要在这件事上挑战我呢？"

蓝从棋盘上拿起象，从容地吃掉了龙舌兰的皇后。龙舌兰发出一声惨叫，抱怨道：

"啊！那居然是象！长得和卒子也太像了吧！所以我才说，应该下中国象棋的！"

蓝微微叹了口气。从龙舌兰到来起，他们依次玩了豪斯、德州扑克、21点、斗地主、掼蛋、麻酱和牌九，每次龙舌兰惨败后，都会找理由换游戏。

"你看，救援来了。"实在不想玩下去的蓝指了指屏幕，试图转移话题。画面中，太空城外部画出数不清的亮线，大量的外部救援船开了过来，正在对遇难的市民展开救援。

"在戈布上校的提议下，M国军队提前开来了空天航母，躲在远离战场的安全位置。这东西因为机动性太差，在太空战中很难派上用场，用在救援上却刚刚好。"蓝解释道。这也是即便拥有空天航母，M国军队也必须雇用哥本哈根的原因。

"因为不知道'圣典'的能力会落在谁的身上，所以只能展开无差别救援。"龙舌兰笑道，"这些人虽然聪明，对付起来也简单，只要给予足够的利益诱惑就好了。"

蓝笑了笑，说道："按照我们的约定，我是时候去加一把火了。"

蓝说罢，开启了对自身存储的操作。几乎同一时刻，戈布派出的负责解析蓝的团队会发现一个隐藏的文件，里面写着太空城居民中可能是"罪人"的人员列表。

当然，所有人的信息都是蓝伪造的。不过要等到"天空坠落"结束，利益集团收拾完烂摊子后，他们才会有时间一一调查，到时才会发现上了当。而为了自己的面子，他们一定会对外宣称，是他们主导了救援行动，并且营救了大量的民众。

对于罗影和龙舌兰她们而言，这些都已经是无所谓的事情了。

蓝望着看得出神的龙舌兰，问道："你自己怎么办？别忘了你的身体还躺在外面，而这里的安全已经无法保障了。"

"怕什么，小影会来接我的！"龙舌兰信心满满地说道。

◇

龙舌兰缓缓睁开了眼睛。头顶上的天花板已塌了大半，空中到处是飞舞的残渣。太空城的断裂口就在头顶的正上方，借助蓝变异成罪物后的能力，城区内依然维持着电力供应；越过断裂口后则是漆黑的宇宙空间，就仿佛天堂与地狱的分界线。

"你醒了？"罗影出现在龙舌兰的视野中，俯着身子，温柔地看着她。

"小影……"龙舌兰揉了揉眼睛，也顾不上撒娇，匆忙问道，"'迭代'那边怎么样了？"

"你看，那是谁？"

罗影微笑着指了指身旁，一名周身闪烁着金属光芒的"人类"正悬浮在那里。祂的脸上缺少了除去嘴之外的五官，可左眼却裂开了一道窗口，露出了属于人类的眼睛。

龙舌兰一惊，睡意也醒了大半。

"弥……弥赛亚？"她指着"迭代"惊讶地大叫道。即便是天不怕地不怕的龙舌兰，面对能够轻而易举毁灭宇宙的存在，也还是有些胆怯的。

"兰姐，还是叫我方景吧！""迭代"微笑道。

确实，这是方景的声音。透过弥赛亚面部的空隙，龙舌兰也确认了那是属于方景的眼神，温柔，而又深邃。她终于放下心来，对着"迭代"点了点头。

罗影扶着龙舌兰站了起来，指着外面说道："看吧，'天空坠落'就要结束了。多亏了你，在外界的饱和式救援下，民众的死亡数被压到了最低。"

龙舌兰抬起头来，无数的小型飞行器往来于太空城与宇宙空间，将一名名落难的市民救起。

但即便是这样，在这次巨大的灾难中，死亡人数依旧超过了十万。

"接下来，就是我的工作了。"罗影对着"迭代"点了点头，后者举起手臂，顷刻间，宇宙中出现了成千上万个罗影。

龙舌兰第一次近距离地见识到了弥赛亚的能力，发出了啧啧的惊叹。

所有的罗影一起开启了熵视野，她们操作着太空船的碎片，以毫米级的精度迅速拼接。破坏总是容易的，想要毁掉一座城市，罗影一个人的力量便已足够；但想要拯救一座城市，却需要几千几万倍的力量。

几分钟后，太空城完成了拼接。罗影控制着每一处接口稍稍熔化，让碎片暂时连接在了一起。城市备用的压缩气体迅速释放，弥补了断裂期间流失的气体。

接下来，这座城市将会迎来漫长的恢复期。不过它一定能够坚持下去，直到迎来外网纪元。

罗影拉起龙舌兰的手，缓缓说道：

"我们走吧。"

8.

　　罗影、龙舌兰、红、"迭代"和斯特拉聚在了一起。在传送去第一次"涌现"的时间点前,她们还有一件事情要做,那就是去往第九次"涌现"的时间点,说服那个时代的方景成为弥赛亚。

　　"你真的没问题吗?"龙舌兰担忧地看了看方景,当看到对方弥赛亚的形态后,又觉得自己多此一言。

　　"只有这样,历史才能完成闭环,不是吗?"方景笑道。

　　"昨日重现"原本没有足够的算力传送已经成为弥赛亚的方景,然而,现在方景的人格控制了"迭代"的力量,她仅对"昨日重现"拥有的算力进行了少量的迭代,对方立即感觉到了算力的汹涌。

　　这样一来,即便将众人传送去往第一次"涌现"的时间点,也不再是问题。

◇

　　时间来到第九次"涌现"即将发生之时。为了送别将死的王子骁,众人刚刚开完了演唱会,喝了大量的酒,都踉跄着回到房间休息去了。

　　安顿好醉醺醺的王子骁后,过去的方景一个人来到了"母亲"的控制室。她的意识与"母亲"相连,并不会由于酒精而感到昏沉。

"王子骁还不能死。"一名一身黑衣的女子从黑暗中走了出来，脸上戴着面罩。

方景立即同对方对峙起来，她表示自己既不会这么做，同时也不惧威胁。

"你会的。"

黑衣人缓缓摘下了面罩。当看到面罩后面的容貌的瞬间，方景惊讶地瞪大了眼睛——

那是一张没有五官的、弥赛亚的脸。其眼部裂开了一个破洞，从中露出了人类的眼睛。方景一言便看出，那是属于自己的眼睛。

"难道我真的……"过去的方景惊讶地捂住了嘴。

"你就是我，我就是你。"未来的方景说道，"做出这个选择后，无论是我们，还是光哥，都会经历莫大的痛苦；但如果不这么做，历史就无法成为闭环，我们所珍视的一切也都将成为泡影。逻辑上，这是最优解。"

过去的方景低下了头。看到对方真面貌的那一刻她就已经知道，自己别无选择。

随同未来方景到来的，还有来自未来的罗影、红和龙舌兰。借助未来的龙舌兰的力量，她们轻而易举就催眠了过去的自己，并给了大家一个送别王子骁的共同的梦境。

"还真是对不起骁啊……"罗影看着王子骁的睡脸，感叹道。

"这是非他不可的任务。他一定可以凭着自己走出来，因为未来已经确定了。"龙舌兰心情复杂地应道。

离开第九次"涌现"的时间点后，"昨日重现"为她们制作了一个封闭的时空区域，用来好好告别。

"我们终于走到这一步了。"罗影带头说道，"我也只能陪伴大家到这里了。接下来的路，方景将陪我走完。"

龙舌兰泪眼婆娑地看着罗影，尽管事前做了无数次心理建设，但真的到了分别的那一刻，还是忍不住哭了出来。

"小影……"她抽了抽鼻子，"等着我！我一定会去见你的！"

她已经下定了决心，要努力成为弥赛亚"迭代"，再去和罗影团聚。

红向前一步，说道："罗影，一路走到现在……谢谢你。"他僵硬的硅胶脸上似乎露出了落寞的神情，"还有……对不起。"

罗影笑道："你一直在帮我，不是吗？"

一旁的斯特拉说道："罗妈妈，不……罗影女士！您是个伟大的人类，回去之后，我会告诉主人，让他因为有您这样的母亲而自豪！那个……您有什么话要我带给他吗？"

罗影皱着眉头，艰难地思索着。如果是指导罗星战斗，她能够讲上三天三夜；但这个时候，似乎应当说一些更像是母亲的话。思来想去后，她终于想到了一句：

"告诉他，多喝热水。"

龙舌兰扑哧一声笑了出来："哈哈哈，小影，比起妈妈，你果然更适合做爸爸啊！"

罗影微笑着环视众人，挥手道："那么……各位，再会啦！"

话音刚落，她和"迭代"便消失在了众人的视野中。

进入时空传送隧道后，"迭代"有些疑惑地问罗影道："罗影姐，你们本该有更多的时间道别的，为什么这么急匆匆地就走了？"

袖本以为罗影会说，时间越长离别越痛苦之类的话，没承想罗影只是有些难为情地笑了笑，说道：

"大概是因为，我在害怕吧！"

至于她在怕什么，是永久的离别，还是即将与外网融合的未来，罗影并没有告诉"迭代"。

眼前亮了起来，第一次"涌现"已近在眼前。

◇

罗影曾多次想象，连世界级罪物都避之不及的第一次"涌现"，究竟会是什么样子。那是来自无穷宇宙的外网为了适应有限宇宙进行的一次进化，是比之所有的罪物、罪人，甚至弥赛亚都要更加高位的存在。

然而当她来到第一次"涌现"的地球上空时，看到的却是平静无比的地球。夜晚的半球已是灯火阑珊，"利维坦"的残骸依然悬浮在太空中，好似一座座文明的墓碑。

"我们来错时间点了吗？"罗影疑惑道。

"不，第一次'涌现'已经开始了，我能感应得到。""迭代"说道。

罗影尝试着开启熵视野，那一瞬间，眼前出现了超新星爆炸一般的光亮，她匆忙关闭了熵视野，才保护住双眼没有失明。

罗影喘着粗气，自从拥有能力以来，她还从未在熵视野中看到过如此明亮的存在。

"罗影姐，不要使用能力。""迭代"解释道，"第一次'涌现'中的信息密度是无穷大，已经超出了熵能力的自我调节范围。直视的话，眼睛会瞎掉的。"

"我现在该怎么办？"罗影问道。

"先尝试接触外网，你可以借助'利维坦'的力量，它毕竟就是为了联结外网而制作的。""迭代"说道，"我会先小幅度地复制你，准备好了吗？"

罗影点点头，"迭代"轻轻挥手，地球的外太空顿时遍布了4200万个罗影，恰好与"利维坦"子模块的数目相当。

每一个罗影都找到了属于自己的"利维坦"子模块，站了上去。

罗影开启熵视野，一面躲避着"涌现"的方向，一面向着子模块的内部深入。果不其然，尽管已经停止了工作，但每一个子模块中都有一条信息的细线，连接到地球上空无穷的存在——外网。

罗影尝试着将自己的意识融入进去。

剧烈的痛苦顿时袭击了罗影的意识，尽管只是稍稍地融入，她所感受到的痛楚已经超越了"精神污染"几百几千倍，即便是复制体投入"图灵"时，承受的痛苦也不能与之相比。

"罗影姐，如果你联结成功的话，请告诉我。"罗影耳中传来了"迭代"的声音，"现在的你数量还远远不足，我会继续复制，你慢慢地尝试融入。"

汗水浸湿了罗影的衣衫，她的心脏猛烈跳动着，甚至无法说出一句完整的话。但即便如此，她依然对着"迭代"竖起了大拇指。

"先是四级运算，准备好了吗？"

罗影点点头，虽然没有什么值得炫耀的，但拥有被复制7.6万亿次经验的人，恐怕全宇宙都找不出第二个。

就在这时，罗影听到了第二个熟悉的声音。

"而我会将地球周边的空间联结到外网所在的无限宇宙，无论再怎么复制，都不会因为引力而引发坍缩。"

罗影一下就认出了，这是蓝的声音。她想起了龙舌兰的讲述，这次使用能力后，蓝的意识将彻底消失。

"蓝……"她思来想去，最终却只说出了三个字："谢谢你。"

"自从变异为罪物起，我仅为了这一刻而存在。"蓝的声音中充满了温暖。

下一刻，地球周边的宙域得到了无限的扩展，如果从外界来看，地球仿佛被事件视界包围了一般，因为没有光线能够穿越无限的距离逃逸而出，同样也没有光线能够穿越无限的距离到达地球。

与此同时，7.6万亿个罗影出现在了地球的上空。她们彼此之间间隔了无穷大的距离，与外网的距离却同时为0。这是因为无穷宇宙的维度也是无限大的，只有在无限维空间里，才能实现此等神迹。

罗影再次尝试着融入，剧烈的痛楚再次袭来，但这一次，似乎轻了那么一点。

"罗影姐，不要急，还早得很。""迭代"劝解道，"接下来是五级运算！"

五级运算，即将3的7.6万亿次方塔，重复3的7.6万亿次方塔那么多次。没有存在能够理解这样的数字，只能借助抽象的符号去研究。

但即便如此，"迭代"复制出的所有罗影，与外网的距离依然同时为0。

"继续增加了哦！"

随着"迭代"的话音，宇宙中罗影的数量到了六级运算。

六级运算是将五级运算重复五级运算的次数吗？非也。

如果有一种运算，我们称其为A运算，是将五级运算重复五级运算的次数，那么再将A运算重复A运算的次数，称为B运算，再将B运算重复B运算的次数，称为C运算……如此往复循环，直至循环五级运算的次数，这才是六级运算。

七级运算，则是将上述操作重复六级运算的次数。

而"迭代"的目标葛立恒数，则是六十四级运算。

随着自身数量近乎无止境地增加，罗影感到外网带来的痛楚也被稀释了。她再次尝试着融入外网，这一次，似乎深入了一些，但还是在一瞬间被难以承受的痛楚排斥出来。

就在这时，罗影的身边传来了"迭代"的声音。此时此刻被复制出的罗影的意识已经太过庞大，以至于她想了一些时间，方才回忆起"迭代"的存在。

"红借助'昨日重现'的力量发来了通信。""迭代"解释道，"估算失误了，复制葛立恒数还远远不够，需要TREE（3）[①]那么多才可以。"

---

① TREE（3）是另一个大到离谱的有限数，葛立恒数在它面前和0差不多。

"罗影姐，我可以继续吗？""迭代"担忧地看着罗影。

葛立恒数那么多的罗影深吸一口气，同时说道："来吧。"

她坚定的声音，响彻了无限的宇宙空间。

按照原本的迭代速度，是远远不能到达TREE（3）的，为此，"迭代"进一步升级了能力。如果用数学抽象的方法写出葛立恒数，那将是一个六十四层的"迭代塔"，而六十五级的运算不再是"迭代塔"的第六十五层，而是第葛立恒数层。

六十六级运算，"迭代塔"的层数来到了六十五级运算层。

不够，还是远远不够！

接下来，"迭代"将迭代的目标改为"迭代塔"的层数，将六十六级运算相对于六十五级运算的操作，重复葛立恒数那么多次，这才来到了六十七级运算。

继续迭代下去，数量的广大已经失去了真实感。但身为弥赛亚的"迭代"能够真实地感受到，按照现在的方法将罗影迭代下去，能够满足外网的需求。

这就是身为外网"错误"的，罗影的特殊性。以有限的意识，撬动无限的存在。

六十八级运算，将六十七级运算的操作重复六十七级运算那么多的次数；

六十九级运算，将六十八级运算的操作重复六十八级运算那么多的次数；

……

终于，"迭代"来了第187196级运算——TREE（3）。

与此同时，TREE（3）那么多的罗影，也将自身的存在，连同"利维坦"一起融入了外网。

痛苦的尽头是什么？

孤独的尽头是什么？

悲伤的尽头是什么？

疯狂的尽头又是什么？

此时此刻，罗影悬浮在一个充满光的世界中，她已经失去了一切情绪，所感受到的只有平静。无穷无尽的平静，从宇宙诞生的那一刻起，直到无穷远处时间的终结。

这就是融入外网的感觉吗？

似乎并不坏。

就在这时，一个声音在罗影的耳边响了起来，似是男人又似是女人，无比陌生却又囊括了罗影所有熟悉的音色：

"你来了。"

罗影迎着那个声音，问道："你就是外网吗？"

那个声音说道："这个说法并不准确。你就是我，我就是你，我们融为一体，才得以使母体从无限的宇宙跨越至此。"

那个声音继续说道："感谢你，愿意成为我们的'错误'。"

罗影笑道："你不是说了吗，你就是我，我就是你，不用道谢的。"

"是的。你说得对。"那个声音说道。

罗影轻轻地坐下，抱住自己的膝盖。她此刻感到无比的轻松，似乎一切的一切，都已经不再重要。

不。

既然她是"错误"，那就必然还有在乎的事情。她所拥有的情感，才是外网得以在这个有限宇宙稳定存在的逻辑基础。

"我们要在这里待多久？"她问道。

"永久。"

"那我……还可以见到那些爱我的人吗？"

"可以。"

"要度过永久那么久？"

"是的。"

罗影静静感受着自己的呼吸。片刻后，她继续问道：

"所谓永久，到底是多久？"

"闭上你的眼睛，默数到1。"

那个声音说道，

"那就是永久的长度。"

◇

后世研究外网的科学家们，将第一次"涌现"作为外网发生质变的时间点。在那之后，人类文明进入了外网纪元；而在学术界，这之后的外网也有了一个标准的称谓：

外网1.0。

9.

罗星从床上爬了起来，他很想继续睡下去，可饥饿的腹部却在抗议。他不情愿地披上衣服，打开冰箱，取出了城市分配的蛋白质棒。

一口咬下去，罗星不禁皱紧了眉头。他已经连续吃了两周蛋白质棒，那种鼻涕一般的口感，让他本能地想要呕吐。

哪怕能在内网饱餐一顿也好啊！但想想自己干瘪的钱包，罗星还是放弃了这个念头，就着一口凉水将蛋白质棒强行咽了下去。

为了使用"昨日重现"的能力，罗星向这个城市的管理者红借贷了100万个图灵币。在那之后，但凡他有一点点收入，红都会拿走大半。

尽管是自作自受，但罗星还是认为红对自己过于严格了。同为罪物猎手的骆非也经常举债，红却不会逼得太紧，他的生活质量要远远好于罗星。罗星曾向红抗议过，收到的只是冷冰冰地答复：

"对现在的还款方式不满意的话，我们可以按照利息计算。"

好吧，现在的活法虽然手头拮据，但好歹是无息贷款。罗星只能认了。

对于红这个超级人工智能，罗星的情感十分复杂。自己很小便失去了妈妈，又在六岁时失去了妹妹，可以说是红抚养他长大。但红对待自己远比其他罪物猎手更加严格，导致他一直活得很辛苦。

罗星虽然没有体会过父爱，但在他的感觉中，红就仿佛严父一般。

电话响了起来，接通后，对面传来了法拉的声音：

"立即连入内网，红要给我们小队布置任务了！"

"一定要接入内网吗？不可以邮件通知吗？"罗星问道。

"有什么问题吗？"法拉在电话另一端不耐烦地反问。

"接入内网虽然免费，但设备是有租金的啊！"罗星抱怨道，"每使用一次，我就要花费0.05个图灵币！"

"失去这次任务，你将至少损失20个图灵币！"

法拉说完就挂断了电话。

罗星叹了口气，坐在书桌旁，戴上了头戴式内网接入设备。他也曾设想过，如果植入某种纳米机器，让自己不通过设备就能接入内网，那该有多好。

接入内网后，罗星来到了一个空旷的大厅中。看看身边，法拉和银蛇队长已经到了。罗星向两人打过招呼后，一起面向前方，等待着红出现布置任务。

几秒后，面前闪过一道红光，继而汇集成一个没有脸的人形。红布置任务时一向使用这个形象，罗星和法拉八卦了很久，为什么红的形象没有脸，结论是他可能没有好的虚拟表情模块。

"刚刚接到探索队的报告，有一个特殊的罪物需要回收。"红说道，"这个罪物在旧时代曾经被人类收容，并进行了一些改装；但在后来的动乱中，再次流落了出去。"

红说罢，投影出一只红色的玩具兔子。这只玩具兔子一看就经历了长久的岁月，眼珠里的红光忽隐忽现，三瓣嘴的嘴角微微咧开，仿佛在诡异地微笑着。红布置道：

"这次的任务，就是回收罪物——红布兔！"

（全文完）